中国历史文化名人传

# 花间词祖
## 温庭筠传

李金山 著

作家出版社

# 中国历史文化名人传

## 组委会名单

主任：李　冰
委员：何建明　葛笑政

## 编委会名单

主任：何建明
委员：郑欣淼　李炳银　何西来　张　陵　张水舟　黄宾堂

## 文史组专家成员（按姓氏笔划为序）

王春瑜　王家新　王曾瑜　孙　郁　刘彦君　李　浩　何西来
郑欣淼　陶文鹏　党圣元　袁行霈　郭启宏　黄留珠　董乃斌

## 文学组专家成员（按姓氏笔划为序）

王必胜　白　烨　田珍颖　刘　茵　张　陵　张水舟　李炳银
贺绍俊　黄宾堂　程步涛

# 出版说明

中华民族五千年文明史中，涌现了一大批杰出的文化巨匠，他们如璀璨的群星，闪耀着思想和智慧的光芒。系统和本正地记录他们的人生轨迹与文化成就，无疑是一件十分有必要的事。为此，中国作家协会于2012年初作出决定，用五年左右时间，集中文学界和文化界的精兵强将，创作出版《中国历史文化名人传》大型丛书。这是一项重大的国家文化出版工程，它对形象化地诠释和反映中华民族文化的基本精神，继承发扬传统文化的精髓，对公民的历史文化普及和建设社会主义文化强国都具有重要而深远的意义。

这项原创的纪实体文学工程，预计出版120部左右。编委会与各方专家反复会商，遴选出在中国文化发展史上产生过重大影响的120余位历史文化名人。在作者选择上，我们采取专家推荐、主动约请及社会选拔的方式，选择有文史功底、有创作实绩并有较大社会影响，能胜任繁重的实地采访、文献查阅及长篇创作任务，擅长传记文学创作的作家。创作的总体要求是，必须在尊重史实基础上进行文学艺术创作，力求生动传神，追求本质的真实，塑造出饱满的人物形象，具有引人入胜的故事性和可读性；反对戏说、颠覆和凭空捏造，严禁抄袭；作家对传主要有客观的价值判断和对人物精神概括与提升的独到心得，要有新颖的艺术表现形式；新传水平应当高于已有同一人物的传记作品。

为了保证丛书的高品质，我们聘请了学有专长、卓有成就的史学和文学专家，对书稿的文史真伪、价值取向、人物刻画和文学表现等方面总体把关，并建立了严格的论证机制，从传主的选择、作者的认定、写作大纲论证、书稿专项审定直至编辑、出版等，层层论证把关，力图使丛书经得起时间的检验，从而达到传承中华文明和弘扬杰出文化人物精神之目的。丛书的封面设计，以中国历史长河为概念，取层层历史文化积淀与源远流长的宏大意象，采用各个历史时期最具代表性的文化符号与雅致温润的色条进行表达，意蕴深厚，庄重大气。内文的版式设计也尽可能做到精致、别具美感。

中华民族文化博大精深，这百位文化名人就是杰出代表。他们的灿烂人生就是中华文明历史的缩影；他们的思想智慧、精神气脉深深融入我们民族的血液中，成为代代相袭的中华魂魄。在实现"中国梦"的历史进程中，必定成为我们再出发的精神动力。

感谢关心、支持我们工作的中央有关部门和各级领导及专家们，更要感谢作者们呕心沥血的创作。由于该丛书工程浩大，人数众多，时间绵延较长，疏漏在所难免，期待各界有识之士提出宝贵的建设性意见，我们会努力做得更好。

《中国历史文化名人传》丛书编委会

2013 年 11 月

温庭筠

# 目录

# 第一章

## 温八吟

### 1

温庭筠，又作廷筠、庭云，字飞卿，本名岐，关于他在文学史上的地位，郑振铎《中国文学史》讲得极到位：晚唐时代的代表作家，无疑是温庭筠与李商隐，"其余诸作家，除杜牧等若干人外，殆皆依附于他们二人的左右者"。关于晚唐时代的文学，则说："这个时代的诗人们，其风起云涌的气势，大似开元、天宝的全盛时代。但其作风却大不相同。"文学与国运盛衰，没什么直接关联，盛唐文学与晚唐文学，只有文学风格的不同，没有水平高下的差异。

郑振铎所讲的地位，主要指的是诗歌。温庭筠与李商隐，并称"温李"，他们是晚唐绮艳诗风的代表人物。此外，温庭筠又以花间词祖驰名，是晚唐五代香艳词风与词史上婉约词风的开拓者，与稍晚的韦庄并称"温韦"。

花间词祖的定位，缘于一部词集。五代后蜀人赵崇祚编选的《花间集》，收入唐、五代间十八位词人的词作五百首，开卷便是温庭筠词六十六首。《花间集》标志着"花间词派"的诞生，这是中国词史上的第一个流派，是后来婉约词派的直接源头。温庭筠被花间词人尊为鼻祖，他开启了词史上的婉约词风。在中国词史上，婉约词长期居于主流地位，影响长达千余年。刘毓盘《词史》说："温氏之词，极长短错落之致矣，言词者必奉以为宗。"谈词绕不过温庭筠，他被后人奉为宗主。

我们来说词的起源。

词盛于宋，关于词的起源，宋人说法应较为有力；可是宋人观点也不能统一，有"晚唐说""中唐说"和"盛唐说"。陆游主张"晚唐说"。《渭南文集》卷十四《长短句序》说："倚声制辞，起于唐之季世。"倚声，依照歌曲的声律节奏。季世，衰世、末世。沈括主张"中唐说"。《梦溪笔谈》卷五说："唐人乃以词填入曲中，不复用'和声'。此格虽云自王涯始，然贞元、元和之间，为之者已多，亦有在涯之前者。""贞元"是唐德宗李适年号，七八五至八〇五年，共二十一年。"元和"是唐宪宗李纯年号，八〇六至八二〇年，共十五年。李清照则主张"盛唐说"。胡仔《苕溪渔隐丛话》后集卷三十三引李清照语："乐府声诗并著，最盛于唐。开元、天宝间，有李八郎者，能歌擅天下……自后郑、卫之声日炽，流靡之变日烦。""开元"是唐玄宗李隆基年号，七一三至七四一年，共二十九年。"天宝"也是唐玄宗李隆基年号，七四二至七五六年，共十五年。

以上三种说法似乎水火不容，但梁启超《中国文学讲义》认为都对。他说大概新体的"乐府声诗"，在盛唐的开元、天宝间已兴起；"以词填入曲中"，实际开始于中唐的贞元、元和间；至于严格的"倚声制辞"，则要经历晚唐及五代。

本书作者认为，任何事物的发展都有个过程，从发轫到成熟要经历好多年，作为独立文体的词也不例外。如果把词比作河流，"乐府声诗""以词填入曲中"，可以看作两条支流，到了晚唐时代，两条支流汇合，渐成滔滔大河，"倚声制辞"一发而不可收。这一点从花间词人、官至后蜀宰相的欧阳炯为《花间集》所作序中，也可以得到印证。欧阳炯在序中说："在明皇朝，则有李太白之应制《清平乐》词四首；近代温飞卿，复有《金荃集》。"《清平乐》属于乐府声诗。温庭筠生当晚唐，李白生当盛唐。盛唐的词仍如涓涓细流，所以李白词作少，仅有《清平乐》等;晚唐的词已经滔滔汩汩,所以温庭筠词作多,有词集《金荃集》。

起初的词与诗形式接近,后来才有了特殊的形式。晚唐时代的词如滔滔江河,因为晚唐时代有温庭筠。

温庭筠是第一位大力填词的人,一生写了大量的词,流传至今的,就有七十首。而且,现存温庭筠的词作当中,所用曲调达十九种,其中多为温庭筠所创。调名常与词的内容相关,如此多样的曲调,为表现丰富的内容与情感,提供了可能。温庭筠用他的大量作品,为词这种文学形式的独立,奠定了稳固的基础。刘毓盘《词史》说:"其所创各体……虽自五七言诗句法出,而渐与五七言诗句法离。所谓解其声故能制其调也,宜后人奉以为法矣。"温庭筠精通音律,有能力"倚声制辞",词与诗得以分道扬镳。在词的发展过程中,温庭筠是个里程碑,词从此成为独立文体。

## 2

王国维《人间词话》概括温词的风格说:"'画屏金鹧鸪',飞卿语也,其词品似之。""画屏金鹧鸪"出自温词《更漏子》[①]:

> 柳丝长,春雨细,花外漏声迢递。惊塞雁,起城乌,画屏金鹧鸪。
>
> 香雾薄,透帘幕,惆怅谢家池阁。红烛背,绣帘垂,梦长君不知。

迢递,悠远。谢家,即谢娘家,歌妓类人物的代称。红烛背,用屏、帐、帷等遮暗灯烛的亮光。

温庭筠是状写妇人日常情态的高手。春雨似芒,柳丝如绦,更声远

---

① 本书所引温庭筠作品,均见刘学锴《温庭筠全集校注》。

远传来。这更声惊着了北方飞来的雁和城楼上宿着的鸟。女子面对画屏上的金色鹧鸪，黯然神伤：情郎沙场无消息，只好独自入眠，梦中好见情郎。温庭筠词中的女子，满腹心事，孤寂落寞，凄美，美得让人心痛。

该词的妙处，钱锺书《管锥编》这样说："（惊塞雁三句）谓雁飞乌噪，骚离不安，而画屏上之鹧鸪宁静悠闲，萧然事外……陈廷焯《白雨斋词话》卷一说温词云：'此言苦者自苦，乐者自乐。'中肯破的。"陈廷焯是晚清著名词家。温词蕴藉而含蓄，词写少妇思夫，但始终不道破，词有尽而意无穷。

"画屏金鹧鸪"，词品似之，王国维的意思大概是说，温词绮丽。温庭筠的诗与词，风格一脉相承，词的绮丽源于诗的绮丽：诗的绮丽在先，词的绮丽在后，词的绮丽更为极致。

明代弘治己未年（1499）李熙刻本《温庭筠诗集序》说："唐温飞卿诗，说者病其风花绮丽，或有累其正气……诸君子多所谓同工而异曲者矣。"温诗绮丽有累正气，明代即多有批评，但李熙不能同意，他认为晚唐文学不输盛唐，晚唐文学与盛唐文学，异曲而同工。

明代沈润《温庭筠诗集序》也说："唐自开元后，峭称孟、贾，艳称温、李。分家各擅，俱极诗宗。后之论者，乃谓孟贾寒、瘦，温李之词，复过靡曼，或乖大雅……"靡曼，华美、华丽。大雅，高尚雅正。沈润将温诗风格概括为艳，艳与绮丽接近。有人批评温诗过于华丽，沈润为温庭筠辩护：艳并非自温庭筠始，《诗经》早就艳了；而且，诗歌要表达感情，不凭借名榭、杂卉等，感情就无法表达，因此艳不能用来批评诗，也不能用来批评温李。

清代顾予咸《温庭筠诗解序》则说："《八叉集》胸贮万斛，笔吐千葩，檀心屑肌，兰芬袭裾，妖冶如楚妹酣舞，妩媚如宓妃凌波，藻赡如金谷名花。而绮辞壮采，如洞庭张乐，翠屏列钗；又如鹿园庄严，菩萨宝髻，鬟鬘珠玑，缨组累累也。"顾予咸真是有才，说出这么多比喻：将温诗比作美女酣舞、洛神凌波，又比作释迦讲法、口吐莲花、字字珠玑。顾予咸必定是温庭筠的粉丝，本书作者许多想说而未说的话，都被他捷足先登给说了。

中晚唐的诗人们,写情诗蔚成风气:白居易写《长恨歌》《琵琶行》《井底引银瓶》,描绘两情相悦及女子的种种情态,既准确又生动;李贺也写艳诗,李商隐更进一步,代表作基本全是情诗;同时期的诗人如元稹、鱼玄机、韦庄等,也各有情诗成就。这究竟是为什么呢?

明代弘治己未年(1499)李熙刻本《温庭筠诗集序》中这样解释:"文章与时高下,亦气运使然耳。"文章风格,气数使然。李熙讲得模糊,李泽厚《美学三书》讲得透彻:"时代(指晚唐)精神已不在马上,而在闺房,不在世间,而在心境。"晚唐时势衰颓,留给文人书写的,只有闺房和心境,而在这样的题材上,温庭筠是时代的佼佼者。

中晚唐时代,文学作品与时代之间的互动机制,本书作者认为应该是这样:中晚唐皇权式微,礼教束缚相对松弛,在这种形势之下,爱情与女性,不再是文学的禁区;而从诗人方面来说,"马上"与"世间",已被盛唐诗人写尽,中晚唐诗人想要超越,几乎没什么可能,必须开辟新的领域,"闺房"与"心境",就是他们的新领域。

温庭筠除了能写艳诗,更能填艳词,温庭筠承上而启下。词在温庭筠的推动下勃然兴起,为宋词的兴盛奠定了基础。为什么承上启下的是温庭筠而不是其他人呢?本书作者认为原因有三:首先,温庭筠生长江南。吴风越俗熏陶,他的情色启蒙早,而且异于中原。宋代词人柳永,也是生长江南,这个颇耐人寻味。其次,温庭筠郁郁不得志。他心向官场心无旁骛,可是偏偏累举不第,参加科举许多年,始终名在孙山外。不得志使他转身,背向官场面向青楼,他与歌妓们打成一片。他屡屡填词,既是为歌妓,也是为自己。歌妓演唱温词,演唱者和受众,又决定了词的艳。温庭筠的创作,是有规定情境的。再次,他有音乐方面的才华。倚曲填词非懂音律不行,而温庭筠恰是此中高手。

## 3

人的资质有高下,这个生来不平等,有人天赋高,有人天赋低,有人天赋在此，有人天赋在彼，造物规律难以言说。温庭筠才思敏捷，超越常人。

《旧唐书·温庭筠传》说，大中初年，温庭筠应进士试，他学习刻苦用功，尤其擅长诗赋，"初至京师，人士翕然推重"。又说："能逐弦吹之音，为侧艳之词。"敏捷在作词上的表现，就是能随曲填艳词，曲未终而词已就。《新唐书·温廷筠传》则说："少敏悟，工为辞章……"少小聪慧，擅长诗文。又说："思神速，多为人作文。"此处用了"思神速"，对难以理解的事物，我们才会冠以神字，温庭筠才思敏捷，到了难以理解的程度。温庭筠参加考试，不仅完成自己的卷子，还完成他人的卷子，而且这个他人，还不止一个人。这敏捷真的让人叹为观止。

关于温庭筠的才思敏捷，笔记小说中也多有记载。

五代王定保《唐摭言》卷十三《敏捷》记载，温庭筠才思敏捷，考场上气定神闲，袖手趴桌沿上，"每赋一韵，一吟而已"，人送雅号"温八吟"。吟指声调抑扬地念。宋代洪迈《容斋随笔》卷十三记载，唐代以赋取士，起初，押韵的多少、平仄的顺序，都不确定，所以有押三韵、四韵、五韵六韵七韵八韵的，太和（827—835）以后，才确定为八韵。如温庭筠所作传奇《梅权衡》中说，当时的考题是《青玉案赋》，要求以"油然易直子谅之心"八字为韵。赋属于韵文，韵文以声调和谐为基础，所以要念出来，在考场上该是小声地念。每赋八韵，四五百字，温庭筠八吟即就。五代孙光宪《北梦琐言》卷四则说，温庭筠才思艳丽，工于小赋，每次考试，押官韵作赋，"凡八叉手而八韵成"。八吟变成了八叉手，八叉手而八韵成。温庭筠在考场上小声地念，念时便放下笔叉着手，这大概是他的习惯动作，近的听见他八吟，远的看见他八叉。同书卷二十又说：吴兴沈徽，是温庭筠的外甥，他曾说舅舅善于弹琴吹笛，"有弦即弹，有孔即吹，不独柯亭、爨桐也"。柯亭是东汉蔡邕用柯亭竹制作的名笛。爨桐是指名琴焦尾琴。温庭筠敏捷，擅长弹琴吹笛，有孔就能吹，有弦就能弹，所奏曲子美妙动听，不必非得名乐器。他的音乐才能了得，被尊为花间词祖，那是理所当然。《唐才子传》卷五也说："少敏悟，天才雄赡，能走笔成万言。"温庭筠写文章，笔在纸上飞奔，万把字的文章，他一挥而就。

古来不乏才思敏捷者，如曹植七步成诗，踱七步就能写出诗来。而温庭筠八吟而成八韵的赋。诗只有短短几句，赋比诗要长得多。温庭筠相比曹植，有过之而无不及。

温庭筠才思敏捷，来看他的作品集。

《旧唐书·温庭筠传》记载："庭筠著述颇多，而诗赋韵格清拔，文士称之。"清拔，清秀脱俗。作品集没提到，也没提到他的词。

《新唐书·艺文志》记载，温庭筠有《握兰集》三卷，又有《金荃集》十卷，《诗集》五卷，《汉南真稿》十卷。《握兰集》《金荃集》都是词集，《诗集》《汉南真稿》《汉上题襟集》都是诗文集，《汉上题襟集》是与段成式、余知古等人合著。《新唐书·艺文志》又载，温庭筠有《乾𦠆子》三卷，另有《采茶录》一卷。《乾𦠆子》是传奇小说集，《采茶录》可能是茶叶方面的专著。除了诗词方面的成就以外，温庭筠还是小说家兼学者。

《唐才子传》的记载与《新唐书》相比，温庭筠的作品集，多了《学海》三十卷，具体内容不清楚。

《宋史·艺文志》的记载中，又多了《记室备要》三卷。记室是官名，东汉置，掌章表书记文檄，后世沿袭，又称记室督、记室参军等，大致相当于秘书。《记室备要》的内容，该是温庭筠所作公文的汇编。

温庭筠才华横溢，成就有多方面，诗、词、骈文、小说等，都有上佳的表现。

## 4

温庭筠擅长诗赋，考场上八吟即成八韵，人送雅号"温八吟"，他是位考试达人。按照此种情形，他该是状元及第，仕途畅达，而实际情形却恰恰相反，温庭筠屡试不第，终生没有考中进士。那么，究竟是为什么呢？

这与唐朝的科举制度有关。众所周知,科举制度肇始于隋朝,唐朝开国后继承下来,当时的科举尚不完备,人为的因素还很多。举个大诗人王维的例子。《唐才子传》卷二说:王维,字摩诘,擅书法,通音律。岐王喜欢与文士们交往,很看重他。王维将应试科举,岐王对他说:"子诗清越者,可录数篇,琵琶新声,能度一曲,同诣九公主第。"岐王要带王维去见九公主。九公主听过王维的曲子读过王维的诗作,喜欢得不得了,请到上座,说:"京兆得此生为解头,荣哉!"极力举荐他。开元九年(721),王维进士及第。王维的科举经历说明,权贵政要的举荐很重要,足以决定科举的结果。唐朝的科举制度不健全,权贵政要左右着科举结果,温庭筠屡试不第,根本原因在这里。

唐朝不健全的科举制度下,决定科举结果的不是才能,不是你的诗如何好赋如何好,而是与权贵政要的关系怎么样。不幸得很,温庭筠得罪了两个人:一个是宰相,一个是皇帝。温庭筠生活的时代,这两个重量级人物,他都得罪了个遍。具体的得罪情形,我们后文会详细说到。有才自然容易骄傲,我们有个习惯的说法,叫作恃才傲物,温庭筠恃才傲物。恃才傲物会受到嫉恨,嫉恨的人又位高权重,温庭筠的遭遇,可想而知。温庭筠坎坷终身,是注定了的。

清代顾予咸《温庭筠诗解序》中说,温庭筠生性放纵,从不循规蹈矩,他才高八斗,卓尔不群,刚直不遇,"是则文人之才高乃穷,穷乃工,工乃传;传矣,久乃益新"。坎坷也不全是坏事,温庭筠坎坷终身,对他个人是悲剧,对后人却是财富,他留下大量好作品,让人常读而常新。

《温庭筠全集校注》中收录的文章,颇多上某某启,这是写给权贵政要的书信——希望得到权贵政要的举荐,以利中第。温庭筠的存世文章,很多都是这样的作品。这些书信用典丰富,精致典雅,在当时都属于实用文体,写起来可能未必用心,但往往越是率性,越是好文章。这些书信奏效者稀。屡屡不奏效,只好接着写。温庭筠的这些文章,都是坎坷的产物。

晚唐知识分子的出路通常有两条:一条是科举,但当时科举选拔的人很少，这条路很窄；另一条就是依附政要，成为他们的幕僚。温庭筠一生足迹遍南北，目的基本只有一个，那就是寻求入幕。温庭筠有大量的羁旅行役诗，如《商山早行》《利州南渡》《送人东游》《过五丈原》《过陈琳墓》《赠知音》等，都是历代传诵的名篇。这些诗都是在旅途上写的，在寻求入幕的旅途上，寻求入幕是主要目的，羁旅行役诗是副产品。寻求入幕大多无果，却写出诸多诗歌名篇。这些诗篇也是坎坷的产物。

温庭筠生活的时代，藩镇割据，宦官骄横，朋党倾轧，危机四伏。温庭筠的远祖，是初唐名相温彦博，祖先的荣耀规定了他的人生，修齐治平的儒家观念，早已深入他的骨髓，他渴望匡时济世，渴望有所作为。温庭筠在诗文中，一再写到他的理想："经济怀良画，行藏识远图"（《病中书怀呈友人》），"蕴策期干世，持权欲反经"（《过孔北海墓二十韵》），"词客有灵应识我，霸才无主始怜君"（《过陈琳墓》）。可是温庭筠累举不第，他参加科举几十年，始终名在孙山外。历史没有给他施展抱负的机会，温庭筠郁郁不得志。温庭筠的性格是不平则鸣，他不会忍耐更不会忘记，他将不满发泄在诗文里。温庭筠有很多的讽刺诗，如《晓仙谣》《鸡鸣埭歌》《春江花月夜词》《雉场歌》《达摩支曲》等等。温庭筠批评历代的昏君，借以批评晚唐的昏君，他笔锋辛辣，敢想敢写，使晚唐批判现实的诗歌，呈现出别具一格的风貌。唐代范摅《云溪友议》卷中说：唐穆宗时人平曾，恃才傲物，多犯忌讳，沉沦下僚，知己鸣不平，说他命不好，"后温庭筠为赋，亦讥刺，少类于平曾，而谪方城……"温庭筠的赋尖锐，这些赋今已不传。温庭筠因为怀才不遇，为发泄而写尖锐的诗赋；反过来又因为这些诗赋，温庭筠更加怀才不遇。温庭筠批评性质的诗赋，同样也是坎坷的产物。

温庭筠累举不第，心情郁闷非常，于是狂狷放浪：他的交往圈子里，有不少的歌妓。温庭筠为歌妓们，写下大量的词，这些词后来被收进《花间集》，他被尊为花间词祖。温庭筠的花间词祖，实际是这样来的。温庭筠的词还是坎坷的产物。

《唐摭言》卷十一《无官受黜》记载，开成年间，温庭筠名气很大，被贬为随州县尉，温庭筠赴任，"文士诗人争为辞送，……"温庭筠被贬为县尉，文人争先恐后为他送行。被贬官不是被提拔，文人送行的目的，肯定不是为了升官。那又是为了什么呢？除了为温庭筠的名声所倾倒，还有就是出于共鸣：温庭筠的人生遭遇，与多数文人的命运相似；温庭筠的倔强性格，受到多数文人的激赏。温庭筠是晚唐的代表作家，这个代表的前提，是共同的命运与遭际。

第二章

家世

1

温庭筠是唐初名相温彦博的裔孙。

《新唐书·温廷筠传》说："彦博裔孙廷筠……"温庭筠有诗《开成五年秋，以抱疾郊野，不得与乡计偕至王府。将议逭适，隆冬自伤，因书怀奉寄殿院徐侍御，察院陈、李二侍御，回中苏端公，鄠县韦少府，兼呈袁郊、苗绅、李逸三友人一百韵》（以下简称《书怀百韵》），诗的题目够长，而且有写作时间。捎带说一句：如果温庭筠写诗时，考虑到后世的考证艰难，都这样标明写作时间，本书的写作就要容易得多。诗的自注中也说："予先祖国朝公相，晋阳佐命，食采于并、汾也。"晋阳，即太原。佐命，古代帝王得天下，自称是上应天命，所以称辅佐帝王创业为佐命。并，并州，即太原府，治太原，即今山西省太原市。汾，汾州，治今山西省汾阳市。温庭筠家道中落，贵族的荣誉，是最后的救命稻草。温庭筠提到先祖温彦博，强调他官至卿相。古代社会是官本位的社会，官职高低决定价值大小。曾辅佐高祖太原起兵，与皇家关系源远流长。采地在并州和汾州，荣誉隐隐指向郡望。

温庭筠说得还是简单，先祖事迹究竟如何呢？

我们来看《新唐书·温彦博传》的记载：

温彦博，字大临，博览群书，聪慧机敏，能言善辩。隋文帝开皇（581—600）末年，参加科举考试，对策高第。授文林郎，任职内史省，相当于唐代的中书省。隋末大乱，被幽州总管罗艺辟为司马。罗艺举州降唐，彦博因参与谋划，授总管府长史，封西河郡公。后召为中书舍人，不久升任中书侍郎。

高丽国进贡土特产，唐高祖打算斥退，温彦博认为不可，说高丽所在的辽东，历来就是我国的属国，不许高丽臣服，其他属国缺乏榜样。唐高祖欣然接纳。

突厥入侵大唐，温彦博任并州道行军长史，大战突厥于太谷，即今山西省太谷县。唐军兵败，彦博被俘。突厥知道他是近臣，屡屡讯问唐兵多少、国家虚实，彦博缄默不语。囚禁阴山苦寒之地，阴山在今内蒙古自治区。太宗即位，突厥臣服，彦博还朝。任雍州治中，很快，任检校吏部侍郎。

唐太宗贞观四年（630），任中书令，封虞国公。

彦博擅长辞令，每次出使回朝，皇帝都要召见，询问四方风俗，宣读皇帝诏令，好像熟到能背诵。"进止详华，人皆拭目观。"举止特有风度，众人驻足观看。唐高祖曾宴请近臣，让秦王宣读圣旨，然后回顾左右，问：比温彦博怎么样？唐太宗贞观十年（636），任尚书右仆射，即宰相；次年薨，六十三岁。

彦博周密谨慎，身居要职后，谢绝宾客，进见必陈奏政务利弊。彦博去世后，唐太宗感叹：彦博因忧国而死，他殚精而竭虑，我见他精力不济已有两年，很后悔没有让他多休息，使他早逝。彦博家贫无正屋，太宗命令有司，特为彦博建正屋。赠特进。特进是官名，授予列侯中有特殊地位的人。谥曰恭。陪葬昭陵。

彦博有子温振、温挺。温振曾任太子舍人，居丧期间，悲伤过度，卒。温挺是千金公主的驸马，官至延州刺史。彦博曾孙温曦，是凉国长公主的驸马。我们都知道，皇帝的女儿称公主，皇帝的姊妹称长公主，皇帝的姑姑称大长公主。

从以上的记载来看，温彦博有多方面的才能，他博览群书，能言善辩；隋亡唐兴朝代更迭，他却没受什么影响，适应能力超强；有机会在唐高祖身边工作，又出任唐太宗的宰相，运气出奇地好；他性格谨慎处事周密，身居高位做人低调，表现尤为难得。有大作为者必有超人的才能与修养，这样的大人物让人不得不敬佩。温彦博生前官至宰相，卒后陪葬昭陵，这在唐代都是巨大的荣誉，难怪正史要提到，而温庭筠则念念不忘："菜地荒遗野，爰田失故都。亡羊犹博簺，牧马倦呼卢。奕世参周禄，承家学鲁儒。功庸留剑舄，铭戒在盘盂。"[1]菜地即采地。先祖的采地，到温庭筠的时候，已无实际意义。奕世，累世。祖上累世显宦。温彦博的子孙中，出了两位驸马，与皇家关系密切，高官当不在少数。子孙秉承家风，世代习儒。温庭筠也不例外，受过良好的教育，他的诗喜欢用典，不经意间信手拈来，他幼年所受的教育，由此可见一斑。留剑舄，上朝不解剑、不脱鞋。先祖因功勋卓著，特许上朝不解剑、不脱鞋。

温庭筠以先祖温彦博为荣，对他念念不忘，构成他心向官场的驱动力，以及坎坷人生中的精神支撑。温庭筠写了那么多诗词，作品中先祖的影子屡屡出现，《苏武庙》：

> 苏武魂销汉使前，古祠高树两茫然。
>
> 云边雁断胡天月，陇上羊归塞草烟。
>
> 回日楼台非甲帐，去时冠剑是丁年。
>
> 茂陵不见封侯印，空向秋波哭逝川。

《汉书·苏武传》记载，天汉元年（前100），苏武出使匈奴，匈奴逼他投降，苏武不从；被流放北海（今俄罗斯贝加尔湖）无人处，不给饮食，苏武靠吃野鼠、草籽活了下来；汉昭帝即位，汉与匈奴和亲，遣

---

① 《书怀百韵》。

使索要苏武，因而得归，"武留匈奴凡十九岁，始以强壮出，及还，须发尽白"。昭帝崩宣帝即位，赐爵关内侯，年八十余而卒。苏武见到汉使时，老泪纵横悲喜交集；如今的苏武祠内，古祠与老树年代久远。当年苏武困居匈奴，胡天月下雁不至，羊群归来草如烟；十九年后还朝，物是而人非，青壮年变了老年。茂陵，汉武帝陵。汉武帝已作古，时光匆匆过，逝者如斯夫。

前文说过，温庭筠先祖温彦博，曾兵败被突厥所俘，囚禁阴山苦寒之地，后突厥臣服，彦博得归唐朝。温彦博的这段经历，与苏武颇多相似之处。温庭筠写作此诗时，必定想到了先祖温彦博：想象着他被囚禁时的种种苦况，以及归来时对青春不再的感叹，先他之忧而忧，后他之乐而乐。

有个问题：既然温彦博官至宰相，温庭筠为何没有恩荫入仕呢？

因为温彦博是温庭筠的远祖，温庭筠已超出恩荫范围。《新唐书·选举志下》记载："凡用荫……三品以上荫曾孙，五品以上荫孙。"三品及以上官员，曾孙可以恩荫入仕；五品及以上官员，孙子可以恩荫入仕。温彦博曾任尚书右仆射，从二品，曾孙可以恩荫入仕，温庭筠已不在这个范围。从另一方面来说，温庭筠的曾祖以后，温家无人官至三品，而温庭筠的祖父以后，温家无人官至五品。


## 2

来说温庭筠的籍贯。

这个似乎毫无疑义，但也有不同意见。最有力的是太原说。

《旧唐书·温庭筠传》说："温庭筠者，太原人……"《旧唐书·李商隐传》也说："与太原温庭筠……"《新唐书·温大雅传》又说温大雅是"并州祁人"。温大雅是温彦博之兄。太原和并州，其实一回事。《旧唐书·玄宗纪上》记载，唐初称并州，开元十一年（723），改称太原府。祁即祁县，并州或太原府的属县。温大雅是并州祁县人，温庭筠就是太原府祁县人。

关于并州或太原府，我们不妨多说几句。

唐代，并州或太原府，隶属河东道。《新唐书·地理志三》记载，唐代的河东道分为两府，除了太原府，还有河中府，共有十九个州、一百一十个县。名山有雷首、介、霍、五台，大河有汾、沁、丹、潞，山川古今变化不大，五台山还是名山，汾河还是大河。古代地方要向中央进贡土特产，唐代河东道的土特产，有熊皮和雕羽。时代变迁，今天的山西省，熊和雕已基本绝迹。太原府的土特产有葡萄酒，太原盛产葡萄，所酿葡萄酒很有名。当时的太原府下辖十三个县，近十三万户，人口七十七万余。二○一○年太原人口四百二十万，大约已是当年的六倍。关于太原县，同书说：唐代名将李勣任职太原时，引晋水入城，解决了城中百姓吃水问题，称作"晋渠"。而关于晋阳县，同书说：县中有号令堂，当年唐高祖李渊太原起兵，在此誓师；县西北十五里有讲武台和飞阁，显庆五年（660）兴建。号令堂、讲武台、飞阁今已不存。又有龙山，该是如今的天龙山。关于祁县，只说是"北都"或"北京"太原的京畿。

大唐太原府祁县人，这就是温庭筠的籍贯。此为太原说。

此外，又有学者主张江南说，认为温庭筠是江南人；又有学者主张鄠县说，认为温庭筠是鄠县人。

翻检词典我们发现，籍贯有两层含义：其一是祖居，其二是本人出生地。本人出生地不必解释，祖居接近前文所说的郡望。唐人重郡望不重出生地，所以唐人所说的籍贯，指的就是郡望。占籍，上报户口，入籍定居。寄籍，指离开原籍，在寄居地落户。寄籍的情况在唐代不少见，如唐代李翱《岭南节度使徐公行状》中说："公讳申，字维降，东海剡人，永泰元年寄籍京兆府。"温庭筠的籍贯是太原府祁县，但他的祖上可能已占籍江南，后来他又居住鄠县多年，寄籍在京兆府。捎带还得说下故乡。故乡指出生地或长期居住地。长期居住意义上的故乡，可以有多个，占籍江南时，温庭筠以江南为故乡，而寄籍鄠县后，又以鄠县为故乡。以上关于籍贯的争论，实际是把籍贯和长期居住地及故乡，混淆在了一起。

## 3

温庭筠的墓志，宋代已经出土，但遗憾的是，这个墓志后来又不知去向了。南宋陈思编《宝刻丛编》卷八提到这通墓志："唐国子助教温庭筠墓志，弟庭皓撰，咸通七年。"温庭筠的墓志，弟弟温庭皓撰文，时间在咸通七年（866）。那么咸通七年就是温庭筠的卒年，这是对我们有用的记载。还有，这通墓志发现的地点，是在宋代的永兴军路京兆府，也就是今天的陕西省西安市。可惜记载过于简略，所以后代的学者，还得费尽心机，考证温庭筠的种种。关于他的生年，就是其中的谜团之一。考证过程类似猜谜。有趣的是各家考证的依据，基本都是温庭筠的两首诗《感旧陈情五十韵献淮南李仆射》《书怀百韵》。计有：八一二年说、八二四年说、八〇一年说、七九八年说、八一七年说、八一六年说。

按照学者们的意见，温庭筠得出生六次，人毕竟不是蚯蚓，再生能力没那么强，这种事情当然不可能。要考订温庭筠的生年，直接的资料太少，而且很不明确，如果这样考证下去，很不容易有定论；但如果换个角度，比如从温庭筠的交游着手，或许会有新的发现。前文我们说过，《新唐书·温廷筠传》记载："少敏悟，工为辞章，与李商隐皆有名，号'温李'。"温庭筠与李商隐都有名，合称"温李"。既然两人都有名，为什么不合称"李温"呢？大概因为温庭筠年龄稍长。李商隐生于元和七年（812）[①]，那么温庭筠的生年，就该是元和七年或稍早，八一六、八一七、八二四年，都晚于元和七年，所以不可能。我们前文还说过，温庭筠称李商隐为兄弟。七九八年说和八〇一年说，两人年龄相差悬殊，都在十岁以上，温庭筠太大，李商隐太小，称兄道弟过于勉强。因

---

① 李商隐生年，张采田主812年，冯浩主813年，本书从张采田说。

此，在没有新的证据之前，本书暂取西元八一二年说，认定温庭筠的生年，是唐宪宗元和七年，即西元八一二年。

温庭筠生于元和七年（812），与李商隐同年出生。此时，李白已经去世半个世纪，杜甫也已经去世四十二年；韩愈四十五岁，白居易、刘禹锡同岁，都是四十一岁，柳宗元四十岁，元稹三十四岁；李贺二十二岁，三十二岁的沈亚之举进士不第，李贺作《沈亚之序》，为他送行；杜牧十岁，当年杜牧的祖父、司徒、同平章事杜佑，以太保致仕，同年卒，七十八岁，赠太傅，谥安简；韦庄比温庭筠小二十四岁，鱼玄机比温庭筠小三十多岁，都还有没出生。

元和七年在位的是唐宪宗，大唐的第十二任皇帝。朝堂上的宰相一正一邪，正的是李绛，邪的是李吉甫。李吉甫的儿子李德裕，此时二十六岁，后来他成为李党的首脑，但李德裕称不上奸邪，奸邪这东西不像基因，它不会遗传子孙后代。当年魏博节度使田季安得了精神病，杀戮无度，人人自危，夫人元氏召来诸将，立子怀谏为副大使，年仅十一岁，一个多月后，田季安就死了；镇将田兴有勇有谋，谦逊有礼貌，大得人心。李吉甫主张发兵征讨，李绛却主张不必用兵，魏博必自归朝廷。后来形势的发展，果如李绛所料：数千人围着田兴，向他跪拜磕头，请他来做留后，场面像是黄袍加身，田兴与诸将约法三章，归顺朝廷。十月，朝廷任田兴为魏博节度使。知制诰裴度奉旨宣慰，赏赐军士一百五十万缗，魏博辖下六州百姓，则免除赋役一年。魏博割据四十九年后，重归朝廷版图。次年，又赐魏博节度使田兴名弘正。

## 4

人的才能与性格的形成，与家庭的关系至为密切。可是温庭筠的家庭是个谜。我们只能找到些蛛丝马迹，只好凭借这些零星的资料，来揣测温庭筠的家庭，以及家庭对温庭筠的影响。

父温某。

温庭筠的墓志铭，今天仍无法见到，他父亲的名字，我们无从知道。温庭筠有诗《感旧陈情五十韵献淮南李仆射》，其中说："嵇绍垂髫日，山涛筮仕年。"山涛，字巨源，与嵇康是好朋友，著名的"竹林七贤"，他们是其中两位。嵇康被杀时，儿子嵇绍十岁，嵇康将儿子托付给山涛，并对儿子说："巨源在，汝不孤矣。"垂髫，儿童。筮仕，指初仕。儿子十岁时，嵇康被杀了。温庭筠用这样的典故，说明他可能幼年失怙。父亲是怎么死的呢？也像嵇康是被杀的吗？温庭筠自比嵇绍，而将李仆射比作山涛，父亲与李仆射，关系很特殊。能与李仆射交好的，自然不是普通人，父亲的身份与地位，必定不一般。

《感旧陈情五十韵献淮南李仆射》中又说："琴樽陈座上，纨绮拜床前。"纨绮，指少年，同时还指富贵安乐的家境。少年时的温庭筠，似乎家境不坏。少年的温庭筠，曾拜谒李仆射。带领温庭筠拜谒的，该是父亲温某。

前文说过，温庭筠的祖父以后，温家无人官至五品。父亲可能做过七品的县令，或者是六品的幕僚，具体仕宦经历失考。六品官的俸禄，养家毫无问题，温庭筠幼年时的家境，富贵而且安乐。父亲与李仆射，可能是"同年"，即同年考中进士，也可能是曾经的同僚，一起共事多年。父亲带领年少的温庭筠，前去拜见李仆射，并将儿子的前途托付，然后就神秘地消失了，或许他是死于疾病。

母某氏。

关于温庭筠的母亲，我们同样所知不多。《感旧陈情五十韵献淮南李仆射》中说："有客将谁托，无媒窃自怜。抑扬中散曲，漂泊孝廉船。未展干时策，徒抛负郭田。"乏人引荐，难入仕途，漂泊困顿，没有知音，空有谋略，无处施展。这样一番哀叹过后，诗中突然就说："转蓬犹邈尔，怀橘更潸然。"怀橘奉亲的故事我们耳熟能详：三国时吴国人陆绩，官至太守，精于天文和历法。陆绩六岁时，去九江拜见袁术。袁术让人拿给他橘子吃。陆绩在怀里藏了三颗，临行前拜别袁术，橘子掉了一地。袁术笑问：小朋友来做客，为何藏我橘子？陆绩回答说：你的橘子很甜，想带回去让母亲品尝。袁术感叹道：你这么小的年纪，就知道孝敬父母，将来肯定是人才。温庭筠打算如陆绩般怀橘奉亲，可是母亲已然去世。从诗句的顺序来判断，母亲的去世时间，似乎在写作此诗前不久。温庭筠幼年失怙，母亲教养他成人，温词中的女性多美好，必定有母亲的影响。母亲刚刚去世，当时的温庭筠，大概内心空荡荡，强烈想要留住母亲，可是最终无能为力，这种无奈让他痛心疾首，有如万箭穿心。

妻某氏。

温庭筠现存的作品当中，直接提到妻子的完全没有。因此关于词人背后这位女性，我们所知甚少。她给予温庭筠家庭的温暖，而温庭筠回报她的，却是无尽的别离与幽怨。别离与幽怨是温词的重要内容，词或许是妻子生活的曲折再现。

姊温某。

温庭筠曾被表亲鞭笞。唐代佚名《玉泉子》记载，温庭筠有词赋盛名，起初在家乡参加科举，游江淮，扬子留后姚勖厚待他，赠他许多钱帛。温庭筠年少，所得钱帛，"多为狭邪所费"，狭邪，也作"狭斜"，窄街曲巷，因狭路曲巷多为娼妓所居，后用来指娼妓居处，温庭筠把所得钱帛，都花在了烟花柳巷。姚勖大怒，"笞且逐之"，将温庭筠鞭笞后撵走了。温庭筠后来屡试不第，与此可能大有关系。温庭筠的姐姐，是赵颛的妻子，每每因为温庭筠落第，对姚勖恨得咬牙切齿。一日有客来，温庭筠的姐姐偶然问起，知道正是弟弟的克星姚勖，于是怒冲冲地闯进"厅事"，就是官府的办公场所，古代官府后面住人，前面办公兼客厅。温氏来到"厅事"，抓住姚勖的衣袖，大哭。姚勖特别惊诧，无奈温氏抓得牢，怎么挣也挣不脱，又搞不清为什么。过了好久，温氏才说：我弟年少宴游，都是人之常情，你干吗鞭笞他？我弟屡屡落第，还不都因为你？说完又大哭。过了很久，姚勖才脱身。姚勖回去后又惊又气，竟然因此得病死了。

赵颛有"厅事"是官员，温庭筠的姐姐嫁给了官员。中国历来讲究门当户对，温家应该也不是寻常人家。温庭筠的这位姐姐，对弟弟温庭筠很是呵护，她因为弟弟入仕无门，对姚勖恨得咬牙切齿。读书参加科举进入官场，这大概是温家子弟深入骨髓的意愿。温氏一名柔弱女子，却能将男子死死抓住，使他脱身不得，大概因为她恨得太深，也因为对温庭筠爱得太深。温庭筠诗词中的女子，都极为优雅而温情，这里边一定有姐姐的原因。

姊或妹温某。

《北梦琐言》卷二十记载，温庭筠有个外甥，名字叫作沈徽。沈徽家在吴兴。吴兴即湖州，治今浙江省湖州市。那么温庭筠还有个姐姐或者妹妹，她的夫家是吴兴沈家。沈徽说舅舅温庭筠，善于弹琴吹笛，有弦即弹，有孔即吹，言语间颇以舅舅为荣。这里边必定有母亲的因素：她必定常常给儿子提起温庭筠，从襁褓直到成年，讲他小时候如何淘气，讲他如何精通音律，讲他的诗如何好。据此推断，她与温庭筠感情融洽。

弟温庭皓。

前文曾提及，南宋陈思《宝刻丛编》中说温庭筠弟弟名叫温庭皓。其实温庭筠弟弟的名字应是温廷皓。《新唐书·温廷皓传》说，咸通年间（860—874），温廷皓在徐州观察使崔彦曾幕。庞勋谋反，刀架在脖子上逼迫廷皓，要他草拟表章，请求皇帝封庞勋为节度使。廷皓骗他说：要给天子写奏章，得花整个晚上，好好酝酿一下。庞勋很高兴。温廷皓回家与妻子诀别。次日又见了庞勋，庞勋问表章写得怎么样，温廷皓告诉他：我是不会写的，你快杀了我吧。庞勋盯着温廷皓，说：儒生胆子大得很啊，我率众百万，还会缺写表章的人吗？于是将温廷皓囚禁。崔彦曾遇害后，温廷皓也遇难，诏赠兵部郎中。

对朝廷尽忠誓死不渝，在温庭筠的家族当中，这样的信念一定根深蒂固，有如基因代代传承。相信换了温庭筠，如果有这样的机会，他也会作同样的选择。温庭筠兄弟颇多相似之处，他们行事都不那么刻板，即便是对待生死这样的大事。温廷皓会使用欺骗手段，他不拘泥于这样的小节。相信换了温庭筠，他的花样肯定更多。

子温宪。

《唐才子传》卷九说，温庭筠之子名温宪，龙纪元年（889）进士及第，为山南节度府从事。汉代以后州郡长官都自辟僚属，多称从事。"大著诗名"，他诗写得好，很有名气。词人李巨川草拟荐表，向朝廷推荐温宪，备述其父冤屈，大略说：温庭筠有如昭君与李广，因为才高遭妒结局悲惨。皇帝读了荐表，哀怜他赞美他，宰相也有知情的，说：温庭筠因贬窜而死，现在应补偿他的儿子，以此引导舆论，稍改妒才之风。皇帝颔首表示同意。温宪官至郎中，有集文赋等传于世。

温宪诗写得很有才华，这点和他的父亲很像。才华这东西大概也像基因，会遗传的。但是同样有才，遭遇却大不同：温庭筠因贬窜而死，温宪却官至郎中。与父亲温庭筠相比，儿子无疑幸运得多。儿子获得的幸运当中，有对父亲的补偿因素，也就是说儿子的幸运，是对温庭筠不幸的补偿。温庭筠若泉下有知，他该感到欣慰。

女温某。

五代刘崇远《金华子》卷上记载，段成式之子段安节，娶了温庭筠的女儿。段安节官至吏部郎中、沂王傅，精通音律，著有《乐府杂录》。吏部郎中相当于现在的人社部副部长。段成式是温庭筠的好朋友，出身官宦世家，著有《酉阳杂俎》。两个好朋友，成了儿女亲家。温庭筠的才华被一分为二，文学才华传给了儿子温宪，而音乐才华传给了女婿段安节。温庭筠的女儿，有个不错的归宿。

父亲眼见女儿从婴孩到垂髫，又由垂髫到及笄，然后亲自将她送出阁，陪伴和见证了女儿的成长。女儿是父亲的孩子，又是女性一分子，温庭筠可能将对女儿天然的爱，泛化为对女性普遍的爱，这种普遍的爱进入他的潜意识，使他对女性采取欣赏的态度。有人对歌妓避之唯恐不及，而温庭筠从不这样，他喜欢和她们待在一起，他为她们写词听她们歌唱，这里边必定有女儿的影响。

第三章

江南

1

温词《河传》云：

江畔，相唤，晓妆鲜。仙景个女采莲。请君莫向那岸边。少年，好花新满舡。

红袖摇曳逐风暖，垂玉腕，肠向柳丝断。浦南归，浦北归，莫知。晚来人已稀。

晓妆，晨妆。浦，水边或河流入海的地方。

刘毓盘《词史》说，温庭筠所创各体，如《南歌子》《荷叶杯》《蕃女怨》《遐方怨》《诉衷情》《定西番》《思帝乡》《酒泉子》《玉蝴蝶》《女冠子》《归自谣》《河渎神》《河传》等，虽源于五七言诗作法，但渐与五七言诗作法相区别，温庭筠有音乐才能，所谓解其声故能制其调，杜甫、白居易、元稹等人的新乐府，或为长短句，或为五七言诗，虽然名为乐府，但都还是诗不是词，"其真能破诗为词者，始于李白之《忆秦娥》，极于温庭筠之《河传》词"。温词《河传》有标志性意义，标志着词脱离诗，独立成为新文体。陈廷焯《白雨斋词话》卷七也说："《河传》一调，最难合拍，飞卿振其蒙，五代而后，便成绝响。"《河传》词调短促，合拍极难，温庭筠首创，五代后成绝响。

温庭筠用五十五个字，点染出一幅采莲图：江边，女子妆容鲜艳，彼此呼唤着，去采莲；女伴说，别向岸边去，岸边少年娶亲，好花载满船；女子红袖随风摇曳，玉腕明眸，岸上柳丝飘荡，少年使她断肠；傍晚，少年归去后，女子纠结：他从哪里归去的呢？可惜晚来人稀，无从问起。

正像这首词一样，温庭筠的许多作品，背景都是如画的江南。我们前文说过，太原是温庭筠的郡望。有人称呼他"温太原"，这好比称呼韩愈为"韩昌黎"，指的都是郡望。我们还说过，有学者据此推断，温庭筠的祖上，可能已占籍江南，在江南入籍定居。那么，温庭筠在江南的家，究竟在江南哪里呢？

温庭筠有诗《送卢处士游吴越》，古代称未做过官的士人为处士。卢处士将游吴越，温庭筠为他送行，写诗赠给他。诗中写到吴越风物：夕阳照亮吴苑城堞，春草蔓延越宫高台，野渚生波大雁初返，风满驿楼江潮欲来，可乘渔舟观江潮，江燕翻飞荇花开。吴苑即长洲苑，遗址在今江苏苏州西南、太湖以北。江潮应指钱江潮。显然，温庭筠对吴越非常熟悉，在那里长大的那种熟悉。诗中又说："羡君东去见残梅，唯有王孙独未回。"王孙，泛指贵族子弟，此处温庭筠自指。卢处士游吴越，尚可见残梅，温庭筠很羡慕，自己不能归去。那么，温庭筠在江南的家，不是在吴就是在越。

前文曾提及《北梦琐言》卷二十说温庭筠有个外甥名叫沈徽，吴兴人。吴兴即湖州，治今浙江省湖州市，唐代属江南东道。关于湖州我们还可以补充说：杜牧做过湖州刺史，陆羽《茶经》也写于湖州。温庭筠幼年失怙，他的父亲英年早逝，这样的情形之下，关于姊妹的婚事，舅舅的意见会起主导作用，因为古代妇女的交际面窄，认识的人十分有限。姐姐可能嫁得离舅舅家不远。温庭筠有姊妹嫁在湖州，温庭筠的舅舅家，可能就在湖州，或者距离湖州不远。而温庭筠在江南的家，可能离舅舅家不远，可能就在湖州，或者距离湖州不远。

温庭筠成年后离开了江南，有一次与友人同游卢氏池上，一阵风来，大雨接踵而至，雨帘飘翻，有如竹席，浮萍皱，荷叶喧。大概因为情境的相似，诗人突然特别想家，他写下《卢氏池上遇雨赠同游者》，诗中说："无限松江恨，烦君解钓丝。"松江，即今吴淞江，以出产鲈鱼著称。"松江恨"有典故：晋代有个张翰，松江地方人，在外做官，秋风乍起，就很想念家乡的鲈鱼脍。我们都知道，鲈鱼生活在近海，秋末到河口产卵，所以秋天是吃鲈鱼的季节。他说：人生贵在称心，怎能为了名爵，羁宦数千里！于是打道回府。温庭筠羁旅在外，他与张翰一样，心中涌起松江恨，但他不能像张翰那样洒脱，他不能归去，因此只好烦劳同游者，解下钓丝垂钓池上，聊解思乡之痛。由此判断，温庭筠在江南的家，应在吴淞江流域。

唐代佚名《玉泉子》说："（温庭筠）初从乡里举，客游江淮间，扬子留后姚勖厚遗之。"乡里即家乡。温庭筠最初在家乡参加科举。江淮间，长江与淮河之间。在家乡参加科举应该是早年的事情，古代交通不便，温庭筠早年出游，应该离乡不远，换句话说，温庭筠在江南的家，应该就在江淮之间，或者距离江淮之间不远。

温庭筠又有诗《寄卢生》，是写给姓卢的朋友的，诗中说："遗业荒凉近故都，门前堤路枕平湖。"遗业，祖上遗留的产业，如田地、房产等等。故都又是哪儿呢？指春秋时的吴国都城，遗址在今江苏苏州。诗中描绘到故都周边景物：门前有湖堤，堤上有路，堤内是如镜的湖水；此地绿杨荫浓，荷花飘香。温庭筠祖上遗留的产业，在春秋时吴国都城的附近，已荒凉。有祖上遗留的产业，可见温庭筠的祖上，即已占籍江南。由"遗业荒凉近故都"来判断，温庭筠在江南的家，应在今江苏苏州附近，并且临近太湖。

温庭筠另有诗《吴苑行》，前文说过，吴苑遗址在今江苏苏州西南、太湖以北。"行"是古诗的一种体裁。诗中说：暮春时节，凭窗远眺，锦雉双飞，早梅结子，平春远绿，自近及远；吴江如淡墨山水，水天相连；三尺屏风，远隔千里；小苑有门洞开，晴丝舞蝶，飘荡徘徊；希望绮户雕楹，永远如此，美好春光，岁岁归来。诗中写到小苑，应在吴苑之中，或者在吴苑附近。小苑绮户雕楹，温庭筠家境不错。这小苑该是温庭筠在江南的家。

从温庭筠的诗中可以推知，温庭筠在江南的家，在今浙江省湖州市，或者距此不远；而后我们更进一步推知，在今吴淞江流域；接着又推知，在今江苏苏州附近；继而又推知，在今苏州西南的太湖之滨。温庭筠在江南的家，就在今苏州西南的太湖之滨。

江南女子温柔如水，《荷叶杯》：

> 楚女欲归南浦，朝雨，湿愁红。小舡摇漾入花里，波起，隔西风。

陈廷焯《词则·别调集》卷一评点："节短韵长。"节奏短韵味长。

李冰若《栩庄漫记》评点："飞卿所为词，正如《唐书》所谓侧辞艳曲，别无寄托之可言。其淫思古艳在此，词之初体亦如此也。"温庭筠的词直白晓畅，绝非欲言彼先言此，是纯粹的巧思与绮艳，这也是词最初的面目。

愁红，指被雨水打湿的荷花。楚女欲归却未归，朝雨忽来，将荷花打湿。小船摇荡入花丛，波纹起，西风隔。词提供给我们的，是画面的片段，我们要发挥想象，才能将它们连缀起来。一首词的传播，要靠作者与读者共同来完成。温庭筠生长在太湖边上，楚女、荷花、小船，出没在他的词中，可佐证其所处环境，温庭筠诗词中的江南，可以佐证他生长在江南。温庭筠的祖上，已占籍在苏州，温庭筠生长在苏州，江南的风物烙进他的记忆，构成他诸多作品的背景。

## 2

来说唐代的苏州。

据《新唐书·地理志五》记载，当时苏州有户七点六万余，人口六十三万余。二〇一〇年苏州人口一千零四十七万，接近当年的十七倍。下辖七县：吴、长洲、嘉兴、昆山、常熟、海盐、华亭。当时的苏州范围大，包括今天的上海市，以及浙江省的嘉兴市。苏州物产丰饶，进贡的土特产有：丝葛、丝绵、八蚕丝、绯绫等等。唐代苏州丝织业发达，苏绣驰名天下，有物质基础。

中唐以后全国经济重心南移，杜牧的《上宰相求杭州启》说："天下以江淮为国命。"当时的江淮地区，是国家的经济命脉。当时又有"扬一益二"的说法。《资治通鉴》卷二百五十九《唐纪七十五》说："扬州富庶甲天下，时人称扬一、益二，……"就富庶程度而言，扬州排第一，益州居第二。益州治今四川省成都市。唐代的长安、洛阳，处在中国的北方，是当时政治文化中心，与南方的扬州、益州鼎足而三，有如今天的"北上广"。扬州商业繁盛，商贾云集，饮食歌舞等娱乐业因而畸形地发达，当时的扬州娱乐业，在全国数一数二。张祜《游淮南》云："十里长街市井连，月明桥上看神仙。人生只合扬州死，禅智山光好墓田。"王建《夜看扬州市》云："夜市千灯照碧云，高楼红袖客纷纷。如今不似时平日，犹自笙歌彻晓闻。"苏州与扬州同处江淮地区，而且苏州紧邻扬州，属于扬州经济圈。

安史之乱以后，以军功位列王侯的，都授任节度使，于是内地藩镇相望，这些节度使，很多是归化的胡人，要么傲慢不听命令，要么就图谋反叛。元和十年（815）淮西之乱起：正月，彰义（治所在蔡州，蔡州治今河南省汝州市）吴元济纵兵侵犯掠夺，至于东都京畿，朝廷削吴元济官爵，命宣武等十六道进军征讨；可是六月，宰相武元衡上朝途中被刺杀，中丞裴度上朝途中也遇刺，头部受伤，摔进沟里，因为帽子厚，幸免于难，刺客是淄青节度使李师道所派，此前吴元济曾向他求救；同月裴度入相。前一年（814）闰六月，淮西节度使吴少阳薨，其子吴元济秘不发丧，只称得病，自领军务，打算秘密接班；九月，朝廷遣使吊祭，吴元济却派兵四出袭扰，使者不得入而还。元和十一年（816）正月，吴元济又纵兵侵犯掠夺，至东都京畿。江淮富庶，是国家经济命脉，国家有战事，要在这里解决给养。元和十一年十二月，设淮、颍水运使，扬子院的粮食经新路线运抵郾城，供应征讨淮西诸军。元和十二年（817）正月，朝廷又派使者前往江、淮，督运财赋；闰五月，使者自江、淮还，得供军钱一百八十五万缗。淮西之乱持续好几年，直至元和十二年：当年七月，宰相裴度亲往淮西督战，并奏请文学家韩愈为彰义行军司马，作为自己的助手；十月，李愬雪夜奇袭蔡州，擒吴元济，淮西平。苏州属淮南节度使辖，淮南与淮西相邻。李愬雪夜入蔡州时，温庭筠六岁，温庭筠必定常听人们谈起，关于战争的惨烈、突然增加的赋税，眼见急匆匆的朝廷使者，耳闻死难将士家属的痛哭，对朝廷与藩镇的战争记忆深刻。

唐代的苏州东临东海，西抱太湖，温庭筠在江南的家，就位于太湖边上。这一带的太湖堤岸曲折，湖岬、湖荡相间，湖光山色，交相辉映。

《旧唐书·李商隐传》说，李商隐与温庭筠、段成式齐名，时号"三十六"。三人排行都是第十六，所以称"三十六"。这个排行不是指亲兄弟的，而是指同一曾祖的兄弟排行。我们知道，温庭筠还有个弟弟。那么，温庭筠同一曾祖的兄弟，就至少有十七人，这是个庞大的家族。温庭筠的曾祖可能已占籍江南，这个庞大家族或许都生活在这里，他们的家族可能设有私塾，诸多兄弟集中在一起读书。

苏州水域宽广，苍茫的太湖，捕不完的鱼虾，农人耕作其间，有如陆上的田地；近岸则是数不清的水生植物，荷花、荇菜、菖蒲、芦苇、水葱，以及种类繁多的藻类与水草；众多的水鸟出没其间，鸬鹚、红嘴鸥、小白鹭、绿翅鸭等等，水草中突然飞起的鸟类，会吓人一跳。父亲可能做县令或者幕僚，游宦在外许多年，温庭筠与母亲、姊妹、弟弟生活在一起。前文说过，温庭筠长相特殊。他可能是那种特别健康的孩子，长相特殊的孩子通常都健康。健康又早慧的儿童，读书之余，他有大把的时间。闲暇时可以驾着小船去抓鱼，因而写下了《罩鱼歌》：

> 朝罩罩城南，暮罩罩城西。
> 两桨鸣幽幽，莲子相高低。
> 持罩入深水，金鳞大如手。
> 鱼尾逬圆波，千珠落缃藕。
> 风飕飕，雨离离。
> 菱尖刺，鸂鶒飞。
> 水连网眼白如影，淅沥篷声寒点微。
> 楚岸有花花盖屋，金塘柳色前溪曲。
> 悠溶杳若去无穷，五色澄潭鸭头绿。

罩鱼，用竹笼捕鱼。缃藕，浅黄色的莲藕。前溪，据《寰宇记》，在乌程县，即今浙江省湖州市，向东流入太湖。悠溶，平静安闲的样子。

早晨捕鱼在城南，傍晚捕鱼在城西，少年时代的温庭筠，精力充沛，浑身有使不完的劲。

两桨打破水面的平静，小船穿行莲子间，莲子有高也有低。不见荷叶、荷花，只见莲子，因为莲子可解馋，肠胃决定少年的视线，一叶障目不见泰山。

深水有大鱼，鱼戏莲叶间，大鱼大于掌。少年兴奋异常，他屏住呼吸，轻手轻脚，将竹笼沉入水中，小脸憋得通红。静静地观察，有大鱼贪图鱼饵，几经试探之后，游进了竹笼。一条接一条。少年心花怒放，猛地提起竹笼，竹笼出水时，有大鱼挣扎，尾巴啪啪打，水珠四处溅，满身又满脸。少年抓着大鱼哈哈笑，湖面上传出去很远。

风吹来，雨落下，打在船篷上，淅淅沥沥，菱有刺，鸂鶒飞。放眼望岸上，房屋掩映花丛中，柳色依依；放眼望湖上，烟波浩渺，野鸭双双。少年温庭筠无拘无束，活跃在苏州的天水间。

前文说过，温庭筠幼年时的家境，富贵且安乐，父亲曾带领年少的温庭筠，前去拜见李仆射，将儿子的前途托付，然后就神秘地消失了，他可能是死于疾病。温庭筠幼年失怙，他的家境急转直下，母亲孤苦伶仃，带着至少四个孩子。古代妇女不事生产，可能无力抚养他们。关于温庭筠的早年生活，猜测之一种就是：温庭筠被人收养，长期生活在江南。这个收养人是谁呢？有两种意见：一种意见认为是温造。温造与温庭筠同族，但辈分高属于父辈，他是温庭筠的养父[1]。另一种意见认为是段文昌，即温庭筠好友段成式的父亲[2]。

温庭筠的母亲健在，温庭筠还不是孤儿，因此谈不上被收养，只能是请求帮助。至于请求的对象，可以是同族的温造，他位高权重，有能力接济。另外，前文说过，温庭筠在同一曾祖的兄弟中，排行第十六，温家是个大家族，母亲必然会求助于这个大家族。好友的父亲段文昌，当然也有可能。另外，母亲还有可能向自己的家族求助。

母亲承担了所有的艰难，将艰难悄悄吞下肚去，转过脸去以泪洗面，转过脸来绽放笑脸，将艰难对子女屏蔽。女人平时看似柔弱，但往往特别有韧性，耐受力惊人。遇到不幸事件时，母亲张开自己的羽翼，将儿女置于保护之下。温庭筠是母亲的儿子，又是姊妹的兄弟，可能因为父亲的去世，三位女性给温庭筠更多的关爱，围绕着他，呵护着他，温柔体贴，无微不至。家境变化平稳过渡，没有给温庭筠留下阴影。温庭筠的少年时代，一如既往阳光灿烂。

春天，温庭筠喜欢走出去，去到旷野，去到天水之间，他描写春天景物，《黄昙子歌》：

> 参差绿蒲短，摇艳云塘满。
> 红激荡融融，莺翁鹨鹑暖。
> 蒌芊小城路，马上修蛾懒。

[1] 牟怀川《温庭筠生年新证》，《上海师范学院学报（社会科学版）》，1984年第1期。
[2] 王丽娜《温庭筠生平事迹考辨》，《山西师大学报（社会科学版）》，2004年第2期。

罗衫袅向风，点粉金鸬卵。

　　春天是最舒服的季节，水塘是满的，蒲叶碧绿，参差不齐，红霞倒映水中，黄莺鸂鶒游来游去。芳草萋萋的小城路上，有娇美女子乘马，缓缓而来，她意态慵懒，罗衫随风舞。情窦初开的温庭筠，对那女子有朦胧的好感，感觉赏心悦目，理由却说不出来，就像沐浴在春风中，浑身无不感到惬意。

　　江南的春天，在温庭筠的笔下缤纷。

　　《春日》："柳暗杏花稀，梅梁乳燕飞。"

　　《春洲曲》："韶光染色如蛾翠，绿湿红鲜水容媚。"

　　《春野行》："草浅浅，春如剪。"

　　《惜春词》："百舌问花花不语，低回似恨横塘雨。蜂争粉蕊蝶分香，不似垂杨惜金缕。……"

　　《醉歌》："檐柳初黄燕新乳，晓碧芊绵过微雨。"

　　他有时因流连忘返而晚归，《晚归曲》：

　　　　格格水禽飞带波，孤光斜起夕阳多。

　　　　湖西山浅似相笑，菱刺惹衣攒黛蛾。

　　　　青丝系船向江水，兰芽出土吴江曲。

　　　　水极晴摇泛滟红，草平春染烟绵绿。

　　　　玉鞭骑马杨叛儿，刻金作凤光参差。

　　　　丁丁暖漏滴花影，催入景阳人不知。

　　　　弯堤弱柳遥相瞩，雀扇圆圆掩香玉。

　　　　莲塘艇子归不归，柳暗桑秋闻布谷。

　　夕阳映照的湖面，水鸟扑棱棱高飞，带起水波，斜飞上天；湖西山色浅淡，有如美人含笑，游湖女子锁愁眉，菱刺粘住她的罗衣；湖边，青缆系船，朝向江水，兰草绽芽，草长烟笼，水光潋滟。温庭筠晚归所见，除了春天的景物，还有游湖的女子；游湖女子该是焦点，春天景物只是陪衬。

湖边骑马的少年郎，执玉鞭佩金饰，他对游湖女子有好感，可是不知道如何表达，湖堤弯弯杨柳依依，他只好干望着。游湖女子团扇掩面，干望也望不清，这真是让人抓狂。少年郎该是温庭筠，他流连忘返是因为女子，素不相识的游湖女子。他对那女子心生好感，却又不知道如何表达，这是一厢情愿。游湖女子团扇掩面，似乎也对他有好感，这是凭空臆测，那女子可能根本都不知道，不知道少年的存在，也不知道他的好感。朦朦胧胧的好感，不知所措的困惑，少年轻狂温庭筠。

## 3

众所周知，南北朝分为南朝和北朝，北朝依次是北魏、东魏、西魏、北齐、北周，南朝依次是宋、齐、梁、陈。南朝仅梁元帝有三年建都在江陵（今湖北省荆门市荆州区），其余时间均定都在建康（今江苏省南京市）。南朝齐、梁时代诗的样式和风格，后世通称为"齐梁体"，讲求音律对偶，题材较窄，词藻艳丽。梁简文帝名萧纲、梁元帝名萧绎，是兄弟俩，他们提倡缘情闺阃的文章，梁简文帝更主张"立身须谨慎，文章须放荡"（《诫当阳公大心书》）。在皇帝的提倡下，侧艳之风日盛。《隋书·李谔传》中，有李谔上隋高祖书，说："江左齐、梁，其弊弥甚，贵贱贤愚，唯务吟咏。遂复遗理存异，寻虚逐微，竞一韵之奇，争一字之巧。连篇累牍，不出月露之形，积案盈箱，唯是风云之状……"以今天的眼光来看，齐、梁文风甚盛，为文学而文学，是纯文学。

李白《上安州裴长史》中说："五岁诵六甲，十岁观百家"；《赠张相镐》中又说："十五观奇书，作赋凌相如。"诗仙太白读书早，温庭筠才思敏捷，读书可能不比诗仙晚。温庭筠的诗与词，多有"齐梁体"的影子。这里有地理的因素：苏州距离南京不远，温庭筠生长在苏州，自小耳濡目染，全是"齐梁体"。故温庭筠作诗，喜欢模仿"齐梁体"。

《咏春幡》："闲庭见早梅，花影为谁裁？碧烟随刃落，蝉鬓觉春来。

代郡嘶金勒，梵声悲镜台。玉钗风不定，香步独徘徊。"

《湘宫人歌》："黄粉楚宫人，芳花玉刻鳞。娟娟照棋烛，不语两含嚬。"

《照影曲》："景阳妆罢琼窗暖，欲照澄明香步懒。桥上衣多抱彩云，金鳞不动春塘满。黄印额山轻为尘，翠鳞红稚俱含嚬。桃花百媚如欲语，曾为无双今两身。"

《水仙谣》："水客夜骑红鲤鱼，赤鸾双鹤蓬瀛书。轻尘不起雨新霁，万里孤光含碧虚。……"

温庭筠的词是诗的延伸，"齐梁体"的影响依稀可见。《南歌子》：

> 扑蕊添黄子，呵花满翠鬟。鸳枕映屏山，月明三五夜，对
> 芳颜。

扑蕊，扑施蕊黄粉。添黄子，化额黄妆。呵花，戴花前，吹一下，使花舒展。

汤显祖《汤评〈花间集〉》卷一评点："'扑蕊''呵花'四字，从未经人道过。"温庭筠观察仔细，道前人所未道。扑粉、化妆、戴花，女为悦己者容，可悦己者在哪儿？鸳枕映屏山，月圆人却离，独自对圆月。

"齐梁体"指向闺房和女子，温庭筠的目光聚焦在这里。文学对人的成长有引导作用，温庭筠读"齐梁体"，揣摩"齐梁体"，作诗还是"齐梁体"，耳濡目染，"齐梁体"既给温庭筠文学的启蒙，也给他性的启蒙，他在性的方面，显得特别早熟，写女性写得仔细，神女、凡女都是。

温庭筠年龄稍大，他模仿李白，仗剑去远游。《侠客行》："欲出鸿都门，阴云蔽城阙。宝剑黯如水，微红湿余血。白马夜频惊，三更灞陵雪。"侠客夜来杀人，宝剑闪着寒光，鲜血徐徐滴落。温庭筠不总是花前月下，花间词祖有他的另一面。

他漫游到了建康，想象齐武帝车驾出游。《鸡鸣埭曲》："南朝天子射雉时，银河耿耿星参差。铜壶漏断梦初觉，宝马尘高人未知。鱼跃莲东荡宫沼，濛濛御柳悬栖鸟。红妆万户镜中春，碧树一声天下晓。……"史载齐武帝多次驾幸琅邪城，宫人跟从早早出发，到了湖北埭鸡才叫，

所以称作鸡鸣埭。

又想象陈朝皇帝出游,《陈宫词》:"鸡鸣人草草,香辇出宫花。妓语细腰转,马嘶金面斜。早莺随彩仗,惊雉避凝笳。淅沥湘风外,红轮映曙霞。"陈朝皇帝出游,鸡鸣就出发,宫女太监急匆匆,宫女交头接耳,白马仰天长嘶……

温庭筠漫游,来到了钱塘江,他描写当地景物。《堂堂曲》:"钱塘岸上春如织,淼淼寒潮带晴色。淮南游客马连嘶,碧草迷人归不得。风飘客意如吹烟,纤指殷勤伤雁弦。一曲堂堂红烛筵,金鲸泻酒如飞泉。"春天的钱塘江,春色如锦,碧草如烟,寒潮淼淼,晴光摇荡,让人迷不思返。夜间的红烛筵上,歌妓纤指抚琴弦,飞卿饮酒如飞泉。温庭筠漫游,白天赏美景,夜来饮美酒,乐不思蜀。

温庭筠漫游,碰到了艳遇。《经西坞偶题》:"借问含颦向何事?昔年曾到武陵溪。"刘义庆《幽明录》说,东汉人刘晨和阮肇,进天台山去采药,结果迷了路。饿了采桃果吃,渴了找水喝,找到一条溪水。溪边遇到仙女,仙女殷勤挽留。重经西坞,柳条随风婀娜,黄莺树上啼叫,阳光照进水中,鱼鳞色彩斑斓,杏花凋零落水中,一群鸭子逐杏花,微红奈蒂沾花粉,燕子衔来芹菜芽。旧地重游,景物如昨,物是人非,当年女子,不知所踪,温庭筠无限惆怅。《南歌子》:

> 鬌堕低梳髻,连娟细扫眉。终日两相思,为君憔悴尽,百花时。

鬌堕,同"倭堕",古代女子发式,将头发自两鬓梳向脑后,掠至头顶绾成一髻,再向额角俯偃下垂,偏于一侧,所以说低梳。连娟,弯曲而纤细。

谭献《谭评词辨》卷一评点:"'百花时'三字,加倍法,亦重笔也。"陈廷焯《词则·闲情集》卷一评点:"低徊欲绝。"唐圭璋《唐宋词简释》解读:"此首写相思,纯用拙重之笔。"词写相思,但不再委婉含蓄,抒情直接而强烈。

温词妙不可言，寥寥几十字，读来味无穷。

女子发式入时，眉毛弯曲纤细。她正犯着相思病，百花盛开时节，终日相思，为伊憔悴。温庭筠通过歌妓之口，唱出自己的相思，当年女子无影踪，百花盛放时节的相思，何尝不是他的相思。

温庭筠漫游到了扬州。《观舞妓》："朔音悲嘒管，瑶踏动芳尘。摵袖时增怨，听破复含嚬。凝腰倚风软，花题照锦春。朱弦固凄紧，琼树亦迷人。"温庭筠的欣赏细致入微，他用全副身心去体会，既欣赏舞妓的舞姿，又欣赏舞妓的装束与情态，还欣赏伴奏的音乐，他全身的每个细胞，都沉浸在当下氛围。

温庭筠漫游扬州，惹来了表亲的鞭笞。前文说过，唐代佚名《玉泉子》记载，温庭筠有词赋盛名，起初在家乡参加科举，客游江淮间，扬子留后姚勖厚待他，赠他许多钱帛。温庭筠年少，将所得钱帛，都花在了烟花柳巷。姚勖大怒，将温庭筠鞭笞后撵走。

温庭筠的漫游，指向烟花柳巷：从青楼到青楼，从筵席到筵席，从舞妓到歌妓，日以继夜。中晚唐，文人狎妓常见，杜牧《遣怀》说："落魄江湖载酒行，楚腰纤细掌中轻。十年一觉扬州梦，赢得青楼薄幸名。"温庭筠的传世作品，许多在这种场合产生。只怨这位表亲太古板，他的鞭笞结束了温庭筠的漫游，还给温庭筠带来了坏名声。

第四章

入蜀

1

太和三年（829），温庭筠十八岁，当年他初至长安。太和四年（830），温庭筠十九岁，应进士试，落第之后，他离开长安，入蜀去漫游。

"入蜀"中的蜀，指的是剑南道。据《新唐书·地理志六》，剑南道下辖一府、一都护府、三十八州、一百八十九县。剑南道下辖一府，指的就是成都府，治今四川省成都市。晚唐时，剑南道由两个节度使管辖：剑南西川节度使和剑南东川节度使。成都府是剑南西川节度使的驻地，剑南东川节度使的驻地在绵州。绵州治今四川省绵阳市东北。

所谓漫游，游本身就是目的，别的无可无不可。

途经马嵬驿，玄宗与杨贵妃来照面："……渔阳鼙鼓动地来，惊破霓裳羽衣曲。九重城阙烟尘生，千乘万骑西南行。翠华摇摇行复止，西出都门百余里。六军不发无奈何，宛转蛾眉马前死。花钿委地无人收，翠翘金雀玉搔头。君王掩面救不得，回看血泪相和流。……"玄宗与杨贵妃，或许进入温庭筠梦境，将他从梦中惊醒。《马嵬驿》：

穆满曾为物外游，六龙经此暂淹留。

返魂无验青烟灭，埋血空生碧草愁。

香辇却归长乐殿，晓钟还下景阳楼。

甘泉不复重相见，谁道文成是故侯？

穆满，即周穆王，昭王之子，名满，曾西征犬戎。返魂，即返魂香，传说死者闻香即活。碧，《庄子》说："苌弘死，藏其血，三年化为碧。"长乐殿、景阳楼，均为汉代宫殿。

马嵬驿，遗址在今陕西省兴平县西北。唐代人们出行，只能走官道，沿线设有驿站。作为国家机器上的一个链条，驿站并不向平民开放，主要是官员举子使用。马嵬驿是陆驿，此外还有水驿、水陆兼通的驿站。据《唐六典》载，驿路通常三十里设置一站，水驿配备船只，陆驿配备马驴骡；官员使用驿站需要凭证，京师由门下省发给，地方由驻军或州府发给。无所不在的驿站，是唐代重要的公共文化空间：漫漫旅途寂寞难耐，官员举子每到驿站，往往会在专门的诗板或墙壁上题诗，彼此唱和。白居易曾写诗给元稹说："每到驿亭先下马，循墙绕柱觅君诗。"驿站带动村店兴起，也就是民营的旅馆。《唐会要》说："如有家口相随，及自须于村店安置，不得令馆驿将什物、饭食、草料就等彼供给。"官员举子的随行人员，不能在驿站解决食宿，他们必须安置在村店。温庭筠此时既非官员也非举子，他不过一介布衣，按规定不能使用驿站，只能住在驿站附近的村店，驿站的官马他也不能用，只能是用私马。

金圣叹《贯华堂选批唐才子诗》卷六解读："（前解）不便于说玄宗，则云'穆满'；不便于说避胡，则云远游；不便于说车驾，则云'六龙'；不便于说军士不发，请诛罪人，则云'暂淹留'。'暂淹留'三字，斟酌最轻，中间便藏却佛堂尺组、玉妃就尽无数惨毒之状也。三四承'暂淹留'，言自从此日直至于今，玉妃既死，安有更生。碧血所埋，依然草满。人之经其地者，直是试想不得也。（后解）上解写马嵬，此解又终说玉妃之事也。'香辇'七字，言既而乘舆还京；'晓钟'七字，言依旧春宵睡足。嗟乎！嗟乎！宫中事事如故，细思只少一人，又何言哉！又何言哉！"

当代史是最难写的，因为有太多忌讳，事事不方便直说。咏史诗也是如此。诗中都是前代人物，但委曲所指是唐朝。沈德潜《重订唐诗别裁集》卷十五评点："通体俱属借言，咏古诗另开一体。"因为这种不方便，开启了咏史诗的新形式。世间事有弊必有利，这可以算作一个证据。

我们都知道，天宝十四载（755），爆发了"安史之乱"。叛军势如破竹，攻破了潼关。唐玄宗与杨贵妃等仓皇奔蜀，途经马嵬驿，六军持戟不前，要求诛杀杨国忠父子，接着，随行郎史又请玄宗处死杨贵妃，以平天下怨愤，玄宗无奈，只好让人缢死杨贵妃。缢死杨贵妃的是高力士：高力士引她到佛堂，缢杀之。杨贵妃香消玉殒，年仅三十八岁。一年多以后，玄宗返回长安，重经马嵬驿，杨贵妃尸体已腐烂，身边的香囊还在。玄宗回长安后，儿子当了皇帝软禁他，他怀念杨贵妃，请来道士招魂，百计要见她一面。可是阴阳阻隔，一切皆是徒劳。玄宗撒手人寰，追他的杨贵妃去了。

"安史之乱"持续八年之久，它是唐代历史的重要节点，大唐帝国从此由盛转衰：中央政府控制的户数，由战前的九百多万户，迅速下降到不足两百万户。而且，"安史之乱"还造成藩镇割据，在利用地方兵力平定叛乱的过程中，藩镇割据势力进一步扩张，出现了更多割据一方的藩镇，后来的藩镇割据局面，是"安史之乱"的继续和发展，大唐帝国由统一走向分裂。

中国四大古典美女当中，按年代顺序排列，杨贵妃压轴，李白为她写《清平调》，白居易为她写《长恨歌》。杨贵妃曾是玄宗的儿媳妇，这个使玄宗备受诟病，但玄宗与杨贵妃爱得深切，他们的爱情是真爱情，真爱情值得歌颂。温庭筠写杨贵妃之死对玄宗的打击，写杨贵妃留下的巨大空白，为这出罕见的爱情悲剧，感慨万端。

温庭筠出生时，"安史之乱"刚过去五十多年，他梦想进入仕途有所作为，但"安史之乱"毁了他的梦想。温庭筠为玄宗惋惜，当然也是为自己惋惜。

不久到达五丈原，诸葛亮又来照面，《过五丈原》：

> 铁马云雕久绝尘，柳阴高压汉营春。
>
> 天晴杀气屯关右，夜半妖星照渭滨。
>
> 下国卧龙空误主，中原逐鹿不由人。
>
> 象床锦帐无言语，从此谯周是老臣。

五丈原，在今陕西省眉县。下国，小国。

《三国志·诸葛亮传》记载，建兴十二年（234）春，诸葛亮再次率军出川，据五丈原，与司马懿对阵于渭水之南，八月，诸葛亮得病，不久卒于军中，年五十四岁。魏蜀之战年代已远，温庭筠五丈原所见，只有柳荫，没有汉营。

《晋阳秋》说，诸葛亮卒前，有赤色发光的星星，自东北向西南，投向诸葛亮的军营，三往两还，往大还小，不久，诸葛亮卒，此乃天意。温庭筠认为，诸葛亮的努力毫无意义，因为逐鹿中原的结果，全在天意，不在人谋。

《三国志·谯周传》记载，诸葛亮卒后，蜀汉无人，老臣唯有谯周，他说服后主，投降了曹魏。刘禅昏庸，谯周无能，结局早定。

诸葛亮自蜀中来，温庭筠向蜀中去。温庭筠路经五丈原，想到三国时的激战，他为诸葛亮感到惋惜，谁让他在弱国做宰相呢？尽管诸葛亮鞠躬尽瘁，还是无法改变败局。说的都是三国故事，但隐约指向晚唐，充满悲观与无奈。温庭筠或许想到了自己，悲观与无奈是为自己，为自己的生不逢时，为自己的怀才不遇。

入蜀途中，又有《过分水岭》：

> 溪水无情似有情，入山三日得同行。
>
> 岭头便是分头处，惜别潺湲一夜声。

据《通志》记载，分水岭在汉中府略阳县东南八十里。汉中府略阳县即今天的陕西省略阳县，这里是汉江与嘉陵江的分水岭，为入蜀要道。元稹有《分水岭》，李商隐有《自南山北归经分水岭》，指同一地。

唐代蜀道难，难于上青天："连峰去天不盈尺，枯松倒挂倚绝壁。飞湍瀑流争喧豗，砯崖转石万壑雷。"温庭筠行走在路上，旅途多寂寞，同行有溪水。诗人入蜀，应是顺溪水前行，进山三日，以溪水为伴。

旅伴都要分离，何况山间溪水。不久就要分离，诗人与溪水，依依惜别。溪水叮叮咚咚，流了整个晚上，似乎很是不舍。温庭筠必定不是夜行军，不是赶夜路一整晚，听溪水流淌一整晚；而是宿在离溪水不远的地方，辗转反侧夜不能寐，听了整晚的溪流声。

不久到达利州，留诗一首《利州南渡》：

> 澹然空水带斜晖，曲岛苍茫接翠微。
> 波上马嘶看棹去，柳边人歇待船归。
> 数丛沙草群鸥散，万顷江田一鹭飞。
> 谁解乘舟寻范蠡，五湖烟水独忘机。

利州，属山南西道，治今四川省广元市，州治濒临嘉陵江，西南有渡口桔柏津。

温庭筠由唐都长安出发，前往西南方向的剑南道，他在利州西南的桔柏津，渡过嘉陵江。

当年的嘉陵江水波不兴，夕阳的余晖洒在江面上，江中洲渚苍翠的草色，与远处青绿色的山色相接，马嘶声中渡船向着对岸划去，岸边柳树下是等待摆渡的人，数丛沙草群鸥飞散，万顷江水白鹭掠过。

《史记·货殖列传》记载，越王勾践攻灭吴国后，范蠡与家人手下，就乘舟离开了，再没有回来。《史记·越王勾践世家》也载，勾践灭吴，范蠡离去，从齐国写来书信，给越国大夫文种书，说："飞鸟尽，良弓藏；狡兔死，走狗烹。越王为人长颈鸟喙，可与共患难，不可与共乐。子何不去？"范蠡能忘却机心机事，泛舟五湖逍遥终身，这一点无人能学。温庭筠说无人能学范蠡，当然包括他自己在内。他此去蜀中漫游或有所图，可能有进入节度使幕府的打算，他在为自己的不能忘机而自嘲。

自利州再往西南，不久就到了剑州（治今四川省剑阁县）。

温庭筠在剑州，结识了一位蜀将。十年后与这位蜀将重逢时，温庭筠写下《赠蜀将（蛮入成都，颇著功劳）》：

> 十年分散剑关秋，万事皆随锦水流。
> 心气已曾明汉节，功名犹自滞吴钩。
> 雕边认箭寒云重，马上听笳塞草愁。
> 今日逢君倍惆怅，灌婴韩信尽封侯。

剑关即剑州。锦水即锦江。

据学者考证，中晚唐南诏侵入成都，正史记载共有两次：一次在太和三年（829），另一次在咸通十一年（870）。诗名中的"蛮入成都"，当指太和三年而言。温庭筠与这位蜀将的相识，当在"蛮入成都"之后不久，可能是在太和四年（830）；也就是说，温庭筠此次入蜀的时间，大约是在太和四年①。

《史记·樊郦滕灌列传》记载："颍阴侯灌婴者，睢阳贩缯者也。"《史记·淮阴侯列传》也载：淮阴侯韩信，"始为布衣时，贫无行……"两人出身低微，但是双双封侯。十年后与蜀将重逢，温庭筠倍感惆怅，因为出身低微者，无一例外都封侯。温庭筠的惆怅，是为这位蜀将，更是为他自己。

秋日剑州一别，转眼就是十年。万事得有多少事！十年时光与万事，都和锦江水一样，滚滚东流，一去不返。

惆怅是十年后的事，眼下温庭筠踌躇满志，他奔向成都府，奔向仕途。

---

① 陈尚君《温庭筠早年事迹考辨》，《中华文史论丛》，1981 年第 2 期。

## 2

终于到达成都府。

据《旧唐书·地理志四》，成都府在长安西南二千三百七十九华里，隋代称蜀郡，唐武德元年（618）改为益州，天宝元年（742）又改为蜀郡，至德二年（757）再改为成都府，天宝年间（742—756）成都府下辖十县，一十六万零九百五十户，九十二万八千一百九十九人。

温庭筠由京师长安出发，行程二千三百七十九华里到达成都府。当时的交通条件下，行程如此之远，蜀道如此之难，温庭筠此番入蜀，历尽万苦千辛。

太和四年（830）十月，李德裕任剑南西川节度副大使、知节度事。

《旧唐书·李德裕传》记载："（太和）四年十月，以德裕检校兵部尚书、成都尹、剑南西川节度副大使、知节度事、管内观察处置、西山八国云南招抚等使。"名为副大使，实为节度使：以副大使的名义，行使节度使的职权。官名很长权力也大，既是地方的行政长官，又是地方的军事长官，还有相机行事的权力，此外又有外交权力。所以有此调动，是因为前一年有南诏入侵事，即前节所说的"蛮入成都"。

太和三年（829）南诏入侵，具体情形如何呢？

《资治通鉴》卷二百四十四《唐纪六十》记载，太和三年十一月，西川节度使杜元颖奏南诏入寇。杜元颖做过宰相，附庸风雅，自高自大，不懂军事，专心蓄积，削减士卒衣粮，西南戍边的士卒，衣食不足，都去南诏抢劫；南诏反而供给衣食，因此蜀中虚实动静，南诏一清二楚。南诏入寇，边州屡屡告急，杜元颖不相信，南诏兵至，边城毫无防备，南诏以蜀兵为向导，袭陷巂、戎二州，杜元颖派兵与之战于邛州南，蜀兵大败，邛州也陷。当月，朝廷调发东川、兴元、荆南兵往救西川。十二月，又调发鄂岳、襄邓、陈许之兵往救；以东川节度使郭钊为西川节度使，兼权东川节度事，暂时代理东川节度使；南诏兵直抵成都，陷外郭，杜元颖率众保牙城抵抗，多次想要逃跑；贬杜元颖为邵州刺史；以右领军大将军董重质为神策、诸道西川行营节度使，又调发太原、凤翔兵开赴西川；南诏又寇东川，入梓州东郭，郭钊兵弱将寡不能战，写信谴责南诏，南诏回信说：杜元颖侵扰南诏，所以兴兵报复。与郭钊修好退兵；南诏兵留成都西郭十日，开始是抚慰蜀人，市肆安堵，等到撤退时，又大肆掳掠，"乃大掠子女、百工数万人及珍货而去"。蜀人恐惧，往往投江，死者甚众，尸横江面；南诏遣使上表，称杜元颖不体恤军士，军士怨恨，争为向导，请他前去诛杀杜元颖，可惜未遂，请陛下诛杀他；再贬杜元颖为循州司马；诏董重质及诸道兵返回；郭钊至成都，与南诏订立条约，从此不相侵扰；诏遣中使赐给南诏国信，国信是国与国间用来征信的文书及符节。

李德裕到任后，迅速展开工作。《资治通鉴》卷二百四十四《唐纪六十》记载："德裕至镇，作筹边楼，图蜀地形，南入南诏，西达吐蕃。日召老于军旅、习边事者，虽走卒蛮夷无所间，访以山川、城邑、道路险易广狭远近，未逾月，皆若身尝涉历。"朝廷命李德裕堵塞清溪关，截断南诏入寇道路，蜀自清溪关南入南诏，李德裕上奏说：通往南诏的小路极多，不可堵塞，只有重兵镇守，可保无虞。当时北方援军只有河中、陈许三千人在成都，李德裕奏请郑滑五百人、陈许千人镇蜀。又奏请在大度水北另筑一城，重兵镇守。朝廷全部允准。"德裕乃练士卒，葺堡鄣，积粮储以备边，蜀人粗安。"次年五月，李德裕又遣使往南诏，索要被掠走的百姓，得四千人返回。

温庭筠与李德裕，后来颇有些交往。温庭筠有诗《觱篥歌（李相妓人吹）》，夏承焘《温飞卿系年》认为，诗中的李相是指李德裕，此诗应作于李德裕在相位时。刘学锴《温庭筠全集校注》赞同夏承焘，并补充说李德裕文集有《霜夜对月听小童薛阳陶吹觱篥歌》（残佚，存六句），作于宝历元年（825）秋任浙西观察使时，刘禹锡、白居易、元稹当时都有和诗，可见李德裕好觱篥；李德裕共两次入相，第一次太和七年至八年（833—834），第二次开成五年至会昌六年（840—846），太和七年初拜相时，李德裕四十七岁，可以称作"黑头丞相"，因此该诗所说的

"李相"，应指太和七年（833）初次拜相的李德裕。从以上叙述不难看出，李德裕自己喜欢作诗，也喜欢与文士们交往。太和七年或八年，温庭筠在宰相李德裕府中流连，为他的家妓写下诗作，曲折地赞美到李德裕。李德裕遭贬谪后，温庭筠又有诗《题李相公敕赐锦屏风》，为他鸣不平。温庭筠与李德裕的交往，可能开始得更早：温庭筠此番入蜀到成都府，极有可能拜谒过李德裕。温庭筠与李德裕幕府中文士，把酒言欢诗文唱和，并通过他们委婉地向李德裕提出请求，希望加入他的幕府，但由于种种原因，无果。

太和五年（831）春，温庭筠仍在成都，他为成都留诗一首，《锦城曲》：

> 蜀山攒黛留晴雪，簝笋蕨芽萦九折。
> 江风吹巧剪霞绡，花上千枝杜鹃血。
> 杜鹃飞入岩下丛，夜叫思归山月中。
> 巴水漾情情不尽，文君织得春机红。
> 怨魄未归芳草死，江头学种相思子。
> 树成寄与望乡人，白帝荒城五千里。

锦城，即锦官城，少城古为掌织锦官员的官署，故称锦官城，后以锦城、锦官城作为成都的别称。攒黛，青黛色的山峰攒聚。簝笋蕨芽，指尖峭高峻的蜀山。九折，《水经注》记载，邛崃山有九折阪，夏则凝冰，冬则毒寒。巴水，即巴江，今嘉陵江。怨魄，指杜宇所化的子规，《蜀记》记载，曾有杜宇称王蜀中，叫作望帝，杜宇死后，传说化作子规鸟。望乡，《益州记》记载，华阳县北九里有望乡台。白帝荒城，《全蜀总志》记载，白帝城在夔州府治东五里。

诗中写到成都附近风物：岷山、九折阪、江风、杜鹃花、杜鹃花在江中的倒影、杜鹃鸟的啼叫，又写到蜀地历史人物：杜宇、卓文君。

人总是听到想听的声音，温庭筠在成都，听到杜鹃鸟的啼叫，杜鹃彻夜哀鸣，声声都是思归。人在逆旅自然容易想家，除此之外，他是否受到什么打击呢？入幕无果应该算一个。人穷则返本，人在逆旅外加打击，更容易想家。

红豆生南国，此物最相思。谁在思念温庭筠呢？温庭筠又在思念谁呢？或许是新婚燕尔的妻子。《菩萨蛮》：

> 蕊黄无限当山额，宿妆隐笑纱窗隔。相见牡丹时，暂来还
> 别离。
> 翠钗金作股，钗上蝶双舞。心事竟谁知，月明花满枝。

蕊黄，即额黄，六朝至唐，女妆常用黄粉扑额或涂额，其色如黄色花蕊，故称。山额，额头，额头隆起如山，故称。宿妆，昨日旧妆。隐笑，藏笑。翠钗，镶嵌有翡翠的发钗。

李渔《窥词管见》评点："有以淡语收浓词者，别是一法。……如'心事竟谁知，月明花满枝''曲终人不见，江上数峰青'之类是也。此等结法最难，非负雄才、具有大力者不能，即前人亦偶一为之，学填词者慎勿轻效。"李渔认为，这样的结尾法，非雄才写不来，并告诫初学填词的人，切勿轻易效仿温庭筠。

纱窗内，女子残妆犹存，笑容已收；牡丹盛放时，匆匆相见，旋即别离；钗分两股，钗上蝶双舞；离愁有谁知？明月夜，花满枝。温词中的别离近乎残忍，不是夏天，不是秋天，也不是冬天，偏偏是春天；不是少年，也不是老年，偏偏就是人生最好的年华：春色景明时节，他却匆匆离去，独留佳人，苦度良宵。


## 3

太和五年（831）春，温庭筠离开成都，顺岷江南下，到达新津（今四川省新津县），他挥笔写下《旅泊新津却寄一二知己》：

维舟息行役，霁景近江村。

并起别离恨，似闻歌吹喧。

高林月初上，远水雾犹昏。

王粲平生感，登临几断魂。


维舟，系船停泊。行役，行旅、出行。霁景，雨后初晴景色。

温庭筠在新津系舟暂停旅行，那么他必然不是在新津上的船，可能是在上游的唐安（治所在今四川省崇州市东南）：他离开成都后，去唐安上船；或者先去了蜀州（治今四川省崇州市），稍作停留后去唐安上船。

系舟上岸，雨后初晴，该地邻近江村。此时忽生离别之恨，耳畔萦绕歌吹之声，与知己离别似在眼前。离别的前夜，知己来饯行，烟花柳巷里，丝竹管弦声，友人赠诗文，温庭筠填新词，歌妓们唱新词，离别的酒一杯接一杯，几个人都喝高了。

夜幕降临，新月上高树，远处江面，水雾氤氲。江面上的月亮又大又圆，让人生出空旷之感，空旷得有些凄凉。

《三国志·王粲传》记载，王粲字仲宣，汉献帝西迁，随迁至长安，可是长安扰乱，于是往荆州依刘表，后被曹操辟为丞相掾，赐爵关内侯，魏国立，拜侍中。王粲生当乱世，他不断地逃离，平生感触最深的，大概就是离别之恨以及世事多艰。温庭筠羁旅在外，寻求入幕又无果，让他断魂的除了离别之恨，必定还有世事多艰。温庭筠置身江村，心情无比凄凉，他将自己的心情，写给一二知己听。

温庭筠在漫游蜀中时写了传奇小说《王诸》，讲了个蜀中故事。鲁迅《中国小说史略》认为，唐代传奇小说的兴盛，缘于举子们的生存需求：当时举子们进京赶考，要将自己的诗抄成卷子，拜名人鉴定，如能得名人赞誉，立即身价十倍，及第的希望大增；开元以后，名人看诗看烦了，诗不招人待见了，于是有人就抄传奇小说呈上，结果暴得大名，所以大家就纷纷作起传奇小说来，传奇小说因此盛极一时。温庭筠的这篇传奇，也是此类性质，是一块敲门砖。

《王诸》的故事是这样：唐代宗李豫大历（766—779）间，邛州（治今四川省邛州市）刺史崔励的外甥王诸住在绵州（治今四川省绵阳市）。王诸经常往来秦蜀间，与仓部令史赵盈很投缘，两人相处得不错。王诸筹备绵州事务，都是赵盈为他主持。王诸要回蜀中，赵盈极力挽留。到了半夜，赵盈对王诸说："某长姊适陈氏，唯有一笄女。前年，长姊丧逝，外甥女子，某留抚养。所惜聪惠，不欲托他人。知君子秉心，可保岁寒。非求于伉俪，所贵得侍巾栉。如君他日礼娶，此子但安存，不失所，即某之望也。成此婚者，结他年之好耳。"笄，指女子十五岁成年。姐姐死后留下个女儿，已成年，赵盈要为外甥女找个好归宿，他觉得王诸人品不错，值得托付。王诸回答："感君厚意，敢不从命。固当期于偕老耳。"王诸满口答应。然后，"备缋币迎之"，与赵盈的外甥女举行了仪式。故事先讲到这里。

温庭筠离开新津，不久到达巫山县（今重庆市巫山县），他为巫山神女写诗，《巫山神女庙》：

黯黯闭宫殿，霏霏荫薜萝。
晓峰眉上色，春水脸前波。
古树芳菲尽，扁舟离恨多。
一丛斑竹夜，环珮响如何？

巫山，《水经注》说，神女是天帝之女，名叫瑶姬，朝行云，暮行雨。《方舆胜览》记载，神女庙在巫山县治西北二百五十步，有阳云台。脸前波，指眼波。

温庭筠泊舟神女庙前，他舍舟登岸拜谒神女庙，光线昏暗宫殿紧闭，雨水盛大植物繁茂，古树芳菲尽，时间将入夏，扁舟离恨多，总在别离中。温庭筠在出蜀途中，不断地别离，刚结识就别离，刚见面就别离，扁舟如箭，箭在弦上，温庭筠在神女庙，只作瞬间的停留。

清晨的山峰，犹如神女的眉色，庙前的春水，似神女的眼波，神女夜归来，环佩叮当响。温庭筠十九岁入蜀，二十岁出蜀，他风流倜傥，眼中所见是神女庙，脑子所想却是神女，神女眉色如晓峰，神女烟波似春水，神女环佩叮当响，她既是神女也是美女。

接着来讲王诸的故事：王诸与陈氏女子生活两年后，带着陈氏回到绵州。此时，崔励正"典邛商"，主管邛州的商业。王诸前去看望舅舅。舅舅责怪王诸不拘形迹，王诸则以实情相告。舅舅说："吾小女宽柔，欲与汝重亲，必容汝旧纳者。"舅舅要亲上加亲，把女儿嫁给王诸。陈氏也说："岂敢他心哉！但得衣食粗充，夫人不至怪怒，是某本意。"陈氏情愿做小。于是，王诸又与表妹成亲。婚后，表妹便让王诸娶了陈氏，崔氏与陈氏两个女人，"同居相得，更无分毫失所"，相处融洽，亲密无间。

再来说温庭筠在蜀中的情况。还是在巫山，温庭筠与崔某告别，二十年后，温庭筠有诗《送崔郎中赴幕》：

一别黔巫似断弦，故交东去更凄然。

心游目送三千里，雨散云飞二十年。

发迹岂劳天上桂，属词还得幕之莲。

相思休话长安远，江月随人处处圆。

郎中，唐代尚书省六部诸司的长官，品级从五品上。黔巫，指巫山。

黔巫一别音讯绝，朋友分散二十年。在巫山，温庭筠与崔某分别，二十年后他们重逢，重逢之后又是分别。

王诸故事出现转折：崔励让儿子崔铿与外甥王诸去江陵（今湖北省荆州市荆州区）择地而居，安家落户，带着金银细软，出三峡去了。三月王诸出发。五月，崔励任满离职，于是挈家带口，举家迁往江陵。王诸与崔铿买下一所宅子，正在修葺中，中午休息时，王诸忽然梦到陈氏披头散发而来，向王诸哀告："某，他乡一贱人。崔氏夫人本许终始，奈何三峡舟中沐发，使人耸某，令于崩湍中而卒，永葬鱼鳖腹中。"梦中陈氏哭哭啼啼，说崔氏趁她洗头发，让人将她推到了江里，淹死了。不久，崔铿在东厢午休，也梦到陈氏诉冤："崔夫人不仁，致我性命三峡。"崔铿与王诸偶坐，都很惊讶。当天夜里，二人再次梦到陈氏，梦的内容同前。崔铿为妹妹惭愧，对王诸说："某娘情性不当如是，何有此冤！且今日江头望信，若闻陈氏不平安，此则必矣。"说妹妹性情不是那样，做不出那种事情的。可是其后数日，果然有消息传来，说陈氏已在三峡溺毙。等到崔励到了王诸家，王诸向老丈人泣说前事。崔氏被兄长责骂，无法洗清自己，于是"断发暗鸣而卒"，崔氏在悲伤中去世。此后，王诸心灰意懒，云游四方去了。温庭筠出蜀走的也是水路，对三峡的凶猛湍急，应当印象深刻。王诸故事的原型，可能是从三峡的船上听来的，或许他从船夫口中，听到真实的故事，改编成传奇小说《王诸》。

温庭筠与崔郎中离别，王诸与崔氏离别，离别是温词的主题。《菩萨蛮》：

> 杏花含露团香雪，绿杨陌上多离别。灯在月胧明，觉来闻晓莺。
>
> 玉钩褰翠幕，妆浅旧眉薄。春梦正关情，镜中蝉鬓轻。

团香雪，杏花如簇，远望如雪。胧明，微明。旧眉，昨日画的眉。蝉鬓，古代妇女发式，两鬓薄如蝉翼。

唐圭璋《唐宋词简释》解读："此首抒怀人之情。起点杏花、绿杨，是芳春景色。此际景色虽美，而人多离别，亦黯然也。'灯在'二句，拍到己之因别而忆，因忆而梦，一梦醒来，帘内之残灯尚在，帘外之残月尚在，而又闻晓莺恼人，其境既迷离恍惚，而其情犹可哀。换头两句，言晓来妆浅眉薄，百无聊赖，亦懒起画眉弄妆也。'春梦'两句倒装，言偶一临镜，忽思及宵来好梦，又不禁自怜憔悴，空负此良辰美景矣。"温词内容基本都是怀人，同样的题材、同样的感受，温庭筠却写出万千风致，穷尽种种情状，首首各不相同。

王诸故事的结尾是这样的：王诸四处云游。数年后，忽然在某地水军营中门东厢，见一女子，酷似陈氏。王诸注视那女子，女子也注视王诸，并问王诸童仆："郎君岂不姓王？"童仆告诉了王诸，王诸让他问个究竟。陈氏说："实不为崔氏所挤，某失足坠于三峡，经再宿，泊尸于碛，遇鄂州回易小将梁璨，初欲收葬，后因吐无限水，忽然而苏。某感梁之厚恩，遂妻梁璨，今已诞二子矣。"不是被崔氏推下水的，是自己失足掉下去的，后被梁姓男子救起，为感恩，从嫁与。陈氏竟然这样出蜀，这样出蜀冤死崔氏。王诸觉得冤枉了崔氏，可崔氏已死无法补救，王诸更是万念俱灰，就进罗浮山出家了。

温庭筠入蜀漫游，春天出发，走走停停，一走好几个月。李德裕冬天才赴任，温庭筠不是奔他去的，冬天才有的任命，春天不可能预知。漫游本身就是目的，请求入幕只是捎带，有果未果无所谓。行千里路，读万卷书，漫游是增进修养的一种方式：人文古迹、人情风物，新鲜的事物扑面而来，既丰富了见识，也刺激了灵感，好作品像喷泉，一首接一首。

第五章

逐香车

1

前文说过，太和三年（829），温庭筠初至长安，当时只有十八岁，按现在的算法就更小，十六岁多或者十七岁。

《东观奏记》卷下记载："勅：'乡贡进士温庭筠早随计吏……'"唐代府州每年要派人前往京师，汇报官员的考课情况，同时进贡地方土特产，这个被派去的人称为"计吏"，乡贡的举子也随"计吏"进京。温庭筠初至长安，是为参加次年的进士考试。太和四年（830），温庭筠科举落第后，就去到蜀中漫游，太和五年（831），他结束蜀中的漫游，重又回到长安。

《旧唐书·温庭筠传》记载："（温庭筠）初至京师，人士翕然推重。"温庭筠初至京师有轰动效应，受到士子们的追捧，在文坛掀起波澜，长安传说他的才华，人们茶余饭后街谈巷议，全是温庭筠的新诗新词。《南歌子》：

似带如丝柳，团酥握雪花。帘卷玉钩斜。九衢尘欲暮，逐香车。

团酥，即凝脂；李调元《雨村词话》卷一说："温庭筠《南歌子》'团酥握雪花'，言花之白如团苏也，与酥同义。"九衢，指长安的繁华街道。香车，用香木做的车，或泛指华美的车、轿。

刘学锴《温庭筠全集校注》认为，不必将此词闺情化，并举张泌《浣溪沙》为例："晚逐香车入凤城，东风斜揭绣帘轻，慢回娇眼笑盈盈。"说两首词情景略似，只不过温词中作者是旁观者，而张词中作者参与其中，扮演一伴醉随行的"狂生"。

温庭筠作为旁观者，玉钩与香车，都是他眼中的风景，扮演"狂生"的可能性，也不小：暮春时节，柳如丝带，花似凝脂，玉钩搴翠帘，长安日欲暮，温庭筠是狂生，狂生逐香车。这首词读来，像是温庭筠为自己写的，是他初至长安时及返回长安后，他真实生活的写照。

温庭筠有传奇小说《华州参军》，这篇传奇可看作是温庭筠的自传。《华州参军》讲了个"逐香车"的故事：华州（治今陕西省华县）柳参军，出身名门望族。参军，官名，东汉末始有"参某某军事"的名称，指参谋军事，简称"参军"，晋代以后军府和王国始置为官员，相沿至隋唐，兼为郡官。此参军"寡欲、早孤、无兄弟"，清心寡欲，父母双亡，无兄无弟。他"罢官"在长安闲游。罢官有辞官的意思，也有被免职的意思，所以柳参军的去职，可能是主动的辞职，也可能是被动的免职。上巳日，曲江见一车子，饰以金玉，停在水边，这就是所谓的香车。上巳日，古代节日名，宋代吴自牧《梦粱录·三月》说："三月三日上巳之辰，曲水流觞故事，起于晋时。唐朝赐宴曲江，倾都禊饮踏青，亦是此意。"上巳日是夏历三月初三。唐代的上巳日，皇帝要在曲江大宴群臣，百姓则倾巢出动，去郊外踏青。柳参军和香车的主人，是来曲江踏青的。杜甫《丽人行》云："三月三日天气新，长安水边多丽人。"此时曲江美女如云，艳遇由此发生。在柳参军的注视之下，车子的后帘徐徐掀起，帘起处纤手如玉，指点着让摘荷花。女子容貌倾国倾城，盯着柳生很久很久。柳生失魂落魄，不由得策马逐香车，香车驶入永崇里。柳生打听得其家姓崔，有母亲，又有青衣，名轻红。汉代以后卑贱者着青衣，所以称婢仆、差役等为青衣。柳生不甚缺钱，设法贿赂轻红，可是，轻红不接受。故事的开头就是这样。

温庭筠置身唐都长安，他讲的这个故事，该是他的亲身经历：他就是那个柳参军，在长安策马逐香车，钟情于香车的主人，设法打探她的消息，贿赂她的女仆，女仆偏偏水火不侵，他的爱情遭遇瓶颈，心里像有几只猫爪子，挠得他心乱如麻。

在长安，温庭筠除了逐香车，还有其他事可做，比如结识渤海王子。《送渤海王子归本国》：

疆理虽重海，车书本一家。

盛勋归旧国，佳句在中华。

定界分秋涨，开帆到曙霞。

九门风月好，回首是天涯。

渤海国是唐代靺鞨等族建立的政权，国王被唐睿宗封为渤海郡王，渤海国与唐朝保持朝贡关系；强盛时疆域东至日本海，北至今黑龙江境，南至鸭绿江下游，西至今吉林省西部，有五京、十二府、六十二州。唐朝的附属国中，渤海受唐朝文化影响最多。《新唐书·北狄传》记载，唐朝与渤海国文化交往频繁，渤海国多次派遣留学生至长安，入太学学习古今制度。

渤海国使者至唐，通常是由海路。据陈陶然、张国辉《温庭筠送渤海王子归国时间考》，渤海国遣唐使所经路线如下：从西京鸭渌府，抵都里镇（今辽宁旅顺），再乘船横渡乌湖海（今渤海海峡），到登州（今山东蓬莱），然后，向西南过北海（今山东潍坊）、青州（今山东益都）等地而至长安。渤海国遣唐使如此，渤海国王子也是如此。

诗中说唐朝与渤海虽远隔重洋，但书同文、车同轨本属一家，此时的温庭筠俨然就是外交官，他代表的是大唐。

"佳句在中华"，王子所作诗文，永远留在大唐。温庭筠与渤海王子的交往，媒介无疑是诗词，温庭筠的诗词盛名，吸引了这位渤海王子，渤海王子殷勤请教，因此时有诗文往还，渤海王子态度谦恭，有如粉丝仰视明星，温庭筠的颔首认可，让他惊喜莫名。

诗句中隐含着距离，原因何在呢？首先是因为地理上的差距，渤海王子来自外邦，他是位国际友人，应保持必要的礼仪，有礼仪就有距离感；其次是因为地位不同，温庭筠为士人推重，诗词有盛名，而渤海王子只能算是爱好者，地位上属于学生，老师和学生自然有距离。

诗的最后说："九门风月好，回首是天涯。"长安风光好，回首已天涯，温庭筠与王子依依惜别。

王子虽是渤海国的，但毕竟是王子，地位显赫，他带给温庭筠的，也许有心理上的满足。

"逐香车"接下来的情节是：后来，崔氏女得了病，她的舅舅执金吾王，来看望外甥女。金吾，官名，负责皇帝与大臣的警卫、仪仗，以及巡查京师、掌管治安，唐宋以后有金吾卫、金吾将军、金吾校尉等。崔氏女的舅舅为兄，崔氏女的母亲为妹，哥哥对妹妹说："请为子纳焉。"舅舅要亲上加亲，为儿子迎娶外甥女。但是崔氏女不同意，母亲又不敢违背哥哥。崔氏女说："愿嫁得前时柳生足矣。必不允，某与外兄终恐不生全。"她愿意嫁给柳生，如果不答应，不苟活要自杀。母亲体恤女儿，于是命轻红转达。轻红为考验柳生，故意诱惑他，柳生又喜欢轻红。轻红大怒："君性正粗，奈何小娘子如此待于君，某一微贱，便忘前好，欲保岁寒其可得乎？某且以足下事白小娘子。"意思说你品性差，不值得托付终生。柳生再拜谢罪。轻红才说："夫人惜小娘子情切，今小娘子不乐适王家，夫人是以偷成婚约，君可两三日内就礼事。"轻红以实情相告，柳生高兴极了，置办丰厚彩礼，在约定的时间，与崔氏女完婚。五日后，柳生就带着妻子与轻红，在长安城里隐居起来。

崔氏女得了病，大概是相思病，思的是柳参军，不是王表兄，舅舅治不了她的病。柳参军策马逐香车，害得崔氏女相思，发誓非他不嫁；崔氏女的女仆轻红，不收贿赂水火不侵，却能够以身试情，向柳参军发出诱惑，又不辱使命，使柳参军改悔；婚后，两人在长安城里隐居，过着幸福的小日子，如胶似漆，蜜月连着蜜月。说柳参军该是温庭筠，有《梦江南》为证：

> 梳洗罢，独倚望江楼。过尽千帆皆不是，斜晖脉脉水悠悠。肠断白蘋洲。

白蘋洲是长满白蘋花的沙洲。

汤显祖《汤评〈花间集〉》卷一评点："'朝朝江上望，错认几人船。'同一结想。"

沈际飞《草堂诗余别集》卷一评点："痴迷、摇荡、惊悸、惑溺，尽此二十余字。"

陈廷焯《云韶集》卷一评点："绝不着力，而款款深深，低徊不尽，是亦谪仙才也。吾安得不服古人也。"谪仙指大诗人李白。

夏承焘《唐宋词欣赏》解读："这首词'斜晖脉脉'是写黄昏景物，夕阳欲落不落，似乎依依不舍。这里点出时间，联系开头的'梳洗罢'，说明她已望了整整一天了。但这不是单纯的写景，主要还是表情。用'斜晖脉脉'比喻女的对男的脉脉含情，依依不舍。'水悠悠'可能指无情的男子像悠悠江水一去不返……这样两个对比，才逼出末句'肠断白蘋洲'来。这句若仅作景语看，'肠断'二字便无来源。温庭筠词深密，应如此体会。"

施蛰存《读温飞卿词札记》[1]则解读："此女独倚江楼，自晨至暮，无乃痴绝？窃谓此词乃状其午睡起来之光景。飞卿《菩萨蛮》云：'无言匀睡脸，枕上屏山掩。时节欲黄昏，无聊独闭门。'其上片云：'雨后却斜阳，杏花零落香。'情态正同，皆写其午睡醒时孤寂之感，一则倚楼凝望，一则无聊闭门耳。"

夏承焘认为女子望眼欲穿，望了一整天，施蛰存则认为女子望了半天。不论是整天还是半天，词中的女子都可谓痴绝：她脉脉含情，久久

---

[1] 《中华文史论丛》，1978 年第 10 期。

凝望江上，而所盼望的男子，有如悠悠江水，一去不复返，想起昔日白蘋洲的分别，不禁肝肠寸断。

"逐香车"后来的情节是：不久，金吾去到永崇里，妹妹向他哭诉："某夫亡，子女孤弱，被侄不待礼会，强窃女去矣。兄岂无教训之道？"意思是说丈夫死得早，自己孤儿寡母，被侄子欺侮了，把女儿拐走了。金吾闻听大怒，将儿子一顿胖揍，又密令搜捕，可是一无所获。崔氏女母亲这样做，本来是为给哥哥一个交待，可也等于栽赃侄子，她大概摸准了哥哥脾气，他不会把儿子怎么样的。

温庭筠才华横溢风流潇洒，他的爱情就该是这样，逐香车娶到了崔氏女，丈母娘还为他打掩护，不惜得罪亲哥哥，不惜冤枉亲侄子。

## 2

在长安，温庭筠与公卿子弟过从甚密。

《旧唐书·温庭筠传》记载："公卿家无赖子弟裴诚、令狐缟之徒，相与蒲饮，酣醉终日，由是累年不第。"公卿，泛指高官。蒲饮，赌博饮酒。《新唐书·温廷筠传》也载："又多作侧辞艳曲，与贵胄裴诚、令狐滈等蒲饮狎昵。数举进士不中第。"

两处的记载都说，温庭筠与公卿子弟交往。公卿子弟的姓氏没争议，一个姓裴一个姓令狐，名字记载却有出入。这类人在历史上是过客，往往面目模糊，名字容易模棱两可。他们到底叫什么呢？既然是权贵子弟，那么权贵又是谁呢？

姓裴的该是叫裴诚，是宰相裴度的侄子，姓令狐的该是叫令狐滈，是宰相令狐绹的儿子。检《新唐书·宰相表》，裴度拜相的时间，是元和十年（815），令狐绹拜相的时间，是在大中四年（850）。温庭筠与裴诚、令狐滈的交往，必定不是一个时期。此时温庭筠交往的该是裴诚。令狐滈我们放在后文来说，这里单说裴度的侄子裴诚。

唐人范摅《云溪友议》卷下《温裴黜》说："裴郎中诚，晋国公次弟子也。"晋国公，裴度封晋国公。裴诚是裴度兄弟之子，也就是裴度的侄子。又说："足情调，善谈谐。举子温岐为友，好作歌曲，迄今饮席，多是其词焉。……"裴诚富有情调，善于谈笑，两人都喜欢写词，后世宴席所唱，多是他二人的作品。

范摅接下去举裴诚所作《南歌子》词三首：

> 不是厨中串，争知炙里心。
> 井边银钏落，展转恨还深。

> 不信长相忆，抬头问取天。
> 风吹荷叶动，无夜不摇莲。

> 竿蜡为红烛，情知不自由。
> 细丝斜结网，争奈眼相钩。

然后，举二人合作《新添声杨柳枝》词两首：

> 思量大是恶姻缘，只得相看不得怜。
> 愿作琵琶槽那畔，美人长抱在胸前。

> 独房莲子没人看，偷折莲时命也拚。
> 若有所由来借问，但道偷莲是下官。

最后，举温庭筠词两首：

> 一尺深红朦曲尘，旧物天生如此新。
> 合欢桃核终堪恨，里许元来别有人。

> 井底点灯深烛伊，共郎长行莫围棋。

玲珑骰子安红豆，入骨相思知不知？

由以上作品来看，虽然明确说是词，但仍是诗的形式，词最初就是这样。裴诚与温庭筠的词，有着不小的差距：裴诚的词过于直白，基本都是大白话，而且写得很露骨，有点像黄色小调；而温庭筠的词，含蓄且蕴藉，言有尽意无穷，与《花间集》所选比较，可以看出其间的脉络。《温庭筠全集校注》中，没有收入以上两首词，它们或许是早期作品，属于游戏性质，温庭筠不当真。至于合作的两首词，大概以裴诚为主，温庭筠挂名而已。

富有情调善于谈笑，裴诚是个有趣的人，与温庭筠的为人，颇多契合之处。两人之间的关系，应该不是简单的利用被利用，还有意气相投的成分，彼此谈笑其乐融融。他们该是出入大小的宴席，要么是在宴席畅饮，要么是在前往宴席的路上；菜过五味，酒过三巡，参加宴会的人，以前不熟识的，此时也放下面具，谈笑，谈京师的趣闻，谈文人的轶事；丝竹之声起焉，有歌声随之缥缈；酒是文人的灵感，三杯酒下肚，灵感随之涌现；裴诚抛砖引玉，率先填词一首，歌妓当场演唱出来，众人礼貌地喝彩，像是例行公事；然后温庭筠出场，众人期盼的目光闪烁，温庭筠只略一沉吟，好词随口而出，歌妓好似遇上情郎，演唱像是倾诉自己，演唱将众人带入词中，众人情绪高低起伏，完全忘了自己；好词一首接一首，众人掌声阵阵，喝彩连连，宴会变成了温词演唱会；不觉已是夜阑更深，明月朗照，巨烛高烧。

和公卿子弟裴诚交往，温庭筠付出了惨重代价：累年不第。温庭筠为什么要和公卿子弟交往呢？公卿子弟看中的，可能是温庭筠的才华，温诗温词实在太棒了，雅俗共赏，公卿子弟也喜欢。温庭筠看中的又是什么呢？该是公卿子弟背后的公卿，以及进入仕途的捷径。温庭筠想走捷径踏上仕途，可是结果恰恰相反，不仅没有找到捷径，反而堵塞了仕途。这样的结果，温庭筠恐怕始料不及。

接着来讲"逐香车"：不久，崔氏女的母亲去世了，柳生携妻子与轻红，赶来奔丧。金吾之子看到，告诉了父亲，父亲擒住柳生。柳生说:"某于外姑王氏处纳采娶妻,非越礼私诱也,家人大小皆熟知之。"外姑,岳母。意思说他娶妻的程序,完全是合法的,因此不能逮捕他。王氏既殁,已无对证,于是告官。官府判王家先下彩礼,崔氏女应归王家。金吾之子向来爱慕表妹,对表妹表现得极为大度,此前的事情他概不计较。

官府把崔氏女当物品,将她判给王表哥。柳生携妻去奔丧,却瞬间变回光棍,唐代自由恋爱有风险,有风险才有文学意味。温庭筠的婚姻,必是这样的风险婚姻。

温庭筠与公卿子弟交往,写作侧词艳曲。宋代王灼《碧鸡漫志》卷二说:"温飞卿号多作侧辞艳曲,其甚者:'合欢桃叶终堪恨,里许元来别有人。''玲珑骰子安红豆,入骨相思知不知。'亦止此耳。"即便是侧词艳曲,温庭筠也绝不过分,因此不必大惊小怪。《舞衣曲》:

藕肠纤缕抽轻春,烟机漠漠娇蛾嚬。
金梭淅沥透空薄,剪落交刀吹断云。
张家公子夜闻雨,夜向兰堂思楚舞。
蝉衫麟带压愁香,偷得莺簧锁金缕。
管含兰气娇语悲,胡槽雪腕鸳鸯丝。
芙蓉力弱应难定,杨柳风多不自持。
……

抽轻春,从茧上抽出蚕丝。娇蛾,织女。交刀,一作"鲛绡",传说中鲛人所织的绡,极薄。张家公子,汉代富平侯张放,此处泛指贵胄公子。压愁香,舞姬姣美香艳的面容脉脉含愁,似乎不胜重压。

诗中用典繁复,温庭筠很渊博。可能这样的场合,适合展示渊博,渊博展示出来,利于公卿子弟推荐,利于自己科举中第。诗中借赞美舞姬与歌姬,曲折地赞美公卿子弟,温庭筠大概希望借此,获得公卿子弟的好感。这种事在唐代不稀罕,好多大文豪都干过。当时的科举制度不完善,达官贵人的推荐作用大,暂时委屈自己写点口水诗,那都是不得已的事情。

"逐香车"往后的情节是：不久金吾去世，王家移居崇义里。崔氏女不喜欢表兄，派轻红寻访柳生所在，当时柳生还在京城。崔氏女又派轻红与柳生约定，并带着"看圃竖"，就是看园子的童仆；崔氏女命童仆积粪，使与宅子围墙同高，崔氏女与轻红逾墙而出，去找柳生了。崔氏女与轻红爬粪堆逃走，见到柳生时必是两脚大粪。柳生不在乎，他大喜过望，迁居群贤里。金吾之子四处打听，再次告官，夺回崔氏女。王生一往情深，崔氏女再三求他罢手，并称已怀上柳生骨血。可是，王生又是概不计较。柳生则"长流"江陵（今湖北省荆州市荆州区）。长流，远途流放或者长期流放。两年后，崔氏女与轻红相继而卒。王生送丧，哀恸之礼备至。轻红葬在崔氏女坟侧，陪着她的旧主人。崔氏女和轻红相继去世，故事到了这里，似乎成了悲剧。

崔氏女像个被拐卖的妇女，不过拐卖她的不是人贩子，而是官府：官府不问她的意愿，把她当物品，决定她的归属，做法形同拐卖。被拐卖的妇女，一有机会就要逃走，崔氏女奔柳生，王表哥人财两空。在官府看来，柳生又是人贩子，再将崔氏女判归王表哥。王表哥的度量惊人，当后爹也没意见，这是爱情的力量。柳生、王生都喜欢崔氏女，都那样宽宏大量，两人竞争激烈。有竞争才有故事，有故事才好玩。温庭筠的婚姻，必定是竞争的结果，爱情经历离奇曲折，充满了文学意味。柳生的经历该是他的自传，故事中是柳生，现实中是温生。

这个故事缠绵，感觉有如温词，温词当年都是侧词艳曲，现在读来全是绝妙好词。《归国遥》：

香玉，翠凤宝钗垂辘麗歘，钿筐交胜金粟。越罗春水渌。
画堂照帘残烛，梦余更漏促。谢娘无限心曲，晓屏山断续。

香玉，女子面颊。钿筐，小簪子。金粟，花蕊状金首饰。越罗，越地所产丝绸，以轻柔精致著称。渌，同"绿"。谢娘，晚唐多指歌妓。

接着来讲"逐香车"：柳生闲居江陵，二月满院繁花，繁花中他回忆着崔氏女的容颜，心系她的生死。恰在此时，忽听敲门声急，只见轻红抱着小姐梳妆用的镜匣，进得门来，并说："小娘子且至。"就听有车马之声，可等崔氏女进了门，却不见什么车马。柳生也不管那些，与崔氏女畅叙别情，长吁短叹，感慨万端。问缘由，回答说："某已与王生诀，自此可以同穴矣。人生意专，必果夙愿。"意思说已与表哥了断，从此可以长相厮守了。崔氏女接着说："某少习乐，箜篌中颇有功。"柳生即刻买来箜篌，崔氏女弹奏妙绝。两年间，柳参军与崔氏女，恩爱至极。故事到了这里，又成了喜剧。看来死未必是坏事，有时死是一种解脱。

在长安，温庭筠与公卿子弟交往，写下侧词艳曲无数，《归国遥》：

双脸，小凤战篦金颭艳。舞衣无力风敛，藕丝秋色染。
锦帐绣帷斜掩，露珠清晓簟。粉心黄蕊花靥，黛眉山两点。

双脸，双颊。篦，金背小梳子，作装饰用。花靥，涂在脸上的妆饰。

唐圭璋《温韦词之比较》解读："全写一美人颜色服饰之态，而情蕴酿其中，却无一句写出。"

袁行霈《温词艺术研究》解读："以静态的描绘代替人物的抒情，尤其着力于细部的渲染，因细部的膨胀而失去整体的均衡感也在所不惜。……一首词就像一幅工笔的毫发毕见的仕女图……词中的女性大多是静态的……上阕写女子的首饰、衣服，下阕写她的卧床和她的妆扮，把她的外部特征描绘得极其细致。篦子、舞衣、花靥、黛眉，各个细部渲染得十分逼真。"

正如袁行霈所说，这是一幅仕女图：双颊、头钗、藕色舞衣、锦帐、绣帷、清晨竹席上的露珠、黄蕊、花靥、黛眉，都仔细刻画，纤毫毕现，却唯独不提主人意绪。温词的好处就是蕴藉，将情绪隐藏在文字背后，让读者去想象和发现。

温庭筠与公卿子弟交往，赌钱饮酒逐香车，这样的生活使他付出代价：累举不第，但同时也留给后世绝妙好词。凡事有一弊必有一利，累举不第是弊，绝妙好词是利。温庭筠与公卿子弟厮混，混成了花间词祖。


## 3


在长安，温庭筠又出入宰相李德裕门下。

唐代有"牛李党争"，李德裕是李党的首脑。"牛李党争"究其实质，既有西晋、北朝以来士族与庶族矛盾的因素，也有私人恩怨的因素。党争成为大唐政坛痼疾，唐文宗感叹："去河北贼易，去朝廷朋党难！"[①]河北贼指藩镇中的河朔三镇。"牛李党争"始于元和三年（808）。当年朝廷考试"贤良方正能直言极谏科"，考生李宗闵、牛僧孺在策问中，直言批评朝政；宰相李吉甫对此大为不满，利用手中权力，打击李、牛二人，使他们长期不得升迁。李吉甫去世后，他的儿子李德裕，就成了李宗闵等人的对头。唐穆宗长庆元年（821）的进士考试，主考官录取了李宗闵的女婿苏巢等人，而将段文昌、李绅推荐的考生黜落。段文昌怒不可遏，向唐穆宗告御状，穆宗询问翰林学士，李德裕、元稹、李绅都说，确如段文昌所说。元稹此前与李宗闵也有过节。唐穆宗因此命人复试，接着苏巢等十人被黜退，李宗闵和主考官也被贬官。李宗闵等人与李德裕的仇恨，进一步加深。此后就形成了以李德裕为首的李党，和以牛僧孺、李宗闵为首的牛党："自是德裕、宗闵各分朋党，更相倾轧，垂四十年。"[①]两党之间势同水火，牛党上台则李党被贬，李党上台则牛党被贬。

据《新唐书·文宗纪》记载，李德裕凡两次拜相，第一次自太和七年（833）二月至八年（834）十月，第二次自开成五年（840）九月至会昌六年（846）四月。第一次拜相时，李德裕四十七岁。

李德裕新拜相，意气风发，精力充沛，白天上朝处理政务，晚上归

---

① 《资治通鉴》卷二百四十五《唐纪六十一》。
① 《资治通鉴》卷二百四十一《唐纪五十七》。

来听妓吹曲。十五明月夜，相府巨烛烧。温庭筠作《觱篥歌（李相妓人吹）》以纪之：

蜡烟如纛新蟾满，门外平沙草芽短。
黑头丞相九天归，夜听飞琼吹朔管。
……

《乐府杂录》记载："觱篥者，本龟兹国乐，亦名悲栗。以竹为管，以芦为首，其声悲栗，有类于笳也。"

据李肇《国史补》："凡拜相，礼绝班行，府县载沙填路，自私第至子城东街，名曰沙堤。"

前四句交代时间、地点、人物：草芽短，时间在春天，新蟾满，是某月的十五日；九天归，地点在李相家里；黑头丞相，人物有李德裕，有吹奏的妓人，当然还有温庭筠。

然后，就是缥缈的音乐：

情远气调兰蕙薰，天香瑞彩含细缊。
皓然纤指都揭血，日暖碧霄无片云。
含商咀徵双幽咽，软縠疏罗共萧屑。
不尽长圆叠翠愁，柳风吹破澄潭月。
鸣梭淅沥金丝蕊，恨语殷勤陇头水。
汉将营前万里沙，更深一一霜鸿起。
十二楼前花正繁，交枝簇带连璧门。
景阳宫女正愁绝，莫使此声催断魂。
……

妓人气息如兰，音乐随之而起：如天香弥漫，祥光瑞彩；然后，又如艳阳高照，万里无云；接着，商、徵之声交替，幽咽而凄凉；继而，如柳风徐徐，吹皱一池春水；继而，如织机声声，金丝织成花蕊；继而，如置身塞外，汉将营前沙万里，更深惊起塞雁双双；继而，如来到皇宫，宫门前繁花似锦，彼此缠绕花香袭人；最后，如来到齐武帝的景阳宫，宫女们正愁眉不展，此声更使她们断魂。齐武帝在宫里实行军事管制，每天景阳楼上钟声一响，宫女们齐刷刷起床梳妆，齐武帝乐此不疲，宫女们苦不堪言。

诗句读来很有画面感，温庭筠将音乐转换成画面。这个需要丰富的想象力，除此之外还必须懂音律。温庭筠想象力丰富，而且精通音律。

觱篥由龟兹国传入，是外国乐器，又名"悲栗"，听这名字就知道，它的声调有多惨，但李德裕喜欢听。听音乐有如吃东西，有人喜欢甜有人喜欢苦。或许听悲惨的音乐，会觉得生活更幸福。

李德裕高坐在堂上，该是如痴如醉：他闭着眼睛，打着拍子，双眉紧锁，满脸愁苦，悲惨该是这样的反应；随着音乐的抑扬顿挫，他的身体俯仰摇摆，有如波涛上颠簸的帆船；堂下宾客云集，鸦雀无声，温庭筠置身其中，享受着妓人和音乐的美好；觱篥声歇，一曲奏罢，堂上堂下，掌声雷动；李德裕要宾客作诗，别人正搜肠刮肚，温庭筠已将诗献上，他才思敏捷作诗神速，文学与音乐都擅长，见别人所不能见；李德裕欣然展读，频频颔首表示赞许。

"逐香车"往下的情节是：不久，王生"旧使苍头"，刚好从柳生门前经过，刚好看见轻红，吃了一惊。苍头即奴仆，旧使苍头就是前奴仆。奴仆怀疑是长得像，问邻居，说是被流放的柳参军，奴仆更感惊奇，进一步打探。轻红也发现了那奴仆，一五一十告诉柳生，从此一家人深居简出。那奴仆回去后，将事情原委，详细禀报王生。王生闻听，千里迢迢赶来。到了柳生门前，从门缝中窥看，见柳生坦胸露腹，躺在屋前一榻上，崔氏女正化妆，轻红捧着镜子，在旁边伺候。崔氏女匀铅黄未毕，王生在门外大叫，轻红一惊，手里的镜子掉在地上。柳生也是一惊，但仍以礼相待。可是，找寻崔氏女，已不知去向。

这篇传奇虽然可看作是温庭筠的自传，但此时的崔氏女与轻红，显然是鬼不是人，人不能和鬼成亲，这不是温庭筠的经历，是他经历的变形：崔氏女与轻红金蝉脱壳，是通过逃亡不是死亡。崔氏女做鬼与柳生在一起，王表哥感情专注，崔氏女做鬼他也不放过。温庭筠的爱情该是这样刻骨铭心。

李德裕凡两次拜相，第二次自开成五年（840）九月至会昌六年（846）四月。《资治通鉴》卷二百四十八《唐纪六十四》记载，宣宗大中元年（847）二月，李德裕贬太子少保、分司东都，同年十二月，又贬潮州司马；大中二年（848）九月，再贬崖州司户；大中三年（849）闰十一月，崖州司户李德裕卒，六十四岁。李德裕为什么被贬黜呢？《资治通鉴》卷二百四十八《唐纪六十四》有个细节，即位仪式结束，唐宣宗问左右："适近我者非太尉邪？每顾我，使我毛发洒淅。"宣宗说的正是李德裕，李德裕回头看他，都让他毛骨悚然。让皇帝发抖的人，自然不能继续留任；但仅仅就是因为这个，将一代名相贬死，理由极为牵强。

李德裕被远贬，温庭筠为之鸣不平，作《题李相公敕赐锦屏风》：

丰沛曾为社稷臣，赐书名画墨犹新。

几人同保山河誓，独自栖栖九陌尘。

刘邦起于丰沛，萧何曾为重臣，李德裕有如萧何，武宗恩宠备至，然而鸟尽弓藏，忙碌尽忠王事，显得多么可笑。宰相并不总是风光，被贬的凄惨让人感慨。

《李德裕崖州司户制》说："（李德裕）恣横而持国政，专权生事，妒贤害忠，动多诡异之谋，潜怀僭越之志……擢尔之发，数罪无穷。"温庭筠却称他为社稷臣，直抒胸臆毫不隐晦。

温庭筠与李德裕，虽然地位悬殊，但彼此尊重互相欣赏，平等交往很多年。结交公卿以利科举中第，对处于下位的人来说，动力方面没有问题，因为趋利是人之常情；但当公卿被贬失势，对处于下位的人来说，动力方面就有了问题，因为避害也是人之常情。李德裕被贬时，温庭筠站出来为他鸣不平，此事一来说明温庭筠刚直敢言，二来说明他们感情深厚。

李德裕被贬是后来的事情。眼下，温庭筠在李德裕门下，希冀着他的举荐，希冀着中第的机会。众所周知，南北朝重门第，入唐以后，门第仍有相当势力，子弟进入仕途，比科举容易。李德裕恩荫至宰相，他对进士有看法，主张朝廷显官，应由公卿子弟来做，而不是科举的进士。据此推断，李德裕不会举荐温庭筠，温庭筠的希冀必然落空。

"逐香车"的结尾是这样：柳生与王生，从容交谈，都很惊诧。两人一起到长安，打开崔氏女棺材勘验，正是在江陵时的样子：所施铅黄如新，衣服鲜艳，肌肉如生。轻红也是如此。柳生与王生，将崔氏女重新安葬。然后，两人进终南山去访道求仙，就再也没有回来。一对冤家最终达成和解。世间的爱情就是这样，竞争也是一种缘分，虽然竞争会有成败。温庭筠必然是柳生而不是王生，现实的爱情角逐当中，他必定是成功者：他追女孩子手段多，甜言蜜语，写诗给她，写词给她，花样繁多。崔氏女去世后，柳生、王生去访道求仙，因为他们的感情无处安放。

温庭筠到长安参加科举，他才华出众，受人追捧，背后总是粉丝一大堆。他的明星光环吸引来渤海王子，王子殷勤向他请教，这个粉丝使他满足。在长安城里，温庭筠结交公卿子弟，赌钱饮酒写作侧词艳曲，希望他们为自己引见，希望得到公卿的举荐。又出入宰相李德裕门下，也是希望得到举荐。他的目的简单又明确，就是通过科举进入仕途，他的所作所为，都是这个目的，他的才名与恶名，都在这个过程中成就。《华州参军》有自传的性质，故事中的柳生，有温庭筠的影子，温庭筠在长安的生活，折射进他的传奇小说。传奇讲的是爱情故事，温庭筠对爱情感兴趣，他的词也基本是这样的内容。好的文学作品，后边都有"力比多"。形同槁木心如死灰，视异性好比空气，肯定写不出好作品；见了异性两眼放光，死缠烂打逐香车，写出的都是传世佳作。

第六章

# 从太子游

## 1

开成元年至三年（836—838），温庭筠从庄恪太子游。

庄恪太子是唐文宗长子。据《旧唐书·文宗二子传》，庄恪太子名李永，母亲是王德妃；太和四年（830）正月，册封鲁王；太和六年（832）十月，册封太子。

可是开成三年（838），太子李永暴薨。据《资治通鉴》卷二百四十六《唐纪六十二》，开成三年九月，文宗特开延英殿，召宰相及两省、御史、郎官，历数太子过错，打算废掉太子。群臣都说：太子年少，容其改过，国本至重，不可轻动。御史中丞狄兼谟尤为恳切，痛哭流涕。给事中韦温说：陛下只有一子，不教，才至于此，不只是太子的过错。其后，翰林学士六人、神策六军军使十六人，又上表论此事，文宗才缓和下来；当天晚上，太子才回到少阳院；如京使王少华等及宦官宫人，或被流放或被处死，数十人。十月，太子李永暴薨，谥庄恪。又据《旧唐书·文宗二子传》，开成三年十二月，太子李永葬于骊山北原庄恪陵。

温庭筠从庄恪太子游，与庄恪太子感情深厚，庄恪太子暴薨后，他写下《唐庄恪太子挽歌词二首》，其一：

> 叠鼓辞宫殿，悲笳降杳冥。
>
> 影离云外日，光灭火前星。
>
> 邺客瞻秦苑，商公下汉庭。
>
> 依依陵树色，空绕古原青。

邺客，魏太子曹丕在邺都的宾客，借指庄恪太子宾客。秦苑，指博望苑，借指庄恪太子少阳院；《汉书·戾太子刘据传》记载，汉武帝为太子刘据，开博望苑接待宾客。商公，即商山四皓，借指东宫官员。

诗从太子府写到太子陵：叠鼓阵阵，哀笳声声，太子灵柩，徐徐启行；陵上树依依，古原草青青。当时的温庭筠，该在送葬的队伍中，耳闻叠鼓与悲笳，目睹灵柩起行与下葬，他寸步不离，挥泪如雨，放眼望陵树，怅恨无限多。

庄恪太子暴薨后，东宫官员相继离开长安，去外地任职：商公下汉庭，宾客四散去。《旧唐书·文宗二子传》记载，太和六年（832），以户部侍郎庾敬休守本官兼鲁王傅，太常卿郑肃守本官兼王府长史，户部郎中李践方守本官兼王府司马；后来又以王起、陈夷行为侍读。诗中的商公该指以上五位。温庭筠从太子游，身份不是东宫官员。刚才提到的五位，原本是官员或宦官，温庭筠既非官员也非宦官，不具备那样的条件。

其二：

> 东府虚容卫，西园寄梦思。
>
> 凤悬吹曲夜，鸡断问安时。
>
> 尘陌都人恨，霜郊赗马悲。
>
> 唯余埋璧地，烟草近丹墀。

西园，魏太子曹丕曾与宾客在西园宴集赋诗。赗，送给丧者助葬的车马等物。埋璧地，昔日册立太子的地方。

诗又从白天写到黑夜：太子府人去楼空仪卫虚设，西园内喧闹不再唯余思念，吹曲夜笙却高悬，鸡鸣时无人问安。大概太子下葬以后，温庭筠又回到太子府，他故地重游，睹物思人，从太子游的场景，一帧帧，一幕幕，浮现在眼前，像是过电影，白天徘徊太子府，夜里流连西园内，遗恨无限，暗自饮泣。

温庭筠写这两首挽歌词，显然不是作为普通的"都人"。牟怀川《温庭筠从游庄恪太子考论》[1]说："这两首挽歌，沉痛悲叹之外，隐隐透露了诗人与庄恪太子的特殊关系。这并不是一般的'都人恨'，而是一个从游文人因其事关己所发、由衷的兔死狐悲之词。""邺客"是魏太子曹丕的宾客，"西园"是魏太子曹丕与宾客宴集的地方，温庭筠从庄恪太子游，该是庄恪太子的宾客，他们宾主交游日久，产生很深的感情。

我们刚才说到商山四皓，四皓是四位隐居商山的老人，典出司马迁《史记·留侯世家》：汉高祖晚年宠爱戚夫人，打算废掉太子刘盈，另立戚夫人之子赵王如意。吕后非常郁闷和惶恐，派人向留侯张良求救，张良为她支招："顾上有不能致者，天下有四人。"这四人就是商山四皓。刘邦什么都可以搞定，就是搞不定这四个人。商山四皓一致认为，刘邦没文化没品位，言谈粗鲁举止猥琐，他们逃到山里，义不为汉臣。天下事就是这样，大多数人对官场趋之若鹜，四皓却反其道而行之，这样的行为就让人产生敬意，越有敬意就越是想请他们出山，越是求之不得就越是觉得珍贵。张良说，如果你们愿意牺牲些金玉璧帛，让太子亲自写信，言辞尽量谦卑，礼节尽量周到，派个能说会道的辩士去请，四位老人应该会来。等他们来了以后，让他们跟随太子入朝。刘邦知道以后，必定因为太子能搞定这四个人而高看太子，保住太子也许就有戏。

吕后按照张良的建议去做：派人带着太子的亲笔信，卑辞厚礼，请来了四皓。刘邦在生命的最后一年，先后铲除了当年并肩打天下的三位异姓诸侯王韩信、彭越和英布。尤其是擒斩英布一战，可以说标志着刘

---

[1] 《唐代文学研究》，1988 年第 3 期。

氏天下真正的形成。司马迁把故事的背景，设在刘邦击败英布、回朝大摆庆功宴的时候。虽然忍受着病痛的煎熬，但终于可以安心把天下传给儿子，刘邦此刻的心情该是无比愉快。孰料久请不来的商山四皓，突然出现在眼前，给刘邦原本愉悦的心情，蒙上了一层厚厚的阴影。

司马迁描述四人外貌："年皆八十有余，须眉皓白，衣冠甚伟。"八十多岁的人，在今天平常得很，但汉朝初年人均寿命不到三十岁，能看到八十多岁的人，是极其稀罕的事情，而且还是四个。通报姓名之后，刘邦才知道，跟随太子的四位高人，竟是自己仰慕已久却始终请不来的商山四皓。刘邦怅怅然，有如心爱的姑娘委身他人，他问这四位老人，我找了你们多少年，你们都躲着我，为何却做了太子的宾客。四位老人的回答直接又爽快，坦率地批评了刘邦没文化言语粗鲁；言下之意是说，像我们这样的高洁之士，和你是走不到一起的。四人用六个字评价太子刘盈：仁孝、恭敬、爱士。此外，又用一句"天下莫不延颈欲为太子死"，把太子在天下高洁之士心目中的地位抬得很高。听完这番解释后，刘邦深感无奈，只好说那以后就麻烦你们好好调教、保护我这个儿子吧。

四人敬过刘邦一杯酒后，起身离开。刘邦目送他们远去，并把戚夫人叫到身边，指着四个人的背影说：你看，连我都请不来的人，太子却能轻松搞定，看来太子羽翼已然丰满，我无能为力了。于是安慰哭哭啼啼的戚夫人，闷闷不乐地结束了这次庆功宴。最终，刘邦没有废掉太子。

温庭筠用汉代的商山四皓，借指太子李永东宫官员；也许除了官员还有他自己，他也是辅佐太子的高人。

太子暴薨以前，温庭筠清楚太子的处境，但他似乎毫不担心，或许他认为太子虽然处境艰难，但必定逢凶化吉化险为夷，像西汉太子刘盈那样，他满怀信心地写下了《四皓》：

商于甪里便成功，一寸沉机万古同。
但得戚姬甘定分，不应真有紫芝翁。

商于，指商山，四皓隐居商山。用里，四皓之一，代指四皓。紫芝翁，即商山四皓；《高士传》上说："四皓避秦入商洛山，作歌曰：'晔晔紫芝，可以疗饥。'"

四皓毕竟是人，是人就会饥饿，饿了就吃紫芝，故被称作紫芝翁。紫芝是一种真菌，形似灵芝，生在山里的枯树根上，古人认为是瑞草，道教认为是仙草。四皓天天吃瑞草加仙草，吃的东西不一般，他就不是一般人了。

诗中所说全是汉代故事，感叹也是就史事而发，只有"万古同"三字，隐约指向现实。大概在帝王时代，宫闱争斗不可说，但又不得不说，只好写这种密码诗。在温庭筠的时代，同类的人物只有杨贤妃与庄恪太子，杨贤妃想立安王溶，她向文宗谮毁庄恪太子。汉惠帝是汉高祖的长子，庄恪太子是唐文宗的长子，戚夫人欲立赵王为太子，杨贤妃欲立安王为太子，历史就是这样的相似。

历史虽然相似，结果却很不同：在张良的谋划下，汉高祖的太子，成了后来的汉惠帝，而庄恪太子成了宫闱斗争的牺牲品。历史相似却不同，这个出乎温庭筠预料，他当初满怀信心，最终却大失所望。

城门失火殃及池鱼，太子暴薨影响深远：温庭筠无疑想走捷径，借助太子进入仕途，可是太子暴薨，不仅捷径没有了，他可能还受到牵连。傍权贵是有风险的，傍对了就是终南捷径，傍错了却可能搭上性命。

## 2

温庭筠从庄恪太子李永游，他写作长诗《洞户二十二韵》，记录自己的从游经历。

诗中先记从游地点：

> 洞户连珠网，方疏隐碧浔。

烛盘烟坠烬，帘压月通阴。

粉白仙郎署，霜清玉女砧。

醉乡高窈窈，碁阵静愔愔。

洞户，房间与房间门户相通，指深邃的宫苑或府邸。粉白仙郎署，尚书省以胡粉涂壁，所以称作粉署。

从游地点是少阳院，少阳院环境优雅：门户连着门户，处处珠光宝气，碧波荡漾的水边，有方窗隐约可见。太子举行夜宴，与众人饮酒作乐：烛烟摇曳灰烬暗坠，疏帘低垂月光照彻，尚书官署胡粉涂壁，夜阑霜清捣衣声声，有人醉卧鼾声如雷，有人下棋悄无声息。

接下去写到太子：

素手琉璃扇，玄髻玳瑁簪。

昔邪看寄迹，栀子咏同心。

树列千秋胜，楼悬七夕针。

旧词翻白纻，新赋换黄金。

昔邪，生长在墙垣上的苔类。七夕针，《开元遗事》上说，每逢七夕节，宫中妃嫔各执九孔针、五色线，对月穿针，成功的称"得巧"。

温庭筠以门客的身份，从庄恪太子李永游，他眼中的太子是这样：黑发，玳瑁簪，女子素手，为他打扇。簪是玳瑁簪，玳瑁簪是用玳瑁龟壳做成的簪子。扇是琉璃扇，琉璃是有色半透明的玉石。

温庭筠进太子府，有如鱼入深渊：自己如昔邪，托身太子府，鱼水颇相得，彼此心相印。温庭筠以词赋才能，得到太子的赏识，他是有词赋才能的宾客：依《白纻歌》曲调，翻唱旧词，又作新赋获得赏赐。

太子举行宴乐，这种场合该有音乐和歌唱，温庭筠翻唱《白纻歌》，由歌妓唱出，或者撰制诗赋，当场吟诵，太子击节叫好，赏赐不断，众人由衷赞叹，啧啧连声。

往下写到歌舞：

> 喨鹤调蛮鼓，惊蝉应宝琴。
> 舞疑繁易度，歌转断难寻。
> 露委花相妒，风欹柳不禁。
> 桥弯双表迥，池涨一篙深。

鼓声阵阵传出很远，琴声潺潺隐微毕现，舞姿繁复变化流畅，歌声婉转似断又续。歌声唱的该是温庭筠的词，鼓声、琴声、曼妙的舞蹈，都不过是词的附属，或为诠释词或为演绎词，词是整场宴会的灵魂，此时的温庭筠是真正的明星。

花含露水娇艳，风吹柳条依依，小桥曲折华表似远，池水暗涨浩浩汤汤。宴会通宵达旦，温庭筠该是醉眼蒙眬，花是花柳是柳，小桥在他脚下扭成了麻花，桥头的两柱华表，看着近其实远，久久无法接近，池水似乎也涨了，水面上跳跃的光斑，晃得他眼晕。

接着写随太子狩猎：

> 清跸传恢围，黄旗幸上林。
> 神鹰参翰苑，天马破蹄涔。
> 武库方题品，文园有好音。
> 朱茎殊菌蠢，丹桂欲萧森。

武库，《晋书·杜预传》记载，杜预任度支尚书时，多有作为，他改订历法，修建桥梁，陈奏农事等等，朝野称美，一致叫好，号为"杜武库"，意思说他无所不能。文园，汉代司马相如做过文园令。

传令清除道路，太子狩猎苑围，猎鹰文士相间杂，天马纷至沓来，随行文士人才济济，有人学识渊博，有人精通音律，荷叶田田，丹桂茂密。太子狩猎声势浩大，旗帜林立，鹰马成群，最重要的还有作家随行，用优美的文字，记录狩猎的宏大场面。

如果不出意外，太子就是将来的天子，随从太子狩猎，是随从天子狩猎的演练，像汉代的司马相如那样。扈从天子润色宏业，是温庭筠的最高理想。

然后写到太子处境：

> 黼帐回瑶席，华灯对锦衾。
> 画图惊走兽，书帖得来禽。
> 河曙秦楼映，山晴魏阙临。
> 绿囊逢赵后，青锁见王沉。

画图惊走兽，唐代有名画《畏兽图》。赵后，汉成帝的皇后，杀许美人之子。王沉，《晋书·刘聪载记》说，他是前赵宦官，此人贪残，权势熏天。

黼帐、瑶席、华灯、锦衾，室内陈设华美，藏着名画和书法。太子自延英阁归来，心有所思，不能成眠，墙上的《畏兽图》狰狞可怖，让他想到白天宫中情景，案头王羲之《樱桃来禽》帖，使他明白太子之位就是祸源，自己岌岌可危，虽身处华贵氛围，心里却无丝毫宁静。

晨曦映秦楼，晴山临魏阙，宫苑中遇到妒悍狠毒的后妃，又见到专横贪残的宦官。太子彻夜未眠，晨曦很快照临，满心惊悸时，光阴飞快过，连黑夜也是如此。

最后提到自己的打算：

> 任达嫌孤愤，疏慵倦九箴。
> 若为南遁客，犹作卧龙吟。

卧龙吟，即《梁父吟》，诸葛亮好为《梁父吟》。

温庭筠在太子府中，遭到嫌忌处境不妙，加之屡次劝谏无效，因而他有离去的打算。前边提到的韦温，也曾劝谏太子。《资治通鉴》卷二百四十五《唐纪六十一》记载，韦温任太子侍读，早晨去东宫，中午见太子，劝谏说：太子应鸡鸣即起，向父母请安，奉父母进膳，不应贪图安逸。太子不听,韦温辞侍读。温庭筠的劝谏,该是和韦温近似,劝太子减少宴乐,减少狩猎。温庭筠有诗赋盛名又精通音律,宴乐与狩猎是他施展才华的场合,但他不是引导而是劝谏。温庭筠关心的是太子,也是他自己的前程,他有政治抱负,并渴望实现它。

温庭筠说要归隐江南韬光养晦,可能不久他就离开了太子府。


## 3

温庭筠常随太子出游,写下《雍台歌》纪之:

> 太子池南楼百尺,八窗新树疏帘隔。
> 黄金铺首画钩陈,羽葆停僮拂交戟。
> 盘纡栏楯临高台,帐殿临流鸾扇开。
> 早雁惊鸣细波起,映花卤簿龙飞回。

羽葆,帝王仪仗中饰有鸟羽的华盖,也泛指卤簿。卤簿,帝王和官员出行时扈从的仪仗队,唐制四品以上都给卤簿。

太子池为孙权之子孙和所凿。孙权于赤乌五年(242),立儿子孙和为太子,但后来又废掉,另立儿子孙亮为太子,与庄恪太子的情形相似。

诗中描绘了太子宫室陈设的瑰丽,以及羽葆侍卫的威仪:楼高百尺,春树当窗,疏帘相隔;门上黄金铺首,画有钩沉星官,羽葆纷披,轻拂交叉的剑戟;栏杆曲折,鸾扇打开;早雁惊飞而起,水波为之荡漾,卤簿与春花相映成趣。

温庭筠随从太子出游,置身盛大的队伍当中,他被盛大所裹挟,写下所见与所闻,想象着可能的仕途,心情该是不错,或许又有隐隐的担心:这样的出游会招来攻击的,太子很容易成为众矢之的,太子的位置关系自己的位置。

太子暴薨以后,温庭筠跑去望苑驿,生出许多感慨,《题望苑驿(东马嵬，西端正树 )》：

> 弱柳千条杏一枝，半含春雨半垂丝。
> 景阳寒井人难到，长乐晨钟鸟自知。
> 花影至今通博望，树名从此号相思。
> 分明十二楼前月，不向西陵照盛姬。

望苑驿，即前文说到的博望苑，汉武帝为太子刘据而建。景阳寒井，南朝陈景阳殿的井，又名胭脂井，隋军南下攻占陈都城，陈后主与贵妃藏匿井中，被俘。

诗中用典繁复，诗意闪烁，扑朔迷离。这也许为了隐藏，隐藏真实的意思。皇家家事不可说，说了要招祸的，所以慎之又慎。

刘学锴解读：首联是博望苑春日即景。颔联以"景阳""长乐"，借指太子李永宫苑，太子李永居少阳院，所以用"景阳"指代，太子已死，故地荒凉，所以说"寒井"，自己也无法再去，所以说"人难到"，长乐宫又名东宫，所以用来借指东宫，晨钟只有鸟知道，说明宫中萧条，人去楼空。颈联上句大概是说，何时再往博望苑，得见苑中花影，下句可能用汉武帝悔恨戾太子之死，来影射唐文宗追悔庄恪太子之死，这个我们下节会详细说到。尾联大概用周穆王的宠姬盛姬，来比喻唐文宗的宠妃杨贤妃，说如今月光不再照临陪葬西陵的盛姬，或许是因为温庭筠痛恨杨贤妃，她的诋毁导致太子被废并暴薨。

诗的内容隐约显示，温庭筠非常在意与太子的交往，非常在意太子的死，以及太子之死对自己的打击。温庭筠跑去望苑驿，或许只是为凭吊，凭吊庄恪太子李永，以及自己的从游生涯，春雨淅沥中，杏花含苞待放，杨柳随风飘拂，人迹罕至的望苑驿，温庭筠形影相吊。汉武帝为太子刘据建博望苑，唐文宗为太子李永建少阳院，这种相似让温庭筠感慨，万千思绪乱如麻：少阳院中作新词，如今却人去楼空，雕栏玉砌应犹在，只是朱颜改，可恨杨贤妃，最毒妇人心。温庭筠游望苑驿，心中满是恨，怅恨和遗恨。

鲁王李永册封太子不久，文宗就召集宰相等官员，讨论废黜太子，很快，太子就不明不白地"暴薨"。这究竟为什么呢？《旧唐书·文宗二子传》记载，当时有传闻说，太子为德妃所生，德妃晚年宠衰，人老珠黄，文宗不待见了；而杨贤妃正得宠，担心太子将来对她不利，所以日日谮毁，太子有口也难辩。这样的传闻只能解释废黜太子之议，不能解释太子的"暴薨"，因为不悔改不至于要命。

太子的死因何在呢？这个下节再说。温庭筠过端正树，他触景生情，写下《题端正树》：

> 路傍嘉树碧云愁，曾侍金舆幸玉楼。
> 草木荣枯似人事，绿阴寂寞汉陵秋。

端正树，《太真外传》说，华清宫有端正楼，是杨贵妃梳妆的地方，安史之乱中，唐玄宗幸蜀，从马嵬坡出发，到了扶风道，见石楠树浑圆可爱，于是命名为"端正树"。

路旁嘉树，曾得帝王青睐，草木荣枯，人事沧桑似之，绿荫寂寞，汉陵高秋。虽然说的都是唐玄宗，但隐约指向庄恪太子，温庭筠是借端正树，感叹世事无常时光荏苒。

温庭筠路经端正树，很可能是有意的，他从长安出发，去望端正树，不是无缘无故。端正树是有故事的，它圆滚滚的树干，有如丰腴的杨贵妃，唐玄宗睹物思人，想到杨贵妃的肉身。温庭筠脑际浮想的，该是暴薨的庄恪太子，以及太子对自己的赏识。时光匆匆过，一切皆杳然。

温庭筠对太子的感情很深，超出了普通的宾主关系，除了利益相关之外，可能还有精神层面的欣赏。

## 4

庄恪太子暴薨后，文宗十分后悔。据《资治通鉴》卷二百四十六

《唐纪六十二》所载，当时的情形是这样：太子既薨，文宗追悔。开成四年（839）十月，文宗在会宁殿设宴，席间有节目，一小孩表演爬杆，一成年男子在下，担心小孩掉下来，像是要发狂，是小孩的父亲，文宗感动得流泪，对左右道："朕贵为天子，不能全一子！"然后召来教坊乐官刘楚材等四人、宫人张十十等十人，呵斥道："构害太子，皆尔曹也，今更立太子，复欲尔邪？"当即下令将他们处死。当月稍早，已立陈王成美为太子。

由这段记载，可以得出两个结论：第一，文宗身不由己，他已经被控制，保护不了太子；第二，文宗坚信太子"慢游败度"，而太子所以如此，是乐官等人的引诱。太子"慢游败度"，所以身败名裂，这种思维模式之下，温庭筠也是罪魁祸首。从游太子无果而终，是早已注定了的。这样的结果算是好的，要是运气稍差点，恐怕早丢了性命。

温庭筠从游太子，太子宴乐，夜以继日，歌妓如风景，点缀其间。《太子池》其一：

> 梨花雪压枝，莺啭柳如丝。
> 懒逐妆成晓，春融梦觉迟。
> 鬟轻全作影，嗍浅未成眉。
> 莫信张公子，窗间断暗期。

张公子指汉代富平侯张放，汉成帝微服出行，与张放同辇执辔，又在宫中设宴，与他饮酒谈笑。温庭筠与庄恪太子，可能超越了宾主，太子平等相待，像汉成帝对富平侯。

春天梨花盛开，杨柳如丝，流莺百啭，春色迷人，而宫嫔春睡迟迟，鬟轻嗍浅，张公子不可信，屡屡爽约。温庭筠或许就是那张公子，与太子府的歌妓，彼此吸引，两情相悦。温庭筠才思敏捷，频频为她填词，左一首右一首，对她狂轰滥炸，引得众歌妓羡煞。她的歌声曼妙，如莺百啭，时而高入云霄，如风卷流云，时而又跃入池水，鱼戏莲叶间，她双眼频频放电，电得温庭筠如醉如痴，她大胆又泼辣，主动出击，约会温庭筠。温庭筠却限于身份，不得不屡屡爽约。大概通过歌妓之口，温庭筠委曲传达心事，希冀着太子的成全。

其二：

> 花红兰紫茎，愁草雨新晴。
> 柳占三春色，莺偷百鸟声。
> 日长嫌辇重，风暖觉衣轻。
> 薄暮香尘起，长杨落照明。

兰紫茎，屈原《九歌》："秋兰兮青青，绿叶兮紫茎。"长杨即长杨宫，始建于秦昭王时，宫中有垂杨数亩，遗址在今陕西省周至县。

温庭筠与宫嫔一起，随驾至长杨苑观猎：兰花开，雨新晴，莺百啭，温庭筠置身随驾队伍中间，满眼是宫嫔，被香尘包围，薄暮始归来，夕阳无限好。

太子"暴薨"，死得不明不白。这个让人起疑：太子是被杀的。那么，究竟是谁杀了太子呢？文宗对太子之死追悔莫及，那么置太子于死地的，自然不是文宗皇帝。杨贤妃向文宗谮毁太子，凶手会是这个杨贤妃吗？当然也不是，理由很简单，她要是有其他手段搞定太子，就用不着使用谮毁这种手段了。杀死太子的另有其人。

文宗皇帝身不由己，他被宦官所掌控。中国历史上有三个宦官时代，一个是东汉，一个是明朝，还有一个就是唐朝。唐朝宦官之多，起于武后，极于玄宗；肃宗、代宗以后，宦官渐专横；德宗时，宦官更是掌握了禁军。文宗正处在中国历史上第二个宦官时代，这个时代显著的特点就是：皇帝与宦官的地位，整体掉了个儿，皇帝像是宦官，宦官却像是皇帝。晚唐有著名的"甘露之变"，它是皇帝与宦官的一次对决，皇帝首先发动攻击，宦官被迫应对，结果皇帝输了。据《资治通鉴》卷二百四十五《唐纪六十一》，当时的情形是这样：

太和九年（835）十一月二十一日，唐文宗紫宸殿早朝，金吾将军韩约奏称：左金吾衙门后院的石榴树，夜来滋生甘露，此是祥瑞之兆。

李训、郑注是恶棍式的野心家，"训注小人，穷奸究险"，此前李训获得文宗信任，很快升为宰相，郑注出为凤翔节度使，作为外援，李训又任用郭行余、王璠、罗立言、韩约、李孝本等人，秘密定好计策，准备诛杀宦官。韩约奏罢，蹈舞再拜。宰相也率领百官，向文宗称贺。李训、舒元舆劝文宗亲往观看，文宗答应了。文宗乘软轿出紫宸门，至含元殿升朝。紫宸殿是内殿，含元殿是前殿。先命宰相及中书、门下两省官员前去查看，良久返回，李训奏说恐怕有假，不是真的甘露。文宗又命左、右神策军护军中尉仇士良、鱼志弘率领众宦官，再去查看。宦官走后，李训立即布置兵力。仇士良等查看甘露，韩约紧张得汗流满面，脸色十分难看。仇士良很奇怪，问将军为何如此。不一会儿，一阵风将院中帐幕吹起，仇士良发现帐幕下有很多手执兵器的士卒，又听到兵器的碰撞声。仇士良等大惊，急忙往外跑，奔向含元殿，将文宗劫持了。金吾军及其他举事士卒，虽然杀掉一些宦官，但没能截住文宗。仇士良火速调来神策军反扑。神策军是实际意义上的禁军，由宦官统领。神策军逢人便杀，横尸流血，狼藉遍地，接着派兵出城追逃，又派兵在城中搜捕，李训逃走被杀，郑训在凤翔被监军的宦官所杀，王璠、郭行余、罗立言、李孝本、韩约等也被捕杀，宦官又迁怒朝官，宰相王涯、舒元舆、贾𫗧等被捕腰斩。宦官同时抢劫京师富户，"掠其货财，扫地无遗"。搜捕与抢劫引起长安骚乱，"坊市恶少年因之报私仇，杀人，剽掠百货，互相攻劫，尘埃蔽天"。繁华都市唐都长安，血污随处可见，断肢逾月长存。"自是天下事皆决于北司，宰相行文书而已。宦官气益盛，迫胁天子，下视宰相，陵暴朝士如草芥。"从此朝廷大事都由宦官决定，皇帝被架空，宰相成摆设，至于其他朝臣，更是视如草芥。司马光《资治通鉴》卷二百六十三《唐纪七十九》对此深恶痛绝："东汉之衰，宦官最名骄横，然皆假人主之权，依凭城社，以浊乱天下，未有能劫胁天子如制婴儿，废置在手，东西出其意，使天子畏之若乘虎狼而挟蛇虺如唐世者也。"又说："然则宦者之祸，始于明皇，盛于肃、代，成于德宗，极于昭宗。"

"甘露之变"发生时，温庭筠不在长安城，而是在下辖的鄠县，因此才躲过了一劫。"甘露之变"发生后，温庭筠题诗王涯别墅，《题丰安里王相林亭二首》："不知淮水浊，丹藕为谁开？""谁知济川楫，今作野人船。"对王涯表示怀念，为王涯之死鸣不平。当时宦官大发淫威，全国陷入白色恐怖，官员诗人集体失声，保持沉默数十年，敢于"顶风写诗"的，白居易、温庭筠、李商隐等数人而已。

温庭筠从游太子，恰在"甘露之变"后："甘露之变"的次年，温庭筠开始从游太子李永。温庭筠从游太子期间，文宗完全被宦官掌控，太子的生死也由宦官决定。杨贤妃担心太子对她不利，向文宗皇帝谮毁太子李永，此事正好被宦官利用，宦官借机杀死太子李永，然后嫁祸给杨贤妃。太子李永暴薨，他是被人杀死的，凶手就是宦官。庄恪太子暴薨后，杨贤妃也死在宦官手里。螳螂捕蝉黄雀在后，杨贤妃是螳螂，宦官是黄雀，宦官是最后的赢家。

这种情况之下，皇帝心如死灰。《资治通鉴》卷二百四十六《唐纪六十二》记载，开成四年（839）十一月，文宗病情稍有好转，坐在思政殿上，召见翰林学士周墀，赐酒，然后君臣谈心，文宗问周墀："朕可方前代何主？"自己可以和前代哪些帝王相比？周墀回答说："陛下尧、舜之主也。"是尧、舜一类的帝王。文宗说："朕岂敢比尧、舜！所以问卿者，何如周赧、汉献耳？"朕岂敢与尧、舜相比，只是想知道，能否赶得上周赧王和汉献帝。周墀闻听大惊，说："彼亡国之主，岂可比圣德！"周赧王和汉献帝，都是些亡国之君，怎能与陛下相比。文宗说："赧、献受制于强诸侯，今朕受制于家奴，以此言之，朕殆不如！"周赧王、汉献帝不过受制于强大的诸侯，如今朕却受制于家奴，如此说来，朕实在还不如他们。谈到最后，文宗泪下沾襟，周墀则拜伏在地，流泪不已。从此文宗不再上朝。

皇帝都是这样的心境，臣子不可能有所作为。温庭筠梦想入仕，梦想大有作为，实际上不可能。累举不第固然可悲，科举中第同样可悲。

庄恪太子暴薨后，温庭筠书写愤恨，创作了《生祺屏风歌》：

玉墀暗接昆仑井，井上无人金索冷。

画屏阴森九子堂，阶前细月铺花影。

绣屏银鸭香蓊濛，天上梦归花绕丛。

宜男漫作后庭草，不似樱桃千子红。

禖，求子所拜神灵。九子堂，绘有九子母神的画堂，传说九子母神可保佑生子。花绕丛，兰花丛绕，为得子喜兆。宜男，即宜男草，一名鹿葱，传说孕妇佩戴，必生男。

詹安泰《读夏承焘先生的温飞卿系年》认为，假如没有庄恪太子的事情，飞卿一定不会写这样的诗，此诗是以一般太子的典故，反映当时的社会现实，即庄恪太子李永的遭遇。

温庭筠诗写得隐晦，目的大概为避祸，看懂的人越少，自己就越安全。当然最好什么也不写，可他不是缄默不言的人。温庭筠有关的诗难懂，原因其实就在这里。

诗的尾联说，宜男草不如樱桃树，即太子不如其他皇子。温庭筠写屏风上的图画，尾联隐约指向内心的怅恨，他闪烁其词，言不由衷，欲言又止，止而又言，内心的情绪高低起伏。他的怅恨是为自己的，但又是为晚唐时代的：宦官掌控了一切，要想有所作为，只好去做宦官，这样的时代多么荒诞。温庭筠生不逢时，人生是一场悲剧，时代造成他的悲剧。

温庭筠从游太子的目的，无疑为走捷径踏上仕途。这个完全无可厚非，当时试图走这种捷径的大有人在，算是一种时代特色。如果太子顺利即位，温庭筠必将"随龙"获得重用，完成他踏上仕途的夙愿。然而非常不幸的是，太子李永先是险些被废，接着又不明不白地"暴薨"，温庭筠的愿望彻底落空。同时又非常幸运的是，温庭筠在太子暴薨以前，就因故提前离开了，所以他又能够幸免于难。

第七章

## 出塞

1

开成三年（838）秋，温庭筠出塞去了。

据学者考证，此次出塞的情况是这样："庭筠出塞是由长安出发，沿渭川西行，取回中道出萧关，到陇首后折向东北，在绥州一带停留较久。估计在边塞时间，在一年以上。诸诗多及军中生活，自称'江南客''江南戍客'，当系从军出塞。"[①]渭川，即今渭河。回中道，南起汧水河谷，北至萧关，是关中平原去往陇东高原的交通要道；汧水，即今千河，源出甘肃，流经陕西，汇入渭河。萧关，在今宁夏回族自治区同心县东南。绥州，治今陕西省绥德县。

温庭筠此次出塞，可能走得更远；从军该是目的，但显然没能实现；出塞在开成三年秋，返回在开成四年（839）冬。

开成五年（840）冬，温庭筠有诗《书怀百韵》，关于此次出塞，他先说：

---

① 陈尚君《温庭筠早年事迹考辨》，《中华文史论丛》，1981 年第 2 期。

事迫离幽墅，贫牵犯畏途。

爱憎防杜挚，悲欢似杨朱。

旅食常过卫，羁游欲渡泸。

事迫，情况紧急。贫牵，为贫困所累。杨朱，《列子·说符》说，杨朱听了邻人亡羊故事，感叹："歧路之中又有歧，吾不知所之。"唐人常借杨朱泣歧，喻指仕宦失路。过泸，诸葛亮《出师表》说："五月渡泸，深入不毛。"

温庭筠受情势所迫，不得不离开郊居，又为贫困所累，不得不踏上畏途。温庭筠出塞是被迫的，因为发生了某种情况，他不能继续待在原地。究竟发生了什么情况呢？史载，开成三年（838）九月，文宗特开延英殿，打算废掉太子，后来态度稍有缓和，但将如京使王少华等，及宦官宫人，或流放或处死，多达数十人。所谓的情势所迫，该是指的这件事。开延英殿前，温庭筠应已离开太子府，但文宗对相关人等的处罚，使温庭筠心生恐惧，兔死而狐悲，鸡杀而猴骇，因而出塞去躲避，天高皇帝远，处罚也就远。被迫出塞又因为贫困，温庭筠此次出塞，有解决生计的考虑，希望加入节度使或地方官吏的幕府。温庭筠出塞，受人嫉恨，仕宦失路。孔子过卫国不被任用，温庭筠常常像是孔子，他得不到赏识。

唐代疆域辽阔，边境驻有重兵，叫作镇兵或边兵，统率镇兵的大将，由朝廷授予旌节，有专断军事的权力，称为节度使。节度使本来只是军事长官，地方上另外还有行政长官；但到了唐玄宗时代，沿边境的节度使，陆续增设到十个，把好几个州划作一个军镇，归节度使管辖，辖境内所有地方官，都成了他的属下。这样，节度使就不只掌握军权，还掌握着政治、经济大权。后来在内地也遍设军镇，出现列镇相望的局面。一些怀有野心的节度使，就利用他们的地位，逐渐形成割据势力。古代将军出征，以驻屯的营幕为办公场所，这个军事指挥部称作幕府。战国以后，中央和地方长官，都可以自辟僚属，于是有士人进入幕府，充当顾问或者智囊。温庭筠此番出塞，尽管是被迫的，但也有自己的目的。目的之一就是，进入节度使或者地方长官的幕府。另外，古人喜欢游历山川，饱览自然风光，借以开阔眼界，忘却烦恼，调适身心，陶冶情操，这是古人生活中的一件赏心乐事。温庭筠此番出塞，目的之二就是，游历塞外山川。

温庭筠出长安往西，沿渭水西行，挥笔写诗，《西游书怀》：

> 渭川通野戍，有路上桑干。
> 独鸟青天暮，惊麞赤烧残。
> 高秋辞故国，昨日梦长安。
> 客意自如此，非关行路难。

桑干，一说指汉代的代郡桑干县，此处借指北方边塞；一说指桑干河，流经今山西应县、浑源县及河北蔚县等地，此处泛指今山西北部。麞，獐子。故国，家乡。

独鸟青天日暮，惊兽野火将尽，温庭筠出塞所见，都是心里想看的。温庭筠孤独寂寞，风景是他的心境。温庭筠此次出塞，倍感孤寂，甚至有几分凄凉，他说离乡在外就是如此，与行路难并不相干。

温庭筠途中填词，《遐方怨》：

> 凭绣槛，解罗帷。未得君书，断肠潇湘春雁飞。不知征马
> 几时归。海棠花谢也，雨霏霏。

《遐方怨》，本为唐教坊曲名，后来用作词调；此调起初大约抒写分离，征战与戍守造成的分离。绣槛，雕饰精美的床边栏杆。罗帷，罗帐。潇湘，华钟彦《花间集注》说："潇湘，水名，湘水合潇水之总称。其汇合处，在今湖南零陵县北。此言见潇湘归雁，而不见征人归信也。"

海棠二月开花，花谢则在暮春。温庭筠挪移乾坤，将现实中的高秋，移为词中的暮春。

女子望眼欲穿，唯见大雁北飞，不见征马南归，她孤寂得断肠。词中的女子或许是词人的妻子，温庭筠出塞去，妻子备受煎熬。陈廷焯《云韶集》卷一评点："神致宛然。"温庭筠描摹孤寂，惟妙惟肖，宛若眼前。因为有过实际出塞的经历，对孤寂的体会才如此深切。

又填词《遐方怨》：

> 花半坼，雨初晴。未卷珠帘，梦残惆怅闻晓莺。宿妆眉浅
> 粉山横，约鬟鸾镜里，绣罗轻。

粉山，眉妆褪色，粉底显露，有如山形。约鬟，梳理发髻。鸾，凤凰。

卓人月《古今词统》卷三引述徐士俊的赞叹："'断肠''梦残'二语，音节殊妙。"只有谙熟音律如温庭筠者，才写得出这样绝妙的音节。

仍然是春天，仍然是分离，春天的分离是温词的主题。春天万物复苏，分离更加突兀，孤寂更加强烈。

同样写分离，却换了情境：花半开，雨初晴，梦醒闻莺啼，正惆怅，梳理发髻，镜中绣衣轻。温庭筠出塞在外，妻子守在家中，词是描摹她的形象，也是状写自己的感受。

日人鹤见佑辅写有《夏季的旅行》，鲁迅把它翻译过来，文中这样说："旅行是解放；是求自由的人间性的奔腾。旅行是冒险；是追究未知之境的往古猎人时代的本能的复活。旅行是进步；是要从旧环境所拥抱的颓废气氛中脱出的，人类的无意识的自己保存的努力。而且，旅行是诗。一切人将在拘谨的世故中秘藏胸底的罗曼底的情性，尽情发露出来。这种种的心情，就将我们送到山边、海边、湖边去，赶到新的未知的都市去。日日迎送着异样的眼前的风物，弄着'旅愁'呀，'客愁'呀，'孤独'呀这些字眼，但其实同样是幸福的。"

温庭筠出塞在秋天，不是夏天的旅行，但旅行的感受，应该并无不同，虽然出塞是被迫的，但旅行是幸福的。

温庭筠应先去了凤翔府（治今陕西省凤翔县）。据《资治通鉴》卷

二百四十五《唐纪六十一》，太和九年（835）十一月，左神策大将军陈君弈任凤翔节度使。开成三年（838）的凤翔节度使应该还是他。温庭筠似乎跟他没交情，入幕希望渺茫，简单见过之后，就离开凤翔府北上了。

旅途寂寞，填词解闷，《玉蝴蝶》：

> 秋风凄切伤离，行客未归时。塞外草先衰，江南雁到迟。
> 芙蓉凋嫩脸，杨柳堕新眉。摇落使人悲，断肠谁得知？

《玉蝴蝶》有小令、长调两种，小令为温庭筠所创，长调为柳永所创。行客，征人。

陈廷焯《云韶集》卷一评点："'塞外'十字，抵多少《秋声赋》！"《秋声赋》是宋代欧阳修作品。温庭筠的十个字，抵好多篇《秋声赋》。

塞外草已衰，江南人未归。温庭筠身处塞外，妻子在江南，该词或许是作者的自况。


## 2

《书怀百韵》接下去说：

> 塞歌伤督护，边角思单于。
> 堡戍摽枪槊，关河锁舳舻。
> 威容尊大树，刑法避秋荼。

伤督护，《宋书·乐志》记载，《督护歌》其声哀苦。思单于，唐代大角曲有《大单于》《小单于》。摽，通"标"，树立。荼，田间杂草，荼至秋繁茂，"秋荼"喻繁密的刑法。

边塞音乐苦兮兮：塞歌哀苦，边角鸣咽。边塞景物干巴巴：碉堡戍楼枪槊林立，关隘渡口船只受阻。

将军威严，使人敬畏，飞卿谨慎，免触刑法。温庭筠性格奔放，屈身幕府，身在屋檐下，不得不低头，这对他无疑是种折磨。

以上见闻及感受，是事后笼统的说法，比较概括；当时作品的记录，要清晰得多，也细致得多，《回中作》：

> 苍莽寒空远色愁，呜呜戍角上高楼。
> 吴姬怨思吹双管，燕客悲歌别五侯。
> 千里关山边草暮，一星烽火朔云秋。
> 夜来霜重西风起，陇水无声冻不流。

回中，指回中道。吴姬，吴中美女。怨思，怨恨悲伤。燕客，泛指有抱负的人，此处温庭筠自指。五侯，泛指达官贵人。

温庭筠行走在回中道上，遥望寒空苍莽，耳闻戍角呜咽，情绪极其低落。

辞别一个个"五侯"，没人愿意留他做幕僚。温庭筠此次出塞，大概事出突然，匆匆出发，他到处碰运气，可是却到处碰壁。

目睹日暮时的千里关山，以及高秋边塞的一点烽火，此时温庭筠的内心，该是无限苍凉。

温庭筠离开凤翔北上，可能绕道去了邠州（治今陕西省彬县），谒见邠宁节度使。据《资治通鉴》卷二百四十六《唐纪六十二》，开成三年（838）十月，左金吾大将军郭旼任邠宁节度使。他的前任不知是谁。温庭筠秋天出塞，见到的该是郭旼的前任。不论邠宁节度使是谁，结果都一样，求入幕无果，温庭筠继续北上。

九月的边塞，温庭筠目睹官军渡过滠水，《滠水谣》：

> 天兵九月渡滠水，马踏沙鸣惊雁起。
> 杀气空高万里情，塞寒如箭双眸子。
> 狼烟堡上霜漫漫，枯叶号风天地干。

犀带鼠裘无暖色，清光炯冷黄金鞍。

虏尘如雾昏亭障，陇首年年汉飞将。

麟阁无名期未归，楼中思妇徒相望。

天兵，指官军。遐水，荒远的河水。双，一作"伤"。炯冷，明亮而寒冷。亭障，古代边塞堡垒。陇首，山名，在秦州，即今甘肃天水，此处泛指边塞。汉飞将，指汉代名将李广。麟阁，即麒麟阁，相当于后代的凌烟阁，其中画功臣像以示表彰。

塞寒如箭直射双眸，风卷枯叶肆意西东，温庭筠感受着塞寒彻骨。

功臣阁中无姓名，岁岁年年不归来，思妇怅望没消息。温庭筠此次出塞，情绪极糟糕，他似乎对建功立业不抱什么希望。

温庭筠生活在晚唐，他在边塞写下边塞诗。我们注意到，与盛唐的边塞诗风相比，温庭筠的边塞诗，有着很大的不同。王维《少年行》说："孰知不向边庭苦，纵死犹闻侠骨香。"岑参《初过陇山途中呈宇文判官》也说："万里奉王事，一身无所求。也知塞垣苦，岂为妻子谋。"而温庭筠写吴姬的"怨思"，写燕客的"悲歌"，与同时代的边塞诗风格相近，温庭筠的边塞诗，是晚唐的边塞诗。人都生活在特定的时代，时代风气谁都无法拒绝，没人可以置身时代之外。

温庭筠在边塞接连拜访"五侯"，谋求进入他们的幕府。唐代士人入幕之风颇盛，骆宾王、陈子昂、王维、孟浩然、李白、杜甫、高适、岑参、刘禹锡、韩愈、李商隐等，都有过参加幕府的经历。入幕可以施展才干，立功扬名，实现个人的价值，而且可以解决生计。入幕还有个好处：它是非正规的官僚选拔制度，宾主合得来则可慢慢升迁，合不来则可自由离去，来去相对自由。

别过邠宁节度使，温庭筠又向西北行进，去了泾州（治今甘肃省泾川县），求见泾原节度使。当然，还是没什么结果，温庭筠只好继续向北。

温词《蕃女怨》或作于此间：

万枝香雪开已遍，细雨双燕。钿蝉筝，金雀扇，画梁相
见。雁门消息不归来，又飞回。

温庭筠不仅会作词，而且会作曲，《蕃女怨》是温庭筠所创。香雪，
指盛开的杏花。钿蝉筝，饰有螺钿的筝，螺钿薄如蝉翼。金雀扇，绘有
金雀的团扇。雁门，即雁门关，在今山西代县。

春来也，杏花开满枝，细雨中，双燕翻飞，征人久戍雁门，无消
息，燕子飞来又飞去。陈廷焯《云韶集》卷一评点："'又飞回'三字更
进一层，令人叫绝，开两宋先声。"

温庭筠出塞去，妻子在江南，燕子来又回，妻子望眼欲穿。温词真
切感人，边塞词与边塞诗，有着相同的价值取向，那就是怨恨战争。为
什么盛唐的诗人渴望战争，而晚唐的诗人怨恨战争呢？大概跟唐朝的国
势盛衰有关：盛唐国势强盛，国家开疆拓土，所向披靡，取得军功相对
容易，虽然也有死伤，但相对所得来说，可以忽略不计，所以人人向
往；而晚唐国势衰颓，国家面对进攻，已经应接不暇，这时候想要取得
军功，简直就是不可能，死伤更加严重，而且基本无所得，死伤百分之
百，所以人人畏避。

温庭筠离开泾州向北，出萧关，去了灵州（治今宁夏回族自治区灵
武市），谒见朔方节度使。求入幕无果后，他折而向东。

经过西堡塞，温庭筠挥泪写诗，《过西堡塞北》："浅草干河阔，丛
棘废城高。白马犀匕首，黑裘金佩刀。霜清彻兔目，风急吹雕毛。一经
何用厄，日暮涕沾袍。"

犀匕首，匕首，鞘是犀牛皮做的。

一条断流的干河，一座废弃的城池，地址未详的西塞堡。将军骑白
马带匕首，着黑裘配金刀，秋霜让野兔目光清澈，疾风掀动雕毛。游历
出诗人，温庭筠出塞在外，好诗频频造访。

可是，边塞风光不能使他赏心悦目：此间书生无用，为此他涕泪滂
沱。温庭筠渴望进入幕府，渴望在幕府中有所作为，但他越来越清楚，
书生边塞无用处。

另一首《蕃女怨》或也作于此时：

> 碛南沙上惊雁起，飞雪千里。玉连环，金镞箭，年年征
> 战。画楼离恨锦屏空，杏花红。

碛南，蒙古高原大沙漠以南地区，此处泛指北方边塞荒漠。玉连环，刀环，玉质，连环状。金镞箭，饰有金箭头的箭。锦屏，锦绣的屏风，借指闺阁。

陈廷焯《词则·别调集》卷一评点："起二句，有力如虎。"此二句有力，气势直追李白。温庭筠有出塞的经历，才能写出这样的句子。

连环刀，金镞箭，连年征战；杏花时节，形只影单。温庭筠生长苏州，那里吴姬如云，他的妻子应美貌。温庭筠在塞外，眼中是将士，征战连年，心中是妻子，形只影单。温庭筠提笔挥洒，记下所见与所思。

温庭筠在边塞，再作边塞诗《塞寒行》：

> 燕弓弦劲霜封瓦，朴簌寒雕睨平野。
> 一点黄尘起雁喧，白龙堆下千蹄马。
> 河源怒浊风如刀，剪断朔云天更高。
> 晚出榆关逐征北，惊沙飞进冲貂袍。
> 心许凌烟名不灭，年年锦字伤离别。
> 彩毫一画竟何荣，空使青楼泪成血。

燕弓，燕地出产的良弓。朴簌，雕振翅的声音。白龙堆，今新疆南部沙漠，其地沙冈起伏，形如卧龙。河源，指黄河源头。榆关，今山海关。凌烟，即凌烟阁。锦字，征戍将士妻子所写书信、诗篇。青楼，显贵家女子所居精致楼阁。

诗中地理跨度大，从白龙堆到榆关，有些景物是出塞亲历，而另一些则可能出于想象。

寒雕扑簌，斜视平野，战马腾起黄尘，惊起沙上大雁，朔风似剪

刀，剪断流云天更高，沙粒飞溅冲貂袍。这些景象除非亲见，根本想象不出来。温庭筠经历朔风塞寒，好句子纷至沓来。

期望流芳后世，年年诗书伤离别，画像凌烟阁何荣之有，白白使妻子悲泣不已。

边塞诗的格调，盛唐明朗壮大，中唐哀婉幽怨，晚唐凄厉沉痛。前文说过，晚唐时代，战争人人畏避。但畏避不只是怨恨，还有思考：晚唐的边塞诗，对生死的价值，以及何为幸福，都做了更为理性的思考，不断追索战争的负面意义，进而反对战争。盛、中、晚唐的边塞诗，各有其特点，各有其价值。

开成三年（838），大唐西北边境相对安宁。唐中叶以后的外患之一是吐蕃：安史之乱，吐蕃入侵，此后常常骚扰；唐因藩镇未平，与吐蕃议和，但吐蕃仍屡屡入寇；唐武宗后，吐蕃渐衰。据《资治通鉴》卷二百四十六《唐纪六十二》，开成三年，吐蕃赞普彝泰卒，其弟达磨即位，彝泰多病，政务交付大臣处理，自保无暇，无力侵略，达磨荒淫残虐，国人愤怒，吐蕃自此式微。


# 3


《书怀百韵》继续叙述出塞经历："远目穷千里，归心寄九衢。寝甘诚系滞，浆馈贵睢盱。"

九衢，纵横交错的街道，借指唐都城长安。寝甘，安睡。浆馈，赠酒。

温庭筠极目千里，归心似箭，归心直指繁华的长安。到后来，温庭筠大概已经对边塞厌倦透顶，因而恨不得眨眼间，飞回长安去。

虽弃置不用，却可安睡依旧；因声名远播，不断有人赠酒。温庭筠可能习惯了不被接受，所以能够安之若素，他享受着盛大的文名，饮下追捧者献上的美酒，醉醺醺，感觉挺好。

自灵州折而向东，温庭筠去了夏州（治今陕西省榆林市西南），谒见夏绥节度使。当然还是没什么结果，温庭筠只好再次出发。

温庭筠游走在西北的藩镇间。西北土地贫瘠，人烟稀少，那里的藩镇，不如河北藩镇富饶，加之军饷耗费大，晚唐中央财政匮乏，军费不能及时拨给，又有些藩帅横征暴敛，这些曾导致边军的骚乱。但这些骚乱并没有对朝廷构成多么严重的威胁，而且它们还是防御西北少数民族进犯的主要力量。因此，西北藩镇只是唐朝的一个不稳定因素，这些藩镇属于不割据藩镇。我们知道，卢龙（治幽州，州治在今北京市）、魏博（治魏州，州治在今河北省魏县）和成德（治镇州，州治在今河北省石家庄市东北），史称河北三镇或河朔三镇，是中晚唐割据型藩镇的代表。晚唐士子不如意，有人就会远走幽州，但在士大夫看来，这几乎就是叛逆。温庭筠选择西北藩镇，而不是河北藩镇，应该是有考虑的：他要有所作为尽忠朝廷，而不是与朝廷分庭抗礼。可是，从一个藩镇到另一个藩镇，藩帅好言好酒好招待，却没人愿意留他做幕僚。温庭筠刚开始可能还惴惴不安，期待着好结果；到后来就心静如水，不抱什么希望了，且饮美酒把盏言欢。

温庭筠在边塞不断有人慕名赠酒。在众多的慕名者当中，温庭筠是真正的明星，这个时候他该是很享受。慕名者必然请求新词，温庭筠有"温八吟"的美名，他文思泉涌敏捷非常，略一沉吟，新词《定西番》出焉：

> 汉使昔年离别，攀弱柳，折寒梅，上高台。
>
> 千里玉关春雪，雁来人不来。羌笛一声愁绝，月徘徊。

《定西番》，唐教坊曲名，后用作词调；最初应是军中歌谣，反映唐朝与西北各族的战争。汉使，指西汉张骞，曾出使西域。玉关，即玉门关，汉武帝时置，通往西域的门户，在今甘肃敦煌市西北。

这是想象中的场景：张骞出使西域时，夫妻分别，妻子折柳相送，折梅相赠，然后登高遥望；张骞一去经年，玉门关万里雪飘，大雁飞来人未回，羌笛愁绝，月光流动。

董其昌《评注便读草堂诗余》卷七评点："攀柳折梅，皆所以写离别之思。末二句闻笛见月，伤之也。"

词写离别和思念。虽是汉代人物，却指向当下：戍守经年，离别经年，思念经年，夫妻只向梦中聚。将士们都懂得。曲终歌罢，角落里的年轻将官，该已泪飞如雨。

温庭筠离开夏州，可能继续向北，去见过振武节度使（治所在今内蒙古自治区和林格尔县），《敕勒歌塞北》：

> 敕勒金帷壁，阴山无岁华。
> 帐外风飘雪，营前月照沙。
> 羌儿吹玉管，胡姬踏锦花。
> 却笑江南客，梅落不归家。

阴山，横贯今内蒙古自治区的大山脉，西起河套西北，东接大兴安岭。岁华，指草木。胡姬踏锦花，应指胡旋舞，《乐府杂录》记载："胡旋舞，居一小圆毯子上舞，纵横腾掷，两足终不离毯上，其妙如此。"

敕勒川，阴山下，风卷雪花，月照白沙，羌儿吹玉笛，胡姬胡旋舞。阴山风物迥异江南。

前文说过，温庭筠先祖温彦博，曾经兵败被俘囚禁阴山。温庭筠故地重游，重温先祖的艰难，生出无尽的感慨。

出塞江南客，梅落不回家，温庭筠想念江南的家。时间已是春天，开成四年（839）的春天。

另一首《定西番》或作于此时：

> 海燕欲飞调羽，萱草绿，杏花红，隔帘栊。
> 双鬓翠霞金缕，一枝春艳浓。楼上月明三五，琐窗中。

海燕，一说即燕子，古人认为，燕子产于南方，渡海而来；一说即越燕，燕子的一种，产于滨海百越之地。调羽，整理羽毛，准备起飞。

帘栊，窗户。翠霞金缕，双鬓饰物。

温庭筠词中有画：上阕是一幅春景图，下阕是一幅美人图。这样的图画将士们懂得：美人图中的女子，是他们家中的妻子。

汤显祖《汤评〈花间集〉》卷一评点："'楼上月明三五，琐窗中。'不知秋思在谁家。"秋思不知在谁家，既在我家，也在你家，还在他家。

别过振武节度使，温庭筠可能向西，去了天德军（今内蒙古自治区五原县东南），见过丰州都防御使。

在天德军的收获，是结识温德彝，《伤温德彝》：

> 昔年戎虏犯榆关，一败龙城匹马还。
> 侯印不闻封李广，他人丘垄似天山。

榆关，今山海关。天山，唐代称伊州、西州以北山脉为天山。

温德彝，两唐书无传，《资治通鉴》卷二百四十六《唐纪六十二》提到，开成五年（840）十月，天德军使温德彝奏："回鹘溃兵侵逼西城，亘六十里，不见其后。边人以回鹘猥至，恐惧不安。"温德彝是武将，从诗的内容看，他的经历近似李广：军功卓著，不得封赏。

唐中叶以后的外患，一个是吐蕃，另一个是回纥：安史之乱，唐肃宗向回纥求援，洛阳惨遭焚掠；宝应元年（762），唐又向回纥借兵讨史朝义，回纥再入洛阳，又大肆杀掠；德宗时回纥才稍衰，但唐仍不得不与之和亲。《资治通鉴》卷二百四十六《唐纪六十二》记载，开成四年（839），大唐西北边塞基本安定：当年回鹘内乱，宰相掘罗勿贿赂沙陀族首领朱邪赤心，借兵攻打本国可汗，可汗兵败自杀，又遇瘟疫和大雪，牲畜大批死亡，回鹘渐衰。温德彝的遭遇可能跟这个有关系：边塞基本安定，武将被忽略掉。

温庭筠与温德彝同姓，不知道有没有亲戚关系。

有功不赏与怀才不遇，性质上相似，温庭筠为温德彝悲哀，也是为自己悲哀：他是借温德彝，发泄自己的怨气。

## 4

《书怀百韵》中叙述此次出塞的结尾：

> 怀刺名先远，干时道自孤。
> 齿牙频激发，簦笈尚崎岖。

刺，刺有姓名的竹简，相当于现在的名片，拜谒之前先投刺。干时，违反时势。簦，一种有柄的笠，类似今天的伞。笈，书箱。

温庭筠文名远播塞外，拜谒似乎大有希望，权贵给他很高的评价，可是一谈到入幕，权贵就开始打哈哈，或者顾左右而言他，温庭筠彻底失望。他将不为所用的原因，归结为所秉持的道，违反了时代的趋势。

温庭筠此次出塞，本为寻求入幕，可是所拜谒的权贵，表面对他满口称誉，却并不真的接纳他，他最终一无所获。

此种情境之下，温庭筠邂逅唐玄宗乐工，《弹筝人》：

> 天宝年中事玉皇，曾将新曲教宁王。
> 钿蝉金雁今零落，一曲伊州泪万行。

玉皇，指唐玄宗，睿宗第三子，崇尚道教。宁王，指李宪，睿宗长子，封宁王，善音律，死后被封为让皇帝。钿蝉，筝的装饰。金雁，筝柱的美称，筝柱斜列，有如雁行。伊州，遗址在今新疆哈密，据《新唐书·礼乐志》，天宝年间的乐曲，都以边地命名，如凉州、伊州、甘州等。

弹筝人该是男性。古代乐籍制度下，男性多以器乐演奏为主，女性多以本色演唱为主。温庭筠拜谒的藩帅，可能将他看作乐工：以各自的演奏，在宴席上佐酒下饭。温庭筠与乐工，或相逢于宴席。乐工老矣，流落塞外，有感于世事变迁，涕泪横流。温庭筠精通音律，与乐工该有许多话说。曾侍奉皇帝身怀绝技，而今流落边塞食不果腹。温庭筠此时与乐工何其相似：乐工身怀绝技，温庭筠文名远播；乐工无人欣赏，温庭筠不得任用。温庭筠写下弹筝人的故事，感叹自己的怀才不遇。

温庭筠寻求入幕无果，却收获了好词《酒泉子》：

> 花映柳条，闲向绿萍池上。凭栏干，窥细浪，雨萧萧。
> 近来音信两疏索，洞房空寂寞。掩银屏，垂翠箔，度春宵。

《酒泉子》，唐教坊曲名，后用作词调；应产自河西酒泉地区。萧萧，雨声。洞房，幽深的内室，多指卧室、闺房。银屏，镶有银丝的屏风。翠箔，翠帘。

华钟彦《花间集注》解读："花映柳条，是花与柳相合也。吹落池上，则又与柳相离也。感离合之倏忽，而伤人事之错午也。"

李冰若《栩庄漫记》评点："银屏、翠箔，丽矣，奈洞房寂寞度春宵何！"

全词勾勒了两幅画面。上阕是一幅闲逸图：白天，女子凭栏远眺，但见花映柳条，闲拂绿萍池上，春雨潇潇，漾起涟漪。下阕是一幅孤寂图：夜间，与良人远隔，近来音信稀疏，闺房寂寞，掩银屏，垂翠帘，独自度春宵。词中的寂寞是华丽的寂寞，华丽的寂寞也是寂寞。温庭筠描写寂寞，入木三分。

这首词或许曾在军中演唱，通过歌妓之口，两幅画面浮现在将士眼前，将士们似曾相识。好的文学作品，既是个人的，也是所有人的。男儿有泪不轻弹，将士们只有借酒浇愁。他们喝得烂醉如泥，倒在地下，不省人事。有人可能乘着醉意，大骂可恶的战争，喊出妻儿的姓名。

温庭筠后来又去到绥州（治今陕西省绥德县），在绥州，温庭筠又写下边塞诗《边笳曲》：

朔管迎秋动，雕阴雁来早。

上郡隐黄云，天山吹白草。

嘶马悲寒碛，朝阳照霜堡。

江南戍客心，门外芙蓉老。


朔管，即边笳。雕阴，隋代雕阴郡郡治所在，在今陕西省绥德县。上郡，即雕阴。天山，今祁连山。

秋日雕阴，边笳凄厉，大雁早来，城池隐没黄云中，远望祁连山，疾风吹白草，马嘶似含悲，朝阳红，霜堡白。作者所处地域的风物，会影响其作品的质感，塞外风物迥异江南，此诗给人粗粝的感觉。

马嘶似含悲，不是马悲而是人悲，温庭筠在边塞，内心悲戚戚。

温庭筠郁郁不得志，他想到在江南的家，这个时节芙蓉已凋谢。人穷则返本，人在不得志时，总容易想到家乡，或者其他温暖的事物。《酒泉子》：


日映纱窗，金鸭小屏山碧。故乡春，烟霭隔，背兰釭。

宿妆惆怅倚高阁，千里云影薄。草初齐，花又落，燕双双。


金鸭，鸭子形状的香炉。小屏山碧，枕屏上绘有青山绿水。烟霭，香炉飘出的烟雾。背，掩暗。兰釭，燃兰膏的灯。宿妆，昨日残妆。

日映纱窗，枕屏山碧，残灯犹在，香炉袅袅，故乡遥隔；倚窗远眺，千里云淡；草长花谢燕成双，又是春尽时。词中的女子满怀思念，不是思念久别的良人，而是思念久别的家乡。

温庭筠少年多情，词中的女主人公，该是明眸善睐的营妓。温庭筠的才华赢得她的青眼。豆蔻年华，两情相悦。营妓离家多年，她倾诉，他倾听，耳鬓厮磨。温庭筠熟悉她同情她，随手撷取生活的片段，写下她化不开的思念。

词是写给营妓的，也是写给所有人的，边塞无人不想家。想家的情绪弥漫边塞，将士无眠，明月朗照。

温庭筠此次出塞，时间一年有余，二十七八岁，年少而多才。温庭筠拜谒一个个藩帅，希望进入他们的幕府，希望借此踏上仕途，可是无人愿意接纳他。温庭筠此次出塞，可以说一无所获，除了好诗和好词。

第八章

# 与宗密禅师

## 1

宗密是著名禅师，荷泽宗的第五世。

宗密禅师圆寂后，温庭筠故地重游，《重游圭峰宗密禅师精庐》：

> 百尺青崖三尺坟，微言已绝杳难闻。
>
> 戴颙今日称居士，支遁他年识领军。
>
> 暂对杉松如结社，偶同麋鹿自成群。
>
> 故山弟子空回首，葱岭唯应见宋云。

圭峰是终南山诸峰之一，在今陕西省西安市西南十多公里。

温庭筠重游宗密禅寺，写下即时的所思所感。温庭筠与宗密的交往，由来已久。

宋代释普济《五灯会元》卷二说：宗密"北游清凉山，回住鄠县草堂寺。未几，复入终南圭峰兰若。"兰若，梵语"阿兰若"的省称，寺庙。宗密曾住鄠县草堂寺，温庭筠自称故山弟子，他是宗密的弟子；温庭筠重游的，该是圭峰兰若。

故地重游时所见，唯有青山与坟茔。唐代裴休《圭峰禅师碑铭（并序）》中，提到宗密的遗言，遗言涉及坟茔："死后举施虫犬，焚其骨而散之，勿墓勿塔，勿悲慕以乱禅观……"宗密圆寂前留下遗言，要弟子将他的尸骨火化，不建墓不建塔。可是，不久皇帝有诏命："今皇帝再阐真宗，追谥定慧禅师青莲之塔，则塔不可以不建，石不可以不斫……"后来皇帝有诏命，当然宗密的遗言，就不能作数了，有塔而且有墓，还有裴休所撰碑铭。温庭筠所见的坟，是诏命以前的坟。宗密圆寂于会昌元年（841），裴休所撰碑铭立于大中九年（855），温庭筠故地重游的时间，在会昌元年至大中九年间。

昔日宣讲微言奥义，今日已是杳不可闻。温庭筠昔日来此地，不只是游览观光，还曾聆听宗密宣讲。据《南史·戴颙传》，汉代时中国才有佛像，形式不甚完美，戴颙参与改善。支遁是东晋高僧、玄言诗人。领军指东晋人王洽，曾任职"中领军"。王洽与支遁为方外友。东晋名士与僧人关系密切，互以清谈玄言相倾倒。温庭筠自比戴颙，说因为当年的交往，自己今日仍称居士。温庭筠又自比王洽，且将宗密比作支遁，王洽和支遁是方外友，温庭筠和宗密也是方外友。温庭筠接受禅宗，宗密的影响不小。

重游眼见杉松与麋鹿，想起往日的结社清修。东晋释慧远于庐山东林寺，和慧永、慧持及刘遗民、雷次宗等，结社精修念佛三昧，誓愿往生西方净土，又掘池植白莲，称白莲社。温庭筠不仅是被动聆听，还有平等的相互交流。

《圭峰禅师碑铭（并序）》中，描述了宗密火化时的情形："（会昌元年）二月十三日荼毗，初得舍利数十粒，明白润大。后门人泣而求诸煨中，必得而归……"荼毗，梵语音译，意为焚烧，尸体火化。宗密尸体火化场面特别感人，门人哭着在灰烬中找寻舍利，找不到不肯走。《传灯录》上说，达摩祖师圆寂时，门人都不在眼前，魏使宋云自葱岭回，恰好目睹。"葱岭唯应见宋云"，宗密圆寂时，温庭筠可能未在场。

温庭筠自称故山弟子，曾经聆听宗密宣讲，又与他结社清修，彼此亦师亦友。宗密圆寂后，温庭筠重游圭峰兰若，必定感慨万千，坟里与坟外，阴阳两相隔，他感叹数次，泪流满面，回忆彼此的交往，复述宗密的宣讲，忘记了时间，忘记了空间。

宗密是荷泽宗的第五世，那么荷泽宗是怎么回事呢？

要说荷泽宗先得说佛教，来简单回顾下中国佛教史。

佛教产生于古印度，创始人叫作释迦牟尼。关于他的生卒年代，历来说法不一，据台湾学者南怀瑾的考证，释迦牟尼的出生年代，正当周灵王七年（前565），释迦牟尼的寂灭年代，正当周敬王三十四年（前486）。佛教传入中国，按照旧史的记载，是自汉明帝时代开始：汉明帝夜梦金人，遣使蔡愔等十八人，西去求经，到大月氏国，遇到迦叶摩腾、竺法兰两位法师，于是迎回洛阳，安置在白马寺，译出《四十二章经》，藏在兰台石室。但有现代学者认为，这是宗疑案，无法坐实。有史料可考的记载，在汉末及三国时期。汉桓帝时，有安息国沙门安世高来华，月氏国沙门支谶到洛阳，各译出佛经数十部，共一二百卷。汉灵帝时，印度沙门竺佛朗也来到洛阳。三国时，沙门康僧会、月氏籍的名士支谦等，学问渊博，朝野景仰，他们弘扬佛学，先后居留东吴，是孙权的座上宾。

经过两晋南北朝的发展，佛教在隋唐时期达到鼎盛。唐太宗对于宗教很是宽容，任由全国上下自由信仰。唐初，中国文化史和佛教史上的大事，就是玄奘大师自印度留学归国。唐太宗对玄奘大师敬爱有加，为他专门设立"译场"，集合国内僧侣学者及文人名士数千人，参加佛经的翻译工作。在这种有利的氛围下，中国佛教空前繁荣，形成了十宗教派：净土宗、律宗、天台宗、成实宗、三论宗、俱舍宗、禅宗、华严宗、法相宗、密宗。

唐代佛教兴盛，诗人作家信佛谈佛，蔚成风气。最具代表性的，该属大诗人王维：常年吃素，妻子去世，也不续弦，独居三十年，供养名僧十数人，平日以诵经坐佛为乐。白居易也自称居士，他写诗《在家出家》："衣食支分婚嫁毕，从今家事不相仍。夜眠身是投林鸟，朝饭心同乞食僧。清唳数声松下鹤，寒光一点竹间灯。中宵入定跏趺坐，女唤妻呼多不应。"

各教派当中对士人阶层影响最大的，就是禅宗，它消除了入世、出世的界限，主张本分做人即得大解脱，使佛家的"慈悲"与儒家的"仁"，趋于统一，禅宗因此被文人士大夫广泛接受。禅宗的传入始于南北朝时期。在梁武帝和北魏武帝时代，禅宗第二十八代祖师菩提达摩，由海道到达广东，与梁武帝一度对话不合，便渡江北上，隐居嵩山少林寺，在那里面壁九年，这就是禅宗传入中国的开始。到了唐高宗与武则天时期，禅宗崛起。禅宗六祖慧能在广东曹溪，对平民社会大肆弘扬不立文字、见性成佛的宗旨；同时他的师兄神秀，被武则天尊为国师，弘扬禅宗的佛法。

荷泽宗属于禅宗支派，以荷泽神会为宗祖。

关于禅宗的传承关系，《圭峰禅师碑铭（并序）》中有梳理："达摩传可，可传璨，璨传信，信传忍，为五祖，又传融为牛头宗。忍传能为六祖，又传秀为北宗。能传会为荷泽宗，荷泽于宗为七祖。又传让，让传马，马于其法为江西宗。荷泽传磁州如，如传荆南张，张传遂州圆，又传东京照，圆传大师。大师于荷泽为五世，于达摩为十一世，于迦叶为三十八世。"牛头宗、江西宗都是禅宗的支派。能指慧能，禅宗南派的创始人。秀指神秀，禅宗北派的创始人。会指神会，荷泽宗的宗祖。荷泽宗属于南派禅宗，神会创立宗派，其后神会传如，如传张，张传圆，圆传宗密，所以宗密是荷泽宗的第五世。

宗密在世时，温庭筠多次拜访他，宗密行踪不定，温庭筠追得辛苦，《宿云际寺》：

> 白盖微云一径深，东峰弟子远相寻。
> 苍苔路熟僧归寺，红叶声干鹿在林。
> 高阁清香生静境，夜堂疏磬发禅心。
> 自从紫桂岩前别，不见南能直至今。

云际寺即云际山大定寺，在今陕西省户县东南。

白盖峰高耸入云，峰顶有云际寺，温庭筠拾级而上，寻访寺中的高僧。温庭筠自称"东峰弟子"，东峰即圭峰。在圭峰从高僧受学，由温庭筠的经历来看，此高僧就是宗密。

沿途所见皆惬意：台阶上长满青苔，寺僧轻车熟路，轻捷地归来，林中满是红叶，鹿踩过干叶子，发出好听的碎响。夜宿云际寺中，高阁中香烟袅袅，望之心中顿觉清净，佛堂中疏淡的磬声，听来触发禅悟。温庭筠去到云际山中，目睹闲逸的景致，人也跟着闲逸起来，心中的浮躁沉下来，犹如尘埃落定，重现如水青天。

温庭筠与宗密禅师交往，自称故山弟子、东峰弟子，又说彼此的关系是方外友，宗密去到哪儿，他就追到哪儿，宗密圆寂后，他又故地重游，对宗密念念不忘。温庭筠显然很享受，享受着这种交往，简直是欲罢不能。

## 2

温庭筠与宗密亦师亦友，他们的关系很是密切。不仅如此，温庭筠与许多僧人，都保持着友好关系。《温庭筠全集校注》中，游览寺院、与僧人酬答的诗作，多达三十首。

《题中南佛塔寺》：

> 鸣泉隔翠微，千里到柴扉。
> 地胜人无欲，林昏虎有威。
> 涧苔侵客履，山雪入禅衣。
> 桂树芳阴在，还期岁晏归。

中南即终南山。终南山中景色宜人：青山背后有鸣泉，蜿蜒曲折到寺前，山间溪流淙淙，桂树葱翠茂密……好景致有洗涤作用，让温庭筠清心寡欲。

温庭筠长途跋涉去到终南山，寻访山中佛塔寺的寺僧，可是寺僧外出云游了。温庭筠怅然若失，在寺院墙壁留诗，相约岁末见面。温庭筠与寺僧，无疑是旧相识，彼此交往多年。

《赠楚云上人》：

> 松根满苔石，尽日闭禅关。
> 有伴年年月，无家处处山。
> 烟波五湖远，瓶履一身闲。
> 岳寺蕙兰晚，几时幽鸟还？

上人是对僧人的尊称。瓶履指僧人的净水瓶和芒鞋。

温庭筠又是寻访寺僧不遇：松下石上满是青苔，寺院大门整日紧闭，楚云也是云游去了。

《送僧东游》：

> 师归旧山去，此别已凄然。
> 灯影秋江寺，篷声夜雨船。
> 鸥飞吴市外，麟卧晋陵前。
> 若到东林社，谁人更问禅？

僧人要远游，飞卿来送行，作别时，心中凄然。温庭筠与僧人，友情很是深厚。

温庭筠除了与宗密交好，又频繁去到深山寻访禅师，写下与他们的交往与交流。有个问题：温庭筠为什么与禅师过从甚密呢？

大概为寻求精神上的慰藉：温庭筠怀才不遇，心中必定苦闷，他需要到禅宗中寻求精神上的慰藉。

《访知玄上人遇暴经因有赠》中，温庭筠写下对禅宗心法的向往："惠能未肯传心法，张湛徒劳与眼方。"

暴经即曝晒经卷。惠能即慧能，借指知玄上人。《晋书·范宁传》

记载，范宁得了眼病，向张湛求方子，张湛开给他："用损读书一，减思虑二，专内视三，简外观四，且晚起五，夜早眠六。"

宋代赞宁撰《高僧传·悟达国师知玄传》记载，知玄俗姓陈，眉州洪雅（今四川省洪雅县东）人，文宗时居长安资圣寺，宣宗时居长安法乾等寺。

温庭筠拜访知玄，正赶上他焚香晒经，知玄不肯传他心法。温庭筠对禅宗心向往之，大概频频造访知玄，知玄在长安，造访不困难。温庭筠殷勤请教，可是知玄焚香晒经，顾左右而言他，始终不谈心法。温庭筠兴奋而来，悻悻而去。

在与僧人的交往中，温庭筠大概是放松的，放下平日的戒备与矜持，向僧人敞开心扉，将心事和盘托出。

《题僧泰恭院二首》：

> 昔岁东林下，深公识姓名。
> 尔来辞半偈，空复叹劳生。
> 忧患慕禅味，寂寥遗世情。
> 所归心自得，何事倦尘缨？

> 微生竟劳止，晤言犹是非。
> 出门还有泪，看竹暂忘机。
> 爽气三秋近，浮生一笑稀。
> 故山松菊在，终欲掩荆扉。

"昔岁东林下"，温庭筠与僧人，交往好多年。

温庭筠描述人生，说是"劳生"与"忧患"，他的人生不如意。劳生多忧患，解忧唯禅宗，在温庭筠心目中，禅宗的妙处，是可以忘忧，让他疲惫的身心，得到些许的慰藉。又说人生是"微生"，此时的温庭筠，显得不自信，甚至是自卑。温庭筠与僧人，有过深入的交谈，出门仍有泪，他眼泪汪汪的，那么该是哭诉了：温庭筠向僧人哭诉，哭诉人生的不如意。人生的不如意，使温庭筠走近禅宗。僧人和颜悦色娓娓道来，春风化雨润物无声，为他开解给他慰藉，使他的内心归于平静。

可是这种平静很短暂，《月中宿云居寺上方》：

> 虚阁披衣坐，寒阶踏叶行。
>
> 众星中夜少，圆月上方明。
>
> 霭尽无林色，喧余有涧声。
>
> 祗因愁恨事，还逐晓光生。

云居寺，遗址在今陕西省西安市南终南山中。

元代方回《瀛奎律髓》卷五十七评点："……五六尤得月夜清寂之味。"

温庭筠夜宿云居寺，但他难以入眠，披衣而坐，踏叶而行，此刻月朗星稀，林色浅淡，万籁俱寂，唯有泉声。尾联说心中别有忧怨，明日会纷至沓来。他的忧怨该是怀才不遇。温庭筠住在寺院，他是在逃离，逃离忧怨。或许寺院的寂静、与寺僧的彻夜长谈，可以给他短暂的宁静，短暂的宁静过后，又是无尽的忧怨。

温庭筠住在京郊鄠县，面对长安，背对山林。长安有官场，山林有寺院。他心向官场，可是官场拒绝他；他背向山林，可是山林接纳他。官员不把他当朋友，寺僧却把他当朋友。山林给他宁静，禅宗给他安慰，禅宗是疗伤的药，让他从怀才不遇的痛苦中，暂时地解脱出来。

杜牧有诗《赠终南兰若僧》："家在城南杜曲旁，两枝仙桂一时芳。禅师都未知名姓，始觉空门意味长。"据《本事诗·高逸第三》记载，诗是写给终南山僧人的，杜牧接连考中进士、制举、弱冠成名，他有点志得意满，携一二"同年"游终南山寺院，一位僧人正在打坐，杜牧上去说话，僧人不温不火，问及姓名、职业，友人隆重介绍，说杜牧家世显赫，又刚刚连中两元，僧人却淡然一笑，说："皆不知也。"僧人的淡定让杜牧吃惊，因而对佛门另眼相看。杜牧得意时偶遇高僧，温庭筠失意时走近禅宗。温庭筠的吃惊大概不亚于杜牧，吃惊过后是惊喜，他甘之如饴，很是享受。

温庭筠与宗密亦师亦友，他们的关系很是密切。温庭筠与众多僧人交往，为什么唯独与宗密格外亲近呢？

地理位置上的便利，该是外在的原因。

前文我们说过，宗密曾住鄠县草堂寺，不久又住终南圭峰兰若。宗密住在鄠县或者附近，距离温庭筠鄠杜郊居不远。这样拜访就比较方便，关系也就容易亲近。

外在原因还有其他，比如宗密儒释兼通。

《圭峰禅师碑铭（并序）》中说："大师本豪家，少通儒书……"宗密既精通儒家经典，又是大德高僧，这种双重的身份，最能理解温庭筠，理解他的追求与困惑。有理解就好沟通，指点也容易对症，关系也就容易亲近。

内在的原因可能是裴休。

陈尚君《温庭筠早年事迹考辨》说："宗密……政治上极有势力。重臣温造、裴休等，屈身师事之。著名文士白居易、刘禹锡等，频繁往来。一时名流，以得闻宣教，称俗弟子为幸。庭筠随之受学，与时代风气有关。"温庭筠与宗密的交往，与当时的社会风气有关，交往有跟风的因素，他跟的是文士的风，但在意的却是重臣裴休。

《五灯会元》卷二说："太和中徵入内，赐紫衣。帝累问法要，朝士归慕。唯相国裴公休，深入堂奥，受教为外护。"外护又称外护者、外护善知识，指从外部以权力、财富、知识或劳力等护持佛教，并扫除种种障碍以利传道的人。皇帝召宗密进宫，赐给紫色袈裟，并多次向他请教，请教佛法的要义。上行下效，皇帝喜欢，朝臣倾心。宰相裴休领先众人，深入堂奥，接受宗密教诲，成为佛教的外护。我们已经知道，宗密圆寂后，裴休亲撰《圭峰禅师碑铭（并序）》。此外，他还曾为宗密的著作作序。裴休官居宰相，又接受宗密教诲，登堂入室，深入堂奥。

需要提一句的是：按《五灯会元》的说法，似乎裴休是以宰相的身份，与宗密禅师交往的，实际不是。裴休入相在大中六年（852），当时宗密已经圆寂多年；还有，裴休与杜牧是"同年"，太和二年（828）的贤良方正制科考试，裴、杜二人同时及第。

温庭筠与宗密交往，可能醉翁之意不在酒，他有借宗密入仕的考虑：借宗密走近裴休，借裴休进入仕途。

## 3

宗密圆寂于会昌元年（841），四年后的会昌五年（845）七月，唐武宗下令全面毁佛：先毁山野招提、兰若，长安、洛阳两街各留二寺，每寺留僧三十人，官府赐额的称寺，民间私建的称招提、兰若；天下节度、观察使治所及同、华、商、汝州各留一寺，分为三等：上等留僧二十人，中等十人，下等五人，其余僧尼及大秦穆护、祆僧都勒令还俗，大秦穆护是佛教支派，祆是胡人的神；不应保留的寺院，限期令地方拆毁，并派御史分道督促，财物田产都充公，拆寺所得废材，修官衙、驿舍，铜像、钟磬铸钱，即所谓"会昌法难"。

武宗为什么毁佛呢？《旧唐书·辛替否传》说得清楚："今天下之寺盖无其数，一寺当陛下一宫，壮丽之甚矣！用度过之矣！是十分天下之财而佛有七八，陛下何有之矣！百姓何食之矣！"僧人不纳赋税，寺院广占良田，天下财富有十分，佛就占去七八成，佛要与皇帝争利，皇帝不能无动于衷。武宗毁佛的原因，追根究底是经济。《资治通鉴》卷二百四十八《唐纪六十四》记载，全国毁寺四千六百余座，还俗僧尼二十六万五百人，大秦穆护、祆僧两千余人，毁招提、兰若四万余座，没收良田数千万顷，奴婢十五万人。毁佛的经济效益很显著。

唐代李绰《尚书故实》记载，会昌毁佛时，朝廷分派御史，检查所废寺院，并登记金银佛像。有苏某负责长安两街诸寺，见一尺以下的银佛，往往袖之而归，据为己有，人称"苏杠佛"。有人问温庭筠："将何对好？"问用什么来对"苏杠佛"。温庭筠不假思索："无以过密陀僧也。"用"密陀僧"来对"苏杠佛"。这则史料说明温庭筠敏捷，至于他对毁佛的态度，我们不得而知。但可以确定的是，温庭筠的先祖温彦博，官至宰相辅佐唐太宗，先祖曾经的荣耀，决定温庭筠的价值取向，他向往仕途，孜孜以求，心无旁骛，这样的志向使他以两种方式走近禅宗：一种是将禅宗作为跳板，宰相裴休师事宗密禅师，温庭筠以禅宗为跳板，试图接近宗密，进而接近裴休，达到他入仕的目的；另一种是向禅宗寻求慰藉，温庭筠向往仕途，可是又怀才不遇，他内心苦闷，走向禅宗，希望获得慰藉。两种方式都是将禅宗当作工具，但在使用这件工具的过程当中，温庭筠逐渐接受了禅宗。禅宗反过来又作用于温庭筠，使他的诗词具有了禅宗的性质：含蓄、朦胧、冲和、平淡、清丽、俊逸。

温庭筠四处寻访寺僧，住在寺院里不回家，寻求精神上的慰藉。但他并非从来如此，《题西明寺僧院》："曾识匡山远法师，低松片石对前墀。为寻名画来过院，因访闲人得看棋。新雁参差云碧处，寒鸦辽绕叶红时。自知终有张华识，不向沧洲理钓丝。"

《唐两京城坊考》卷四说，西明寺在长安朱雀门街西第三街延康坊西南隅，是唐人赏牡丹的胜地，寺中有杨廷光的画和褚遂良等人的书法，大中六年（852）改为福寿寺。

温庭筠曾因瞻仰名画来寺中，又因拜访高僧重来。可是，他的心态是个观光客，此来无意隐遁也无意皈依，他坚信世上终究有伯乐。诗就题在寺院的墙上，寺僧看过怕是要绝望。

此时的温庭筠雄心勃勃，对自己的才华信心满满，显然受过的打击还不够多，还不需要禅宗的慰藉。等到遭受的打击渐多，他就会对禅宗产生依赖。

有一次，温庭筠住在沣水边的寺院里，沣水源出鄠县南。别处寺院在深山，此处寺院在平原，离鄠杜郊居不远，就在鄠县的东郊。寺院周围有桑树和菜花，满眼的田园风光，他喜欢田园风光。温庭筠欣赏田园风光，他写诗说："更想严家濑，微风荡白蘋。"（《宿沣曲僧舍》）严家濑即严陵濑，汉代严光耕钓处。温庭筠住在这样的僧舍里，就生出归隐的想法来。他大概受了一些打击，但还不是彻底绝望，尽管住在寺院里，他却没想到出家，他只想做个隐士，像汉代严光那样。

某年秋天的清晨，温庭筠告别寺僧，是正见寺的寺僧。前一天的傍晚，他才匆匆来到寺中，显然是为寻求什么，大概是向寺僧倾诉，郁闷不吐不快。告别时温庭筠依依不舍:"香火有良愿,宦名非素心。灵山缘未绝,他日重来寻。"(《正见寺晓别生公》)香火即香烛,引申为信奉佛法。灵山指印度佛教圣地灵鹫山。温庭筠说信奉佛法是自己的宿愿,而出仕做官不是自己的本心,自己佛缘未绝,他日定当重访。温庭筠不是敷衍寺僧生公,这该是他当时真实的想法,尽管这种想法可能倏忽即逝。他向生公倾诉,生公为他宽解,解除他的痛苦,他痛彻心扉而来,心若止水而去,佛法像是解药,没人拒绝解药。

秋天温庭筠又夜宿白盖峰寺。白盖峰寺或即云际山大定寺,在鄂县东南六十里。温庭筠夜宿白盖峰寺,见阁上林影,闻谷底涧声,伴殿中佛灯,听佛前磬声。晨起他写诗给寺僧:"不学何居士,焚香为宦情。"(《宿白盖峰寺寄僧》)何居士指晋代的何充,《晋书·何充传》记载,何充"……性好释典,崇修佛寺,供给沙门以百数,糜费巨亿而不吝也"。此人痴迷佛教,布施毫不吝惜。温庭筠说自己与何充不同,何充笃信佛教,但不放弃仕途,而自己真心皈依。何充纠结仕途与佛教,温庭筠又何尝不是?何充官至宰相,温庭筠不是不想学,而是实在学不了。温庭筠又前进一步:他向生公求助,像是服解药,过一段服一剂,而此时他有了皈依的打算,打算远离红尘遁入空门。

温庭筠春天又夜宿松门寺。松门寺在山巅,云雾缭绕,有如仙境;林间禅室外,白雪满地,潭上龙堂中,云雾朦胧;天将破晓时,登阁见落月,隔江闻晓钟。温庭筠表示:"西山旧是经行地,愿漱寒瓶逐领军。"(《宿松门寺》)经行是佛教用语,指旋绕往返或径直来回于某个空间,佛教徒这样做,为防坐禅时瞌睡,或为养身治病,或为表示敬意。温庭筠夜宿松门寺,不是投宿而是修行,他是专程前来,而不是偶然路过,他愿意追随王洽,与寺僧作方外友。温庭筠彻底接受了禅宗。

温庭筠对禅宗的接受,是有一个过程的,这个过程可能很长。起初不屑一顾,后来甘之若饴。《宿辉公精舍》:

禅房无外物,清话此宵同。
林彩水烟里,涧声山月中。

橡霜诸壑霁，杉火一炉空。

拥褐寒更彻，心知觉路通。

温庭筠又是夜宿寺院，这次是辉公精舍；同样是不睡觉，他不睡，辉公也不睡，两人谈话；精舍外，雾霭中可见林色，山月下能闻涧声；橡树经霜诸壑晴霁，一炉杉木即将燃尽；粗衣静坐，觉路已通。说是夜宿辉公精舍，实为随辉公参禅，觉路指成佛的道路。温庭筠修禅有心得，同时也非常享受，他已经离不开禅宗。

温庭筠接受禅宗，起初像是服解药，后来信誓旦旦，表示真心皈依。可是他的本心还是要入世的，他入世的愿望太强烈了，他走近禅宗，终究只为寻求慰藉。温庭筠和裴休都倾心禅宗，温庭筠纯粹为寻求慰藉，裴休则是功成名就后皈依佛法寻求归宿。等到心理创伤稍稍平复后，温庭筠又会义无反顾地投入滚滚红尘。

第九章

等第罢举

## 1

前文说过，五代王定保《唐摭言》卷二《等第罢举》记载："温岐（四年）"。温岐是温庭筠的本名。"四年"指开成四年（839）。当年温庭筠"等第罢举"。

什么是"等第罢举"呢？

《唐摭言》卷二《京兆府解送》这样解释"等第"：由京兆府考试后选送前十名升入礼部再试，前十名就称作"等第"。按照惯例，"等第"十人最终或者全部中第，或者七八人中第。所谓"等第罢举"，就是已经位列"等第"之中，却因故没有参加礼部考试。

先祖的荣耀为温庭筠规定了某种人生，他的目标简单而明确，就是进入大唐的政界，续写先祖的荣耀。位列"等第"之中，他的目标已经触手可及，可是终于功亏一篑，这在温庭筠心中激起的，该是惊涛骇浪。

现在我们提到科举，往往是指"进士"科考试，其实唐代的科举当中，其他科目还有不少。《新唐书·选举志上》记载，唐代科举考试的科目，有秀才、明经、俊士、进士、明法、明字、明算、一史、三史、开元礼、道举、童子。其中的明经还可以细分，有五经、三经、二经、学究一经、三礼、三传、史科。进士科只是诸多科目之一。以上的科目是固定的，有关部门组织定期举行。除此之外，还有特别组织的考试，称作"制举"，不常有，时间、科目都不定，由皇帝亲临考试，为网罗特殊人才。

温庭筠参加的是"进士"科考试。唐代科举科目众多，温庭筠参加的，为什么偏偏是"进士"科呢？

《新唐书·选举志上》说，众多科目当中，以"进士"科为贵，造就的人才也最多，"隐然为国名臣者，不可胜数，遂使时君笃意，以谓莫此之尚"。进士科名臣辈出，时人因此崇尚。

《唐摭言》卷一《散序进士》则说，虽位极人臣，如果未中进士，终究感觉遗憾，每年进士科的考生，往往不下八九百人。唐人推重进士科，参加的人就特别多，竞争也特别激烈，中举也就特别困难："其艰难谓之'三十老明经，五十少进士'……"社会风尚引导人才流向，唐代推重进士，人才向进士集聚，人才济济，名臣辈出，也就自然而然了。

温庭筠参加科举考试，是进士科不是其他科，这里有社会风尚的因素。另外也有他个人的因素：温庭筠的梦想是做名臣，像他的先祖温彦博那样，而进士科又名臣辈出，所以他别无选择，只能是进士科。至于困难，温庭筠自然清楚，他才华横溢卓尔不群，困难正好显示才华。

温庭筠在《感旧陈情五十韵献淮南李仆射》中，提及"等第罢举"："未知鱼跃地，空愧《鹿鸣》篇。"《鹿鸣》，唐代科举程序当中，各州考试完毕以后，有个特别的仪式，叫作"乡饮酒礼"，仪式上要唱《鹿鸣》诗。诗句下有作者自注："予尝忝京兆荐，名居其副。"曾经名列"等第"，而且排名靠前，是第二名。有诗文又有自注，表达的意思很明白：不知何时鱼跃龙门，空自辜负州郡礼遇。从中可以读出温庭筠的遗憾，以及难掩的自豪。

《东观奏记》卷下说："敕：'乡贡进士温庭筠……'"温庭筠的身份是"乡贡"。唐代科举考生有两个来源，一个是"乡贡"，另一个是"生徒"。《新唐书·选举志上》这样说："由学馆者曰生徒，由州县者曰乡贡……"来自"学"和"馆"的叫作"生徒"，来自州和县的叫作"乡贡"。

"学馆"都是官学，其中的"学"，中央有六所。《新唐书·选举志上》记载，这六所学校是：国子学、太学、四门学、律学、书学、算学，都隶属国子监。唐代的国子监有两个，长安的国子监称西监，洛阳的国子监称东监。除了中央的六所，各地方也有官学，州有州学县有县学。

"学馆"中的"馆"有两个。《新唐书·选举志上》记载，两馆是弘文馆和崇文馆，弘文馆在门下省，崇文馆在东宫。两馆学生人数都很少，但是学生门第都很高，相当于贵族学校。

"学馆"学生的年龄是有限制的，一般是十四至十九岁，律学学习断案，年龄稍大点，是十八至二十五岁。

唐代的科举史上，社会风气变动不居，时而重"乡贡"，时而又重"生徒"。

开元以前重"生徒"。《唐摭言》卷一《两监》说，开元（713—741）以前，即便考中了进士，如未在两监读过书，都是件丢脸的事。唐太宗贞观年间（627—649），是官学的黄金时代。永淳（682—683）以后，官学就有衰落的趋势。天宝以后又重"乡贡"：天宝年间（742—756），科举仍重两监，其后贵胄子弟纷纷以京兆府的"乡贡"为荣，以同州、华州的"乡贡"为吉利。贞元十年（794）以来，参加科举的就基本都是"乡贡"了。会昌五年（845）又重"生徒"：朝廷有敕令，考生都要隶名官学。温庭筠"等第罢举"在开成四年（839），此时的科举重"乡贡"，参加科举的考生，"生徒"极少而"乡贡"极多，所以温庭筠的身份，是"乡贡"不是"生徒"。

温庭筠那首题目很长的诗：《开成五年秋，以抱疾郊野，不得与乡计偕至王府。将议遐适，隆冬自伤，因书怀奉寄殿院徐侍御，察院陈、李二侍御，回中苏端公，鄠县韦少府，兼呈袁郊、苗绅、李逸三友人一百韵》，其中也提及"等第罢举"："文围陪多士，神州试大巫。对虽希鼓瑟，名亦滥吁竽。"诗句后也有作者自注："予去秋试京兆荐，名居其副。"去秋指开成四年秋。这里所说的内容，还是"等第罢举"。

温庭筠对从游太子讳莫如深，对"等第罢举"却生怕人不知道，不仅诗文中一再提到，而且还要加上自注，这说明他对此事很在乎。温庭筠或许凡有合适的机会，就要将此事讲出，比如与朋友饮酒，清醒时他娓娓道来，微醉时他语失伦次，大醉时他手舞足蹈，他心里所想口中所说，都是"等第罢举"，他的身体蓄满了委屈，他将委屈和盘托出，不仅需要人们知道，而且需要人们同情。此时的花间词祖温庭筠，像是受了天大委屈的儿童。

温庭筠曾入"等第"，读者可能会有疑问：温庭筠家住吴中，为何考试却在京兆府呢？

《唐摭言》卷一《乡贡》说：近来乡贡渐多，"率多寄应者"。所谓"寄应"，即寄籍参加科举。寄籍，指离开原籍，在寄居地落户。寄籍应试的"乡贡"比比皆是。这跟今天的高考移民有点像，但在晚唐国家不禁止。温庭筠曾入"等第"，他属于寄籍应试，这在当时相当普遍。

《新唐书·选举志上》也说："乡贡"身份的考生，"皆怀牒自列于州、县"。"乡贡"在哪里考试，考生可自主选择。此项制度的用意，是要排除地方政权对科举的干扰。柳宗元《送辛生下第序略》这样说："京兆尹岁贡秀才，常与百郡相抗。"京兆府的"乡贡"，几乎是全国的一半。可见寄籍京兆府的考生，不是温庭筠一个，他们数量很庞大；而要在京兆府名列前十，其困难程度，也是可想而知。

唐代科举由礼部组织，但起初却是在吏部。《新唐书·选举志上》说："而关于考功员外郎试之。""考功"是尚书省吏部四司之一，考功员外郎是"考功"司的副长官，负责地方官的考核。又说：开元二十四年（736），考功员外郎李昂遭到指责，玄宗以员外郎难孚众望，于是科举改由礼部组织，由礼部侍郎具体负责。侍郎是礼部的副长官。

温庭筠《书怀百韵》中，又有这样的句子："稷下期方至，漳滨病未瘳。"稷下，春秋战国时代，齐宣王集英才于稷下，此处比喻参加科举考试的士子聚集京师。漳滨，东汉刘桢有诗："余婴沉痼疾，窜身清漳滨。"科举的日期临近，而温庭筠疾病缠身，不能前往参加。句下也有作者自注："二年抱疾，不赴乡荐，试有司。"这里所说内容，还是"等第罢举"。

《书怀百韵》中提到了苗绅，温庭筠另有写给他的诗，《春日将欲东归寄新及第苗绅先辈》："几年辛苦与君同，得丧悲欢尽是空。犹喜故人先折桂，自怜羁客尚飘蓬。三春月照千山道，十日花开一夜风。知有杏园无路入，马前惆怅满枝红。"

黄补《登科记考补正》卷二十二说，苗绅登进士第，在会昌元年（841）。那么温庭筠的这首诗，该作于会昌元年春。开成四年（839），温庭筠"等第罢举"，会昌元年（841），苗绅进士及第，两个时间非常接近。

《唐摭言》卷一《述进士下篇》记载："进士"科的考生，"互相推敬谓之'先辈'"。"先辈"是一种敬称，而且是互相的，温庭筠称苗绅为"先辈"，苗绅也称温庭筠为"先辈"，这种称呼跟两人的年龄无关。

唐代李淖《秦中岁时记》说，每年科举结束之后，皇帝都要在杏园设宴，宴请新及第的进士。皇帝杏园设宴，苗绅置身席间，温庭筠独自徘徊：杏园无路入，马前空惆怅。五代王定保《唐摭言》卷一《述进士下篇》还说，神龙（705—707）以来，杏园宴罢，新及第进士要在慈恩寺塔下题名，由书法好的进士担当。题名慈恩寺塔，又是盛况空前，人声鼎沸，观者如堵，苗绅容光焕发，温庭筠惆怅莫名：几年的辛苦完全相同，得失悲欢却迥然不同。

可喜的是故人已折桂，可悲的是自己尚飘蓬。诗句听来酸酸的，既有辛酸也有醋酸，温庭筠吃着苗绅的醋，不是为女人而是为进士，苗绅新及第，温庭筠未及第。

温庭筠本来名列"等第"，进士已经近在咫尺，可是又偏偏"等第罢举"。温庭筠的恨不打一处来，是四面八方地来，是没头没脑地来，恨有如多股真气，在他的身体里横冲直撞，时而纠合在一起，时而又分道扬镳，他的身体像个火药桶，随时可能起火爆炸。此时朋友苗绅进士及第。同样的辛苦不同的结果，比较出失落，比较出怅恨，比较使怅恨翻倍。发榜的那些日子里，长安成为温庭筠的地狱，他大概夜夜无法入眠，困极难支甫一睡去，噩梦立即就来照面，梦中他在泥潭里跋涉，深一脚浅一脚，两手在黑暗里乱抓，可是什么也抓不到。失眠改变了温庭筠的形象，他头发乱蓬蓬，眼睛充着血，眼里满是困意，可是又精光四射，像是困在牢笼中的狮子。

## 2

温庭筠有诗《自有扈至京师已后朱樱之期》："露圆霞赤数千枝，银笼谁家寄所思。秦苑飞禽谙熟早，杜陵游客恨来迟。空看翠幄成阴日，不见红珠满树时。尽日徘徊浓影下，只应重作钓鱼期。"

有扈即鄠县，今陕西省户县，温庭筠住在那里。

杜陵游客，温庭筠自指，杜陵在长安东南，是汉宣帝的陵墓。由南向北去长安，杜陵是必经之路。杜牧是长安人，从南方回长安公干，他在《望故园赋》中说："余之思归兮，走杜陵之西道。"温庭筠频频往长安，杜陵大概是游了再游。

唐代的科举像是马拉松，前后持续将近半年。《新唐书·选举志上》记载："（贞观）十九年，……乃复以十一月选，至三月毕。"唐代科举时间有变化，但后来就固定下来：当年十一月开始，至次年三月结束。

西安的樱桃"五一"前后成熟，旺季大约有一个月，正当夏历的四月。温庭筠来到长安，该是夏历四月末五月初，已经是当年的夏天了。应是开成五年（840）的夏天，错过礼部组织的考试，温庭筠一生中唯此一次。温庭筠开成四年（839）名列"等第"，礼部考试在开成五年。

开成五年的夏天，温庭筠"等第罢举"，他从鄠县来到长安时，樱桃季节已过，樱桃树翠幄成阴，满树只有树叶，没有樱桃。温庭筠满怀怅恨，为错过的科举考试。他该是绕树无数匝，长叹无数声，扼腕拊心，心如刀绞，又如巨石重压，让他喘不过气来。他的行为有如丢失了珍爱的宝物，又如亲人罹患绝症气息奄奄，他不忍放弃，可是又无能为力。黄昏时温庭筠踽踽离去，他的背影越来越小，最终淹没在长安的暮色中。

唐代皇家用樱桃来祭祖，唐代李淖《秦中岁时记》记载，四月一日，内苑进献樱桃，祭献宗庙毕，颁赐群臣。因为樱桃的这个用处，温庭筠就想到了科举，科举同样为皇家所举行。他不仅错过了樱桃季节，而且错过了礼部考试。在樱桃树下徘徊终日，不是为樱桃而是为科举。

那么究竟是什么原因，使温庭筠错过了考试呢？换句话说，温庭筠"等第罢举"的原因，究竟是什么呢？诗中只有揪心的怅恨，没有一个字提到原因。

据五代王定保《唐摭言》卷二《等第罢举》记载："刘鸮、田岊（并元和七年），张俣、韦元佐（并元和八年），孟夷（十二年），韦璟（十四年），辛谅、崔愿、薛浑（并长庆元年），韦渐、李余（并二年），郭崖（三年），李景方、卢镒（并宝历元年），韦敖（二年），元道、韦衍（并太和二年），殷恪、刘筠（并八年），崔渍（开成二年），胡澳、樊京（并卒），温岐（四年），苏俊（卒），韩宁（会昌二年），李谟、韩肱（并三年），魏镣、孙玙（并四年卒），韦硼、沈驾、罗隐、周繁（并乾符三年）。"

"等第罢举"的原因，提到的都是死亡：他们名列"等第"之后，因为得病或者事故去世了。没有标出的另有原因。温庭筠"等第罢举"，没有标明原因。那么，他的原因是什么呢？

温庭筠自己的说法是因病。前文说过，唐文宗开成五年（840）冬，温庭筠作《开成五年秋，以抱疾郊野，不得与乡计偕至王府。将议遐适，隆冬自伤，因书怀奉寄殿院徐侍御，察院陈、李二侍御，回中苏端公，鄠县韦少府，兼呈袁郊、苗绅、李逸三友人一百韵》，"不得与乡计偕至王府"，指不能参加开成五年京兆府的考试，唐代科举州府考试在秋天举行，通过的考生再报送礼部。诗中又有作者自注："二年抱疾，不赴乡荐，试有司。"意思是说他没有参加礼部的考试，是因为有病缠身。开成四年（839）温庭筠名列"等第"，开成五年春因病没能参加礼部的考试。温庭筠"等第罢举"，是因为有病缠身，这是他自己的说法。

尽管如此，依然觉得温庭筠病得有些蹊跷：春天在病，秋天也在病，夏天却没病了，开成五年夏，他去到长安，写下《自有扈至京师已后朱樱之期》；他早也不病晚也不病，偏偏考试的时候就病了。温庭筠"等第罢举"，必定另有原因。

在唐代，"等第罢举"的原因，还有的是遭到了攻击。《唐摭言》卷二《争解元》记载，大中年间（847—860），纥干峻与魏镖争府元，府元即府试第一名。魏镖列第一，纥干峻居其下。次日，魏镖暴病身亡。当时，纥干峻的父亲任职南海县，是南海县的地方官，南海县在今广东省。因此纥干峻父子遭到攻击，说："离南海之日，应得数斤；当北阙之前，未消一捻。"意思是说纥干峻的父亲贪污并行贿，换句话说，魏镖暴病身亡，纥干峻难脱干系。最终，纥干峻兄弟罢举，没能参加礼部考试。那么温庭筠的"等第罢举"，会不会也是受到了攻击呢？

《书怀百韵》是写给朋友的，朋友间可以无话不说，诗的开头如下："逸足皆先路，穷郊独向隅。顽童逃广柳，羸马卧平芜。黄卷嗟谁问，朱弦偶自娱。鹿鸣皆缀士，雌伏竟非夫。"

诸友科举及第飞黄腾达，自己置身荒郊向隅而泣，书籍懒翻阅，偶以琴自娱，诸友同侪才华横溢，做低伏小不是大丈夫。我们从这些诗句知道，科举失利对温庭筠打击不小，向来骄傲的温八吟，此时却以瘦马自比。此时温庭筠的内心，该是充满了挫折感，他枯坐终日，什么都不想做，什么都不想说，除了进士及第，什么都安慰不了他。

关于京兆府考试前的情形，诗中这样说："适与群英集，将期善价沽。叶龙图天矫，燕鼠笑卢胡。赋分知前定，寒心畏厚诬。"

京兆府考试前，温庭筠对自己的天赋，特别有信心，但同时很怕受到诬蔑。当时他似乎听到什么风声，否则不可能有这样的担心。或许是有人窃窃私语，远远地对温庭筠指手画脚，可他刚一走近，议论就戛然而止；他们装作若无其事，顾左右而言他，等他走得稍远，议论再次继续。温庭筠的后背，感到丝丝凉意。

担心似乎是多余的，考试的结果不错："蹑尘追庆忌，操剑学班输。文围陪多士，神州试大巫。对虽希鼓瑟，名亦滥吁竽。"

庆忌，神话中的水怪，乘小马，好疾驰；一说为吴王僚之子，身手矫健，能追走兽，擒飞鸟。

京兆府的考试，被描述得恢宏。温庭筠游刃有余：文思敏捷，如有神助，走笔如飞，一挥而就。考试结果前文说过，温庭筠脱颖而出，既入"等第"且名列第二。发榜后的温庭筠，无疑会洋洋自得。举子聚会的场合，他俨然就是核心，众人频频发问：韵该如何押？文章该如何写？温庭筠不温不火，逐一解答。整个场面，犹如今天的记者招待会。

京兆府考试以后，温庭筠感觉不妙："正使猜奔竞，何尝计有无。锱惔虚访觅，王霸竟揶揄。市义虚焚券，关讥谩弃缯。"

锱惔，即刘惔，《晋书·刘惔传》说，他是王羲之的好友，能知人，曾举荐张凭，张凭后来成名；此处借指朝中显贵。王霸，《后汉书·王霸传》说，王霸字元伯，追随光武帝刘秀，王郎悬赏捉拿刘秀，刘秀命王霸去市井招募人，打算刺杀王郎，市井人人大笑，纷纷揶揄王霸。缯，帛边，古代裂书帛为符信，作为出入关卡的凭证；《汉书·终军传》说，终军字子云，西入潼关时，关吏给军缯，终军拒绝道："大丈夫西游，终不复传还。"说完，弃缯而去。

被指追名逐利，自己毫不在乎，可是拜访无果，忠诚得不到赞许，大志遭到了嘲讽。唐代的风气很奇怪：一边大家都蔑视奔竞，一边大家又都在奔竞。原因在于唐代科举制度不健全，权贵举荐作用太大，这种制度下不由你不奔竞。温庭筠拜访的权贵，可能不止一位，朝扣富儿门，暮随肥马尘，夹着尾巴做人，骄傲藏在内心。可是，收获的只有讥讽和嘲笑。温庭筠徘徊在长安的春寒中，寒战连着寒战，身体打着寒战，心里也打着寒战，没有半点安全感。拜访权贵不奏效，"等第"不能保证及第，这不是好兆头。

然后是温庭筠的牢骚："至言今信矣，微尚亦悲夫。白雪调歌响，清风乐舞雩。胁肩难黾勉，搔首易嗟吁。"

信了至理名言，志向微小也可悲，自己曲高和寡，知音者稀，胁肩谄笑做不到，只有搔首加慨叹。奔竞不是容易的，你得故作谦卑，你得低三下四，精神上备受折磨。温庭筠有名士范，他的拜访大概高调，吟诗作赋信手拈来，一点不想委屈自己，不想恭维被访者，这样拜访的效果，自然好不到哪里去。也许权贵心里在窃笑，笑温庭筠的狂妄，温庭筠刚一出门，权贵就将他的诗文，扔进了废纸篓里，根本都没看一眼。

不论有多大的打击，生活总是要继续，温庭筠平衡心理："角胜非能者，推贤见射乎。咒觫增恐悚，杯水失锱铢。粉堞收丹采，金髇隐仆姑。垂橐羞尽爵，扬觯辱弯弧。虎拙休言画，龙希莫学屠。"

不以成败论英雄，只如杯水失锱铢，"等第罢举"没什么，已如响箭"金仆姑"。温庭筠挺会安慰自己。垂橐举杯使人羞，画虎不成反类犬，龙稀莫学屠龙技。"等第罢举"让温庭筠感到深刻的耻辱。但太阳照常升起，日子还得过下去，温庭筠在心里鼓励自己，整理整理冠带，掸去身上的尘土，该读书还读书，该弹琴还弹琴，一切恢复如常。

诗的下文又提及毁谤："有气干牛斗，无人辨辘轳。客来斟绿蚁，妻试踏青蚨。积毁方销骨，微瑕俱掩瑜。"

牛斗，牵牛星和北斗星；《晋书·张华传》说，张华见牵牛、北斗间常有紫气，后循着紫气，掘地四丈余，得一石匣，匣中两柄宝剑，一名龙泉，一名太阿。辘轳，剑名，剑首饰有辘轳形玉石。

已如双宝剑，可惜无人识，我品自高洁，只言阿堵物，积毁才销骨，微瑕不掩瑜。"等第罢举"的原因，不是温庭筠说的抱病，而是"积毁"与"微瑕"。温庭筠可能遭到了攻击，攻击持续不断，直指他的"微瑕"。

温庭筠有什么"微瑕"呢？

所谓"微瑕"之一，可能是旅游淮上时的遭遇。

温庭筠《上裴相公启》中说："既而羁齿侯门，旅游淮上。投书自达，怀刺求知。岂期杜挚相倾，臧仓见嫉。守土者以忘情积恶，当权者以承意中伤。直视孤危，横相陵阻。绝飞驰之路，塞饮啄之涂。射血有冤，叫天无路。此乃通人见愍，多士具闻。徒共兴嗟，靡能昭雪。"

杜挚，战国时秦国人，曾阻挠商鞅变法；臧仓，战国时鲁国人，曾阻止孟子觐见鲁平公，此处借指小人。

温庭筠旅游淮上时，曾经拜访地方长官，因小人羡慕嫉妒恨，他受到了不公正待遇。"绝飞驰之路，塞饮啄之涂。"此事对温庭筠影响深远，杜绝了他飞黄腾达的孔道。温庭筠"等第罢举"，旅游淮上时的遭遇，应当是真正的原因之一。

"微瑕"之二，可能是从游太子李永。

　　《资治通鉴》卷二百四十六《唐纪六十二》记载，开成三年（838）十月，太子李永暴薨，开成四年（839）十月，文宗另立陈王成美为太子。我们前文说过，其后有这样的情节：文宗在会宁殿设宴，席间有节目，一小孩表演爬杆，一成年男子在下，担心小孩掉下来，像是要发狂，是小孩的父亲，文宗感动得流泪，对左右道："朕贵为天子，不能全一子！"然后召来教坊乐官刘楚材等四人、宫人张十十等十人，呵斥道："构害太子，皆尔曹也，今更立太子，复欲尔邪？"当即下令将他们处死。

　　开成四年十月，文宗另立陈王成美为太子，处死乐官事也在开成四年十月，与京兆府考试的时间比较接近。温庭筠曾从游太子李永，角色与乐官刘楚材近似。文宗将太子李永之死，归罪于乐官等人，自然也会归罪于温庭筠。

　　温庭筠提前离开幸免于难，但离开不等于没发生，文宗可能不记得他，考生不可能忘记他。温庭筠名列"等第"，位置靠前是第二名，后边还有很多人呢；温庭筠横在前面，对他们及第是威胁。考生必定发动攻击，写匿名信外加诋毁，矛头直指温庭筠。考官不得不考虑那些攻击，他还要为自身考虑，毕竟录取一个有争议的人，无论如何于己不利。他可能斟酌再三，最终取消了温庭筠的考试资格。温庭筠"等第罢举"，从游太子李永，应当是真正原因之二。

# 第十章

# 吴中行

## 1

开成四年（839），温庭筠"等第罢举"，开成五年（840），又未参加京兆府考试。既然登第暂时无望，温庭筠遂有吴越之行。

开成五年冬，温庭筠作《书怀百韵》，诗题说"将议退适"，温庭筠打算远行。诗中又有句子："蛇矛犹转战，鱼服自囚拘。欲就欺人事，何能逭鬼诛。是非迷觉梦，行役议秦吴。"由诗题和以上诗句来看，至迟在开成五年冬，温庭筠已有吴越之行的打算。

温庭筠为什么要远行呢？避祸应该不是原因，该处罚的都处罚过了，而且率土之滨莫非王土，东南又不是外国，如果真要处罚你，逃是肯定逃不掉的。散心可能是个原因，开成四年温庭筠"等第罢举"，开成五年又没能参加京兆府考试，处处都是负面的评价，换个环境出去走一走，眼不见心不烦，心里肯定会好受些。寻求入幕可能是另一个原因，古代知识分子的出路，参加科举算一条，入幕做幕僚是另一条。唐代数量可观的地方官和节度使，都拥有自己的智囊团，入幕就是加入这样的智囊团。入幕不仅可以解决生计问题，而且幕僚可以算作准官僚，他们也有晋升的机会。

我们还记得,《春日将欲东归寄新及第苗绅先辈》中,温庭筠曾这样说:"三春月照千山道,十日花开一夜风。"三春,此诗写于春天。唐代科举夏历三月结束,是春天最后一个月。春天月光照着的,是温庭筠的旅程。开成五年(840)正月,唐文宗驾崩,唐武宗即位,次年改年号为会昌。唐武宗会昌元年(841)三月,温庭筠就由长安出发,前往东南的吴越。此时杂花盛开,沿途繁花似锦,花香扑面而来,温庭筠穿行在花间。

不久进入江苏省。途经今江苏省邳州市,温庭筠访问了陈琳墓,《过陈琳墓》:

> 曾于青史见遗文,今日飘零过古坟。
> 词客有灵应识我,霸才无主始怜君。
> 石麟埋没藏春草,铜雀荒凉对暮云。
> 莫怪临风倍惆怅,欲将书剑学从军。

陈琳,建安七子之一,擅长章表书记,为曹操重用,《三国志》有传。

诗中说到"春草",此诗作于春天,是会昌元年的春天。

唐代知识分子远游,通常会选择骑马。春风得意马蹄疾,温庭筠科举失利,他春风失意马蹄徐。马该是温庭筠的知音,它放缓了脚步,克制着响鼻,不去打扰主人落寞的心境。

温庭筠来到陈琳墓,他下马驻足墓前。陈琳擅长章表书记,温庭筠诗赋独步当时,才子遇到才子,温庭筠感慨极多。温庭筠以陈琳自比,又称自己为"霸才",即便遭遇了科举挫折,他的自信也不减分毫。可惜的是霸才无主:曹操墓前春草深,铜雀台上暮云堆。只有对陈琳的羡慕,他可以用文字建功立业。临风唯余惆怅,欲持书剑从军。

千余年前的那个黄昏,陈琳墓前春草丛生,温庭筠孑然独立,近看春草萋萋,遥望暮云黯淡,可能有风吹过,摆动他的衣袂,他默默地凭吊，然后又默默地离去。

至盱眙县，留诗一首，《旅次盱眙县》：

> 离离麦擢芒，楚客意偏伤。
> 波上旅愁起，天边归路长。
> 孤桡投楚驿，残月在淮樯。
> 外杜三千里，谁人数雁行？

楚客，泛指客居他乡的人。淮樯，淮水边上的船。

春天该感到高兴，可温庭筠偏偏哀伤，是旅行带来的愁闷。千里烟波上，飞卿乘孤舟，残月照淮水，客船也朦胧。眼中所见正是心中所想：高兴的时候看到高兴，苦闷的时候看到苦闷。离家三千里，无人挂念他。唐代交通不便，古人感受的旅愁，尤为强烈。

会昌元年（841）三月末，温庭筠就抵达扬州，即今天的江苏省扬州市。


## 2

扬州既是州的治所，也是淮南节度使的驻地。

在扬州，温庭筠挥笔写下《感旧陈情五十韵献淮南李仆射》。

关于李仆射的名字，我们前文已经说过，有好几种说法：有人认为是李德裕，有人认为是李绅，又有人认为是李蔚，还有人认为是李珏。不论这个李仆射是谁，温庭筠和他的关系不一般，此诗是对故旧的诉说。

诗中这样说到两人关系：

> 嵇绍垂髫日，山涛筮仕年。
> 琴樽陈座上，纨绮拜床前。
> 邻里才三徙，云霄已九迁。

感深情惆悗，言发泪潺湲。

温庭筠与李仆射，交往时间非常长。温庭筠口未开泪先流，泪水"潺湲"。

温庭筠和李仆射交往很多年，温庭筠向李仆射提出请求，希望加入他的幕府：

旅食逢春尽，羁游为事牵。

宦无毛义檄，婚乏阮修钱。

冉弱营中柳，披敷幕下莲。

傥能容委质，非敢望差肩

……

毛义檄，《后汉书·刘平等传序》说，毛义家贫，以孝行著称，有府檄征召，任他为县令。阮修钱，《晋书·阮修传》说，阮修是阮籍的侄子，字宣子，家贫，年逾四十，未有家室，王敦等名士出钱，助他娶妻。

"旅食逢春尽"，温庭筠抵扬州已是春末。他希望加入李仆射的幕府，将自己比作"涩剑"和"余朱"，姿态放得足够低，口气可怜几近乞求，这在他该是一种折磨，求人的滋味不好受。好在李仆射算是长辈，晚辈向长辈乞求不算丢份儿。温庭筠奋笔疾书五十韵，毕恭毕敬献给李仆射，然后巴巴地等着回复，这种滋味同样不好受。

扬州青楼翠馆林立，温庭筠白天奋笔疾书五十韵，晚间他该放下各种不好受，去到青楼翠馆，融入灯红酒绿，饮下五十杯美酒，调词遣句，悠游花间，将所有的不好受，在浅唱低吟中消化。

《旅次盱眙县》说："外杜三千里，谁人数雁行？"此诗中又说："宦无毛义檄，婚乏阮修钱。"夏承焘《温飞卿系年》推测，温庭筠可能当时丧妻。还有另一种可能，就是温庭筠成婚较晚。温庭筠元和七年（812）出生，会昌元年（841）是三十岁，这在唐代已是大龄青年。"婚乏阮修钱"的意思，该是说自己年龄老大，却经济拮据未能成婚。

温庭筠逗留扬州较久，等候结果的时间里，他观光扬州城，写下《过孔北海墓二十韵》。

孔北海即让梨的孔融。《后汉书·孔融传》记载，孔融字文举，孔子二十世孙，幼有异才，是个早慧的儿童，好学，博学多闻；任侍御史，升任虎贲中郎将；董卓废汉帝自立，孔融每有对答机会，即有匡正之言；董卓讨厌他，于是授意三府，同举孔融为北海相，让他去对付黄巾军；又任将作大匠，后升任少府，将作大匠是官名，职掌宫室、宗庙、陵寝等土木营建，少府也是官名，九卿之一，掌宫中御衣、宝货、珍膳等；曹操嫌忌他，陷害他；下狱弃市，被处死了；孔融死时，五十六岁。《淮扬志》记载，孔融墓在府治高士坊。

温庭筠也像我们游览名胜，他的游览是有选择的，选择他心仪的古人。与其说温庭筠在游览，毋宁说他是在凭吊，在凭吊中发现自己，从凭吊中寻求安慰。

诗的开头说：

> 抚事如神遇，临风独涕零。
> 墓平春草绿，碑折古苔青。

温庭筠伫立孔融墓前，追思事迹，犹如神交，临风感叹，独自落泪。温庭筠独自涕零，他与孔融，虽有时空阻隔，但精神上彼此相通，涕零既是为孔融的遭遇，更是为自己的遭遇。

这处名胜并不赏心悦目：墓冢平平春草翠绿，墓碑折断古苔青青。温庭筠所见景象荒凉，有如他的心境，他形影相吊，面对荒冢与断碑，独怆然而泣下。

温庭筠泪下如雨，孔融穿越时空来照面，他的才气与行迹，如一幕幕电影，呈现在他的眼前："珪玉埋英气，山河孕炳灵。发言惊辨囿，挥翰动文星。蕴策期干世，持权欲反经。激扬思壮志，流落叹颓龄。恶木人皆息，贪泉我独醒。轮辕无匠石，刀几有庖丁。碌碌迷藏器，规规守挈瓶。愤容凌鼎镬，公议动朝廷。……"

东汉与晚唐颇多相似，温庭筠与孔融也颇多相似，同样的怀才不遇，同样的流落飘零。温庭筠感叹孔融的遭遇，同时也是在感叹自己的遭遇。

温庭筠频频造访才子，从陈琳墓到孔融墓，他怀才不遇，在现实中处处碰壁，却惺惺相惜，在冥冥中觅得知音。他为知音的才华与不遇扼腕叹息，又为知音的得遇明主额手称庆。造访中他与知音合二为一，他就是知音，知音就是他。

在扬州，温庭筠送别孙县令，《送淮阴孙令之官》：

> 隋堤杨柳烟，孤棹正悠然。
> 萧寺通淮戍，芜城枕楚壖。
> 鱼盐桥上市，灯火雨中船。
> 故老青葭岸，先知虑子贤。

淮阴，今江苏省淮安市。隋堤杨柳，隋炀帝开凿京杭大运河，运河宽四十步，长数百公里，称作隋堤；隋炀帝酷爱柳树，赐柳树姓杨，后世遂有杨柳称谓；隋堤沿岸广种杨柳，称作隋堤杨柳。芜城，指古代的广陵城，遗址在今扬州市江都区，西汉吴王刘濞在此建都。虑子，即虑子贱，孔子的学生，治县有方。

广陵城遗址，在今天的江苏省扬州市，距离唐代的扬州城不远。淮阴县令姓孙，名字叫什么呢？温庭筠没说。孙县令要去上任，温庭筠为他送行：隋堤杨柳如烟，孙县令乘船北去。温庭筠科举不第，谋求入幕又无果，却要送孙县令上任，他心里该是五味杂陈。

萧寺通向淮阴，芜城枕着楚壖，桥上有市场，雨中有渔火。温庭筠远望生出想象，他想象到淮阴的市井繁荣，又想象到淮阴父老迎候，因为孙县令贤如虑子贱。尾联涉及对孙县令的评价，这可能是常见的恭维。温庭筠将自己的感受，该是深深地隐藏了起来。他送别孙县令，心里很复杂，嘴上却要恭维，他言不由衷。

在扬州，温庭筠为两株桧树写诗，《法云双桧》：

> 晋朝名辈此离群，想对浓阴去住分。
> 题处尚随王内史，画时应是顾将军。
> 长廊夜静声疑雨，古殿秋深影胜云。
> 一下南台到人世，晓泉清籁更难闻。

刘禹锡《谢寺双桧》题注："扬州法云寺谢镇西宅，古桧存焉。"谢镇西，镇西将军谢尚，刘禹锡认为法云寺，是晋代谢尚的旧宅；而《维扬志》则说是谢安的旧宅："谢安镇广陵，于宅中手植双桧，至唐改为法云寺。"王内史指王羲之。顾将军指顾恺之。

晋朝名士已作古，桧树浓荫依旧在。温庭筠待在扬州城，大官小官折辱他，和尚是出家人，远在官场外，官场拒绝他，寺院接纳他。双桧有历史感，经由双桧，温庭筠潜入历史。

遥想当年，双桧树下，题字有王羲之，绘画有顾恺之，都是温庭筠心仪的人物。温庭筠有才子气，才子气是有渊源的，源头可能在这里。人总是模仿心仪的人物，从这一点来说，每个人都在接近心仪的人物。

静夜长廊风吹树叶声如雨，秋深古殿月照双桧影胜云。温庭筠待在扬州城，从春天到秋天。

离了寺院去到尘世，双桧天籁再难听到。温庭筠流连法云寺，临别时对双桧依依不舍。温庭筠厌倦了尘世，他渴望山林渴望出世，可是他无法放下尘世，尘世中有他需要的荣耀。温庭筠咬咬牙，扎进万丈红尘。

等待是个漫长的过程，等待中温庭筠又去瞻仰崔咸的扬州旧居，《经故秘书崔监扬州南塘旧居》：

> 昔年曾识范安成，松竹风姿鹤性情。
> 西掖曙河横漏响，北山秋月照江声。
> 乘舟觅吏经奥县，为酒求官得步兵。

千顷水流通故墅，至今留得谢公名。

崔监，即崔咸，《旧唐书·崔咸传》记载，崔咸字重易，曾任右散骑常侍、秘书监；太和八年（834）十月卒；他心存高远，崇尚自然，独自游南山，很久才回还；任陕州大都督府长史、陕虢观察等使时，自晨至暮，与宾客幕僚痛饮，酣醉不醒。范安成，即范岫，南北朝人，字懋宾，有文才，做过安成内史。经舆县，《晋书·桓彝传》记载，桓彝曾过舆县，舆县长官徐宁字安期，旷达开朗，涉猎广泛，桓彝欣然盘桓多日，与徐宁结交而别；此前老朋友庾亮，要桓彝为自己物色一位吏部郎，桓彝到了都城，告诉庾亮物色到了，并说："人所应有而不必有，人所应无而不必无。徐宁真海岱清士。"很快，徐宁任吏部郎，此后又屡历显职。步兵，《晋书·阮籍传》记载，阮籍听说步兵厨军营的人善酿酒，藏酒三百斛，于是主动提出，去做步兵校尉。

诗题说"故秘书崔监"，温庭筠逗留扬州，时在会昌元年（841），当时崔咸去世已数年。

温庭筠与崔咸曾经相识，崔咸松竹风姿，仙鹤性情，他很有魏晋名士的风范，曾任中书舍人，官位荣显，又是伯乐善于鉴别人才，还酷嗜饮酒有如阮籍。温庭筠去瞻仰崔咸的旧居，却很少说到旧居的情况，他的兴趣在人不在旧居。温庭筠向往魏晋风度，他认同崔咸的为人，由向往其人而瞻仰旧居，从瞻仰中怀想其人。同时，崔咸已去世多年，温庭筠感到遗憾：崔咸是伯乐，自己是千里马，千里马的悲伤是伯乐已死，致使千里马埋没。温庭筠瞻仰崔咸旧居，他是在凭吊一段往事，祭奠自己的怀才不遇。

《法云双桧》中说"古殿秋深影胜云"，此诗中又有"北山秋月照江声"，温庭筠盘桓在扬州，直至会昌元年（841）深秋。

等到的结果与期待相左，李仆射没有接纳温庭筠。但李仆射肯定也念旧情，会给温庭筠写推荐信，推荐他去故旧的幕府。

## 3

加入幕府的请求无果后，温庭筠离开扬州南下。

在盘石寺，温庭筠邂逅旧友，《和友人盘石寺逢旧友》：

> 楚寺上方宿，满堂皆旧游。
> 月溪逢远客，烟浪有归舟。
> 江馆白蘋夜，水关红叶秋。
> 西风吹暮雨，汀草更堪愁。

诗中说"江馆白蘋夜，水关红叶秋"，盘石寺应距长江不远，时间则是红叶满眼的秋天。

温庭筠阔别归来，他夜宿在僧舍，周围都是老朋友。可是他眼中所见，是夜色中的江边客舍、水上关口、深秋红叶，西风紧，暮雨斜，汀草使人愁。温庭筠显然情绪不高。

大概因为不是衣锦还乡，温庭筠"等第罢举"。盘石寺的僧舍里，旧友满座济济一堂，必定是高谈阔论。他们谈到许多往事，谈到曾经的趣事，大家开怀大笑，又谈到分别后的经历，有人喜形于色，有人唉声叹气，各人经历大不同，有人欢喜有人忧。当温庭筠成为被询问的对象时，气氛仿佛一下子冷却，空气也好像突然凝结：温庭筠哑口无言，他面红耳赤，脸红脖子粗，支支吾吾半天，顾左右而言他。有些旧友的笑容，可能立即凝结，转折为鄙夷不屑，现实的人古今都不缺，他们的友谊以利益为转移，这些人本想获得提携的，但显然希望已经化为泡影。聚会最终不欢而散。有这样的经历，温庭筠高兴不起来。

有来就有去，温庭筠不久离开盘石寺，《盘石寺留别成公》：

> 槲叶萧萧带苇风，寺前归客别支公。

三秋岸雪花初白，一夜林霜叶尽红。

山叠楚天云压塞，浪遥吴苑水连空。

悠然旅榜频回首，无复松窗半偈同。

支公，支遁，东晋高僧，此处借指成公。旅榜，客船。偈，"偈陀"的简称，佛经中的唱词，四句为一偈，半偈为两句。

诗是写给成公的，成公大概是住持僧。槲叶萧萧芦苇瑟瑟，寺前温庭筠与僧人告别。温庭筠盘石寺邂逅旧友，离开时送别的却只有成公。诸旧友不可能都是现实的人，古道热肠的旧友肯定有，世界不可能都是灰色，五彩斑斓才是世界本色。或许是温庭筠有意躲着旧友，在旧友面前他觉得尴尬，"等第罢举"，他脸上无光。

深秋时节，芦苇花开雪白，枫叶经霜殷红，远望去，重峦叠嶂，云脚低垂，碧水连空，乡关迢迢。此时此地风景极好，大片的雪白映衬着大片的殷红，小如米粒的两位古人揖别，光头的是成公，束发的是温庭筠。

客船渐行渐远，温庭筠频频回首，再不能同赋半偈。不难看出，温庭筠与成公很是相得。大概僧人四大皆空，对得失不在意，失意得意无不同，温庭筠可以坦然面对，因此愿意与僧人相处。

渡过长江先到润州（治今江苏省镇江市）。杜牧《江南春绝句》云："南朝四百八十寺，多少楼台烟雨中。"温庭筠出一座寺院，又进另一座寺院，《开圣寺》：

路分磴石夹烟丛，十里萧萧古树风。

出寺马嘶秋色里，向陵鸦乱夕阳中。

竹间泉落山厨静，塔下僧归影殿空。

犹有南朝旧碑在，耻将兴废问休公。

开圣寺，在润州丹阳。烟丛，烟雾笼罩的树林。山厨，山野人家的厨房。影殿，寺庙道观供奉佛祖、尊师真影的殿堂。休公，南朝刘宋僧人惠休，借指开圣寺住持僧。

诗如一幅古画，画中景象萧瑟：十里长路，古木参天，秋色里马嘶，夕阳中鸦乱，竹间山厨寂静，塔下影殿空空，南朝旧碑犹在，兴亡总是无常。此诗读来感觉静谧。温庭筠流连古寺，大概只有在古寺，在与僧人的交往中，才能暂时忘却痛苦，科举不第的痛苦。世间的兴亡与得失，佛教认为都是假象，所以不值得萦怀。在这种时候，温庭筠的内心，该是平静如水，他骑马穿行秋色里，马长嘶人长啸，兴亡且无常，得失——去他的！

在润州江宁（今江苏省南京市），温庭筠绕道访古祠，《题竹谷神祠》：

> 苍苍松竹晚，一迳入荒祠。
> 古树风吹马，虚廊日照旗。
> 烟煤朝奠处，风雨夜归时。
> 寂寞东湖客，空看蒋帝碑。

神祠，应是蒋帝祠。烟煤，凝结在建筑物或器物上的烟尘。蒋帝，即汉代的蒋子文，嗜酒好色，行为放浪，曾任秣陵尉，捕盗至钟山，死而灵异，南北朝时，升格为"蒋帝"。

诗就题在神祠的墙上，神祠地处荒远，平时少有人至。

温庭筠独游荒祠，身旁只有他的马，山谷寂静，马蹄声响彻，有不知名的鸟，发出古怪的鸣叫，让人汗毛倒竖。此时的温庭筠，是位观光客，他探古访幽，访幽可以忘忧。

穿过茂密的松竹，进入荒废的神祠，但见古树森森，空廊寂寂，朝奠之处，烟尘厚积；遥想风雨之夜，神当归来。温庭筠学李贺，他也写神仙，把神仙写成人，神仙本就是人，诗中神仙回归到人。

寂寞至神祠，唯见蒋帝碑。蒋帝嗜酒好色，后来又成了神，这样的神温庭筠喜欢。努力辨识碑文，读着漫漶的文字，温庭筠饶有兴味。

距离家乡苏州越来越近，温庭筠归心似箭，《溪上行》：

绿塘漾漾烟濛濛，张翰此来情不穷。

雪羽襂褷立倒影，金鳞拔剌跳晴空。

风翻荷叶一向白，雨湿蓼花千穗红。

心羡夕阳波上客，片时归梦钓船中。

《晋书·张翰传》记载，张翰字季鹰，被齐王辟为属官，洛阳秋风起，思念家乡吴中的菰菜羹、鲈鱼脍等，说："人生贵得适意耳，安能羁宦数千里以要名爵乎！"于是归去。

绿波荡漾，水汽濛濛，阔别归乡，感慨多多。温庭筠想到了张翰，他就是远游归来的张翰。

在温庭筠的眼中，一切都是那么温情：鹭鸟倒影水中，鲤鱼跃进晴空，风来翻转荷叶，一片白，雨来打湿蓼花，千穗红。温庭筠的七律，对仗工丽，佳联多多。熟识的景物在眼前跳跃，大珠小珠落玉盘，好句子多如珍珠，佳联应接不暇。

心中羡慕渔夫，片时即可归去。家乡已近在咫尺，越近心情越迫切。

终于回到苏州（治今江苏省苏州市），万千感慨发而为诗，《东归有怀》：

晴川通野陂，此地昔伤离。

一去迹常在，独来心自知。

鹭眠菱叶折，鱼静蓼花垂。

无限高秋泪，扁舟极路岐。

昔日去乡，于此惜别，一去经年，旧迹仍在，此番独来，感触自知。温庭筠该是举家北迁，走时是全家，归来是一人。所见该是断壁残垣，断壁残垣间荒草萋萋，是野生动物的藏身之所：卧室长出一人高的蒿草，灶间突然窜起一只兔子。面对荒芜田园的感受，古今一般无二。

鹭鸟、菱白、鲤鱼、蓼花，昔日司空见惯。童年与少年的温庭筠，该是在这些事物间穿梭，捕鹭鸟，抓鲤鱼。这些事物见证了他的童年。

　　不久将要离开，温庭筠无限伤怀。温庭筠此番回乡，不是定居而是暂住，他还要继续南下。离乡是不可磨灭的痛，"无限高秋泪"，温庭筠回到家乡，涕泪双滂沱。

　　温庭筠此番回乡，待的时间比较长，直到第二年的春天。他必定走亲访友，也必定故地重游，可惜他惜墨如金，没有留下任何文字。会昌元年（841），温庭筠和李商隐都是三十岁，两个而立之年的男人，各自在自己的命运中沉浮：温庭筠待在家乡走亲访友；李商隐在华州（治今陕西省渭南市华州区）刺史周墀幕府，然后又入忠武（治所在今河南省许昌市）节度使王茂元幕府，王茂元后来成了他的岳父。

# 第十一章 越中行

## 1

卢处士将游吴越，温庭筠为他送行，《送卢处士游吴越》：

> 羡君东去见残梅，唯有王孙独未回。
> 吴苑夕阳明古堞，越宫春草上高台。
> 波生野渚雁初下，风满驿楼潮欲来。
> 试逐渔舟看雪浪，几多江燕荇花开。

高台，指越王台，遗址在今浙江省绍兴市。

诗中可以看出，温庭筠对吴越风物，不仅十分熟悉，而且深有感情。

大雁夏初北飞，中途落下休息；梅花春初开放；荇花夏天开放。诗应作于春末夏初，时节与此番东南之行接近。"羡君东去见残梅"，温庭筠羡慕卢处士，此番的吴越之行，使他得偿所愿。

会昌二年（842）春，温庭筠进入浙江省。

夏承焘在《温飞卿系年》中将温庭筠之子温宪的出生，系于会昌二年（842），理由是温宪的一首诗。

《全唐诗话》卷五记载，唐僖宗、昭宗年间，温宪参加科举，主考官是郑延昌。郑以温庭筠文字多锋芒，又对朝官不敬，对温宪未予录取。温宪落第后，在崇庆寺墙壁题诗一首。后来郑延昌拜相，因国忌行香，来到崇庆寺。古代逢帝后忌辰，要在寺观设斋焚香，称作国忌行香。郑延昌在崇庆寺，读到了温宪的诗，他为之动容，生出恻隐之心。日暮回家，已任赵崇为主考官，郑相召来赵崇，说："某顷主文衡，以温宪庭筠之子，深嫉怒之，今日见一绝，令人恻然，幸勿遗也。"受父亲的连累，温宪科举落第；郑相觉得自己太过分，授意赵崇录取温宪。由此可见，唐代的科举考试，录取谁不录取谁，公卿作用极大。郑相是读了温宪的诗，才顿生怜悯，改变了主意。温宪题诗如下："十口沟隍待一身，半年千里绝音尘。鬓毛如雪心如死，犹作长安下第人。"温宪科举失利，他鬓毛如雪，心如死灰。《唐才子传》卷九记载，温宪龙纪元年（889）进士及第。

夏承焘认为，温宪诗中说自己鬓毛如雪，年龄已很大，如果温宪此年出生，龙纪元年该是四十八岁，如果出生再晚些，就不会鬓毛如雪了，所以系于此年。

单以鬓毛如雪来判定温宪生年，理由不充分，推理不严谨：有人头发白得早，有人头发白得晚，这个跟遗传有关；此外还跟心情有关，温宪频频落第，他的心情好不了，心情不好容易生白发。温宪可能早生几年，如果温庭筠此前已经结婚；也可以此年出生，如果温庭筠的妻子因难产去世；还可以晚几年出生，如果温庭筠晚婚，或者温宪为继室所生。

温庭筠循着京杭大运河南下。先抵达嘉兴县（今浙江省嘉兴市），当时的嘉兴县归苏州（治今江苏省苏州市）管辖。在嘉兴县，他为苏小小写下《苏小小歌》：

买莲莫破券，买酒莫解金。

酒里春容抱离恨，水中莲子怀芳心。

吴宫女儿腰似束，家在钱塘小江曲。

一自檀郎逐便风，门前春水年年绿。

　　破券、解金，都指花钱。莲子，谐音"怜子"，即怜爱男子，所以说怀芳心。

　　北宋郭茂倩编《乐府诗集·苏小小歌》古辞题解说：苏小小是钱塘名妓，南北朝人，属于南朝的齐国，在唐代已算是古人。相传苏小小曾作《苏小小歌》："妾乘油壁车，郎跨青骢马。何处结同心，西陵松柏下。"歌词浅白晓畅，有如民歌俚曲。苏小小虽是歌妓，但也有自己的爱情，她表达爱情不忸怩，直抒胸臆很是大胆，她要和情郎永结同心。

　　温庭筠诗中说到"檀郎"，《苏小小歌》中也说到"郎"，"檀郎"和"郎"都是情郎，那么这个情郎是谁呢？传说他叫阮郁，某高官的公子。此种形式的恋爱，其结果可想而知：阮郁被逼迫回家去，一场恋爱无果而终。阮郁成了苏小小挥之不去的痛，她变得多愁善感：不敢买莲子，莲子怀芳心；不敢买醇酒，酒里见离恨。

　　温庭筠的诗里说，苏小小腰如束素，家住钱塘小江曲。《吴地记》记载："嘉兴县前有晋妓苏小小墓。"苏小小的墓在嘉兴县，她生活的地方也该在那里。

　　可是我们都知道，今天的西湖边上，也有个苏小小墓，就在西泠桥边上，这又是怎么回事呢？

　　明代郎瑛《七修类稿》，收有文章《苏小小考》，据他的考证，是有两个苏小小，一个是南北朝人，一个是宋朝人，前者指向南朝民歌《苏小小歌》，后者指向一个叫赵不敏的读书人。清初，嘉兴人朱彝尊认为，嘉兴的墓是真的，杭州的是假的。清中期，福建人梁章钜所著《浪迹丛谈》，收有文章《苏小小墓》，杭州人梁绍壬《两般秋雨庵随笔》，收有文章《苏小小考》，两人都赞同郎瑛的观点，认为是有两个苏小小。

　　温庭筠是唐朝人，他所说的苏小小，只能是南北朝人。

　　李贺字长吉，古人云："太白仙才，长吉鬼才。"李贺也写苏小小，《苏小小墓》："幽兰露，如啼眼。无物结同心，烟花不堪剪。草如茵，松如盖。风为裳，水为珮。油壁车，久相待。冷翠烛，劳光彩。西陵下，风吹雨。"李贺写的不是人而是鬼，是想象中苏小小的鬼魂：泪眼如幽兰含露，因为恋情无着，青春易逝；绿草如茵垫，青松似车盖，风声是她的衣裳窸窣，流水是她的环佩叮当；磷火空烧，似乎冷翠的烛光；西陵下，风吹雨斜。大概李贺亲临墓地，他写下见闻与想象，苏小小虽无形，却似乎无处不在，感觉阴暗而潮湿，读来让人浑身发冷。

和李贺的诗相比，温庭筠的诗温暖：酒、莲子、细腰、江曲，许多美好的事物；即便是情郎的离去，也感觉只是暂去，因而只是暂别，她的愁是离愁。

温庭筠途经嘉兴县，苏小小墓他必定不去，那种地方太阴冷，他不喜欢。他可能去到酒肆里，品味当地的美酒，看街上过往的行人，听人们席间的闲谈，其间或者讲到苏小小。微醺正好，朦朦胧胧，事物多了一层美感。醉眼蒙眬中，苏小小鲜活起来，她不再是墓中的枯骨，而是酒肆的厨娘，或者路过的貌美女子，她有血有肉有感情，感情丰富而强烈。

李贺的着眼点在恨，诗中苏小小的形象，有如李贺自己，充满无解的恨，向隅而泣切齿拊心。温庭筠的着眼点在情，她用情专一，心无旁骛，正受着离恨的折磨，让人爱怜让人不舍。温庭筠将那种情态，描摹出来呈现给读者，充满了欣赏和陶醉。

温庭筠和李商隐的诗歌，尤其是他们的乐府诗，都受到李贺的影响。李贺写苏小小，温庭筠也写苏小小，但同一个苏小小，在李贺和温庭筠的笔下，是两种不同的面目。一千个读者就有一千个哈姆雷特，两位诗人就有两位苏小小。

吟咏和凭吊苏小小的，可谓代不乏人，而且不乏名人。究其原因，首先苏小小是美女，爱美之心人皆有之，爱美女之心也人皆有之，美好的人和事物总是更受眷顾，这是自然规律无可厚非；其次，人们都有挣脱现实的欲望，现实中不如意事十之八九，人们常常需要跳出现实，暂时忘却种种的不如意，让内心获得片刻的安宁，吟咏和凭吊古代美女，可算是个不错的选择；再次，苏小小的身份是"妓"，古代称以歌舞为业的女子为"妓"，类似今天的女歌手或者女舞者，属于公众人物，而且古代歌妓制度长期存在，人们习以为常不以为怪。

众所周知，唐代科举是不糊名的，考生的名字暴露在外，是谁的考卷一望可知。因此唐代科举的结果，主考官与权要举足轻重。唐代"行卷"之风盛行，考前考生将自己的作品，呈献给主考官或达官显贵，以期给他们留下一个好印象。起初的"行卷"是献诗，但渐渐对诗就厌倦了，受献者对诗没了兴趣，往往束之高阁；接着就献传奇小说，唐代传奇小说发达，原因之一在这里，温庭筠有《乾膜子》，是传奇小说集，基本属于此种性质；再后来对传奇小说也厌倦了，为了标新立异吸引眼球，于是有人开始献词，温庭筠的许多词作，部分属于此种性质。另外，唐代词的繁盛，歌妓也推波助澜，她们的传唱有即时性，使词的传播速度更快，传布范围也更广，而且声情并茂，传布效果极佳，在歌妓的推动下，词体日臻成熟。

文字、音乐结合，传播速度加倍。关于这一点，杜牧《唐故平卢节度巡官陇西李府君墓志铭》讲得生动："（李戡）尝曰：'诗者，可以歌，可以流于竹，鼓于丝，妇人小儿，皆欲讽诵，国俗薄厚，扇之于诗，如风之疾速……'"其中的诗是指元、白诗，元、白诗与音乐结合，流传像风一样迅疾。这段材料说明，元、白诗可以配合音乐歌唱，词的出现可谓水到渠成。这里说的虽然是诗的情形，但显然用来形容词更为恰当。

我们已经知道，温庭筠"等第罢举"后，才有此番吴越之行。某种程度上可以说，是科举的失败，促成此番远行，远行使他远离科场，使他接近歌妓，接近花间词祖。《菩萨蛮》：

　　凤凰相对盘金缕，牡丹一夜经微雨。明镜照新妆，鬓轻双脸长。
　　画楼相望久，栏外垂丝柳。音信不归来，社前双燕回。

双脸长，指消瘦。社指春社，春耕之前，祭祀土神，祈求丰收，称作春社。

温庭筠这首词像是微电影，由几个关联的镜头组成。第一个镜头：室内，女子身着精致的绣衣，胸前两只金色的凤凰，相对而舞，绣衣温莹丝滑，女子气息如兰。第二个镜头：室外，一丛艳丽的牡丹，经一夜的微雨，几片花瓣飘零，显得有些萎靡，女子望花花不语，她愁眉紧锁有所思。第三个镜头：室内，梳妆台前，女子揽镜自照，镜中的自己，双颊深陷，为伊憔悴。第四个镜头：室外，女子登上楼阁，楼阁雕梁画栋，久久伫立，目光投向远方，栏杆外垂柳如烟，随风南北东西。第五个镜头：室外，栏杆外燕子翻飞，双双对对，女子轻叹：无音信。温庭筠的情感，通过这些镜头，隐隐传达出来，细腻含蓄，耐人寻味。

温庭筠心向官场，可是官场拒绝他，给他兜头泼冷水，从头顶凉到脚底；青楼迎接他，给他怀抱和温暖，给他理解和同情，同是天涯沦落人，相逢何必曾相识。温庭筠填词既是为她们，也是为自己，他既是作者，也是听众。

汤显祖《汤评〈花间集〉》卷一评点："'牡丹'句：眼前语，非会心人不知。"汤显祖的意思是说，温庭筠是寓情于景，既是景语也是情语，不是明白直说，只有会心人可知。温庭筠的每首词，写给心有灵犀的人。

## 2

离开嘉兴县（今浙江省嘉兴市），温庭筠继续南下，途经西陵（今浙江省杭州市萧山区西兴镇；唐代的西陵行政级别为县，隶属当时的越州），温庭筠填词一首，《河渎神》：

孤庙对寒潮，西陵风雨萧萧。谢娘惆怅倚兰桡，泪流玉筋千条。

暮天愁听思归乐，早梅香满山郭。回首两情萧索，离魂何处漂泊？

河渎神，唐教坊曲名，后用为词调，调名的本意，是歌咏河边神庙。谢娘，唐宰相李德裕家有著名歌妓谢秋娘，后以"谢娘"泛指歌妓。思归乐，施蛰存《读温飞卿词札记》认为是鸟名，即杜鹃鸟；而刘学锴《温庭筠全集校注》认为是乐曲名。

本词纪实色彩浓厚，不是普通应歌之作。

早春时节，在越州（治今浙江省绍兴市）西陵县，温庭筠与"谢娘"惜别：西陵风雨萧萧，谢娘泪下如雨。谢娘与温庭筠关系不一般，否则她不会泪下如雨。她没必要表演，该是真的伤心，为温庭筠的离去。

日暮愁听"思归乐"，早梅初开，香满山郭，回首两情寂寞，游子何处漂泊？温庭筠用情也很深，他的愁原因有两重：一是思念家乡，游子寂寞；一是两人的感情，感情没有归宿，两重原因相叠加，温庭筠愁上加愁。

温庭筠漂泊在外，他心绪萧索，无处安放，谢娘给他怀抱，温暖他，安慰他。谢娘或许是旧相识，她从苏州或者扬州而来，温庭筠与她相识多年，相见有家人的感觉；或许是新相识，但彼此一见如故，相见恨晚。谢娘大多场合逢场作戏，但并非没有真情，她一旦用了真情，真情会非常热烈。可温庭筠是个游子，他奔走在路上，匆匆而来又匆匆而去，昨日见谢娘，今日别谢娘。谢娘泪下如雨，温庭筠心乱如麻。这感情如何了结？仕途尚无望，许诺都是空，温庭筠只能留词而去。

然后，抵越州，温庭筠为鉴湖写诗，《南湖》：

> 湖上微风入槛凉，翻翻菱荇满回塘。
> 野船着岸偎春草，水鸟带波飞夕阳。
> 芦叶有声疑雾雨，浪花无际似潇湘。
> 飘然篷艇东归客，尽日相看忆楚乡。

南湖，即今鉴湖，《元和郡县图志》卷二六记载，湖在会稽、山阴两县界。槛，四周有护板的船。翻翻，翻腾的样子。

清代赵臣瑗《山满楼笺注唐诗七言律》评点："笔态纤秾合度，无恭一时才名。"

明末清初金圣叹《贯华堂选批唐才子诗》卷六解读:"(前解)坐槛中看湖上,初并无触,而微凉忽生,于是默然心悲,此是湖上风入也。一时闲闲肆目,是他翻翻满塘。嗟乎!秋信遂至如此,我今身坐何处,便不自觉转出后一解之四句也。前解只写得'风'字'凉'字,言因凉悟风,因风悟凉,翻翻菱荇,则极写风色也。三四'着岸偎''带波飞',亦是再写风。然'春草'写为时曾几,'夕阳'写目今又促。……(后解)'疑夜(雾)雨',非写芦叶;'似清(潇)湘',非写浪花。此皆坐篷艇,忆楚乡人,心头眼底游魂往来,惝恍如此。细读'尽日相看'四字,我亦渺然欲去也。……"

金圣叹是大才子,才子惜才子,他选批唐才子诗。金圣叹的选批颇多想象,才子想象丰富,他的想象合情合理,温庭筠作诗时的情形,被形象地还原出来,种种细节清晰可见。

当日,温庭筠泛舟湖上,凉风习习,菱荇翻翻,野船靠岸,水鸟凌空,芦叶有声,浪花无际。此地与苏州景物相似,这种相似勾起他浓浓的乡愁。要知道温庭筠刚刚离开家乡。刚刚离开就开始思念,游子对家乡的思念,永无休止。

温词《河传》或许作于越州:

湖上,闲望,雨萧萧。烟浦花桥路遥。谢娘翠蛾愁不销,终朝,梦魂迷晚潮。

荡子天涯归棹远,春已晚,莺语空肠断。若耶溪,溪水西,柳堤,不闻郎马嘶。

烟浦,云雾弥漫的水边。翠蛾,细长弯曲的黛眉。荡子,辞家远出、羁旅忘返的男子。若耶溪,源出今浙江省绍兴市若耶山,向北流入鉴湖。

音乐感是词的特征,这种与音乐共生的关系,使词中的情感得到强化。可惜温词已成《广陵散》,当日演唱出来的模样,今天已经听不到了。

《河传》词调的特点，是节拍短促，要频繁转换，填词难度大。要展示才华，难度必须有，不难无温词。本词虽寥寥数语，言外之意却无穷，文字之外的韵味，留给读者去品味。

湖上闲望可见若耶溪，湖是指鉴湖。鉴湖之上雨萧萧，谢娘闲望愁不销，游子一去不复返。这个游子该是温庭筠，他来去匆匆，去后音信杳然，引谢娘空惆怅。温庭筠越州逢谢娘，依曲填词赠给她，也是赠给自己。

在越州，温庭筠跑去瞻仰贺知章故居，有诗《题贺知章故居叠韵作》：

> 废砌翳薜荔，枯湖无菰蒲。
>
> 老媪宝蒿草，愚儒输逋租。

叠韵，指诗中每句五个字，都是同韵的字。宝，珍惜。

《越志》记载："贺知章宅在会稽城东一十五里，名贺家池。"温庭筠奔走十五里，去瞻仰贺知章故居。

此诗是贺知章故居的素描：故居荒废，爬满木莲，湖水干涸，无菰无蒲，老妪惜蒿草，愚儒补欠租。当时大概没有保护名人故居的意识，既不修复，更不管理，谁住都可以，听之任之。

诗就题写在贺知章故居的墙上。老妪与愚儒或许是司空见惯，听任温庭筠飞龙舞凤，来看这屋子的人多了去了；或许会斜睨他，传达的意思是，此人好生古怪。而温庭筠则可能沉浸在自己的情绪中，自顾自地一路细看去，从门墙而登堂入室，从薜荔到蒿草，边看边想贺知章，想他当年如何坐卧，如何言笑，至于老人家的反应，他根本都没留意。

温庭筠为何瞻仰贺知章故居呢？从他的另一首诗中，我们可以看到他对贺知章的欣赏，这大概是拜访的原因。《秘书省有贺监知章草题诗笔力遒健风尚高远拂尘寻玩因有此作》：

> 越溪渔客贺知章，任达怜才爱酒狂。

潟鹚莘花随钓艇，蛤蜊菰菜梦横塘。

几年凉月拘华省，一宿秋风忆故乡。

荣路脱身终自得，福庭回首莫相忘。

出笼鸾鹤归辽海，落笔龙蛇满坏墙。

李白死来无醉客，可怜神彩吊残阳。

越溪，即若耶溪。荣路，指仕途。福庭，幸福的地方，常指神佛居所。

诗题读来有趣：秘书省的墙壁上有贺知章的题诗，温庭筠某个时间，发现了这些墨迹，诗也好书法也好，他拂去积尘，久久伫立，欣赏玩味。温庭筠的诗很好，书法想来也不错，两位大诗人隔着时空，就这样不期而遇。

贺知章很有趣，经历也很传奇。《旧唐书·贺知章传》记载，贺知章进士及第，官至太子宾客、银青光禄大夫兼正授秘书监；晚年越加放纵不羁，自号"四明狂客"，又称"秘书外监"；醉后作诗，一挥而就，文不加点，皆有意味；又善草隶书，好事者供给纸笔，每页不过数十字，时人视为至宝；天宝三载（744），贺知章因病精神恍惚，上疏请求做道士，求还故里，并请把自家房子捐作道观，皇帝表示许可，并且作诗相赠。

贺知章爱酒出了名。杜甫《饮中八仙歌》写到他："知章骑马似乘船，眼花落井水底眠。"

贺知章放达。《旧唐书·贺知章传》记载，张旭善草书，好酒，每醉后号呼狂奔，索笔挥洒，变化无穷，若有神助，时号"张颠"，贺知章与他交朋友。

贺知章爱才。唐代孟棨《本事诗·高逸第三》记载：李白初到京师，住在旅舍里，贺知章率先造访，惊异于他的容貌，读《蜀道难》未毕，已赞叹再四，称他"谪仙"，解下所佩金龟换酒，与李白把酒言欢；又读李白《乌栖曲》，叹赏："此诗可以泣鬼神矣。"

此诗可以看作贺知章的微型传记。

温庭筠的诗文中，很少提到李白，也很少提到杜甫，这个耐人寻味。大概李白和杜甫的官位太低，那不是温庭筠的理想，他的理想不是单纯的文人，而是有显要官职的文人。

不难看出，温庭筠对贺知章的为人，很是羡慕而且向往。他们颇多相似之处，比如率性而为，也颇多相异之处，比如贺知章可以辞官，要去做道士，还有皇帝赠诗，这些温庭筠都做不到。温庭筠对贺知章的为人，既羡慕又向往，爱屋及乌，去瞻仰他的故居。

温庭筠很自负，是因为诗和词，可能词的方面，还要更多一些。前文我们说过，唐代词的兴盛，歌妓推波助澜。温庭筠科举屡屡失意，科举失意将他推向歌妓，唐代因此少了一位进士，却多了一位花间词祖。《荷叶杯》：

镜水夜来秋月，如雪。采莲时。小娘红粉对寒浪。惆怅，正相思。

镜水既可指清澈平静的水面，也可指鉴湖。词写月夜采莲女的惆怅：鉴湖月夜，波平如镜，秋月似雪，采莲女面对寒浪，因为相思而惆怅。词中所写或为当日所见，温庭筠待在越州，从春直至秋。词中将秋月比作雪，雪指向北方，词中的相思或许指向北方，北方有佳人，温庭筠思念她。温庭筠将自己的思念寄寓词中，通过歌妓之口吟唱出来，将自己的情绪宣泄出去。

温庭筠漫游吴越，从一地到另一地，花费少不了，而他的诗词中，见不到经济拮据。他的旅费何来呢？或许由"谢娘"提供：温庭筠为她们填词，她们付给温庭筠酬劳。有了这些酬劳，温庭筠衣食无忧。

不觉已是秋天。温庭筠继续向南，去了台州（治今浙江省台州市）天台山。他夜宿寺院，有诗《宿一公精舍》：

夜阑黄叶寺，瓶锡两俱能。
松下石桥路，雨中山殿灯。

茶炉天姥客，棋席剡溪僧。

还笑《长门赋》，高秋卧茂陵。

一公即僧一行，佛教密宗鼻祖。寺指天台国清寺，在今浙江省天台县。瓶锡，僧人所用的瓶钵和锡杖；瓶钵是僧人出行所带的餐具，瓶盛水，钵盛饭，锡杖是僧人所持手杖。

只有贵客才可以住在精舍，温庭筠与一行关系不一般。

黄叶簌簌下，夜阑更已深，温庭筠夜宿一公精舍，眼中所见是松下的石桥、雨中大殿里的孤灯，寺中有来自天姥山与剡溪的客人，与寺僧品茶弈棋，温庭筠自嘲空负高才，身世却寂寥，有如司马相如，高秋卧病茂陵。温庭筠很自负，自比司马相如，欲将才华售与帝王家，可是他"等第罢举"，寻求入幕又毫无希望，他是个失意的司马相如。

淮南节度使的治所在扬州，浙西观察使的治所在润州，浙东观察使的治所在越州。温庭筠漫游吴越，漫游不是目的，求入幕才是目的。怀揣李仆射的推荐信，他去见李仆射的故旧，请求加入他们的幕府，见完一个又一个，请求一遍又一遍，可是他屡屡碰壁。李仆射不肯接纳温庭筠，他的故旧也不肯接纳温庭筠。大概温庭筠在吴越，一边见长官，一边见谢娘，长官不能接纳他，给他创伤，谢娘却能理解他，给他疗伤。温庭筠试图在长官中寻觅知音，却最终发现谢娘才是自己真正的知音。

# 第十二章　归帆渡

## 1

唐武宗会昌二年（842）秋，寻求入幕无果后，温庭筠踏上归途。

钱塘江上，温庭筠与友人作别，《江上别友人》：

秋色满葭菼，离人西复东。

几年方暂见，一笑又难同。

地势萧陵歇，江声禹庙空。

如何暮滩上，千里逐离鸿？

江指浙江，即今钱塘江。萧陵即萧山，在今浙江省杭州市萧山区。

芦荻瑟瑟，满眼秋光，温庭筠与友人，几年不能相见，相见就是别离，面对眼前的别离，温庭筠只有苦笑：什么都不能说，科举"等第罢举"，入幕处处碰壁。

过萧山（今浙江省杭州市萧山区），为萧山庙题诗，《题萧山庙》：

故道木阴浓，荒祠山影东。

杉松一庭雨，幡盖满堂风。

客奠晓莎湿，马嘶秋庙空。

夜深池上歇，龙入古潭中。

荒祠，荒远的祠庙。山影，远山的轮廓。

温庭筠途经萧山，夜宿萧山庙中，晨起题诗而去。全诗八句，对仗工整，富有情趣。

温庭筠单人匹马，独游萧山庙，他不急着赶回长安，绕道很远，去寻访古庙。打马驰上故道，路旁古木参天，浓荫蔽日，鸟鸣啾啾。远山的东边，萧山庙隐约可见。入幕的事暂搁一边，眼前的美景且欣赏。庙中有杉有松，风吹幡盖，呼呼作响。夜宿萧山庙中，与寺僧赋半偈，会心处相视一笑。窗外风急雨骤，夜阑卧听风吹雨。他心想庙前的古潭，风雨中会有龙跃入。此时温庭筠的内心，该是清澈如水，想的不是入幕是古潭。寻访古庙，可以疗伤。

温庭筠此时行走在越中，这首《菩萨蛮》或许作于那里：

满宫明月梨花白，故人万里关山隔。金雁一双飞，泪痕沾
绣衣。

小园芳草绿，家住越溪曲。杨柳色依依，燕归君不归。

金雁，俞平伯《唐宋词选释》认为，是指衣服上的绣纹。

浦江清《词的讲解》评点："首句托物起兴，见梨花而忽忆故人者，'梨'字借作离别之离，乐府中之谐音双关语也。"又补充："故人者即旧情人，教坊姊妹自有婚配，亦可有情人……"

张以仁《温飞卿词旧说商榷》评点："俞（平伯）氏谓此词'越溪'即若耶溪，且系暗用西施事，皆有见地。……"

词中的女主角，浦江清认为是教坊姊妹；而俞平伯、张以仁认为是西施。如果是教坊姊妹，那情形就该是这样：大明宫内月光如水，某宫

妓难以成眠；绣衣上双雁飞，泪水莫名涌出，将双雁打湿；她来到窗前向外望，窗外梨花似雪；举目远眺，关山万重；家乡越溪的小园子，该是芳草萋萋了；此地杨柳如烟，燕已归来，奈何他却不归。如果女主角是西施，大明宫就该换成吴王宫殿，他也要换成吴王夫差。

温词是多义的，既可以这样理解，也可以那样理解。多义不仅对温词无损，而且易于大众接受，温词有魅力，多义是原因。

温庭筠漫游在吴越，他是位游子，对家的渴望特别强烈，体会到的离别也特别强烈。有这样的经历和体会，他的诗词让人刻骨铭心，让人击节赞赏，让人吟咏至今。

不久，返回苏州。在松江（今吴淞江），温庭筠寄诗给友人，《寄湘阴阎少府乞钓轮子》：

> 钓轮形与月轮同，独茧和烟影似空。
> 若向三湘逢雁信，莫辞千里寄渔翁。
> 篷声夜滴松江雨，菱叶秋传镜水风。
> 终日垂钓还有意，尺书多在锦鳞中。

湘阴，即湘阴县，在今湖南省湘阴县西。少府，指县尉。雁信，指传递书信的人。

求钓轮子并非真的缺这种东西，而是一种交际方式，是为表示自己的闲适。

唐代的松江在苏州，温庭筠回到了家乡。他享受着垂钓，享受着少有的惬意。他寄诗给阎县尉，大谈闲适生活，想要与他分享。

人在惬意的时候，总想找个人说说，与他分享惬意。

温庭筠重返家乡，看着熟悉的风物，听着熟悉的乡音，他泛舟松江，垂钓终日。人生最大的享受，莫过于此。《菩萨蛮》：

> 竹风轻动庭除冷，珠帘月上玲珑影。山枕隐秾妆，绿檀金凤凰。

两蛾愁黛浅，故国吴宫远。春恨正关情，画楼残点声。

山枕即枕头，古代枕头多用木、瓷等做成，中间微凹，两端突起，形式如山。吴宫指馆娃宫，春秋时吴王夫差为西施所建，遗址在今江苏省苏州市西南的灵岩山上。

清代张惠言《词选》卷一评点："此言梦醒。"

俞平伯《读词偶得》评点："'竹风'以下说入晚无憀，凭枕闲卧。……"无憀即无聊。

浦江清《词的讲解》评点："画楼残点，天将明矣，见其心事翻腾，一夜未睡，……"

温庭筠的花间词，历代评点者极多。

张惠言认为写的是梦醒时分，而俞平伯与浦江清则认为一夜无眠。无论如何，词的女主角此时躺着，并且醒着。之前究竟如何，温庭筠没有说。之前且不去理会。此时的女主角躺着，但她无比清醒，竹叶沙沙作响，该是有风拂过，她感到些许寒意；月光透过珠帘，投下斑驳疏影；她凭枕闲卧，睡意全无；檀木的枕头，金质的凤钗，奢华不是安眠药，无益于入眠；她愁眉紧锁，想起了家乡，远在千里外；春恨正自关情，偏偏又闻更漏。

词写对家乡的思念，词中的"吴宫"在苏州，温庭筠此时也在苏州，苏州是温庭筠的家乡。

由此或可说，词中的思乡是作者思乡的变形。温庭筠生长苏州，漂泊在外许多年，思乡之痛深入骨髓。温庭筠既表达了自己，也表达了所有人。

# 2

会昌二年（842）七月，刘禹锡卒于洛阳，七十一岁。

刘禹锡有诗文才能。《旧唐书·刘禹锡传》记载："禹锡精于古文，善五言诗，今体文章复多才丽。"古文，指先秦两汉以来的散体文，是相对六朝的骈体而言。刘禹锡诗文俱佳。刘禹锡在朗州（治今湖南省常德市）十年，唯以文章吟咏陶冶。当时朗州好巫，巫婆神汉每有活动，击鼓跳舞，念念有词，粗俗浅陋。刘禹锡为他们作词，教他们歌唱，"故武陵溪洞间夷歌，率多禹锡之辞也。"

有才能者多有个性，刘禹锡很有个性。据《旧唐书·刘禹锡传》，刘禹锡参与王叔文改革。唐顺宗身体有病，专任东宫旧僚王叔文，王叔文任用柳宗元、刘禹锡等人，改革唐德宗末年弊政，又打算剥夺宦官兵权。宦官却来个釜底抽薪，迫使顺宗传位太子。其后王叔文被赐死，柳宗元、刘禹锡等被贬，贬为偏远州的司马。刘禹锡贬官地方十年，元和十年（815）被召回，他写诗讽刺执政，又被贬官地方十四年，太和二年（828）再次被召回，他锋芒未减分毫，再次作诗旧事重提。刘禹锡非常倔强，有如宋代王安石。

温庭筠在苏州为刘禹锡写挽歌词，《秘书刘尚书挽歌词二首》：

> 王笔活鸾凤，谢诗生芙蓉。
> 学筵开绛帐，谈柄发洪钟。
> 粉署见飞鹏，玉山猜卧龙。
> 遗风洒清韵，萧散九原松。
>
> 麈尾近良玉，鹤裘吹素丝。
> 坏陵殷浩谪，春墅谢安棋。
> 京口贵公子，襄阳诸女儿。
> 折花兼踏月，多唱柳郎词。

刘禹锡卒后赠户部尚书。谢诗指晋代谢灵运的诗歌，鲍照评价谢灵运的诗："谢五言如初发芙蓉，自然可爱。"开绛帐，典出《后汉书·马融传》：马融曾坐高堂，设绛纱帐，前边是学生，后边是歌舞妓。玉山，典出《晋书·裴楷传》：裴楷举止高雅博览群书，时人称，见裴楷如近玉山，光彩照人。九原指墓地。麈尾借指闲谈。谢安棋指遇事镇定，典出《晋书·谢安传》：苻坚百万大军压境，谢安派弟弟谢石等迎敌，他则镇定自若，与人弈棋赌别墅，前线报捷，谢安看罢，毫无喜色，照旧下棋，有人问战况，谢安淡淡地说："小儿辈遂已破贼。"踏月，月下散步。

诗中说"谈柄发洪钟"，又说"麈尾近良玉"，温庭筠必定亲聆刘禹锡闲谈。

温庭筠结识刘禹锡，该是通过宰相裴度。温庭筠曾从裴度游，而裴度与刘禹锡颇有渊源：裴度与刘禹锡的两个舅舅卢璠、卢顼，同为德宗朝名士刘太真座下弟子，裴度又是刘禹锡妻子的族叔；禹锡有才能，裴度赏识他，《旧唐书·刘禹锡传》说："太和中，度在中书，欲令知制诰，……"当然，刘禹锡有诗文才能，这是温庭筠所心仪的。另外，刘禹锡出生在苏州，与温庭筠算是同乡，刘禹锡又做过苏州刺史，是温庭筠的父母官，这些也是外在因素。

温庭筠比刘禹锡小很多，大约四十岁左右。诗中对刘禹锡的评价很高：对他的诗文是赞颂，对他的风度是仰慕，总体上高山仰止的感觉。这里有岁数上的关系，刘禹锡毕竟是前辈名人。

温庭筠瞻仰崔咸、贺知章的故居，为刘禹锡写下挽歌词，看不出他有什么功利目的，因为他们都已经过世了，不可能对温庭筠的仕途再施加任何的影响。唯一的解释就是，温庭筠对他们有认同感，认同他们的生命形态，他们的生命形态是温庭筠的理想。这种生命形态的特点是：既是大文人，又是大官员，而且很有性格。温庭筠的人生理想，就是这样的生命形态。

此刻温庭筠在苏州，刘禹锡的过世勾起诸多往事，让他生出诸多感伤。然后，温庭筠会加倍地投入当下的生活：人生苦短，及时行乐，他的生命充分舒展，化作首首好词。《菩萨蛮》：

宝函钿雀金鹦鹉，沉香阁上吴山碧。杨柳又如丝，驿桥春雨时。

画楼音信断，芳草江南岸。鸾镜与花枝，此情谁得知？

宝函钿雀金鹨鹩，一说函是匣或套，此处指枕函，钿雀，钗子，金鹨鹩，钗头的装饰，枕函旁边有堕钗，是说刚起床；一说钿是指用薄如蝉翼的贝壳制作图案的工艺，钿雀指枕函上用这种工艺制作的图案；一说宝函指化妆盒一类的东西，钿雀，发钗，镂金而成各种花式叫钿，钿雀是金钗，饰有鸟雀图案，钿雀和金鹨鹩都是金钗上的图案，钿雀只说金钗上饰有鸟雀，金鹨鹩才特别说鸟雀就是一对金鹨鹩。

明代汤显祖《汤评〈花间集〉》卷一评点："'沉香''芳草'句，皆诗中画。"中国诗画同源，画中有诗，诗中有画。"诗中画"切合点说，该是"词中画"。

清代《谭评词辨》卷一评点："'宝函钿雀'句，追叙。'画楼'句，指点今情。'鸾镜'句，顿。"上阕是追忆，下阕是眼前。

吴山，一说泛指吴地山峦，一说指绘有吴地山峦的屏风。不论哪种说法，词都指向吴中。

吴山如果是指实际的山峦，那么词中的女主角，就该是吴地女子：又是一年柳如丝，驿桥春雨迷茫，沉香阁上，女子孑然伫立，眼中满是怨恨，他音信杳然，独自春闺寂寞。温庭筠词中的女子，基本都是江南女子，她们楚楚可怜，让人怦然心动。

温庭筠生长苏州，此时他阔别归来，看不尽的家乡风物，他信手撷取片段，将它们安放在词中。

会昌二年（842）余下的时间，温庭筠就待在家乡苏州。此年，书法家柳公权与宰相李德裕友好，另一位宰相崔珙奏柳公权为集贤学士、判院事，李德裕觉得恩非己出，因事又将柳公权降为太子詹事；李商隐通过了吏部书判拔萃科目选，入秘书省为正字，不久，母亲病故，归守母丧；杜牧出任黄州刺史。

# 3

唐武宗会昌三年（843）春，温庭筠自苏州出发，返回长安。

在苏州时，温庭筠曾寄诗给裴生，《寄裴生乞钓钩》：

> 一随菱櫂谒王侯，深愧移文负钓舟。
>
> 今日太湖风色好，却将诗句乞鱼钩。

菱櫂，采菱船。移文，南朝齐孔稚珪《北山移文》的省称；南朝宋、齐间人周颙，在钟山建草堂寺，有意归隐，可又放不下仕途，朋友孔稚珪作《北山移文》，取笑他。

诗中温庭筠说，自己拜谒王侯，想要进入仕途，对善意的取笑，他自觉很惭愧。这位裴生必定是位素心人，他悠游山林，自得其乐；温庭筠则摇摆不定，一会儿要出仕，一会儿要归隐，一会儿又身在山林心向官场。朋友打趣他，说他三心二意，说他心猿意马。

今日太湖景色优美，温庭筠向朋友裴生讨个鱼钩。对旧友表示惭愧，向旧友讨要鱼钩，他似乎打定主意，要从此归隐山林。但无疑只是一闪念而已：祖先荣耀深入他的骨髓，进入仕途光耀祖宗，是他被规定的人生，他无法挣脱。在归隐与出仕之间，温庭筠毫无悬念地选择了后者，他告别苏州告别山林，奔向长安奔向官场。

过常州（治今江苏省常州市），温庭筠访问了蔡邕墓，《蔡中郎坟》：

> 古坟零落野花春，闻说中郎有后身。
>
> 今日爱才非昔日，莫抛心力作词人。

蔡中郎坟，在今江苏省常州市。佛教有"三世"的说法，称转世之身为"后身"。词人指擅长文辞的人。

蔡中郎即东汉的蔡邕,《后汉书·蔡邕传》记载,蔡邕字伯喈,官至左中郎将;博学多才,师事太傅胡广,好辞章、数术、天文,擅长音律;多受赏识,曾奏请校订《六经》,得到汉灵帝许可,桓帝也夸他多才,后被董卓辟为祭酒,很是敬重。

清代陆次云《五朝诗善鸣集》评点:"借古人发泄,立意遂远。"

温庭筠先是"等第罢举",此番吴越之行,本为寻求入幕,但又毫无结果。温庭筠以蔡邕"后身"自许,他非常自信,自信需要资本,他有才有资本。怀才却不遇,温庭筠生出满腹怨气。怨气总要找到出口,怨气需要发泄出来。蔡中郎坟只是由头,发牢骚的由头,没有这个由头,也会有别的由头。

当日的温庭筠来到蔡邕坟前,时节是在春天,野花盛开,一丛丛,一簇簇,在春风中攒动,可是古坟衰败,碑文漫漶,在春花的衬托下,古坟更显荒凉。温庭筠牢骚满腹,怨气满腹,人都成了个大气球,随时可能涨破。蔡邕拯救了温庭筠,温庭筠向他倾诉,倾诉自己的怀才不遇,倾诉自己的生不逢时,他骂天骂地骂皇帝,把满腹的怨气,一股脑儿地发泄出来。发泄完了就完了,人总得活下去,除了做个词人,他又能做什么?孤单地来又孤单地去,温庭筠叹口气,回到自己的命运中去。

至润州(治今江苏省镇江市),为润州留词一首,《更漏子》:

> 背江楼,临海月,城上角声呜咽。堤柳动,岛烟昏,两行征雁分。
>
> 京口路,归帆渡,正是芳菲欲度。银烛尽,玉绳低,一声村落鸡。

京口,今江苏省镇江市。玉绳低,天将拂晓。

明代汤显祖《汤评〈花间集〉》卷一评点:"'两行征雁分'句好。"

丁寿田、丁亦飞《唐五代四大名家词》甲篇评点:"此词写舟行旅途中黎明之景。夜间泊舟于京口,则一面临岸,一面与小岛遥遥相对。由'背江楼'一句可知此人背岸而卧,故目临海月而遥望岛烟也。全词从头到尾写舟中所见实景，条理井然，景色如画。"

俞陛云《唐五代两宋词选释》评点："就行役昏晓之景，由城内而堤边，而渡口，而村落，次第写来，不言愁而离愁自见。其'征雁'句寓分手之感。唐人七岁女子诗'所嗟人异雁，不作一行飞'，亦即此意。结句与飞卿《过潼关》诗'十里晓鸡关树暗，一行寒雁陇云愁'、清真词'露寒人远鸡相应'，皆善写晓行光景。"

黄进德《唐五代词选集》评点："此词抒写黎明时分游子在征途上的见闻与感受。远近相映，意境恢宏，时地并举，动静互见。序次井然，色调清旷。煞尾写凝重的归思，周邦彦《蝶恋花》：'楼上阑干横斗柄，露寒人远鸡相应'，由此化出。"周邦彦是宋代词人。

前人的评点极多，温词透明如玻璃。

温词基本都是应歌之作，但偶尔也有例外，这首词纪实色彩浓厚。

词中描绘的是旅途见闻：夜晚泊舟京口，黎明所见所闻。词完全是白描，但有剪裁和取舍，寓感情于景物，这是温词的一贯风格。

俞陛云说"不言愁而离愁自见"，他认为有离愁寓于其间。其实除了旅愁，还有对前途的担忧。

温庭筠需要平衡心理，也需要解决生计问题，两个原因将他推向歌妓，他为她们填词，并且获得酬劳。《菩萨蛮》：

> 牡丹花谢莺声歇，绿杨满院中庭月。相忆梦难成，背窗灯半明。
> 翠钿金压脸，寂寞香闺掩。人远泪阑干，燕飞春又残。

背窗灯半明，一说睡前将灯移至屏帐等后边，使灯光变暗；一说唐代的灯有特殊装置，睡时可以扭转装置，使灯光变暗。

陈廷焯《云韶集》卷一评点："领略孤眠滋味。逐句逐字，凄凄恻恻，飞卿大是有心人。"

浦江清《词的讲解》评点："此章写春光将尽、寂寞香闺之情事。"

暮春的夜晚，牡丹凋谢了，黄莺不见了；满院子的绿杨，月光清凉如水，月色中树影婆娑；庭院格外安静，灯火半明半暗；凄清孤寂袭来，让她难以入眠；残妆犹在，深闺里寂寞弥漫；想到远行的他，她的脸上泪痕纵横；又是春尽时，人生能几何？

词中的女主角，满腹愁怨。温庭筠牢骚满腹，歌妓们低吟浅唱。温庭筠怀才不遇，词中无尽的闺怨，或许是他牢骚的变形。

温庭筠怀才不遇，一路行来，满腹怨气，满腹牢骚。会昌三年（843）春，他就气鼓鼓地回到京师长安。

第十三章

闲居京郊

1

会昌三年（843）春，温庭筠结束在吴越的旅行，回到唐都长安。接下来的数年间，他将闲居在长安的鄠县（今陕西省户县），在那里度过悠闲的时光。

温庭筠为郊居写诗，《鄠杜郊居》：

> 槿篱芳援近樵家，垄麦青青一径斜。
> 寂寞游人寒食后，夜来风雨送梨花。

鄠即鄠县。杜指杜陵，西汉宣帝刘询的陵墓，位于唐代的长安县，今天属陕西省西安市雁塔区。

从温庭筠相关诗作来看，郊居在鄠县不在长安县。所以要说鄠杜郊居，大概因为鄠县与长安县相邻，而杜陵有较高的知名度。

诗很短只有四句，从中可知郊居情况：有木槿的篱笆，木槿盛开蜂蝶飞舞，篱笆外麦垄青青，一径斜出，寒食节后，游人稀少，夜来风雨，梨花委地。温庭筠在鄠县的居所，不乏野趣，充满简朴的诗意。

有个问题：温庭筠为何住在鄠县呢？

如果是针对为何不住在长安，原因很简单：长安消费太高。大诗人白居易初至长安，去拜访前辈诗人顾况，顾况打趣他：长安米贵，居不易也。温庭筠不是土豪，他不能住在长安，就好比今天生活在北京的人，购房的时候，不选三环以内，而愿意选择郊县。

那么，长安下辖县份甚多，为何偏偏是鄠县呢？这个原因要到当地去找。《新唐书·地理志一》记载："鄠，畿。有渼陂。……"渼陂是一片湖泊，天然的湖泊，空气一下子湿润起来，鱼戏莲叶间，舟荡碧波上，感觉像是到了江南。鄠县风物似江南，大概因为这种相似，温庭筠选择了住在这里。

会昌四年（844）十月，唐武宗前来鄠县狩猎，温庭筠得到消息，急忙写诗，《车驾西游因而有作》：

> 宣曲长杨瑞气凝，上林狐兔待秋鹰。
> 谁将词赋陪雕辇，寂寞相如卧茂陵。

宣曲，指汉代离宫宣曲宫，遗址在今陕西省西安市长安区。长杨，指秦汉离宫长杨宫，遗址在今陕西省周至县。上林，秦代旧苑，汉武帝时扩建，遗址在今陕西省西安市西及周至、户县两县界；据《汉旧仪》，上林苑是皇家猎场，苑中豢养百兽，天子秋冬射猎苑中。据《史记·司马相如列传》，司马相如常扈从皇帝至长杨狩猎。《汉书》又载，司马相如因病免官后，家居茂陵。

明末清初学者唐汝询《唐诗解》卷三十评点："帝将临幸，故瑞气凝于离宫，狐兔待鹰，将校猎也。校猎不可以不为赋，然相如方卧茂陵，谁陪雕辇乎？盖叹朝廷之失己也。"朝廷不用自己，温庭筠深深惋惜。

当时的情形该是这样：唐武宗将前来鄠县狩猎，车驾将至还未至，皇帝要来还没来，温庭筠听到消息，心情不能平静，激动不已，食不甘味，没有饥饿感，味同嚼蜡，寝不安席，没有睡意，刚躺下就弹起来，仿佛身下装了弹簧。唐武宗要来狩猎，温庭筠无事可做，这个可是不正常：陪侍皇帝左右、润色宏业的人，竟然不是自己，这怎么可以！他愁眉不展，唉声叹气，若有所失，备受折磨。

《鄠杜郊居》提到寒食节，唐代的寒食节，不许生火做饭，吃冷食喝冷水，冷餐又加春寒，简直是透心凉，人都没有好心情。温庭筠心情苦闷，只好写诗排遣，《寒食前有怀》：

> 万物鲜华雨乍晴，春寒寂历近清明。
>
> 残芳荏苒双飞蝶，晓睡濛笼百啭莺。
>
> 旧侣不归成独酌，故园虽在有谁耕？
>
> 悠然更起严滩恨，一宿东风蕙草生。

濛笼即蒙眬。严滩即严陵濑，在今浙江省桐庐县南，相传东汉隐士严光曾在此地垂钓。

明末清初大才子金圣叹《贯华堂选批唐才子诗》卷六解读："（前解）写寒食景物。（后解）写有怀情事。"诗写寒食前的景物，及此时作者的心绪。

旧侣是谁呢？他归向何处？众所周知，温庭筠祖籍太原，在江苏苏州长大，故园应指苏州的，那里春天生蕙草。"故园虽在有谁耕？"温庭筠在苏州的家，应已没有亲人。从"严滩恨"来看，旧侣该归向长安，换句话说，温庭筠此诗应作于唐都长安，可能就在"鄠杜郊居"。

诗中所表达的，是对归隐的向往：寒食近清明，春寒仍料峭，此时雨后初晴，万物鲜艳华丽，残花无力，蝴蝶飞舞，晨起蒙眬中，黄莺百啭鸣，旧伴未归来，家乡无人耕，不如且归去，春来蕙草生。

温庭筠在苏州耕作，在鄠县也该如此：他在鄠县半耕半读，一面躬耕畎亩，一面准备应考，有如今天的半工半读。

郊居的日子里，有不少惬意的事可做，比如访问高士，《题薛昌之所居》：

所得乃清旷，寂寥常掩关。

独来春尚在，相得暮方还。

花白风露晚，柳青街陌闲。

翠微应有雪，窗外见南山。


掩关指关门。南山指终南山。

从尾联所示方位及可以朝往暮还判断，薛昌之的居所距离温庭筠的郊居不远。

明代钟惺《唐诗归》卷三十三评点："（独来句）幽淡动人。又曰：淡冶近古。"

清代吴瑞荣《全唐诗笺要》评点："'独来春尚在'二语，飞卿可传矣。"

清代黄生《唐诗摘钞》卷一解读："前后两截，前叙事，后写景。人见其终日掩关，寂寥殊甚，不知彼之所得，乃清旷之乐。可为高士道，难与俗人言，故惟己与之相得，彼此素心晨夕耳。通首总写'清旷'二字，意已尽三四二句，末只写景作结，更有余味。"前四句叙事，后四句写景，以景作结是温庭筠的常用手法，读来余味无穷。

薛昌之其人未详，高士本不求闻达。

高士与众不同，终日柴门紧闭，只图清旷之乐。温庭筠去拜访他，独自徒步前去，人多了高士是不开门的。暮春时节，落英缤纷，温庭筠与高士促膝，可能或吟诗或闲谈，肚子咕咕叫时，有粗茶和淡饭。温庭筠清晨前去，傍晚归来，花白柳青青，悠然见南山。

人生不能无知己，知己不须多，一二足矣。知己要时时怀想，在鄠杜郊居，温庭筠怀念知己，《郊居秋日有怀一二知己》：


稻田凫雁满晴沙，钓渚归来一径斜。

门带果林招邑吏，井分蔬圃属邻家。

阜原寂历垂禾穗，桑竹参差映豆花。

自笑谩怀经济策，不将心事许烟霞。

皋原，沼泽与原野。经济，经世与济民。

秋日的郊居，有稻田、凫雁、钓渚、皋原、禾穗，一派闲逸和消散，温庭筠过着隐士般的生活。

靠钓鱼不足以养活一家人，蔬圃是邻家的，那么禾穗、桑竹、豆花呢？总有些是属于温庭筠的。诗可以写得没有烟火气，但生活不能没有烟火气。

今天陕西省户县渼陂湖边有个村子，叫作渼陂新村，湖边的人家，有的临水开辟了菜园子，园子里青葱翠绿，芫荽满畦，有的则是翠竹满院。温庭筠当时的郊居，也该有这样的院子，静谧安闲，充满生活气息。

温庭筠过着隐士般的生活，但这不是他的最高追求，他的理想是经世与济民。"自笑""谩怀"，诗中隐含着感叹与不平，这种心情不好为外人道，只能向一二知己掏掏心窝子。


## 2

众所周知，晚唐社会有两大顽症：一个是藩镇割据，一个是宦官专权。在双重的困境之下，皇帝想要维护朝廷的体面，想要有所作为，相当不容易。唐武宗在位时间短，驾崩时也只有三十三岁，但他试图振作，措施之一就是削藩。

会昌三年（843）四月，昭义节度使刘从谏薨，他的侄子牙内都知兵马使刘稹秘不发丧，逼监军奏称刘从谏得病，请命"其子"刘稹为"留后"。昭义与河朔三镇紧邻，管辖范围包括今天的山西省晋城市、长治市，河北省邯郸市、邢台市等，节度使驻地在今天的山西省长治市。史载太和九年（835）十一月，曾发生"甘露之变"，宦官气焰嚣张，皇帝、宰相忍气吞声："自是天下事皆决于北司，宰相行文书而已。宦官气益盛，迫胁天子，下视宰相，陵暴朝士如草芥。"这种形势下，昭义表示支持朝廷，开成元年（836）二月，昭义节度使刘从谏上表，请问王涯等人罪名，并说如有奸臣难制，誓以死清君侧。这种支持非常及时，也非常稀有，当时的皇帝必然感激涕零。可是后来发生的事，让刘从谏与朝廷离心：刘从谏有马高九尺，这个很稀罕，武宗即位，从谏献马，武宗不接受，从谏以为是宦官仇士良从中作梗，怒杀其马。唐中叶以后，节度使遇有变故，往往以其子侄或亲信将吏代行职务，称节度留后或观察留后。当时这种情况很多，朝廷大多选择隐忍：装聋作哑，明明知道却当不知道，睁一只眼闭一只眼，或者补行正式任命。但唐武宗不想继续忍受。五月，朝廷削夺刘从谏及其子刘稹官爵，下令诸道合力征讨。

双方进行拉锯战，经过一年多的较量，最终朝廷获得胜利。《新唐书·武宗纪》记载，会昌四年（844）八月，昭义军将郭谊杀死刘稹后投降。会昌五年（845）正月，群臣上尊号：仁圣文武章天成功神德明道大孝皇帝。尊号内容都是褒义的好词，群臣的作为像是拍皇帝马屁；但某种程度上该是真心，是发自内心的欣喜，因为在晚唐的颓败中，这样的皇帝太少了。

会昌五年春，群臣上尊号，温庭筠写诗《湖阴词（并序）》。

诗序中说："王敦举兵至湖阴，明帝微行，视其营伍，由是乐府有《湖阴曲》，而亡其词，因作而附之。"晋明帝时，有王敦之乱，《晋书·明帝纪》记载，明帝胆大心细，乔装进入王敦军营，侦察后又从容离去："乃乘巴滇骏马微行，至于湖，阴察敦营垒而出。"并最终讨平了王敦，"平旦，战于越城，大破之，……王敦愤惋而死"。明帝获全胜，王敦气死了。明帝有勇有谋，堪称一代雄主。

温庭筠赞美晋明帝，充满景仰，滔滔汨汨，字字珠玑：

祖龙黄须珊瑚鞭，铁骢金面青连钱。

虎髯拔剑欲成梦，日压贼营如血鲜。

海旗风急惊眠起，甲重光摇照湖水。

苍黄追骑尘外归，森索妖星阵前死。

……

　　晋明帝平王敦，唐武宗平刘稹，两者的相似性，很容易看出来；会昌四年（844）刘稹之乱平，会昌五年（845）群臣给皇帝上尊号，同年温庭筠写下《湖阴词（并序）》。

　　朝廷平定刘稹的这段时间，杜牧在黄州任刺史，撰有《上李司徒相公论用兵书》，杜牧对兵书深有研究，他给宰相李德裕写信，为讨伐出谋划策。《新唐书·杜牧传》说："俄而泽潞平，略如牧策。"当时的李商隐，正居丧在家，撰有《为濮阳公与刘稹书》，濮阳公是他的岳父、河阳节度使王茂元，河阳节度使的管辖范围，包括今天的河南省焦作市、沁阳市等，与昭义军节度使的管辖范围毗邻。李商隐在信中反复陈说利害，意欲不战而屈人之兵。杜牧与李商隐有官有职，可以实际地参与征讨，温庭筠无官无职，只能是曲折参与。

　　温庭筠以史上雄主来比拟唐武宗，曲折地赞美他。大概在心理预期上，他自视为天子词臣。朝廷获得胜利，温庭筠振奋不已，捷报传来时，他仿佛置身朝堂，朝臣们山呼万岁，武宗喜极而泣；可是，他清楚自己的处境，不在朝堂而在江湖，他必定无比失落，曲折写下赞美。词会通过歌妓之口，迅速传播出去，皇帝有可能听到，温庭筠该有期待，期待着赞许和重用。

　　会昌五年春，温庭筠又写《汉皇迎春词》。

　　迎春是古代祭礼之一，《礼记·月令》记载："立春之日，天子亲帅三公九卿诸侯大夫以迎春于东郊。"迎春是古代例行的礼仪，汉代如此，唐代也如此。刘学锴《温庭筠全集校注》认为，以汉代皇帝比喻唐代皇帝，是唐人的习惯，本诗所歌颂的，应是唐武宗。

　　温庭筠调词遣句，浓墨重彩地描绘，描绘汉代皇帝迎春场面：

　　　　春草芊芊晴扫烟，宫城大锦红殿鲜。
　　　　海日初融照仙掌，淮王小队缨铃响。
　　　　猎猎东风焰赤旗，画神金甲葱茏网。
　　　　钜公步辇迎勾芒，复道扫尘燕簪长。

豹尾竿前赵飞燕，柳风吹尽眉间黄。

……

温庭筠不直接写唐代，而是以汉喻唐，或许有心理上的因素：在他的潜意识当中，既希望皇帝感受到赞美，又希望维持士人的矜持，赞美古代雄主，不算阿谀奉承。

以上两首虽是诗的形式，但可以配合音乐歌唱，已和词非常接近。词的传播比诗要快，因为诗要靠印刷传播：等诗写到一定数量，编辑成集印刷出来，方可在社会上流传；而词的传播，不仅可以像诗那样结集，还可以通过歌妓之口，即写即唱，迅速流传。温庭筠需要文学上的声誉，这个对他科举中第有帮助，他走近词，成为花间词祖，以上需要该是内在原因。

温庭筠住在京郊，他时刻盯着朝廷，唐武宗平刘稹，他写《湖阴词（并序）》，唐武宗东郊迎春，他又写《汉皇迎春词》，频频展示自己的才华，频频向朝廷放电，渴望朝廷的青睐。可是，京城近在咫尺，朝廷也近在咫尺，朝廷却注意不到他。闲居京郊的时光里，温庭筠实际交往的，是跟他同样的"处士"，《春日访李十四处士》：

花深桥转水潺潺，甪里先生自闭关。
看竹已知行处好，望云空得暂时闲。
谁言有策堪经世，自是无钱可买山。
一局残棋千点雨，绿萍池上暮方还。

陶敏《全唐诗人名考证》认为，李处士是指李羽。甪里先生，商山四皓之一，借指李十四处士。

金圣叹《贯华堂选批唐才子诗》卷六解读："（前解）'花深'一境，'桥转'一境，'潺潺'水声又一境。凡转三境，始到先生门，乃先生又方闭门。于是以未见先生故，且先看竹，便有无量益；且先看云，便有无量益。则不知见先生后，其为益又当如何。此唐人避实取虚之法也。（后解）更不复写先生，只自叙所以未隐之故。七句，疏雨残棋妙，所谓先生已移我情也。"

金圣叹的解读很是仔细，只是李羽怕不是什么先生，温庭筠心理上该是平等的，不把他当先生看。

李处士的住所，有花有桥有水有竹，远离喧嚣幽静典雅，这样的环境令人神往。

诗中解释所以未能归隐，是因为有经世济民的愿望。但温庭筠显然对这个不很确定，因为机会不知道在哪里。温庭筠总在入世与出世间纠结，他对出世很是向往，自由自在无拘无束，他喜欢这样的状态，但又无法放弃入世，齐家治国平天下，续写先祖的荣耀。

与李处士对弈时，中间就下起雨来，疏雨伴残棋，多么任性有诗意。傍晚才回家，说明李处士的住处，距离鄠杜郊居不远，温庭筠是踱步去的。

温庭筠与李羽处士过从甚密，温庭筠写给他的诗有多首；他们的交往内容也很丰富，不仅是下棋，还有别的，《李羽处士寄新酝走笔戏酬》：

> 高谈有伴还成薮，沉醉无期即是乡。
>
> 已恨流莺欺谢客，更将浮蚁与刘郎。
>
> 檐前柳色分张绿，窗外花枝借助香。
>
> 所恨玳筵红烛夜，草玄寥落近回塘。

谢客指东晋诗人谢灵运，谢灵运小时候寄养在别人家，十五岁才回来，小名"客儿"，人称"谢客"。刘郎指魏晋人刘伶，以善饮闻名。草玄指西汉扬雄写作《太玄》。

李羽赠新酒，飞卿酬谢他。诗中不难看出，温庭筠喜欢酒：得到李羽的馈赠，他要走笔戏酬，诗中自比善饮的刘伶，又说檐前柳色分了酒的翠绿，窗外花枝分了酒的清香，喜欢酒的人才会有这样的感觉。

扬雄是西汉文学家、思想家，曾侍从汉成帝。温庭筠喜欢饮酒，但不是回塘独酌，是在皇帝的夜宴上，像西汉扬雄那样。温庭筠喜欢高谈阔论，酒后的高谈阔论，该是经世济民的志向。

醉酒自是高士的一种表现，此外，可能还有怀才不遇的苦闷。


## 3

温庭筠郁郁不得志，他很苦闷，但在汪洋恣肆的春意面前，苦闷立即烟消云散，《二月十五日樱桃盛开自所居蹑履吟玩竟召王泽章洋才》：

> 晓觉笼烟重，春深染雪轻。
> 静应留得蝶，繁欲不胜莺。
> 影乱晨飔急，香多夜雨晴。
> 似将千万恨，西北为卿卿。

蹑履，来不及穿鞋，趿拉着鞋子。卿卿，对人亲昵的称呼，有时含有戏谑或嘲弄。

不知道具体哪一年，只知道是二月十五日，晨起樱桃盛开，温庭筠兴奋极了，趿拉着鞋子，狂奔出门去，奔向花丛中。盛放的樱桃带给他狂喜，樱桃在他的眼中，千般好万般妙：如烟似雾，留得蝶，不胜莺，晨风急，花影乱，夜雨晴，清香多。独乐乐不如众乐乐，温庭筠匆匆写诗，急召友人王泽、章洋才，要与他们共同分享。

此时的温庭筠，大概不再想经世济民，不再想怀才不遇，他完全沉浸在大自然的狂欢当中。

樱桃盛开，温庭筠喜不自胜，他对美的事物超级敏感，可是有记载说他长相丑陋。五代孙光宪《北梦琐言》卷十记载："……温庭筠号'温钟馗'，不称才名也。"温庭筠有才华有名望，却有绰号"温钟馗"，两者不相称。同书卷二十又载，温颋是温庭筠的孙子，"颋之子郚，魁形，克肖其祖，亦以奸秽而流之"。奸秽，邪恶污秽的人。温庭筠的儿子叫温宪，温宪的儿子叫温颋，温颋的儿子叫温郚，温氏可能三代单传。温庭筠的重孙温郢，身材高大，长相酷似温庭筠，被当作恶人遭到流放。

孙光宪是五代人，相距晚唐数十年，孙光宪的说法，值得怀疑。"温钟馗"之说，不见于唐代记载，温庭筠如果长相不如意，当时的史料该有记载，可是完全没有，官修的正史没有，时人的笔记也没有。众所周知，陕西户县是钟馗的故里。因此有这种可能：温庭筠长期居住鄠县，以鄠县为家乡，而鄠县又是钟馗故里，因为这种共同点，人们就称他"温钟馗"。至于重孙温郢的貌陋，跟温庭筠没有必然联系，子孙后代的基因来自多方面。明太祖朱元璋是个反例，其人奇丑无比，但到了明成祖朱棣时，已是面如冠玉。退一步讲，温庭筠真的长得像钟馗，那也没什么不好，他的诗词极柔，人的长相却魁伟，这样刚柔相济，倒是两全其美。此外，人的长相与品德，没什么必然联系，认为长相不好，品德必然不好，那是以貌取人。前文说过的陆羽，相貌丑陋而且口吃，却被世人尊为茶圣，没人拿他的长相说事。两唐书上的温庭筠形象，跟他与令狐绹的交恶有关，令狐绹位高权重，温庭筠人微言轻，令狐绹不断诋毁他，诋毁影响时人印象，也造成《旧唐书》的误解，《新唐书》继续谬种流传。

刚才我们说到，温庭筠在花丛中，忘记了经世济民。忘记只是暂时的，狂欢过后是回归，回归到经世济民，《山中与诸道友夜坐闻边防不宁因示同志》：

> 龙砂铁马犯烟尘，迹近群鸥意倍亲。
> 风卷蓬根屯戊己，月移松影守庚申。
> 韬钤岂足为经济，岩壑何尝是隐沦？
> 心许故人知此意，古来知者竟谁人？

这首诗说明温庭筠曾在山中修道。道士庚申夜不睡觉，防止"三尸"祸害，《玉函秘典》上说："上尸彭琚，小名阿呵；中尸彭瓆，小名作子；下尸彭矫，小名季细。每庚申夜，伺人昏睡，陈其过恶于上帝，减人禄命，故道家遇是夕辄不睡，卧时左手抚心，呼三尸名，令不敢为害。"

金圣叹《贯华堂选批唐才子诗》卷六解读："（前解）一写世上有一

等人，有一等事。二写世上另有一等人，另有一等事。三写世上一等人，一等事，如此其急。四写世上另一等人，另一等事，如此其闲。真是其人各不相闻，其事又各不相碍；其人本各不相属，其事又各不相通。诚以上界天眼视之，直可付之雪淡一笑者也。又：（后解）上解分画两人已尽，此解出手判断之也。言'屯戊己'人，自云第一经济；'守庚申'人，又自云第一隐沦。殊不知轰天轰地事业，必须从'月移松影'处守出；分阴分阳道理，必须从'龙砂铁马'时煅成也。"

才子就是才子，解读妙不可言。诗中将戍边的将士与修道的道士对照写，然后是判断，说自己山中修道，并非真的要隐居。

薛雪《一瓢诗话》评点："边上正屯戊己，山中坐守庚申，此时岂吾辈忘筹国、希长生之时哉！身闲如云，心热如火，举世滔滔，谁其知我，岂不可叹！"

温庭筠虽然在山中修道，但心热如火不忘忧国。

温庭筠修道心不在焉，身在山中心在山外，他可能有终南捷径的考虑：试图以修道的方式，引起皇帝和朝廷的注意，目标是经世与济民，进入仕途。

转眼又是会昌六年（846）春天，温庭筠又写下《会昌丙寅丰岁歌》：

> 丙寅岁，休牛马。
> 风如吹烟，日如渥赭。
> 九重天子调天下，春绿将年到西野。
> 西野翁，生儿童，门前好树青薲茸。
> 薲茸单衣麦田路，村南娶妇桃花红。
> 新姑车右及门柱，粉项韩凭双扇中。
> 喜气自能成岁丰，农祥尔物来争功。

会昌丙寅即会昌六年。天子指唐武宗。韩凭指鸳鸯。农祥是星宿名，古人认为农祥星可以征兆丰岁歉岁。

"九重天子调天下"，歌是写给武宗皇帝的。春天就歌颂时平岁丰，显然时间早了点，因为是丰岁歉岁，总得秋天才能知道。

温庭筠写《湖阴词（并序）》，又写《汉皇迎春词》，他赞美晋明帝，赞美汉代皇帝，曲折赞美唐武宗。长安传唱温庭筠，朝廷却听不到，唐武宗听不到。温庭筠渴望的青睐，迟迟不到来。温庭筠心急如焚，直接赞美唐武宗。肉麻就肉麻，矜持且放一边，时间也太早，要遭白眼的，可是在祖先的荣耀面前，个人的屈辱又算得什么。

尽管自尊心破碎满地，却仍得不到朝廷青睐，《鄠郊别墅寄所知》：

> 持颐望平绿，万景集所思。
> 南塘遇新雨，百草生容姿。
> 幽鸟不相识，美人如何期。
> 徒然委摇荡，惆怅春风时。

春风和煦时节，温庭筠望着绿野发呆，他是心有所思。

黄周星《唐诗快》评点："旷然有怀，莫知起止。（'持颐'二句下评）"

钟惺《唐诗归》卷三三评点："（幽鸟句评）幽情微语。"

美人可喻君主，温庭筠的惆怅，该是无缘皇帝的青睐，他在为自己的前途担忧。

温庭筠为自己的前途担忧，他的担忧不是没有道理，他对皇帝的状况，可能已有所耳闻。《旧唐书·武宗纪》记载，会昌六年（846）三月初，武宗得病，二十三日驾崩，年三十三岁。唐武宗驾崩的时间，大约就在温庭筠写下《会昌丙寅丰岁歌》之后不久。歌本来是要写给唐武宗的，希望他辗转听到，可是唐武宗短命，三十三岁就驾崩了。温庭筠得到这个消息，大概会无比伤心，既为皇帝驾崩，也为希望落空。

温庭筠写诗写歌写词，自娱自乐时，他会选择诗，而希望迅速传播时，他就选择歌和词。他写歌和词，希望通过传唱，使皇帝辗转听到，了解他的才华，委他以重任。可是此举屡试屡爽。皇帝或许没听到，或许装作没听到，温庭筠始终未获垂青。这种尝试也并非无益，益处就是让他走向词，成为后世景仰的花间词祖。

# 第十四章　菩萨蛮

## 1

关于《菩萨蛮》曲调的由来，唐代苏鹗《杜阳杂编》卷下记载："大中初，女蛮国贡双龙犀，……明霞锦，……其国人危髻金冠，璎珞被体，故谓之菩萨蛮。当时倡优遂制《菩萨蛮》曲，文士亦往往声其词。"璎珞，用珠玉穿成的装饰物。倡优，娟妓与优伶的合称，倡指乐人，优指妓人，古本有别，后常并称。照苏鹗的说法，《菩萨蛮》曲牌，是由唐朝的倡优创制，时间在宣宗大中初年，当时文人往往依曲填词。大中元年（847）是唐宣宗年号。此前的会昌六年（846）三月，唐武宗驾崩，唐宣宗即位。唐武宗后期追求长生不死，吞吃方士的金丹，性情暴躁，喜怒无常，自觉病重，道士却说是换骨；武宗病重，十多天不能说话，宦官矫诏立宣宗。宣宗即位，朝廷大洗牌，牛党李党换班：会昌六年八月，循州司马牛僧孺迁衡州刺史，封州流人李宗闵迁郴州司马；九月，李德裕贬东都留守，除去平章事，不再保留宰相头衔；大中四年（850）十一月，翰林学士承旨、兵部侍郎令狐绹入相。

宣宗大中初年，文人往往依曲填词，这些填词的文人中，当然包括了温庭筠。十四首《菩萨蛮》词,是温庭筠的代表作。

《北梦琐言》卷四记载,唐宣宗爱唱《菩萨蛮》词,宰相令狐绹将温庭筠的作品,秘密进献给唐宣宗,并告诫温庭筠,要他千万不要对人讲,可是温庭筠很快就讲出去了,令狐绹因此疏远温庭筠。温庭筠曾说:"中书堂内坐将军。"讥讽宰相令狐绹学问差。唐宣宗喜欢微服出行,在旅舍遇到温庭筠,温庭筠不认识唐宣宗,傲然问道:"公非司马、长史之流?"宣宗答:"非也。"又问道:"得非大参、簿、尉之类?"宣宗又答:"非也。"司马、长史、大参、簿、尉,都是地方低级官吏。

以上的记载说明,令狐绹善于取悦皇帝:唐宣宗爱唱《菩萨蛮》词,令狐绹就献《菩萨蛮》词。而且还说明,令狐绹不会作词,而温庭筠善于作词。令狐绹是借花献佛,他将温庭筠的词,献给皇帝唐宣宗。那么令狐绹所献,都是他向温庭筠定制的。那么,《花间集》收录的十四首《菩萨蛮》词,部分或者全部,就该是这种私人定制。

令狐绹告诫温庭筠,让他不要告诉别人,可温庭筠不听他的,还取笑他,说他不学无术。这纯粹是才子脾气,不计后果无所顾忌。温庭筠又得罪了唐宣宗,问他是不是司马之类的小官,这等于说皇帝形容猥琐没有气质。既得罪宰相又得罪皇帝,当时最重量级的两个人物,温庭筠都得罪遍了。温庭筠累举不第,根源其实在这里。

唐宣宗爱唱《菩萨蛮》词,这个透露出什么信息呢?是晚唐城市的繁荣,及市民阶层的增长。词属于当时的流行歌曲,是普通市民的娱乐形式。市民阶层的好尚足够强大,强大到影响了皇帝。

唐代城市的繁荣,并非从来如此,而是有个过程。唐初的长安森严而冷寂:外城廓有高大的城墙拱卫,外城廓之中是内城;内城中有"坊",是居民区,有"市",是商品交易的场所;皇宫、坊、市,分别用围墙封闭起来,白天开放,黄昏关闭。《唐律疏议》卷二十六《杂律》说:"昼漏尽,顺天门击鼓四百槌迄,闭门;后更击钲六百槌,坊门皆闭,禁人行。"唐初的城市里,每日可闻钲鼓之声,像是个大军营。这样,城中居民的交往,只能在白天进行,晚间是禁止活动的。城市的商业活动,集中在两"市",就是"东市"和"西市",两"市"以外的交易,被视为违法并被严厉禁止。所以，唐初的城市生活，相对比较单调，没什么夜生活，晚上无事可做，只好倒头睡觉，生活也很不方便，买东西要跑很远，还要按时跑回来，跑得慢了就是违法。

"安史之乱"对唐王朝，是个极大的打击，对唐代的农村经济，也是个很大的破坏，但对城市经济发展，却是个很好的机遇。因为官方的控制减少了，商品交换随之活跃起来。中唐的长安城里，交易已越出"两市"，渗透到居民区，不少的居民区，都出现了"市"。《唐会要》卷八十六《市》记载："如颁政坊有馄饨曲，长兴坊有毕罗店，胜业坊有推小车卖的蒸饼，辅兴坊有胡麻饼，永昌坊有茶肆，布政、延寿、崇贤、延福、兴道、务本、长兴、永乐、靖安、亲仁、永崇、宣平等坊有旅馆或邸店。"蒸饼是馒头。茶肆是茶馆。邸店是货栈、商店、客舍的联合体，三者功能兼具。当时的居民区里，处处都有了市场。

"坊"与"市"的互相渗透，使得夜生活成为可能，因为即便坊门关闭，交易仍然可以继续。于是城市繁荣起来，市民生活丰富起来，原本属于特权阶层的音乐歌舞，也不得不对市民开放。盛唐的梨园与教坊，普通百姓望而却步，但进入中晚唐时代，宫廷乐舞大量流入民间。词这种文体应运而生，受到时代的格外青睐，成为宴席上妓馆中，最为盛行的艺术形式。在晚唐社会结构的演变中，不断有文人参与词的创作，但大多只是偶而涉猎，而且基本持游戏态度。如杜牧现存曲子词，只有一首《八六子》，李商隐的诗绮丽感伤，诗歌风格与词十分接近，却没有留下一首词。

全力以赴作词的文人，温庭筠算是头一个，他全身心投入新的生活方式，为新的社会需求而作词，毫无保留地挥洒才华，写下脍炙人口的篇章。《菩萨蛮》：

小山重叠金明灭，鬓云欲度香腮雪。懒起画蛾眉，弄妆梳洗迟。

照花前后镜，花面交相映。新帖绣罗襦，双双金鹧鸪。

小山，浦江清《词的讲解》认为有三种解释，一是指屏山，"金明灭"指屏上的彩画，二是指枕头，"金明灭"指枕头上的金漆，三是指眉额，"金明灭"指额上所敷蕊黄；俞平伯《读词偶得》认为指屏山，"金明灭"描写初日生辉，与画屏相映；沈从文《中国古代服饰研究》则认为，是指发鬟间金背的梳子，"金明灭"形容金背梳子重叠闪烁。罗襦是绸制的短衣。鹧鸪形似雌雉，属于南方留鸟。

前文说到，十四首《菩萨蛮》是温庭筠的代表作。此首是十四首的第一首。词写女子晨起梳妆：晨曦照进女子的房间，屏风小山一样重叠，碎金点点；或者山枕重叠，枕上的金漆闪闪烁烁；或者女子的远山眉重叠，额上的蕊黄晶晶亮；或者女子发鬟上的梳背重叠，金光灿灿。其中的某种闪光，惊扰了梦中的女子，她慵懒地翻身，略显凌乱的头发，乌云般浓密，滑过皎洁的面颊。她懒起，弄妆，梳洗迟，簪花，照镜，穿新衣，画蛾眉，整衣裳，慢悠悠，意迟迟。她照新簪的花朵，前边一个镜，后边一个镜，红花与容颜相辉映。新换上的罗襦，绣着一双金鹧鸪。闺中女子的种种情态，生动地展现在我们面前，女子的美丽与寂寞，清晰可见。

汤显祖《汤评〈花间集〉》卷一评点："温（词）如芙蕖浴碧，杨柳挹青，意中之意，言外之言，无不巧隽而妙入。"

许昂霄《词综偶评》评点："小山，盖指屏山而言。'鬓云欲度香腮雪'，犹言鬓丝撩乱也。'照花前后镜，花面交相映'，承上梳妆言之。"

俞平伯《读词偶得》评点："小山，屏山也……此句从写景起笔，明丽之色现于毫端。第二句写未起之状。……三、四两句一篇主旨，'懒''迟'二字点睛之笔，……'弄妆'二字，弄字妙，大有千回百转之意，愈婉愈温厚矣。过片以下全从'妆'字连绵而下。……本篇旨在写艳，而只说'妆'，手段高绝。……"

这首《菩萨蛮》充满画面感，如一幅幅仕女图，在这些画面之外，仿佛可见温庭筠的身影：他近距离地欣赏，凝神细细端详，女子的一颦一笑，尽收眼底，他遣词造句，为觅好句，拈断数茎须。当时的大多数文人将填词当游戏，温庭筠不是没有游戏之作，但他逐渐放弃了游戏态度，将填词当作必须认真的事情，投入全部的才华与精力。这样的选择成就了他，成就了花间词祖温庭筠。

## 2

温庭筠累举不第，与词也大有关系。

《旧唐书·温庭筠传》记载："……然士行尘杂，不修边幅，能逐弦吹之音，为侧艳之词，……由是累年不第。"士行，士人的操行。尘杂，凡俗低下。

众所周知，《旧唐书》为五代后晋时官修。五代人对温词的评价，基本是负面的，且偏重于语言，认为文辞艳丽，流于浮华。温词被称为"侧艳之词"，并构成他德行的污点。温庭筠因为他的词，被尊为花间词祖，同样又因为他的词，累举不第。

"侧艳之词"早有肇端，《瑶瑟怨》："冰簟银床梦不成，碧天如水夜云轻。雁声远过潇湘去，十二楼中月自明。"

潇湘，湘江与潇水的合称，借指今湖南地区。十二楼，泛指高层的楼阁。

南宋谢枋得《注解章泉涧泉二先生选唐诗》卷四解读："此诗铺陈一时光景，略无悲怆怨恨之辞，枕冷衾寒，独寐寤叹之意在其中矣。"寤叹，睡不着而叹息。

明代周珽《唐诗选脉会通评林》评点："展转反侧，所闻所见，无非悲思，含怨可知。"展转即辗转。

清代范大士《历代诗发》评点："'月自明'，不言怨，而怨已深。"

诗的情思就是闺怨：闺阁独居，望碧天如水、夜云袅袅，闻雁声凄切，渐行渐远，月满楼，人无眠。表面上只是写景物，但闺怨寓于景物中。

历来对此诗评价非常高。

清代宋顾乐《〈万首唐人绝句选〉评》："此作清音渺思，直可追中盛唐名家。"

梁溪等编《精选评注五朝诗学津梁》:"神韵独绝。"

富寿荪等编《千首唐人绝句》:"空灵委婉,晚唐佳境。"

俞陛云《诗境浅说续编》:"此诗高浑秀丽,作词境论,亦五代冯、韦之先河也。"

……

此诗只有四句,而解读评点之多,远超原诗篇幅。大概因为它是个过渡,是诗向词的过渡:仍然是诗的形式,却已有词的性质。前文提到,历史上词的出现,它有个演化过程,先是这种"歌诗",形式同诗,内容如词,在词人与歌妓的交流中,词才演化得错落有致。这个演化的过程,也是披沙拣金的过程:拙劣者被淘汰,优异者留下来。温庭筠"能逐弦吹之音,为侧艳之词",他不仅有文学方面的才华,而且有音乐方面的才华,两方面的才华成就了花间词祖温庭筠。

我们已经留意到,温词主人公多为女性,内容主要为闺阁生活,或者男女之间的恋情。明代王世贞《艺苑卮言》说:"温飞卿所作词曰《金荃集》,唐人词有集曰《兰畹》,盖皆取其香而弱也。"荃是古书上的一种香草。清代田同之《西圃词说》也说:"《金荃》《兰畹》词,概崇芳艳。"晚清刘熙载《艺概》又说:"温飞卿词精妙绝人,然类不出乎绮怨。"

有个问题:温词为什么是这样的面目呢?

这得从古代乐籍制度说起。历史上的乐籍制度,属于惩罚性质,始于北魏,终于清朝。《魏书·刑罚志》记载:"有司奏立严制:诸强盗杀人者,首从皆斩,妻子同籍,配为乐户;其不杀人,及赃不满五匹,魁首斩,从者死,妻子亦为乐户……"妻子指妻子和儿女。强盗和杀人犯处死,他们的妻子儿女统统打入另籍,作为乐户,去学习音乐。古代入乐籍的,男性女性都有。音乐在我们今天,是件高雅的事情,只要家庭条件许可,子女对音乐又有兴趣,家长都会把子女送去学习,可在北魏时代,习乐是惩罚的手段,惩罚罪犯的妻子和子女。古今音乐人地位悬殊,今天是阳春白雪,古代是下里巴人,观念也相去甚远,温庭筠的音乐才华,《旧唐书·温庭筠传》只淡淡说:"能逐弦吹之音,为侧艳之词。"

　　唐代将雅乐与俗乐分开。雅乐指帝王祭祀天地、祖先及朝贺、宴享时所用的舞乐。俗乐是对民间音乐、外来音乐和散乐（百戏）的泛称。单独设立教坊，作为管理俗乐的机构。从唐代崔令钦《教坊记》的记载来看，教坊类似皇家演艺团体，主要为皇家服务，提供歌舞及杂技表演，同时它又是个管理机构。唐代孙棨《北里志·北里志序》记载："京中饮妓，籍属教坊，凡朝士宴聚，须假诸曹署行牒，然后能致于他处。"京城侑酒的妓女，都归教坊管辖，朝官宴聚如有需要，必须行文有关部门。不论是教坊成员，还是京城的"饮妓"，都属于乐籍。以上记载说明，当时的高级宴会，多有"饮妓"助兴。而且，"饮妓"有限度地开放。《北里志·北里志序》又载："诸妓皆居平康里，举子、新及第进士、三司幕府但未通朝籍未直馆殿者，咸可就诣。如不吝所费，则下车水陆备矣。"举子、新及第进士和低级官吏，都可以造访，如果不惜银子，招待会很丰盛。温庭筠的身份是举子，平康里大概常来常往，他在那里依曲填词，挥洒他的双重才华。

　　在乐籍制度下，音乐被当作惩罚手段，其职业训练非常严格。《北里志·海论三曲中事》记载："初教之歌令而责之甚急。微涉退怠，则鞭扑备至。"稍有退步或懈怠，就要棍棒相加，严格得近乎残酷。乐籍制度属惩罚性质，乐户的地位很低；但在古代社会中，他们又是音乐的化身，对音乐的传承与创作，贡献多多。古代社会中，归入乐籍的人，通常"以艺为本"，他们凭着本事吃饭，这个本事就是音乐。他们不仅音乐修养很高，其他方面修养也不差。《北里志·北里志序》又载："其中诸妓，多能谈吐，颇有知书言语者，自公卿以降，皆以表德呼之。"公卿以下称呼"饮妓"，都称表字或别号，以此表示尊重。唐代官妓地位很低，同时又受大家尊重，社会的态度很是矛盾，温庭筠所面对的，就是这样一个群体。

　　朝官宴聚时，"饮妓"去助兴，一首接一首，多是温庭筠。《菩萨蛮》：

雨晴夜合玲珑日，万枝香袅红丝拂。闲梦忆金堂，满庭萱草长。

绣帘垂簏簌，眉黛远山绿。春水渡溪桥，凭栏魂欲销。

萱草，多年生宿根草本植物，古人认为种植萱草，可以使人忘忧，因而又称"忘忧草"。远山，形容女子的秀眉，典出《西京杂记》卷二："文君姣好，眉色如望远山，……"

浦江清《词的讲解》解读："词人言夜合，言萱草，皆托物起兴，闺怨之辞也。……"

这首词仍然写闺怨：雨后阳光照彻，合欢盛放，千枝万枝，花蕊轻拂，香气阵阵，女子在金堂中，不觉间入梦，梦见那良人，满庭萱草，不能忘忧；绣帘低垂，眉色如黛，远山绿浓，春水渡溪桥，犹如分别时，凭栏远眺，黯然销魂。

温词面目就是这样，接着来说是为什么。通常情况下，乐籍中的男性以演奏为主，而女性则以演唱为主。前文说过，教坊管辖的"饮妓"，在宴会上表演歌舞，为宴会助兴。宴会这样的场合，一帮男人聚集在一起，要寻欢作乐，而人生之乐，很多来自异性，所以这样的宴会，离不开女人，"饮妓"是女人，她们吟唱的，还是女人。这种情境之下，"饮妓"演唱的内容，必须照顾到男性的审美需求。温词主要写闺怨，原因其实在这里。宴会上的男性，该是有地位的，当官的与作陪的，总以读书人居多，读书人的审美趣味，他们欣赏的女人，该是仕女。温词中的女主角，居处奢华，金碧辉煌，全部仕女化，原因其实在这里。

温词之所以是那样的面目，是由演唱者的性别、演唱的场合以及男性受众的审美需求，共同决定的。


# 3

宣宗爱唱《菩萨蛮》词，宰相令狐绹借花献佛，将温庭筠的词献给他。那么，宣宗是个什么样的皇帝呢？

《新唐书·宣宗纪》记载：宣宗名李忱，是宪宗的第十三个儿子，"性严重寡言，宫中或以为不惠"。不惠，不聪明、愚笨。宣宗严肃稳重少语寡言，宫中以为他智商有问题。这是韬光养晦，晚唐宦官专权，聪明的容易死，愚笨的容易活。正因为他看上去愚笨，后来才登上了皇位，大概将他推上皇位的人，误以为他容易控制。《新唐书》评论说："宣宗精于听断，而以察为明，无复仁恩之意。"宣宗在位以善断闻名，而且明察秋毫，表面上显得愚笨，眼睛却像电光一样，照亮每一个细节。将他推上皇位的人，大概后悔莫及大呼上当。

《新唐书·宣宗纪》没有提到宣宗爱唱《菩萨蛮》词，有关音乐的记载只有一句：大中元年（847）二月，因旱，"罢太常教坊习乐"。太常主雅乐，教坊主俗乐。因为旱灾，宣宗诏令两个机构，停止音乐活动。我们知道，在古代遇有自然灾害，皇帝往往会认为是自己行为有过错，得罪了上天，上天降灾，以示惩罚。宣宗这样做，是表示自省，是仁德的表现。

但《资治通鉴》卷二百四十九《唐纪六十五》记载：大中十二年（858）十月，令狐绹打算让李远做杭州刺史，宣宗说我听闻李远有诗"长日惟消一局棋"，怎能治理百姓！这说明唐宣宗是读诗的，他是个文学爱好者。会读诗也会唱词，爱唱《菩萨蛮》自然而然。

《资治通鉴》卷二百四十九《唐纪六十五》中的唐宣宗，很勤政，兢兢业业：宣宗曾有诏命，刺史不得外徙，必须前来京师，亲自考察能干与否，然后再行任命。令狐绹曾徙故人为邻州刺史，不至京师就近上任了，宣宗见到那位刺史的谢表，问令狐绹，回答说：因道路近，又省迎送。宣宗说：朕因刺史多非其人，为害百姓，所以要一一接见，询问他的作为，了解他的优劣，然后决定升降，而诏命既行，却废除不用，宰相可畏有权！当时天还冷，令狐绹听了，"汗透重裘"，浑身冒冷汗，棉衣湿透了。天下刺史都要接见，宣宗可谓勤政。宣宗很严肃，吓得宰相令狐绹直冒冷汗，但宣宗也有活泼的一面：宣宗上朝，待大臣如宾客，宰相奏事，宣宗严肃，等到奏事已毕，宣宗轻松地说：可以说会儿闲话了！然后问民间小事，或者谈宫中游宴，无所不及。聊过一会儿，宣宗又重归严肃，说：卿等多努力，常担心你们有负于朕，以后再不得相见。令狐绹对人说：我任宰相十年，所受恩遇最厚，但延英殿奏事，总是出汗沾衣！唐宣宗是个矛盾复合体，一会儿严肃一会儿活泼，一会儿冬天一会儿春天，像是早春的天气；令狐绹伴君如伴虎，做宰相十年，洗桑拿十年。宣宗有时也会犯糊涂：宰相裴休请立太子，宣宗说立了太子，自己就成了闲人，裴休听后称病辞位。

宣宗曾对温庭筠有好感。宋代孙光宪《北梦琐言》卷四记载，宣宗尝作诗，上句有"金步摇"，对不出下句，宣宗写诗没了灵感，让落选的考生帮他，温庭筠对"玉条脱"，宣宗表示满意，并给予赏赐。"金步摇"是妇女首饰，用金珠连缀，走路即摇动。"玉条脱"即玉镯子。宣宗不知出于何种心理，要落榜的考生帮他对诗，温庭筠帮他对上了，宣宗却只是赏赐。温庭筠可能满怀希望，把对诗当作另一次机会，可等来的却只有赏赐，他必定大失所望。

前文说过，令狐绹要温庭筠为他保密，但温庭筠转眼公之于众，由此得罪了令狐绹。温庭筠得罪令狐绹，其实还不止这一宗。

《北梦琐言》卷二记载，唐宣宗时，宰相令狐绹最受知遇，专权，有人说令狐绹曾询问温庭筠典故，温庭筠回答他典出《南华》，《南华》是《南华真经》的简称，《南华真经》是《庄子》的别名；并且说："非僻书也。或冀相公燮理之暇，时宜览古。"温庭筠教训令狐绹，说《庄子》不是冷僻书，要他处理政务之余，多读些古书。令狐绹大概气炸了肺，于是上奏，说温庭筠有才无行，不宜及第。正好宣宗微服私行，被温庭筠冲撞，因此，授官方城县尉。所以温庭筠有诗："因知此恨人多积，悔读《南华》第二篇。"

令狐绹位高权重，鼻孔朝天，不把人放在眼里。他向温庭筠请教，大概是把温庭筠当字典，字典是工具，他把温庭筠当工具；可是温庭筠有脾气，他不把自己当工具，却把自己当老师，板起面孔教训令狐绹，要他公务之余多读书。令狐绹必定暴跳如雷，可是还没等他发火，温庭筠已拂袖而去，令狐绹的无明业火，找不到发泄对象，烧得他要死要活。从温庭筠的诗句看，他对此事很后悔，但又隐隐让人觉得，似乎还有些嘲讽，嘲讽令狐绹无知。才子大多不谙世事，人情练达才子做不到。

温庭筠被尊为花间词祖，温庭筠得罪令狐绹，全是因为词。《菩萨蛮》：

> 翠翘金缕双鸂鶒，水纹细起春池碧。池上海棠梨，雨晴红满枝。
>
> 绣衫遮笑靥，烟草粘飞蝶。青琐对芳菲，玉关音信稀。

翠翘是妇女首饰，状如翠鸟尾巴上的长羽毛。鸂鶒是水鸟，比鸳鸯大，喜欢并游。海棠梨又名海红、甘棠，二月开红花。烟草指如烟的春草。粘飞蝶，蝴蝶在草上流连，仿佛被粘住了。玉关即玉门关，泛指边塞。

十四首《菩萨蛮》均写闺怨，这首自然也不例外，词写春日女子的孤寂：仲春二月，女子从窗户望出去，池中春水碧，鸂鶒双双游，岸边海棠梨，雨晴花满枝，昔日与夫同游，绣衫、笑靥、烟草、飞蝶，如今景物依旧，边关却无消息。

词写春日女子见闻，层层递进顺序写来。张以仁《温飞卿词旧说商榷》解读："此词就其布局结构言，从发饰展开，所谓近取诸身也。由金缕之水禽而及水纹细起之春池，而及池上之海棠梨，海棠梨枝头盛放之花朵。从物之联想，到景之展布，采递进之法，层次分明……然词中女主角实未尝移动……由下片'青琐对芳菲'句可知……"

我们多次提到令狐绹，令狐绹是何许人呢？《新唐书·令狐绹传》记载，令狐绹出任宰相，与他的父亲令狐楚，关系不小。大中初年，宣宗问宰相白敏中："宪宗葬，道遇风雨，六宫百官皆避，独见顾而髯者奉梓宫不去，果谁耶？"宪宗安葬时，路遇大风雨，别人都跑去避雨，有一人守着棺材，寸步不离，宣宗问宰相那人是谁。捎带说一句，白敏中是白居易堂弟，自称文章受教于堂兄，并于大中三年（849），为白居易申请了谥号"文"。白敏中回答是令狐楚。宣宗问令狐楚有没有儿子，白敏中回答说有令狐绹，任湖州太守，并说："其为人，宰相器也。"白敏中这样回答，可能是跟令狐楚有交情。据《资治通鉴》卷二百四十八《唐纪六十四》，以上的对话发生在大中元年（847）。顺便提一句：当年二月，李德裕贬太子少保、分司东都；十二月，又贬潮州司马。那番对话之后，令狐绹即受到重用，而且一路绿灯，历任翰林学士、御史中丞、兵部侍郎等，直至同中书门下平章事，即宰相。令狐绹做宰相，一做就是十年。令狐绹的情况说明，唐代也拼爹，有个好爹很重要。

宣宗对令狐绹的知遇，主要体现在两件事上。其一，令狐绹任翰林学士时，某夜，宣宗与他论人间疾苦，皇帝拿出一本书，说这是太宗的作品，要令狐绹概括一下书的内容。令狐绹背诵出其中一段："至治未尝任不肖，至乱未尝任贤。任贤，享天下之福；任不肖，罹天下之祸。"意思说要治理好国家，关键的关键是任用贤能。皇帝表示赞同，并说自己把这段话，已经读了好几遍。令狐绹急忙起身，拜了两拜说："陛下必欲兴王业，舍此孰先？《诗》曰：'惟其有之，是以似之。'"君臣一唱一和，气氛很是融洽。这段记载说明，读几本书很重要，要读有用的书，已故皇帝作品是必读书。其二，令狐绹任翰林承旨时，某夜，宣宗又召他谈话，蜡烛燃尽了，宣宗就用自己的乘舆、金莲华炬，将令狐绹送回，翰林院值班的望见，还以为是皇帝来了。

令狐绹很受宣宗皇帝赏识，温庭筠偏偏得罪了他。温庭筠得罪令狐绹，还有第三宗。

《南部新书》庚记载，令狐是个小姓，人口少，同姓有投奔的，令狐绹不惜力，因此，远近趋之若鹜，甚至有姓胡的假冒。温庭筠开他的玩笑，作诗说："自从元老登庸后，天下诸胡悉带令。"元老，唐代宰相有多位，彼此互称元老。

《北梦琐言》卷六也载，宰相令狐绹因为势单力薄，常想发展壮大其宗族，好与当时大姓崔、卢抗衡，凡姓令狐又是富家，全都得到提拔，以至于皇籍中没官做的，也要求改姓令狐，令狐绹因此多受诟病。

温庭筠三次得罪令狐绹，得罪最深的，大概是献词那一次，令狐绹打击报复，温庭筠累举不第，可是好词永流传，《菩萨蛮》：

> 玉楼明月长相忆：柳丝袅娜春无力，门外草萋萋，送君闻马嘶。
> 画罗金翡翠，香烛销成泪。花落子规啼，绿窗残梦迷。

玉楼，华美的楼。金翡翠，罗帷上绣的金色翡翠鸟。子规，即杜鹃鸟，春末夏初，昼夜啼叫，其声凄苦。

该词仍写闺怨：女子因思念离人，忆及分别时种种。

同样是写闺怨，温庭筠能变化，可谓层出不穷。唐圭璋《唐宋词简释》解读："此首写怀人，亦加倍深刻。首句即说明相忆之切，虚笼全篇。每当玉楼有月之时，总念及远人不归。今见柳丝，更添伤感。以人之思极无力，故觉柳丝摇漾亦无力也。'门外'两句，忆及当时分别之情景，宛然在目。换头，又入今情。绣帷深掩，香烛成泪，较相忆无力，更深更苦。着末，以相忆难成梦作结。窗外残春景象，不堪视听；窗内残梦迷离，尤难排遣。通体景真情真，浑厚流转。"

陈廷焯《云韶集》卷一评点："音节凄清，字字哀艳，读之魂销。"温词能感染读者，使读者黯然销魂。

宣宗爱唱《菩萨蛮》词，宰相令狐绹借花献佛，是要博取宣宗欢心的，他肯定拍着胸脯大言不惭，说词是自己作的，如假包换。可是温庭筠转眼就泄密，将他的底彻底露出去了。此事必定使令狐绹大丢面子，好像当众被人扒得一丝不挂，他对温庭筠一定恨入骨髓，暴跳如雷咬牙切齿，并赌咒发誓：只要他令狐绹在，温庭筠永不及第。

十四首《菩萨蛮》词是温庭筠的代表作，毕生才华集中释放。温庭筠因为十四首《菩萨蛮》词，将宰相令狐绹完全得罪，堵死了自己科举入仕的路，同时，又因为这十四首《菩萨蛮》词，温庭筠成为后世津津乐道的花间词祖。

# 第十五章　累举不第

## 1

大中二年至九年（848—855）的八年时间里，温庭筠不断参加礼部组织的进士考试。按照当时的习惯，考前温庭筠都要"干谒"，他写信给权贵，将作品呈送他们。"干谒"不能说毫无作用，但结果都是一样：累举不第。我们今天能够看到的，是一篇篇精致的书信，以及温庭筠的焦虑与绝望。

《旧唐书·温庭筠传》记载："大中初，应进士。"大中总共十三年，大中元年是八四七年，大中十三年是八五九年。大中初说得模糊，准确点说是大中二年（848），当年温庭筠参加了进士考试。捎带说一句，当年二月，令狐绹任翰林学士；八月，杜牧任吏部司勋员外郎、史馆修撰；九月，李德裕贬崖州司户，温庭筠写下《题李相公敕赐屏风》，为他鸣不平；十月，牛党首领牛僧孺卒，年六十九岁。

温庭筠在《上封尚书启》中说到大中二年进士考试前的情形："伏遇尚书秉甄藻之权，尽搜罗之道。谁言凡拙，获预恩知。华省崇严，广庭称奖。自此乡间改观，瓦砾生姿。虽楚国求才，难陪足迹；而丘门托质，不负心期。"

温庭筠的书信写得漂亮。我们前文已经说过，温庭筠、李商隐、段成式以骈文驰名，时号"三十六体"。温庭筠不是浪得虚名。

据顾学颉《温庭筠交游考》考证，封尚书是指封敖。《旧唐书·封敖传》记载："大中二年，典贡部，多擢文士。"

温庭筠的信中说，封尚书知贡举时，自己曾获恩遇，他当着尚书省众官员的面，公开称誉自己，从此乡亲对自己，也改变了看法。

信中没有说到考试结果，但结果我们都知道：温庭筠落第了。既有主考官的称誉，按说不该落第，那究竟为什么呢？落第的原因，前文说过一些，还有其他的原因，稍后再说。先来说唐代进士考试的内容，看看温庭筠当时究竟考些什么。

《新唐书·选举志上》记载："凡进士，试时务策五道、帖一大经，经、策全通为甲第；策通四、帖过四以上为乙第。"时务策是议论时务的对策，时务即时政，对策属于议论文。帖，试帖，类似填空题，给出上下文，要考生根据记忆，填出空缺的文字。大经指《礼记》和《春秋左氏传》，《新唐书·选举志上》说："凡《礼记》《春秋左氏传》为大经，《诗》《周礼》《仪礼》为中经，《易》《尚书》《春秋公羊传》《穀梁传》为小经。"唐代进士考试考时务策，考你对当世大事的看法，要你对时政发表见解；又考你对经书的掌握程度，题型是填空题；考试结果分甲、乙等，甲等称"甲第"，乙等称"乙第"，甲等高于乙等。

但唐代进士考试的内容，并非一成不变，而是有过多次调整。

太宗时代调整考试内容。《新唐书·选举志上》记载："及太宗即位，……进士加读经、史一部。"隋朝大业年间（605—618）设立进士科，考对策，唐初沿袭，进士考试也只考对策。唐太宗即位以后，考试范围加大，考试内容包括历史。温庭筠作品多用典故，可能跟这个大有关系，历史是考试内容，历史上的典故，作者读者都熟悉。所以在温庭筠的时代，他的诗词应该不费解。

高宗时代考试内容又有调整。《新唐书·选举志上》记载："永隆二年，……进士试杂文二篇，……"唐高宗永隆二年（681）开始，进士考试除考对策以外，又加试"杂文"，杂文包括诗、赋等。此次考试科目改革，意义非常重大，唐代诗歌鼎盛，与这个关系不小：科举要考作诗，考生人人用功，诗歌因此繁荣。

玄宗时代考试内容再次调整。《新唐书·选举志上》记载："及注《老子道德经》成，……贡举人减《尚书》《论语》策，而加试《老子》。"自唐玄宗开元年间（713—741），进士考试加试《老子》。唐代皇家自称老子后裔，加试《老子》该是与此有关。

德宗时代考试内容再作调整。《新唐书·选举志上》记载："建中二年，中书舍人赵赞权知贡举，乃以箴、论、表、赞代诗、赋，而皆试策三道。"诗和赋即前边所说的杂文。唐德宗建中二年（781），进士考试不考诗赋，而考箴、论、表、赞，时务策由五道减为三道。

文宗时代又调整考试内容。《新唐书·选举志上》记载："太和八年，礼部复罢进士议论，而试诗、赋。"议论即前文说的箴、论、表、赞。唐文宗太和八年（834），又恢复考"杂文"。又载："乃诏礼部岁取登第者三十人，苟无其人，不必充其数。"每年全国只录取进士三十人，唐代进士及第的机会实在是很小。

太和八年至大中二年（834—848），进士考试的内容再没什么变化。《文献通考》卷三一《选举考》中说："（进士）试一大经，能通者试文赋，又通而后试策。"温庭筠参加科举考试，考试内容就是这样：考经、考诗赋、考策。

我们不难发现，诗赋属于文学作品，策则类似今天的作文，都难有硬性的评价标准，究竟谁高谁低，可以见仁见智。所以进士考试，除了极端的情况，谁及第谁不及第，基本都讲得通。而且，晚唐的科举考试不糊名，名字暴露在外，是谁的试卷，一看就知道。这种情况下，权贵的意见，就要起作用。唐代"干谒"盛行，原因其实在这里。

## 2

大中四年（850），温庭筠又参加了进士考试。顺便说一句：当年十月，翰林学士承旨、兵部侍郎令狐绹入相；杜牧任吏部员外郎，不久，又任湖州刺史。

温庭筠《上盐铁侍郎启》中说："既而哲匠司文，至公当柄。犹困龙门之浪，不逢莺谷之春。"

据刘学锴《温庭筠全集校注》考证，盐铁侍郎是指裴休，大中四年，裴休以礼部侍郎知贡举。

信中说盐铁侍郎知贡举时，自己曾参加进士考试，但可惜未能及第。

科举屡屡失利，这种感觉不好受。大中五年（851）暮春，温庭筠出现在新及第进士宋寿的庆祝宴会上，《春暮宴罢寄宋寿先辈》："斜掩朱门花外钟，晓莺时节好相逢。窗间桃蕊宿妆在，雨后牡丹春睡浓。苏小风姿迷下蔡，马卿才调似临邛。谁怜芳草生三径，参佐桥西陆士龙？"

据胡可先《登科记考匡补》，宋寿及第在大中五年。前文说过，唐代进士考试的考生，为表尊敬互称先辈，这里称宋寿为先辈，也不是因为宋寿年长。

苏小即南齐名妓苏小小，借指席间歌妓。马卿即司马相如，借指宋寿。陆士龙指西晋文学家陆云，陆机、陆云兄弟合称"二陆"，《世说新语》记载，"二陆"曾住洛阳参佐廨中，参佐即部下、僚属。

"晓莺时节好相逢"，温庭筠与宋寿，该是偶然碰上的。唐代新及第进士，往往要作"北里"之游，"北里"是妓院所在地。可能在这样的场合，两人不期而遇。宴席可能正在进行，温庭筠不得不落座。温庭筠新落第，而宋寿新及第，一个极沮丧，一个极喜悦，温庭筠置身宴席间，大概始终无法融入，他语无伦次，言不由衷，一杯接一杯，用酒精来麻醉自己，人声鼎沸中，温庭筠形单影只。参加这样的宴会，实在是种精神折磨。

　　暮春时节的清晨，温庭筠从宿醉中醒来，朱门斜掩，花外钟声，晓莺百啭，窗间桃蕊，宿妆犹在，牡丹雨后，春睡正浓，想起昨日宴会，歌妓风姿迷人，如南齐苏小小，及第宋寿才气逼人，如汉代司马相如，而自己独卧郊居，怀才却不得志，如西晋陆士龙，落魄无人怜。此时的温庭筠，大概内心在抽搐，他内心荒凉，可又无力改变，只有向隅而泣。

　　据《资治通鉴》卷二百四十九《唐纪六十五》，大中五年（851）三月，宰相白敏中充招讨党项行营都统、制置等使，南北两路供军使兼邠宁节度使，定远城使史元在三交谷大破党项九千余帐，白敏中上奏：党项已讨平，此前党项为边患，朝廷调诸道兵征讨，连年无功；十一月，在沙州（治今甘肃省敦煌市西）置归义军，张义潮任节度使、十一州观察使，此前张义潮控制了左近的瓜、伊等十州，并遣其兄义泽奉十一州图籍入见，由此河、湟脱离吐蕃，重归大唐。大唐西部边境捷报频传，可是温庭筠连连落第，这些胜利不能使他兴奋，他可能有过短暂的笑容，但很快又归于沮丧，捷报是大唐的，沮丧是自己的。

　　温庭筠刚刚科举落第，来讲个科举落第的故事吧，是温庭筠的传奇小说，篇名叫作《郑群玉》。故事是这样：唐都长安东市铁行有范某，此人不仅会打铁，还会预测科举结果，而且特别准。但他收费很贵，"每卦一缣"，缣是双丝的细绢，算一卦要细绢一匹。有个考生名叫郑群玉，他不擅长"呈试"，科举时代为防冒名顶替，应试者要先投奏状，由试官检验核准，称作"呈试"；但他家住海滨，家里有钱是土豪，他"干谒"归来，就不正眼瞧人了，傲视同辈，志在必得。然后骑着好马带着仆人，怀揣三千缗钱，带着江南特产，去请范铁匠算卦。范铁匠看到厚礼，喜出望外，算完卦后，说："秀才万全矣。"唐宋间称科举考试的考生为"秀才"。范铁匠的意思是说，郑群玉得中进士，肯定万无一失。郑考生更加志得意满。等到进考场，他带去许多山珍海味，"烹之坐享"，在考场大吃二喝，郑考生是个吃货，他不是来考试，他是来野餐。郑考生在考场里，享受着美食，就到了夜间。次日清早，"竟擘白而去"，郑考生交了白卷。结果可想而知，郑考生科举落第了。

　　这个故事说明，范铁匠没有职业道德，他不该贪图郑考生的厚礼，不该为得厚礼而讲瞎话；而郑考生不该迷信范铁匠，迷信让他变得不可理喻，以为范铁匠说过了万无一失，交白卷也能进士及第。故事里的郑考生，简直是昏了头。郑考生科举落第，温庭筠也科举落第，郑考生昏了头交的是白卷，温庭筠诗赋俱佳交的是满卷，可是结果都一样。

温庭筠科举连连落第，前文已经说过原因，他得罪了现任皇帝唐宣宗，得罪了现任宰相令狐绹，又与公卿子弟交往，饮酒赌博写作侧词艳曲。先前他与公卿子弟裴诚交往，此时他又与公卿子弟令狐滈交往。令狐滈是宰相令狐绹的儿子。

《新唐书·令狐滈传》记载："绹辅政，而滈与郑颢为姻家，怙势骄偃，通宾客，招权，以射取四方货财，……故绹去宰相。"令狐滈爱财，搞钱不择手段，庸俗到俗不可耐，连累了他的父亲，连累父亲丢了相位，这完全是个纨绔子弟。据《资治通鉴》卷二百四十九《唐纪六十五》，令狐绹罢相是在大中十三年（859）十二月，"司空、门下侍郎、同平章事令狐绹执政岁久，忌胜己者，中外侧目，其子滈颇招权受贿。宣宗既崩，言事者竞攻其短"。令狐绹执政时间长，见不得别人比他强，儿子令狐滈又招权受贿，唐宣宗驾崩后，令狐绹就遭到攻击，不久即罢相。《新唐书·令狐滈传》又载，左拾遗刘蜕与起居郎张云，接连上疏，批评令狐滈，并说："绹用李琢为安南都护，……琢本进赂于滈，……"刘蜕与张云的批评，是在令狐绹罢相以后。据《资治通鉴》卷二百五十《唐纪六十六》，咸通四年（863）十月，长安尉、集贤校理令狐滈任左拾遗，左拾遗刘蜕因此上奏："滈专家无子弟之法，布衣行公相之权。"令狐滈本是儿子却像老子，本是布衣却像宰相。起居郎张云也上奏：令狐绹任李琢作安南都护，导致南诏入寇，由令狐滈受贿，令狐滈陷父于恶。十一月，张云又上奏：令狐绹执政时，人称令狐滈"白衣宰相"，于是，令狐滈改任詹事府司直。

令狐滈在家里像是家长，又有"白衣宰相"的称号，李琢通过贿赂令狐滈，谋取到安南都护的职位，令狐滈对父亲令狐绹，有着相当大的影响力。

试图借助令狐滈，谋求科举及第，然后进入仕途，该是温庭筠与令狐滈交往的目的。温庭筠与令狐滈赌博饮酒，进出长安的大小酒馆。葡萄美酒夜光杯，三杯过后尽开颜。饮酒是拉近人际距离的最好方式，心理防线顷刻瓦解，称兄道弟，无话不谈，无事不说，踉踉跄跄走出酒馆时，彼此已经亲密无间。温庭筠与令狐滈交往，大概是捏着鼻子的，忍着他的庸俗，忍着他的恶心，忍着呕吐的冲动，他大碗喝酒，喝酒像喝水，只求速醉，醉了可以痛快呕吐。出酒馆门进赌场门，乘着醉意赌一把。赌场人声鼎沸，押宝，投注，空气像是一锅稠粥，咕嘟咕嘟冒着腻人的热气。令狐滈是这里的熟客和贵客，他的朋友温庭筠，也受到高规格礼遇。温庭筠不用为输钱担心，令狐滈发下话来：放开了玩，赢了算你的，输了算我的。温庭筠生长苏州，扬州近在咫尺，扬州酒馆赌场天下第一，他对这类场合不陌生。赌得昏天黑地，不到打烊不回家。

温庭筠根据宰相的变化，选择性地与裴诚、令狐滈交往，一边和他们饮酒赌博厮混，一边盯着他们背后的公卿，谋划着如何通过他们，达到进入仕途的目的。温庭筠的所作所为，像个锱铢必较的小人。这个完全没有办法，当时的科举制度不健全，公卿对考试影响太大，温庭筠要想进入仕途，他就必须先做小人，哪怕只是暂时的委曲求全。

然而，温庭筠与公卿子弟交往，付出了惨重的代价：累举不第。他本来想走终南捷径的，结果却适得其反，堵塞了他的仕途。这样的结果，温庭筠必定始料不及。

## 3

大中七年（853），温庭筠又参加了进士考试。

为了此次进士考试，大中六年（852），温庭筠积极"行卷"，写下《上盐铁侍郎启》，盐铁侍郎是指裴休。

前文提到，温庭筠与宗密禅师交往，意欲通过宗密接近裴休。对温庭筠来说，裴休非常重要，前章已做过介绍，本章再做些补充。

《新唐书·裴休传》记载，裴休字公美，孟州济源人，济源是今天的河南省济源市。因此他与河东闻喜裴氏，虽是同姓却非同宗。裴休考中进士，又考中贤良方正，与杜牧是制举同年；贤良方正的全称是"贤良方正能直言极谏科"，被举者对政治得失应直言极谏。曾任监察御史。大中年间，以兵部侍郎领诸道盐铁转运使。大中六年（852），同中书门下平章事，入相，又任中书侍郎。裴休善理财，"居三年，粟至渭仓者百二十万斛，无留壅"。裴休采取一番措施后，粮食源源不断、顺利地进入了国家粮库。七十四而卒，赠官太尉。裴休文章好，书法也好："书楷遒媚有体法。"遒媚，苍劲而妩媚。裴休现存有楷书《圭峰禅师碑铭（并序）》，书法刚柔并济，古人评价"遒媚"，既简洁又到位。裴休为人宽和，举止雍容，宣宗曾说："休真儒者。"裴休笃信佛教，平日不近酒肉，潜心佛经，著述数万言，以诵经唱偈为乐。

裴休与宗密亦师亦友，温庭筠与宗密也是亦师亦友，可能通过宗密这个媒介，温庭筠与裴休建立了联系。

温庭筠的信中先说：

> 某闻珠履三千，犹怜坠屦；金钗十二，不替遗簪。苟兴求旧之怀，不顾穷奢之饰。亦有河南撰刺，徵彼通家；虢略遗书，期于倒屣。志亦求于义合，理难俟于言全。

珠履，珠饰之履，借指有谋略的门客，典出《史记·春申君列传》："春申君客三千余人，其上客皆蹑珠履。"坠屦，喻旧物，典出贾谊《新书·论诚》：楚国与吴国打仗，楚昭王败走，鞋子掉了，他赶紧捡起，手下很奇怪，楚昭王说"楚国虽贫，岂爱一蹄履哉！思与偕反也"。遗簪，典出《韩诗外传》卷九：孔子携弟子出游，遇妇人哭泣，她丢了簪子，妇人说"非伤亡簪也，吾所以悲者，盖不忘故也"。

温庭筠写信是有求于人，但他并不直接请求，而是在开口求人之前，先讲出一番道理来，作为他求人的依据。启中用到很多典故，读来感觉很是典雅。典故涉及多位往圣先贤，他们无一例外全都恋旧：眷恋旧物或者不忘旧交。温庭筠与裴休有旧，他再三重申旧交，希望借此打动裴休。

然后，叙述到自己的履历：

> 某菅蒯凡资，邾滕陋族。释耕耘于下邑，观礼乐于中都。然素励颛蒙，常耽比兴。未逢仁祖，谁知风月之情；因梦惠连，或得池塘之句。莫不冥搜刻骨，默想劳神。未嫌彭泽之车，不叹莱芜之甑。其或严霜坠叶，孤月离云。片席飘然，方思独往；空亭悄尔，不废闲吟。强将麋鹿之情，欲学鸳鸯之性。遂使幽兰九畹，伤谣诼之情多；丹桂一枝，竟攀折之路断。岂直牛衣有泪，蜗舍无烟。此生而分作穷人，他日而惟称饿隶。

菅蒯，可编绳的一种茅草，喻微贱人物。邾、滕，春秋时小国，在今山东省邹城、滕州。陋族，门望低微的家族。仁祖即东晋谢尚，借指裴休。惠连是东晋谢灵运的族弟，钟嵘《诗品》引《谢氏家录》说：谢灵运每次面对惠连，就会文思泉涌，佳句不断，某次惠连不在，他就整日作不出好诗，后因梦中见惠连，即成佳句"池塘生春草"。彭泽指晋代陶渊明。莱芜指汉代范冉，典出《后汉书·范冉传》：范冉字史云，是马融的学生，曾被任命为莱芜长，守母丧，未到官，后遭禁锢，生活清贫，泰然自若，乡间有歌："甑中生尘范史云，釜中生鱼范莱芜。"

履历中说到自己的出身与追求，以及自己的景况与遭遇。与以往提及家族时的自信不同，说自己的家族门望低微，是"陋族"，他简直是自我糟践，好像不仅不感到自豪，而且感到丢人。又说自己资质平平，是"凡资"，这也与他一贯的自信不同。但往后我们就会发现，他这样说是有埋伏的，是为了突出自己的文才：虽出身低微，但发奋努力，虽资质一般，但酷爱诗文。言语间透出的仍是自信。把自己比作著名诗人袁宏，又比作著名诗人谢灵运，这可不是简单的诗文爱好者。至于自己的遭遇，温庭筠归因于麋鹿之性，悠游山林惯了，不熟悉潜规则，所以遭到诽谤。

信的最后才是请求：

今者俯及陶镕，将裁品物。辄申丹恳，更窃清阴。倘一顾
之荣，将回于咳唾；则陆沈之质，庶望于骞翔。永言进退之涂，
便决荣枯之分。如翩翻贺燕，巢幕何依；觳觫齐牛，衅钟将远。
苟难窥于数仞，则永坠于重泉。空持拥篲之情，不识叫阍之
路。不任恳迫之至。

觳觫齐牛，典出《孟子·梁惠王上》：齐宣王坐在堂上，有人牵牛
从堂下经过，齐宣王问牵牛去哪儿，回答是去"衅钟"，齐宣王说："舍
之，吾不忍见其觳觫，若无罪而就死也。"数仞，典出《论语·子张》："夫
子之墙数仞，不得其门而入，……"拥篲，典出《史记·齐悼惠王世家》：
魏勃年少时，想求见齐相曹参，可是家贫无以自通，办不到，"乃常独
早夜扫齐相舍人门外"，经常义务给曹参舍人打扫卫生，后被舍人推荐
给曹参，最终发达。

温庭筠请求裴休，再次眷顾并推荐，以便明春进士考试，自己能够
顺利过关。大中六年（852）八月，裴休拜相。温庭筠对此事，必定先
有耳闻。温庭筠说裴休若推荐，自己将翱翔高空，否则将永坠深渊。虽
然只是个比喻，但可读出温庭筠的心情，他的心情很是急迫。

大中六年八月，礼部尚书裴休入相。裴休入相后，温庭筠又有《上
裴相公启》，信中先为自己辩白：

既而羁齿侯门，旅游淮上，投书自达，怀刺求知。岂期杜
挚相倾，臧仓见嫉。守土者以忘情积恶，当权者以承意中伤。
直视孤危，横相陵阻。绝飞驰之路，塞饮啄之涂。射血有冤，
叫天无路。此乃通人见愍，多士具闻。徒共兴嗟，靡能昭雪。

温庭筠早年曾有淮上之游，此次淮上之游，对温庭筠非常重要，他
被指德行有缺，实因此次淮上之游。温庭筠旧事重提，说明此事影响还
在。温庭筠累举不第，原因之一就是这件事。旅游淮上的遭遇，不仅使

温庭筠"等第罢举",而且使他累举不第。

信的末尾温庭筠请求：

> 伏以相公致尧业裕，佐禹功高。百姓咸被其仁，一物不违于性。倘或在途兴叹，解彼右骖；弹剑有闻，迁于代舍。瞻风自卜，与古为徒。此道不诬，贞明未远。谨以文、赋、诗各一卷率以抱献。缣缃俭陋，造写繁芜。干冒尊高，无任惶灼。

弹剑即弹铗，典出《史记·孟尝君列传》：孟尝君的门客冯谖，弹琴般弹剑，向孟尝君要这要那，孟尝君都宽容地满足他。代舍，孟尝君将门客分为上中下三等，上客所居称代舍。

我们已经说过，裴休善于理财，所以说裴休功高，百姓全都获益。裴休似乎很是慷慨，对门客有求必应。或许温庭筠这样说，是因为他有所祈求。

一番恭维之后，温庭筠献上作品，希望得到裴休推荐。文、赋、诗都是考试的内容，"抱献"可见所献之多，也可见温庭筠的焦急。

大中六年（852），温庭筠又向杜牧"行卷"，杜牧时任中书舍人，《上杜舍人启》：

> 某闻物乘其势，则篲泛画涂；才戾于时，则荷戈入棘。必由贤达之门，乃是坦夷之径。是以陆机行止，惟系张华；孔闾文章，先投谢朓。遂得名高洛下，价重江南。惟彼归萤，同于拾芥。某弱龄有志，中岁多虞。模孝绰之辞，方成笺奏；窃仲任之论，始解言谈。犹恨日用殊多，天机素少。揆牛涔于巨浸，持蚁垤于维嵩。曾是自强，雅非知量。李郢秀奉扬仁旨，窃味昌言。岂知沈约扇中，犹题拙句；孙宾车上，欲引凡姿。进不自期，荣非始望。今者末涂怊怅，羁宦萧条。陋容须托于媒扬，沈痼宜蠲于医缓。亦曾临铅信史，鼓箧遗文。颇知甄藻之规，粗达显微之趣。倘使阁中撰述，试传名臣；楼上妍嫭，

暂陪诸隶。微回木铎，便是云梯。敢露诚情，辄干墙仞。

此信很短，用典却多。辞藻华丽，典雅耐读。温庭筠的文和诗，有着近似的风格。

信中说如果顺着事物发展趋势，就好比用扫帚去扫洒过水的地面，又好比用刀子划开浸透水的泥路，简直就是轻而易举；而如果才与时违，就好比扛着长戈进入荆棘丛，简直是寸步难行；经由贤达的举荐，是作家发展的坦途，因此温庭筠给杜牧写下这封信。

《晋书·陆机传》记载，陆机与弟弟陆云，初至洛阳，先去造访张华，张华待之如故旧，说："伐吴之役，利获二俊。"倾力推荐他们。《南史·谢朓传》记载，谢朓好奖掖人才，孔闿粗有文才，谢朓读到他的文章，说："士子声名未立，应共奖成，无惜齿牙余论。"温庭筠将杜牧比作张华和谢朓，而杜牧要提携自己也非常简单，好比从地上捡拾草芥，他迫切希望杜牧举荐自己。

温庭筠是才子，一味祈求不是他的风格，即便真的有求于人。温庭筠写信不卑也不亢，不软也不硬，信中他以南朝梁神童刘孝绰、东汉文学批评家王充自比。

"李郢秀奉扬仁旨"，有学者认为其中缺字，"秀"字的后边，缺了个"才"字。从温庭筠此信来看，杜牧读过温庭筠作品，并且表示了赞赏，一个叫李郢的秀才，转达了杜牧的赞赏。

信中谈到自己境况时，温庭筠打了个比方，比方丑女要拜托媒人吹捧，比方重病要依靠良医诊治。古代男婚女嫁，当事双方不见面，女方容貌如何，全靠媒人一张嘴。温庭筠将自己境况，比喻为丑女待嫁，又比喻为重病求医，他既急迫又无奈。

此外，温庭筠又频频"行卷"：《上封尚书启》《上蒋侍郎启二首》《上学士舍人启二首》……请求各位推荐，以便进士及第。求人的滋味不好受，最糟糕的是还没有结果。温庭筠求了一大堆人，但大中七年（853）的科举，结果还是落第了。

温庭筠科举前该是待在长安，待在长安的小客栈里，他伏案疾书，给权贵们写信，日以继夜，凡是能想到的权贵，见过面没见过面的，几乎都写了个遍。信笺中语气极其谦卑，现实中心情极其压抑。温庭筠不缺好句子，典故信手拈来，一封封措辞华丽的信，飞向四面八方，飞向权贵宅邸。温庭筠待在客栈里，大概心急如焚没着没落，信是全都发出去了，权贵会不会推荐呢？他心里完全没底，此时的温庭筠，像是待宰的羔羊。

古代读书人的出路，第一是科举及第，第二是入幕辅佐。科举及第当然最理想，但入幕也是不错选择。温庭筠一边参加科举，一边寻求入幕的机会，他做着两手准备。

大中六年（852），温庭筠跑去杜悰的城南别墅题诗，《题城南杜邠公林亭（时公镇淮南自西蜀移节）》：

> 卓氏垆前金线柳，隋家堤畔锦帆风。
> 贪为两地分霖雨，不见池莲照水红。

杜邠公即杜悰，是杜牧的堂兄，杜牧二伯父杜式方，杜悰是杜式方第三子。杜悰又是岐阳公主的驸马，岐阳公主是唐宪宗长女。杜家在长安城南的樊乡有别墅，《旧唐书·杜式方传》说："亭馆林池，为城南之最。"城南杜邠公林亭，应指樊乡的别墅。

大中六年四月，杜悰由西川节度使调任淮南节度使。诗中完全是对杜悰的恭维，说杜悰为西川、淮南两地百姓忙碌，所以见不到自家池亭中盛开的莲花。

据《南史》记载，王俭用庾杲之，让他做卫将军，萧缅致信王俭："庾景行泛绿水，依芙蓉，……"温庭筠诗中提到池莲，委婉表达自己意愿，希望进入淮南节度使幕府，成为杜悰的幕僚。

宋代孙光宪《北梦琐言》卷四说："杜豳公自西川除淮海，温庭云诣韦曲杜氏林亭，留诗云：……豳公闻之，遗绢一千匹。"杜豳公即杜邠公。温庭筠专门跑去题了这首诗，是希望进入杜悰幕府。可是杜悰要么是文盲没看出来，要么就是装糊涂权当不知道，总之他把温庭筠当乞丐，赠送一千匹绢了事。温庭筠又不是裁缝，杜悰为什么赠绢呢？据顾炎武《日知录》，当时货币还未完全统一，五岭以南用银子，京师及吴楚富庶地区用铜钱，其余的州郡，钱可以流通，谷物、丝绢甚至盐、水银、朱砂也都可以。温庭筠入幕的指望落空了。一千匹绢当然也需要，但他的主要目的不是这个。

大中七年（853）科举落第以后，温庭筠又有《上吏部韩郎中启》：

> 升平相公，简翰为荣，巾箱永秘。颇垂敦奖，未至陵夷。倘蒙一话姓名，试令区处。分铁官之琐吏，厕盐酱之常僚。则亦不犯脂膏，免藏缣素。

这是一封不折不扣的求职信。温庭筠希望韩郎中推荐自己，以便跻身盐铁转运使的属官。

吏部韩郎中一说是指韩琮，升平相公则是指裴休。大中六年（852）八月至八年（854）十一月，裴休以宰相兼任盐铁转运使。温庭筠说宰相裴休，与自己有书信往还，对自己很是器重，希望吏部韩郎中，向裴休举荐自己。

温庭筠不直接向裴休请求，而要吏部韩郎中曲折转达，或许他觉得此前请求已多，且求为盐铁转运使属官，事情太小了，不值得直接求裴休。可是，请求也没有结果。


## 4

大中九年（855），温庭筠再次参加了进士考试。

《新唐书·温廷筠传》记载："大中末，试有司，廉视尤谨，廷筠不乐，上书千余言，然私占授者已八人。"廉视，监考。占授，口授。

《唐才子传》卷八也说："大中末，山北沈侍郎主文，特□庭筠试于帘下，恐其潜救。是日不乐，逼暮先请出，仍献启千余言。询之，已占授八人矣。"主文指主持考试。逼暮即傍晚。

《唐摭言》卷十三《敏捷》又说："山北沈侍郎主文年，特召温飞卿于帘前试之，为飞卿爱救人故也。适属翌日飞卿不乐，其日晚请开门先出，仍献启千余字。或曰潜救八人矣。"

大中是唐宣宗李忱的年号，前后总共十三年。大中末该是大中十三年（859），其实不是，而是大中九年（855）。赵璘《因话录》卷六说："大中九年，沈询以中书舍人知举。"《云溪友议》卷下也说："潞州沈尚书询，宣宗九载，主春闱。"

据《北梦琐言》卷四，当时的主考官沈询，还对温庭筠说了一番话："向来策名者，皆是文赋托于学士，某今岁场中并无假托学士。勉旃！"

《文献通考》卷三一《选举考》说："（进士）试一大经，能通者试文赋，又通而后试策。"唐代进士考试连考三天，每天一场：考经、考诗赋、考策，而且实行淘汰制，上轮通过，才能进入下一轮。举子每天日出进入考场，晚上发给三根蜡烛，蜡烛燃尽就要交卷。《唐摭言》提到，温庭筠是次日傍晚求出，那三根蜡烛他用不着。第二天考诗赋，温庭筠有诗赋才能，他游刃有余。

大中九年，温庭筠参加进士考试，记载颇多，综合起来是这样：大中九年，沈询主持科举，对温庭筠特殊照顾，对他监考特别严，安排在自己眼皮子底下，因为温庭筠爱帮人出了名，沈询怕他帮别人。次日，沈询对温庭筠说：近来进士及第的，都是靠你的文章，今年可没有假冒，努力吧！当天，温庭筠刚好不高兴，傍晚，先行交卷离开考场，并给沈询留信一封，洋洋千余言，但私下已口授八人。

大中九年的进士考试，考官沈询坐在帘子里，考生温庭筠坐在帘子外，两人必定成为考场的焦点：沈询盯着温庭筠，考生们盯着沈询。沈询眼睛睁得大，时间长了眼皮打架。温庭筠念念有词，或者频频叉手，八吟而成八韵，八叉而成八韵，考场上属他最忙，他不仅为自己作赋，而且为别人作赋。别的考生绞尽脑汁，想尽一切办法，只为接近温庭筠，或者借口如厕，或者借口头晕，借口五花八门，考官听得要烦死，几个考生一齐上，温庭筠被隔离，挡在沈询视线外。考生接近的短暂时间，温庭筠面授机宜，口吐莲花，字字珠玑，考生如获至宝，欣欣然坐回座位。沈询满以为监考得好，实际上与往常没有区别。

关于主考官沈询，据史载他是杜牧前幕主之子：杜牧曾做幕僚多年，先在江西观察使幕府，后在宣歙观察使幕府，幕主都是沈传师，沈询是沈传师的儿子。杜牧有诗《秋晚与沈十七舍人期游樊川不至》："邀侣以官解，泛然成独游。……"杜牧与沈询关系不错。大中六年（852），温庭筠向杜牧行卷，杜牧可能心有意而力不足，当年底杜牧就去世了。杜牧前幕主之子沈询，对温庭筠倒是格外照顾，却只是监考得严。

我们不难发现，温庭筠才思敏捷。他不仅完成自己的试卷，而且另外口授八人，还写下千余言的长信，最后还是提前交卷。这样的敏捷，实在是罕见。另外，温庭筠有才子脾气。记载中说他刚好不高兴，这说明他的行为受情绪左右，他高兴了也许就忍着，不高兴了就提前交卷，这是典型的才子脾气。再者，温庭筠帮人全是口授，而不是亲自捉刀。这说明他虽是发脾气，但还是很谨慎：破坏考场罪名不小，但自古定罪都得有证据，当时没有录音设备，口授就难以取证，没有证据就定不了罪。

从以上记载来看，温庭筠考场帮人，是早已有之由来已久，不是大中九年（855）才开始，否则沈询不会特殊照顾。

《北梦琐言》卷四记载："多为邻铺假手，号曰'救数人'也。"温庭筠帮别的考生，帮出个绰号"救数人"。有个问题：温庭筠为什么要帮别的考生呢？

大概是为泄愤和讽刺。近来及第的都靠温庭筠文章，而温庭筠自己却累举不第，这简直是天大的混账。温庭筠的逻辑可能是这样：既然怎么都不能及第，那就帮别人及第。他以这种方式来发泄愤怒，帮助的进士越多，越说明他的文章好，也越说明进士考试，完全不是凭才学，也就越有讽刺意味。

《唐摭言》卷十一《无官受黜》记载："开成中，温庭筠才名籍甚，然罕拘细行，以文为货，……无何，执政间复有恶奏庭筠搅扰场屋……""以文为货"类似"卖文为生"，在当时是不小的罪名。开成是唐文宗年号，共五年，八三六至八四〇年。由此看来，温庭筠"以文为货"，也是久已有之。那么温庭筠考场助人，是否属于"以文为货"呢？换句话说，温庭筠考场助人，是否有偿的呢？大概不是，他的初衷是泄愤和讽刺，不是为了金钱。并且，当权者加给他的罪名，也只是扰乱考场，而不是"以文为货"。

大中九年（855）温庭筠在考场上的事情，既有趣又辛酸，沈询要他努力，不知如何努力，又努力些什么，不管他如何努力，结果还是不第，这很让他绝望。或许在绝望当中，温庭筠写下《清平乐》：

> 上阳春晚，宫女愁蛾浅。新岁清平思同辇，争奈长安路远。
>
> 凤帐鸳被徒薰，寂寞花锁千门。竞把黄金买赋，为妾将上明君。

上阳是唐代宫室名，在东都洛阳，高宗时创建，白居易有《上阳白发人》，自序说：天宝五载（746）以后，杨贵妃专宠，"六宫有美色者辄置别所，上阳是其一也"。买赋喻失意后设法东山再起，典出司马相如《长门赋》序：陈皇后失宠后，重金聘请司马相如，请他为自己作赋，因此重获宠幸。

词写宫怨，唐代宫怨。词中温庭筠化身上阳宫女，写下她的所思所感：暮春时节，愁眉紧锁，新年太平，欲与同车，可是长安路远；月夜，寂寞，无眠，争以黄金买赋，上给明君。

有学者认为，温庭筠写宫女的寂寞怨恨，实际蕴含他怀才不遇的感慨。

温庭筠怀才不遇，科举连连落第，他满怀愤懑，却无处诉说，他郁闷非常，于是挥笔填词，将愤懑与郁闷写进词中，由歌妓之口吟唱出来，将他的愤懑与郁闷，发泄出去。愤怒出诗人，郁闷出词人。怀才不遇，将温庭筠推向花间词祖。

再回到"以文为货"。

《东观奏记》卷下记载："初，裴谂兼上铨，主试宏、拔两科。其年，争名者众，应宏词选，前进士苗台符、杨岩、薛近、李询、古敬翊以下一十五人就试。谂宽豫仁厚，有赋题不密之说。前进士柳翰，京兆尹柳熹之子也。故事，宏词科只三人，翰在选中。不中者言翰于谂处先得赋题，托词人温庭筠为之。"

据《资治通鉴》卷二百四十九《唐纪六十五》，此事发生在大中九年（855）三月。

宏指博学宏词，拔指书判拔萃，都属于吏部科目选；晚唐制举停办后，代之以吏部科目选。故事即先例、旧有的典章制度。

裴谂主持吏部科目选，考生人数较多共有十五人，而按照惯例只能录取三人。京兆尹之子柳翰被录取了，未被录取的人就说，柳翰考前从考官那里搞到了赋的题目，又请词人温庭筠捉刀，因而被录取。此事闹到后来，吏部侍郎兼判尚书铨事裴谂，左授国子祭酒，裴谂受到了降职处分。由此判断，未被录取者的说法是真的。当然温庭筠替柳翰作赋，跟考场帮人相近，主要都是为了泄愤，不是为了金钱，或者别的好处。但柳翰有求于温庭筠，他总不能空手前往，温庭筠也不便过多推辞。此种情形，大概可以算作"以文为货"。

温庭筠属意仕途，然而屡战屡败，他累举不第。究其原因，不是他的诗不好，不是他的赋不好，也不是他的文不好。而是另有原因，这些原因温庭筠也明白，但他无法改变。人对无法改变的事情只有绝望。绝望了的温庭筠，开始玩世不恭，他在考场上帮人，于是多了条罪名：扰乱考场。通过科举进入仕途的道路，已经被彻底封死了。

大中九年，温庭筠四十三岁，已过不惑之年。已过不惑之年的温庭筠，却彻底陷入了困惑，他不知该何去何从。

第十六章

襄阳幕

1

前文我们说过，因为扰乱考场、"以文为货"，以及得罪皇帝和宰相，温庭筠累举不第。另外，大中九年（855）的吏部博学宏词科目选，京兆尹柳憙之子柳翰，提前搞到了试题，请温庭筠代为作答。《旧唐书·宣宗纪》记载，大中九年三月，吏部博学宏词科目选，因为试题泄露，遭到御史台弹劾，侍郎裴谂改国子祭酒，郎中周敬复罚俸两月，考试官刑部郎中唐枝贬为处州刺史，监察御史冯颛罚俸一月，被录取的十人也全部作废。温庭筠可能因此也被追究和责罚。累举不第的诸种原因，外加被追究和责罚，温庭筠被贬为隋县（今湖北省随州市）县尉。

温庭筠无官职，又何来被贬呢？

不仅是我们感到困惑，负责草拟敕书的裴坦，也是愁眉不展。《唐摭言》卷十一记载："时中书舍人裴坦当制，忸怩含毫久之。时有老吏在侧，因讯之升黜，对曰：'舍人合为责辞，何者？入策进士，与望州长、马一齐资。'坦释然，故有'泽畔''长沙'之比。"裴坦感到事情棘手：究竟是升职还是降职？他犹豫再三无法下笔，请教谙熟公务案牍的胥吏，胥吏建议他：温庭筠的情况，相当于长史、司马。裴坦听后，茅塞顿开。

裴坦草拟的文件中有"泽畔""长沙"的比喻，这个比喻具体怎么回事呢？

《东观奏记》卷下记载："勅：'乡贡进士温庭筠早随计吏，夙著雄名。徒负不羁之才，罕有适时之用。放骚人于湘浦，移贾谊于长沙。尚有前席之期，未爽秋毫之思。可隋州隋县尉。'舍人裴坦之词也。……"屈原曾作《离骚》，因称屈原为骚人。贾谊是西汉政论家、文学家。

温庭筠被贬为九品吏，但勅书却像是表扬信，说他名声显赫，又说他被贬为县尉，类似屈原和贾谊的经历。大概温庭筠的名气，当时实在是太大了，所以勅书中不得已，只能这样实话实说。

温庭筠被贬为隋县尉，表面上看是件坏事情，但实际上是件好事情：此前温庭筠一介布衣，九品吏官阶虽然低点，但好歹已是官员序列，他实现了自己的夙愿。《新唐书·选举志下》说："进士、明法，甲第，从九品上；乙第，从九品下。"即便是进士及第，也必须自从九品做起；温庭筠被贬为隋县县尉，实际是按进士及第来对待。同书又说："应入五品者，以闻。"五品及以上需要上奏，五品以下不需要上奏，宰相令狐绹就可以做主。由此不得怀疑，温庭筠是托了令狐滈，要他从中转圜，去游说他的父亲令狐绹。前文我们说过，温庭筠与令狐滈混，他们彼此有交情，而令狐滈在家里像是家长，又有"白衣宰相"的称号，对他的父亲令狐绹，有巨大的影响力。令狐绹对温庭筠恨入骨髓，但对儿子的请求不能置之不理，他大概权衡再三，做出这样的决定，对温庭筠明降暗升，明面上是责罚贬官，暗地里让他进入仕途。温庭筠实现了他的夙愿，终于进入仕途，可惜时间是晚了些。温庭筠生于元和七年（812），大中九年（855）已经四十四岁。

大中九年（855）的春末，温庭筠前往隋县赴任，途经商山，写下名篇《商山早行》：

晨起动征铎，客行悲故乡。

鸡声茅店月，人迹板桥霜。

槲叶落山路，枳花明驿墙。

因思杜陵梦，凫雁满回塘。

商山，在今陕西省商洛市东。征铎，远行车马所挂铃铎。槲，落叶乔木或灌木，槲树冬天不落叶，次年发新芽才落叶。枳，落叶灌木或小乔木，春天开白花。杜陵，地名，在今陕西省西安市东南，秦置杜县，汉宣帝筑陵县之东原，因改杜县为杜陵县。

"关中"所以得名，是因为四周的关口：西有大散关，北有萧关，东有函谷关，南有武关。温庭筠从长安出发前往隋县，须经蓝田和武关，蓝田、武关之间，有商山艰险。商州（治今陕西省商洛市）以东，商山山高林密，夏秋山涧涨水，便会阻断道路，商旅百姓苦不堪言。贞元七年（791），刺史李西华绕山开路，重辟驿道避洪水。新路东起内乡（今河南省西峡县），西至蓝田（今陕西省蓝田县），共七百多里，沿途重新设立驿站，称作"偏路"。温庭筠前往隋县，该是走的"偏路"。

道路漫长旅途寂寞，途中吟诗觅句是唐人传统，而羁旅行役是永恒的主题。

宋代欧阳修《六一诗话》引述梅尧臣的话："温庭筠'鸡声茅店月，人迹板桥霜'，……则道路辛苦、羁旅愁思，岂不见于言外乎？"梅尧臣喜欢颔联两句，认为言有尽意无穷，辛苦旅愁见于言外。

欧阳修《温庭筠严维诗》又说："余尝爱唐人诗云：'鸡声茅店月，人迹板桥霜'，则天寒岁暮，风凄木落，羁旅之愁，如身履之。"欧阳修也喜欢颔联两句，说读诗如身临其境，感同身受。

明代李东阳《麓堂诗话》也说："'鸡声茅店月，人迹板桥霜'，人但知其能道羁愁野况于言意之表，不知二句中不用一闲字，止提掇出紧关物色字样，而音韵铿锵，意象具足，始为难得。若强排硬叠，不论其字面之清浊，音韵之谐舛，而云我能写景用事，岂可哉！"真是英雄所见略同，李东阳同样喜欢这两句，认为不仅道尽旅愁，而且信手拈来，不事雕琢，清新自然，琅琅上口。

温庭筠行走在路上，他离开长安南下，前往南方的隋县。晨起登程，鸡鸣、野店、冷月、板桥、薄霜、足印，旅愁如晨雾般氤氲。槲叶铺满山路，枳花映亮驿墙，温庭筠的内心，也随之逐渐明亮。被贬不仅不是坏事，简直是彻底的好事，仕途在前方，旅愁靠边站。温庭筠不是日上三竿才出发，而是起个大早披星戴月，大概投宿也晚，赶路到很晚才住下，次日天不亮又登程。温庭筠马不停蹄，春风得意马蹄疾，奔向隋县，奔向他的仕途，心中该是满满的，满是欣喜与渴望。

温庭筠奔隋县而来，但路上他得到好消息：徐商调任山南东道节度使，已经到达襄阳。《旧唐书·温庭筠传》记载："徐商镇襄阳，往依之，署为巡官。"襄阳，唐代襄州州治所在，今湖北省襄阳市。巡官，官名，唐代节度、观察、团练、防御使的僚属，位居判官、推官之下。《新唐书·温廷筠传》的记载大同小异："徐商镇襄阳，署巡官，……"温庭筠投奔徐商，被徐商任命为巡官。当时的情况大概是这样：温庭筠被贬为隋县尉，隋县隶属隋州，隋州又隶属山南东道，山南东道节度使徐商，将属下隋县县尉温庭筠，留任为巡官。

温庭筠投奔徐商，徐商任他为巡官，对温庭筠很是照顾，徐商究竟是何许人呢？

《新唐书·徐商传》记载，徐商字义声，或字秋卿，两代客居新郑，于是成为新郑人。唐代的新郑县，在今天的河南省新郑市西南。其幼年隐居中条山。进士及第。大中年间，拜河中节度使，后调任山南东道。

那么，徐商为什么照顾温庭筠呢？因为他们有旧，《河中陪帅游亭》：

> 倚阑愁立独徘徊，欲赋惭非宋玉才。
>
> 满座山光摇剑戟，绕城波色动楼台。
>
> 鸟飞天外斜阳尽，人过桥心倒影来。
>
> 添得五湖多少恨，柳花飘荡似寒梅。

河中即河中府，治今山西省永济市蒲州镇，河中节度使驻河中府。宋玉是战国时代楚国人、辞赋家。

金圣叹《贯华堂选批唐才子诗》卷六评点："（前解）陪节使春游，忽然欲拟古人秋赋，知其中之所感甚深，更非一人得晓，故曰'愁立独徘徊'也。三四，人见是满座剑戟，绕城楼台，我见是满座波光，绕城山色。所谓人是满眼节使，我是满肚五湖，只此眼色不同，便是徘徊独立也。（后解）五是闲看闲鸟，六是闲看闲人。言同在柳花飘荡之中，而彼自悠优，我自伤感，徘徊独立之故，正不能以相喻也。"

温庭筠是才子，金圣叹也是才子，才子最懂才子。温庭筠陪"帅"游河亭，见柳絮飘舞，想到南方的寒梅，生出许多感伤。这里的"帅"，可能就是徐商。

陪徐商游河亭，温庭筠置身人群，心中却孤独，独自徘徊，独自感伤。陪徐商的人太多，徐商是中心，温庭筠不是。但徐商显然欣赏温庭筠，否则不会让他陪着。温庭筠可能是想进入徐商幕府，但由于种种原因最终无果。

温庭筠与徐商交往，持续时间很长，《题河中紫极宫》：

> 昔年曾伴玉真游，每到仙宫即是秋。
> 曼倩不归花落尽，满丛烟露月当楼。

唐代崇奉道教，尊奉老子为玄元皇帝，唐玄宗时于长安、洛阳及诸州建玄元皇帝庙，京师的称玄元宫，诸州的称紫极宫。

诗中说"每到仙宫即是秋"，那么，温庭筠至少曾两年两次，游览河中府的紫极宫。游览紫极宫该是捎带，主要的该是拜访徐商。温庭筠去河中府拜访徐商，两个秋天加一个春天，至少有三次。

温庭筠与徐商有旧，彼此交往好多年。虽然未能进入幕府，但徐商欣赏温庭筠，欣赏他的才华，对他的诗词击节称赏，待以宾礼。随着交往的增多，彼此的了解日渐加深。

温庭筠途经襄阳，再次拜访徐商，再次提出请求，徐商终于答应了，可能十分爽快，不假思索。

## 2

温庭筠任职徐商幕府，徐商幕府人才济济。

据戴伟华《唐方镇文职幕僚考》，徐商任山南东道节度使期间，其幕府文职僚属有：温庭筠（巡官）、韦蟾（掌书记）、温庭皓（庭筠弟，幕职不详）、王传（观察判官）、李骘（副使）、卢郜（幕职不详）、元繇（带御史中丞衔，幕职不详）。自大中十二年（858）起，段成式游襄阳幕。进士余知古也从诸人游。后来段成式将幕府宾主唱和之作，辑成《汉上题襟集》十卷。

节度使幕府的常见幕职，有掌书记、判官、推官、巡官等。巡官是士人在幕府中等级最低的职务，日常工作主要就是起草公文。杜牧也曾担任这个职务，他在《上刑部崔尚书状》中说："十年为幕府吏，每促束于簿书宴游间。"节度使聘请幕僚有自主权，可以先请人，再为他申请京衔，众所周知，使职无品级，必须申请个京衔，秩品级寄俸禄，按这个品级发工资，也照这个品级升迁。当时又有规定，任职不满一年，京衔前得加个"试"字，所谓试官。温庭筠此前没有任职经历，所以徐商只能为他奏请试官，具体试的是什么官，已不可知。

段成式像个文学活动家，将众人作品编辑成集。段成式是何许人呢？

《新唐书·段成式传》记载，段成式字柯古，齐州临淄人，临淄是今天的山东省淄博市的一个区；世代客居荆州，荆州州治在今湖北省荆州市荆州区；父亲段文昌是穆宗朝的宰相，段成式恩荫任校书郎；博学强记，"多奇篇秘籍"，文章都奇特，书籍均罕见；曾任吉州刺史，官至太常少卿；著有《酉阳杂俎》；儿子段安节，乾宁（894—898）间任国子司业，善音律，能作曲。

节度使幕僚的主要工作是处理公文，公余空闲时间，就陪奉幕主或与同僚游赏宴会。在徐商幕府的文职僚属中，温庭筠与段成式交往最多。五代刘崇远《金华子》卷上记载，段成式郎中，博学敏捷，文章为一时之冠。任庐陵地方官时（庐陵是吉州州治所在，即今江西省吉安市）被庐陵顽民诬告，于是退隐岘山，岘山在今湖北省襄州市。当时，温庭筠被贬为隋县尉，徐商留为从事，"与成式甚相善，以其古学相遇，常送墨一铤与飞卿，往复致谢。"又说："为其子安节娶飞卿女。"

段成式官场受了委屈，跑回老家隐居岘山。隐居是需要条件的，段成式是前宰相之子，他可以玩任性，不必工作养家，跑进岘山隐居。

温庭筠与段成式交往，学识渊博富有才华，大概是交往的基础：才子爱才子，作家惜作家。段成式送墨给温庭筠，温庭筠写诗反复致谢，引用典故层出不穷。所谓写诗反复致谢，是指《答段成式书七首》，诗所表达的意思简单，但引用典故不重复，这是一种高级的智力游戏，以广博的历史知识作后盾，从这一点来说，两人都堪称史学家。

此外，段成式又有《寄温飞卿笺纸》，诗序中说："予在九江造云蓝纸，……辄送五十板。"段成式送给温庭筠的，不仅有墨还有云蓝纸。段成式是宰相之子，他有钱有闲有情调，自己动手亲自造纸，造纸送给温庭筠。温庭筠是个草根，两手空空没钱没闲，没什么可以回赠，只好写诗再三致谢。

温庭筠与段成式，两位作家互相欣赏，最终成为儿女亲家，这是文学史上的佳话。温庭筠的女婿段安节，也有音乐方面的才华，翁婿见面的时候，该是讨论音乐与填词，你来我往，有教益有启发，话题一个接一个，总也说不完。温庭筠必定喜欢这个女婿。

《汉上题襟集》今已不传，《全唐诗》中保存的可能有其中的篇什。《全唐诗》卷五百八十四有段成式《嘲飞卿七首》，很明白是游戏之作，两人成天一起玩，亲密无间零距离，游戏使人放松，也使人袒露本真。其一云：

> 曾见当垆一个人，入时装束好腰身。
> 少年花蒂多芳思，只向诗中写取真。

　　垆是古代酒店里安放酒瓮的土台子。酒垆前站着温庭筠，大概已是微醺，扶着酒瓮站着，站着有些勉强；装束时髦，古代也有时装，温庭筠穿时装，帽子、衣服、鞋子，样样都是新款式，这说明他品位不俗，作家多有情调，也说明他收入不错，有能力讲究穿着；他的形体很好，不是五短身材，不是将军肚罗圈腿，身体比例适当，天生是个衣架子；酒是文人的灵感，温庭筠酒千杯诗千首，灵感大喷发，滔滔汩汩，无止无休。其二曰：

　　　　醉袂几侵鱼子缬，飘缨长胃凤凰钗。

　　　　知君欲作闲情赋，应愿将身作锦鞋。

　　袂是衣袖、袖口。缬是有花纹的丝织品。《闲情赋》是陶渊明的作品，描写爱情的名篇，其中有这样的句子："愿在丝而为履，附素足以周旋；……"陶渊明愿作心仪女子的鞋，穿在她的脚上随她南北西东。节度使是军事长官，掌管大量军队，军队中有营妓。温庭筠与营妓相处，大概温庭筠填词，歌妓演唱，歌声曼妙婉转，有如百啭的夜莺，红颜加美酒，温庭筠醉了，先是微醺，后是大醉；身体纠缠在一起，不知此地是何地，不知此时是何时，花间词祖温庭筠，醉卧在花间；陶渊明有《闲情赋》，温庭筠有花间词，自古文人常多情，温庭筠与某位歌妓，日久生情，不是友情是爱情。其三曰：

　　　　翠蝶密偎金叉首，青虫危泊玉钗梁。

　　　　愁生半额不开扉，只为多情团扇郎。

　　青虫指青虫簪，古代妇女发饰。团扇郎指晋代中书令王珉，王珉与嫂子的婢女相恋。营妓也是有感情的，她们的感情更浓烈，喜欢就是喜欢，不遮掩不躲闪，有爱就要表达。诗中的女主角，该是那位营妓，她温柔可人，却愁眉不展，害着相思病，是为温庭筠，他们相恋深。其五曰：

愁机懒织同心苣，闷绣先描连理枝。

多少风流词句里，愁中空咏早环诗。

同心苣指织有同心苣状图案的同心结。诗写女子的愁绪，仍该是那位营妓，同心苣、连理枝，她的愁绪指向爱情，爱情折磨人，她大概茶不思饭不想，精神恍惚黯然神伤，温庭筠离开时，留下巨大空白，可怕的空白，只有他的风流词句，可以带来慰藉。其六曰：

燕支山色重能轻，南阳水泽斗分明。

不烦射雉先张翳，自有琴中威凤声。

《左传·昭公二十八年》记载，贾大夫长得丑，妻子却很漂亮，妻子心里不高兴，三年不言笑，贾大夫很着急，携夫人去打猎，射雉，一箭中的，妻子才开始言笑。温庭筠长相不好，可与贾大夫比肩，但他不必通过射雉来博取营妓的欢心，因为他的琴艺佳。温庭筠多才多艺，不仅诗词写得好，琴也抚得出神入化，那位营妓为之倾倒。

温庭筠与营妓交往，依曲填词醉卧花间，这是他的真实生活，但显然不是全部，是生活的一个侧面。《资治通鉴》卷二百四十九《唐纪六十五》记载，山南东道节度使徐商，因辖区大而险要，向多盗贼，于是选精兵数百，另置营训练，称作"捕盗将"。大中十二年（858）五月，湖南军乱，都将石载顺等逐观察使韩悰，杀都押牙王桂道，湖南观察使驻潭州（治今湖南省长沙市）；十月，诏徐商征讨，徐商派"捕盗将"二百人讨平；大中十二年六月，江西军乱，都将毛鹤逐观察使郑宪；十二月，江西观察使韦宙克复洪州，斩毛鹤及其党五百余人，江西观察使驻洪州（治今江西省南昌市），韦宙赴任过襄州，徐商派都将韩季友率"捕盗将"随行，韦宙至江州（治今江西省九江市），韩季友请率众抄近道夜行，天明至洪州，州人不知道，即日讨平，韦宙奏留"捕盗将"二百人在江西，韩季友任都虞候。徐商辛苦训练了"捕盗将"，发挥作用却在邻道，等于为人做嫁衣裳，韦宙简直是坐享其成。训练"捕盗将"的工作，温庭筠也许曾参与，参与制定训练计划，陪同徐商进军营视察，必定熟识某些"捕盗将"，韩季友可能是其中一个。

段成式戏谑温庭筠，温庭筠也戏谑段成式，温庭筠有《和周繇襄阳公宴嘲段成式诗》，这样的唱和说明，他们的关系密切，能够彼此开玩笑，必定无话不谈，交往进入更深的层次。

《全唐诗》卷五百八十四，又有段成式《柔卿解籍戏呈飞卿三首》，解籍指歌妓脱离乐籍。其一云：

> 长担犊车初入门，金牙新酝盈深樽。
> 良人为渍木瓜粉，遮却红腮交午痕。

金牙是唐代洛阳城门名。柔卿脱离乐籍，与温庭筠结婚，脱离乐籍不是简单的事情，必定有温庭筠的作用，是他从中斡旋，徐商特意成全。唐代不是一夫一妻制，这个在道德上没有问题。那么，温庭筠就有一个侧室，她的名字叫作柔卿。

诗想象了某个生活场景：有洛阳新酿的美酒，洞房花烛夜，新人忙不停，温庭筠与柔卿，享受着最美的时光，生活像酒一样美，又像蜜一样甜。其二云：

> 最宜全幅碧鲛绡，自襞春罗等舞腰。
> 未有长钱求邺锦，且令裁取一团娇。

鲛绡是传说中鲛人所织的绡。春罗是丝织品的一种。邺是古地名，在今河北省临漳县西。一团娇是锦名。这是对柔卿的白描。舞腰，柔卿想来身段极好，她不仅身段好，舞也跳得好。众所周知，古代歌妓以艺为本，唱歌跳舞很专业。碧鲛绡、春罗、邺锦、一团娇，腰身与锦缎相得益彰。柔卿该是千娇百媚，楚楚动人，温庭筠对她，则极尽关怀。其三曰：

出意挑鬟一尺长，金为钿鸟簇钗梁。

郁金种得花茸细，添入春衫领里香。

钿鸟，镶嵌金、银、玉、贝等物的鸟形首饰。郁金，多年生草本植物，姜科，古人也用作香料，泡制祭祀用的酒，或浸水作染料。这是写柔卿的妆扮，柔卿很会妆扮，头发与头饰，都别出心裁，还用郁金这种香料，把衣服熏得香香的，闻香识女人，柔卿品位高，温庭筠喜欢她。

段成式的玩笑在前，温庭筠的回应在后，《答段柯古见嘲》：

彩翰殊翁金缭绕，一千二百逃飞鸟。

尾生桥下未为痴，暮雨朝云世间少。

尾生是传说中坚守信约的男子，《庄子·盗跖》说："尾生与女子期于梁下，女子不来，水至，不去，抱梁柱而死。"尾生与女子约会桥下，可是女子没有来，河水不久大涨，尾生坚守不去，抱着桥柱淹死了。暮雨朝云，指男女间的情爱与欢会。

温庭筠说尾生不算痴，世间的情爱与欢会，太少了；言外之意似乎是说，他与柔卿两情相悦，这种感情难得。温庭筠与柔卿，如胶似漆，情意绵绵。

温庭筠在徐商幕府为巡官，与幕主及同僚诗文唱和，又有红颜知己柔卿，他的生活很惬意。

## 3

温庭筠有柔卿相伴，好词喷发，《更漏子》：

相见稀，相忆久，眉浅淡烟如柳。垂翠幕，结同心，待郎熏绣衾。

城上月，白如雪，蝉鬓美人愁绝。宫树暗，鹊桥横，玉签
初报明。


同心指同心结。玉签指漏壶中的浮箭，漏壶是古代计时工具，浮箭
竹质或木质，刻有度数用来计时。

汤显祖《汤评〈花间集〉卷一》评点："口头语，平衍不俗，亦是填
词当家。"意思是说词中多用口语，虽平淡却高雅，温庭筠是填词行家。

词写了两个场景：一是夜深就寝时，女子放下帷幕，编织同心结，
熏香绣衾，盼情郎归来；二是清晨拂晓时，女子从梦中醒来，依旧不见
情郎，只有月光皎洁，银河鹊桥横跨。

词中的女子或有柔卿的影子，她由柔卿的形象变化而来。写词犹如
绘画，必有一个模特，模特就是柔卿。柔卿朝夕陪伴温庭筠，温庭筠沉
浸在温柔中，他眼中所见心中所想，全都是柔卿，温庭筠填词，柔卿入
词中，好词汩汩来，生活滋养艺术，艺术郁郁葱葱。

温庭筠惬意地生活在徐商幕府，但人生不可能总是惬意，总会有些
不如意，正因为有此不如意，惬意才更显得珍贵。

大中十二年（858），李商隐英年早逝，年仅四十七岁。温庭筠与
其并称"温李"，在文学上齐名，个人交往也多，彼此兄弟相称，感情
很是深厚。李商隐英年早逝，温庭筠失去了兄弟，同时也失去了文友，
"温李"只剩下了一半。温庭筠的悲痛，我们可以想见：他必定会痛哭
一场，柔卿柔声细语解劝，给他加倍的温柔，用温柔融化他的悲痛。温
庭筠现存作品中，找不到对李商隐早逝的反应。也许温庭筠曾写下悲伤
与怀念，但那些作品在流传当中亡佚了，现存作品毕竟不是全部；也许
他无法写下只字片语，因为那些悲痛过于浓烈，任何文字都无法承载，
他将巨大的悲痛深埋心底。

温庭筠喜欢与歌妓在一起，很大原因大概是他的才华，为歌妓所
欣赏和需要，这是他展示才华的方式和途径。不可否认，温庭筠接近歌
妓，必定有性的原因，独自在外许多年，不可能没有性渴望。但温庭筠

也会暂时地离开，走向民间，感受民生艰窘，《烧歌》：

> 起来望南山，山火烧山田。
>
> 微红久如灭，短焰复相连。
>
> 差差向岩石，冉冉凌青壁。
>
> 低随回风尽，远照檐茅赤。
>
> 邻翁能楚言，倚锸欲潜然。
>
> 自言楚越俗，烧畲为早田。
>
> 豆苗虫促促，篱上花当屋。
>
> 废栈豕归栏，广场鸡啄粟。
>
> ……

诗歌语言朴素，纯用白描。温庭筠的诗与词，有着共同的地方，比如客观的观察、冷静的描述；也有些地方差别很大，比如诗的语言朴素，犹如单色素描，而词绮丽浓艳，犹如工笔彩绘。诗中写到襄阳烧畲习俗，以及卜卦、巫祝等等，这些都是现实中的，温庭筠的目光照亮现实。"豆苗"四句，仿佛陶渊明手笔，田园气息，扑面而来。"谁知苍翠容，尽作官家税！"末两句点睛，是全篇主旨。可见，花间词祖温庭筠，也是关心民瘼的。只是他向来是民，本身就需要关心。此时温庭筠只是巡官，但即便如此，他还是向下看，看到民生艰窘。

大中十三年（859）十二月，白敏中由荆南节度使再次入相。温庭筠现存有《上萧舍人启》，据刘学锴《温庭筠系年》，这封信名称有误，不是上给萧舍人的，而是上给白敏中的，时间是大中十三年末，或者咸通元年（860）初。前文说过，白敏中是白居易堂弟，自称文章受教于堂兄，并为白居易申请了谥号"文"。这封信仅剩残篇，不完整，最后要紧的部分没有了，所以温庭筠的目的，我们已经无法得知。估计是有求于白敏中，为自己的前途，为自己的生计。因为不久后，徐商也奉调回京，幕府的主人要调走，幕僚必须另谋出路，温庭筠对于此事，应该已经提前得知，他必须预先做好准备。

大中十四年（860），徐商奉调回京，改任刑部尚书、诸道盐铁转运使。大中十四年比较特殊，当年十一月，改元咸通，所以十一月以前是大中十四年，十一月以后是咸通元年。幕主徐商离去后，幕僚温庭筠失去依托。

惬意的日子就要结束，昔日的幕僚即将四散，这个时候不免感伤，《更漏子》：

> 星斗稀，钟鼓歇，帘外晓莺残月。兰露重，柳风斜，满庭堆落花。
>
> 虚阁上，倚阑望，还似去年惆怅。春欲暮，思无穷，旧欢如梦中。

钟鼓，钟和鼓，古代用来报时。残月，指将落的月亮。

清代陈廷焯《云韶集》卷二十四评点："'堆'字妙，空庭无人可知，回首可怜。"这个"堆"字用得妙，既传达出暮春，又传达出无人，还传达出孤寂。温词就是这样，用字极其讲究，看似随意，涵义丰富，常读常新，百读不厌。

施蛰存《读温飞卿词札记》解读："……上片言晓莺残月中，露重风斜，落花满庭，此皆即景，以引起下片之抒情。下片即言在此景色中登楼望远，倏已经年，旧欢如梦，愁思无穷。"上阕写景，"星斗稀"三句交代时间，是黎明时分，"兰露重"三句交代季节，是暮春时节；下阕抒情，惆怅似去年，旧欢更遥远。

词的主角是女子，她感到惆怅，为昔日的旧欢。表面写昔日的旧欢，曲折指向幕府的惬意生活，而惆怅该是温庭筠的惆怅：幕府生活行将结束，旧欢也行将远去，前路渺茫，托身无处，惆怅无限多。

第十七章

温李

## 1

"温李"是我国文学史上的一组并称。

"温"是温庭筠，"李"是李商隐。

前文刚刚说过，大中十二年（858），李商隐英年早逝，年仅四十七岁；温庭筠与李商隐并称"温李"，在文学上齐名，个人交往也多，彼此兄弟相称，感情很是深厚；李商隐英年早逝，温庭筠失去了兄弟，同时也失去了文友，"温李"只剩下了一半，温庭筠陷入巨大的悲痛。

温庭筠与李商隐并称"温李"，先来说这个并称。

晚唐裴庭裕《东观奏记》卷下记载："（温庭筠）词赋诗篇冠绝一时，与李商隐齐名，时号'温李'。"裴庭裕的意思似乎是说：温庭筠的词第一，赋第二，诗第三，但样样独步当时；只说与李商隐齐名，没说具体指哪方面，但肯定不外乎词赋诗；温庭筠与李商隐齐名，时人并称"温李"。

唐人并称的有很多，从初唐、盛唐，到中唐、晚唐，各个阶段都有，可谓层出不穷。明代胡震亨《唐音癸签》对此有梳理：唐人一时齐名的，如富吴、苏李、燕许、萧李、韩柳、四杰、四友、三俊，是因为风格相近。专门以诗并称的，有沈宋、钱郎，又有刘李、鲍谢、元白、刘白、温李、贾喻、皮陆、吴中四士、庐山四友、三舍人、大历十才子、咸通十哲等。至于李杜、王孟、高岑、韦孟、王韦、韦柳诸合称，都是出自后人，不是当时定的。唐代文坛群星璀璨，熠熠生辉，彼此照耀。"温李"并称出自时人。而有些并称则出自后世，如今天耳熟能详的"李杜"，唐代没有这样的提法，不把李白与杜甫相提并论。

按照胡震亨的意见，"温李"并称是因为诗。本书作者判断，"温李"并称的原因，可能不止于诗。《旧唐书·李商隐传》说：李商隐与太原温庭筠、南郡段成式齐名，时号"三十六"。除了温、李以外，又多了位段成式，三人齐名，又都排行第十六，所以合称"三十六"。《新唐书·李商隐传》则将"三十六"改为"三十六体"，用来指温、李、段三人的骈文。骈文与散文对称，也叫骈体文。三人以骈文并称当世，成为具有共同风格的文学流派。赋属于骈文之一种。那么"温李"并称，既有诗的因素，还有赋的因素。

唐代并称多多，原因究竟何在呢？

清代诗论家贺贻孙概括说：同时齐名的，往往志趣主张相同，如沈宋、高岑、王孟、钱刘、元白、温李之类，"不独习尚切劘使然，而气运所致，亦有不期同而同者"。气运，气数、命运。"温李"并称，因为风格相近，而相近风格背后，不仅有相同的志趣，还有相同的时代，以及时代所规定的命运。分析尽管笼统，大体说来不错。

贺贻孙认为相同的风格，有彼此切磋的因素。《北梦琐言》卷四记载，李商隐曾向温庭筠请教：近来得一上联："远比召公，三十六年宰辅"，有上联没下联。温庭筠回答他：何不对"近同郭令，二十四考中书"。当时的李商隐，该是满脸的愁苦，有上联没下联，这种滋味不好受，他朝也思暮也想，这个下联折磨他，折磨得他要发疯。而温庭筠或醉卧，或半醉半醒，仅仅略一沉吟，下联脱口而出，"温八吟"可不是浪得虚名。"温李"彼此切磋交流，切磋出共同的风格。

现在我们习惯将唐代，分为初、盛、中、晚四个阶段，每个阶段的大唐文坛，都有叱咤风云的大家：初唐有王杨卢骆，武后时有沈宋、苏张，盛唐则有李杜、高岑、王孟，大历间有钱郎，贞元、元和间有韩孟、元白、刘柳、张王，中晚唐之交则有姚贾及其追随者，到了晚唐时代，除了杜牧以外，就是温李及其追随者皮陆等。

晚唐最有名的作家，晚唐五代人公推"温李"。皮日休《松陵集序》说："近代称温飞卿、李义山为之最，俾生参之，未知其孰为之后先也？""生"指的是陆龟蒙，皮日休认为陆龟蒙可与"温李"比肩。皮日休是盛赞陆龟蒙，更是盛赞"温李"。《唐摭言》卷十《韦庄奏请追赠不及第人近代者》也说："赵光远，丞相隐弟子，幼而聪悟。咸通、乾符中，以为气焰温、李，因之恃才不拘小节，……"赵光远的诗文，其气势与力量，直追"温李"，因而恃才傲物，不拘小节。诗文直追"温李"，已经可作资本，使他恃才傲物，不拘小节。

晚唐五代人公推"温李"，这个从当时的诗选集，也可以清楚看出来。后辈诗人韦庄编选《又玄集》，选杜甫诗七首，温庭筠、武元衡、贾岛、姚合、杜牧、李远等六人，每人五首，李商隐四首。韦庄的后辈诗人韦縠编选《才调集》，选温庭筠诗六十一首，李商隐诗四十首，"温李"占到全书的十分之一。

贺贻孙将文学风格，归因于时代的气运，这个不是没有道理。

众所周知，"安史之乱"以后，唐帝国江河日下，于是感伤情绪蔓延，不满现状，缅怀盛世，渴望复兴，却又回天乏力，无可奈何；同时，随着都市的繁荣，市民意识觉醒，追求淫艳、享乐和安逸，于是艳俗思潮昌盛一时。俗可以理解为大众化，大俗而大雅，异曲而同工。感伤与艳俗此消彼长，推波助澜，终于衍生出新的诗歌主潮，这就是风靡天下的"温李新声"。

《唐才子传》卷八说："（温庭筠）侧词艳曲，与李商隐齐名，时号'温、李'。"温李齐名的原因，《唐才子传》作者认为，是侧词艳曲。侧词艳曲不是个褒义词，但其中明显有赞誉，因为毕竟是才子传，不过赞誉有所保留。侧艳是温李的标志。"元白"还是个矛盾体，他们既主张载道，又写作侧词艳曲，显得口是而心非。而在"温李"的作品中，两股思潮完美结合，二者兼具，水乳交融。

"安史之乱"以后，有两股思潮，一为感伤，一为艳俗。在中唐时代，两者一度是分离的，互不相干，泾渭分明：感伤思潮的载体，是所谓的传统文学，传统文学以诗歌、散文为代表；艳俗思潮的载体，是所谓的市民文学，市民文学以传奇、变文为代表。到了"元白"，两股思潮殊途同归，走向合流。"元白"倡导新乐府运动，提倡诗文为时而作，反映民生疾苦。他们的文学主张，是建立在幻想上的，幻想帝国"中兴"，但这个幻想很快化为泡影，唐帝国不但"中兴"无望，而且每况愈下。于是"元白"的"兼济天下"，很快转变为"独善其身"。这样，在感伤思潮和艳俗思潮的夹击下，"元白"便偃旗息鼓。因此，同是白居易，既提倡讽喻时事，又与元稹等唱和艳曲，曾经指斥他人的诗坛巨擘，却招来了他人的指责，杜牧《李戡墓志铭》中说："尝痛自元和以来，有元、白诗者，纤艳不逞。非庄士雅人，多为其所破坏。流于民间，疏于屏壁，子父女母，交口教授，淫言媟语，冬寒夏热，入人肌骨，不可除去。""十年一觉扬州梦，赢得青楼薄幸名。"杜牧的私生活开放，但在文学上有洁癖，他对"元白"诗歌，尚且痛心疾首，对"温李新声"的态度，我们可想而知。所以，杜牧在晚唐尽管重要，却不是那个时代的代表。

关于"温李"并称。《新唐书·温廷筠传》记载："彦博裔孙廷筠，少敏悟，工为辞章，与李商隐皆有名，号'温李'。"辞章是诗词文章等的总称，"工为辞章"是唐代对作家的最高赞誉。《新唐书》说得模糊，"温李"并称的原因，只笼统说"工为辞章"，并未具体说指什么。

继续来说那两股思潮。两股思潮在"元白"身上打架，矛盾重重很不和谐，但始于中唐的两股思潮，终究在"元白"作品里携手，而且白居易的《长恨歌》，熔感伤、艳俗于一炉，堪称融合的杰作，可惜这种杰作寥寥。直到李贺的出现，诗坛才为之一新。李贺是位跨时代的诗人，他将两股思潮自觉地融合，开启了晚唐新诗的先声。李贺从艳俗思潮中汲取营养，熔铸于他的感伤意识当中，使文学世俗化人情化，但又极力将诗境与人间拉远，或写神仙之境，或状鬼蜮之地，他将文学从外在世界，引向人的内心深处，但又因意象过分光怪陆离，甚至阴森可怖，冲淡了人的情感色彩，他又十分注重诗的官能刺激，务求新奇，往往奇崛冷艳有余，流利圆润不足。加之李贺英年早逝，艺术风格仍在探索当中，所以两股潮流的结合，还需要文学天才的参与。

"温李新声"的诞生，使晚唐诗坛大放异彩，在前人探索、创新的基础上，真正熔感伤、艳俗于一炉，汲取内在的精华，由此衍生出新的诗潮。

## 2

晚唐文坛"温李"并称，他们是文学上的知音。李商隐有诗寄赠温庭筠，《有怀在蒙飞卿》：

> 薄宦频移疾，当年久索居。
> 哀同庾开府，瘦极沈尚书。
> 城绿新阴远，江清返照虚。
> 所思惟翰墨，从古待双鱼。

庾开府，即庾信，北朝文学家，曾作《哀江南赋》，官至骠骑大将军、开府仪同三司。沈尚书，即沈约，南朝文学家，爱读书，为之瘦。双鱼，两块鱼形的木板，一作底一作盖，书信夹在中间，常用来指书信。

官阶低微，调来调去。李商隐向温庭筠报告近况，实述其事娓娓道来，但温庭筠读来，可能不免引起伤痛，入仕是他的一块心病：温庭筠向往薄宦，参加科举几十年，始终名在孙山外，他求薄宦而不得。

近来有病在身，离群索居已久，以读书吟咏自娱，哀愁有如庾开府，消瘦有如沈尚书。作家就有这样的好处，即便外部世界失去意义，他仍可以转向自己内心；李商隐读书写作，向内心寻求存在的意义。他寄诗给温庭筠，并盼望着他的回信。这是两颗巨星间的交流，是真诚的也是平等的。"温李"尽管性格迥异，但彼此惺惺相惜，精神上互相守望。

不久，温庭筠的回信来到，《秋日旅舍寄义山李侍御》：

> 一水悠悠隔渭城，渭城风物近柴荆。
> 寒蛩乍响催机杼，旅雁初来忆弟兄。
> 自为林泉牵晓梦，不关砧杵报秋声。
> 子虚何处堪消渴，试向文园问长卿。

侍御，指监察御史，据张采田《玉溪生年谱会笺》，李商隐初得侍御衔，在大中三年（849）十月，大中十年（856）春，李商隐回长安后，不再带侍御衔。一水，指渭水。渭城，汉代县名，在今陕西省咸阳市东北。子虚，借指汉代司马相如，司马相如曾作《子虚赋》。消渴，中医病名，口渴，善饥，尿频，消瘦;《汉书·司马相如传》记载，司马相如"常有消渴疾"。文园，司马相如曾任孝文园令。长卿，司马相如字长卿。

诗写于秋日的旅舍，温庭筠旅行在外，夜宿渭城旅舍，写诗寄给李商隐。

温庭筠夜宿渭城旅舍，耳中所闻，地下有蟋蟀，天上有雁行。蟋蟀鸣叫使温庭筠想到快速织布，雁行有序使温庭筠想到李商隐。温庭筠与李商隐以兄弟相称，他们的交往必定早已开始。应当彼此时有往还，共同游处吟诗作赋，彼此介入对方的生活。

历来"温李"都被视为无行文人，他们的诗歌以绮丽精工著称。历代的诗评家们，也将绮丽精工，作为"温李"并称的主要原因，将绮丽精工作为标签，贴在"温李"的身上。清代袁枚《小仓山房文集》说："题香襟，当舞所，弦工吹师，低徊容与，温、李、冬郎所宜也。"冬郎，唐代诗人韩偓的小名。袁枚的看法很有代表性。"温李"在被贴标签的同时，他们也成了一个标签，专指流连青楼翠馆的人，这些人与乐工们厮混，通晓音律，善于依曲填词。

温庭筠富于音乐才华，依曲填词，信手拈来。《张静婉采莲曲（并序）》：

> 兰膏坠发红玉春，燕钗拖颈抛盘云。
> 城边杨柳向娇晚，门前沟水波粼粼。
> 麒麟公子朝天客，珂马珰珰度春陌。
> 掌中无力舞衣轻，剪断鲛绡破春碧。
> 抱月飘烟一尺腰，麝脐龙髓怜娇娆。
> 秋罗拂水碎光动，露重花多香不销。
> 鸂鶒交交塘水满，绿芒如粟莲茎短。
> 一夜西风送雨来，粉痕零落愁红浅。
> 船头折藕丝暗牵，藕根莲子相留连。
> ……

据《南史》记载，羊侃字祖忻，精通音律，曾作《采莲》《棹歌》二曲，其人奢靡，姬妾成群，其中有舞女张静婉，腰围一尺六寸，比A4腰还细，人说能作掌上舞。红玉，红润如玉的肌肤。盘云，如云的发髻。红浅，荷花凋零之后，花瓣颜色变淡。

全诗分两段，前段十句写张静婉娇娆，后段十句写张静婉采莲。

陆时雍《唐诗镜》卷五十一评点："语极娇艳之致，末数语更复风骚。""温李"绮艳，"娇艳""风骚"，这些词很是妥帖。绮艳诗盛行于齐梁，晚唐时再度复兴。前文说过，齐梁乐府设色浓丽，辞采繁富，声情绮靡，是温庭筠写作的初始范式，绮艳浸透温庭筠的作品。

正如所见，温庭筠的诗绮艳，他以清新绮丽、细密精工的笔触，从细微处刻画妖娆多姿的女子，多对于女子妆扮、意态、形体等的描绘，诗中出现大量"蛾""眉""羞""恨""纤腰""细腰"等词语，词语指向女子的容颜、表情和形体。通过描写女子的意态，来揣写她们感情的波澜，通过描写女子的服饰与容颜，来获得审美的愉悦，强调的是视觉上的满足。温庭筠文思清丽，擅长音律，他沉溺于风花雪月美女如云，沉溺于香楼翠馆流连忘返，他爱这些花面蛾眉的佳人，悲戚于她们的不幸命运，并用一支生花妙笔，展现出一个真实的女子世界，这个女子世界为世人所鄙弃。

温庭筠多以乐府诗来写歌妓舞女，而李商隐的此类诗，从题目上一望可知，如《赠歌妓二首》《妓席》等，或以有特定指称的事物拟题，如柳、蝶、荷等等。内容上，温诗对于歌妓舞女的穿着打扮，往往给予较多的关注。在状态描摹方面，刻画之细远胜于李。温庭筠笔下的歌舞妓女，面若桃花，脉脉含情，低态敛眉，似有万千心事，欲与人说。温诗更多写情：两厢有意之情、恐其有变之情、希望天长地久之情，等等。温的态度是喜爱的，也是珍视的。李诗则多概括，写歌妓舞女姿态，寥寥数语而已，注重描摹她们意态，口吻则多是戏谑的，如调侃她们虚情假意，或是嘲谑她们的身份，或是讥讽她们百般卖弄，还有就是剖白狎客心理。李的态度是轻视的，是鄙夷不屑的，逢场作戏多于真情实意。

李商隐《妓席》：

乐府闻桃叶，人前道得无。

劝君书小字，慎莫唤官奴。

桃叶，晋代书法家王献之的爱妾，王献之曾为她写作乐府《桃叶歌》。官奴，王献之的小名，唐代官妓也称官奴。

李商隐与官妓有距离感：他把她们当陌生人，而且认为她们地位低下，和自己不对等，甚至不配自称"官奴"，因为王献之小名官奴。

温庭筠对官妓是平视的，李商隐对官妓是俯视的。李商隐绝不会主动去到青楼翠馆，他大概是被温庭筠拉去的。两人置身在这样的场合，温庭筠如鱼得水，他少有礼教的束缚，既洒脱又自如，为众官妓作曲填词，对她们持欣赏的态度，将她们当作美的化身，众官妓视他为知己，对他如众星拱月；而李商隐俨然是正人君子，正襟危坐不苟言笑，视官妓如洪水猛兽，浑身不自在，如坐针毡。温庭筠可能多次怂恿，李商隐推诿再三，实在难以推托时，他勉强作诗一首，却是这样的戏谑口吻。

"温李"有一个共同点：都通过女子的不幸命运，来抒发身世之感、沉沦之痛。但在温庭筠，青楼翠馆是他寄托科场失意的场所，从中获得视觉美感与精神愉悦，他鄙弃世俗禁锢，给予女性赏爱与怜惜，其女性诗体现他的心境，追求自由、崇尚平浅自然的心境。而李商隐是理想主义者，对于爱情和理想都追求极致，尽管失意，也从不放弃，情字贯穿他的一生，对待歌妓舞女，轻视鄙夷，逢场作戏。概括来说，温庭筠率性而为，不拘礼法；李商隐愁苦自知，以诗写心。

"温李"绮丽指向诗的内容。据统计，温庭筠现存的三百二十八首诗中，以女性为内容或题材的，有六十余首，约占百分之二十；李商隐现存的五百九十八首诗中，以女性为内容或题材的，有一百四十余首，约占百分之二十五。而描写歌妓舞女的，温诗中有二十五首左右，约占其女性诗歌数量的百分之四十；李诗中有十五首左右，约占其女性诗歌的百分之十。"温李"向被视为无行文人，究其原因大概是在这里。[①]

# 3

李商隐又有诗寄赠温庭筠，《闻著明凶问哭寄飞卿》：

> 昔叹谗销骨，今伤泪满膺。
> 空余双玉剑，无复一壶冰。
> 江势翻银砾，天文露玉绳。
> 何因携庾信，同去哭徐陵？

著明，卢献卿字著明；唐代孟棨《本事诗·征咎第六》记载：范阳人卢献卿，大中年间应进士试，作《愍征赋》数千言，时人以为仅亚于

---

① 沈文凡、闫雪莹《温庭筠、李商隐对女性的观照及其审美心理初探》，《长春师范学院学报（人文社会科学版）》，2005 年第 3 期。

庾信的《哀江南》，累举不第，穷游衡山湘水间，在郴州病倒，十多天后去世。徐陵，南北朝诗人、骈文家，由梁入陈；《北史·庾信传》记载："陵及信并为抄撰学士，文并绮艳，世号徐庾体。"

温庭筠、李商隐、卢献卿是好友。温庭筠大中年间参加进士考试，卢献卿也是大中年间参加进士考试，而且都是累举不第；温庭筠有绰号"温八吟"，卢献卿有名篇《愍征赋》。同样的才华横溢，同样的怀才不遇。大概诸多的共同点，使他们成为好友，彼此欣赏，惺惺相惜，有说不完的话。李商隐开成二年（837）进士及第，在三人中最幸运，但这并不妨碍他们彼此欣赏，才华不会因落第而泯灭。三人在大唐的长安，频频落第，频频大醉，又频频大哭，泪飞长安城。

没了一壶冰，只余双玉剑。卢献卿生前是佩剑的，他仗剑去远游。温庭筠大概也是佩剑的，在长安的夜色里，他或许会挑灯看剑，想象着像李白般，手刃数人，血溅三尺。

李商隐将温庭筠比作庾信，又将卢献卿比作徐陵。温庭筠绮艳，卢献卿绮艳，李商隐也绮艳，三人成为好友，相近文风作基础。

温庭筠《海榴》：

> 海榴开似火，先解报春风。
> 叶乱裁笺绿，花宜插髻红。
> 蜡珠攒作带，缃采剪成丛。
> 郑驿多归思，相期一笑同。

海榴，即石榴。春风吹来，石榴花开，明艳如火苗，未开的花苞，又如一粒粒蜡珠，仿佛浅红色的丝绸，花红该点缀云鬓，叶子墨绿油光，像是绿色的笺纸裁成。温庭筠绮艳，他喜欢绮艳的事物。

李商隐《蝶》：

> 飞来绣户阴，穿过画楼深。
> 重傅秦台粉，轻涂汉殿金。

相兼惟柳絮，所得是花心。

可要凌孤客，邀为子夜吟。

蝴蝶在李商隐的笔下，飞临绣户，穿过画楼，翅膀像是扑了粉，又像是涂了金，阳光下熠熠生辉。李商隐同样绮艳，他也喜欢绮艳的事物。

"温李"文风相近，有着相似的审美取向。郑振铎《中国文学史》中说："假如我们说李商隐的诗似粉光斑斓的蝴蝶，那末，温庭筠的诗便要算是绮丽腻滑的锦绣或彩缎的了。温诗是气魄更大，色彩更为鲜明，文采更为绮靡的东西。"蝴蝶与彩缎，绮艳各不同。郑振铎比喻的灵感，大概来自以上两首诗。

"温李"绮丽还指向形式。"温李"作品给人的第一感觉，就是惊艳夺目、词采华赡，特别喜欢用浓艳的词语，所以他们的作品色彩感非常强烈。以温庭筠诗歌而言，据统计，在温庭筠现存诗中，"金"共出现三十九次，"红"三十七次，"绿"二十次，"碧""翠"各十九次，"青"十五次，"黄"十一次，另外还有"粉""银""黛"等富有色彩美的词语。[①]

"温李"并称，诗风有相似的一面，但他们同中又有异。前人对"温李"的风格差异，曾有这样的概括：温清李浓、温薄李厚。关于这一点，清代袁枚《随园诗话》中说："今人论诗，动言贵厚而贱薄，此亦耳食之言。不知宜厚宜薄，惟以妙为主。以两物论，狐貉贵厚，鲛绡贵薄；以一物论，刀背贵厚，刀锋贵薄，安见厚者定贵，薄者定贱耶？古人之诗，少陵似厚，太白似薄；义山似厚，飞卿似薄，俱为名家。"并非厚就好薄就不好，当厚则厚，当薄则薄，厚与薄各有妙处。

温庭筠《春日野行》：

骑马踏烟莎，青春奈怨何。

蝶翎朝粉尽，鸦背夕阳多。

---

① 慈波《温庭筠绮艳诗刍议》，《重庆邮电学院学报（社会科学版）》，2004 年第 2 期。

柳艳欺芳带，山愁紫翠蛾。

别情无处说，方寸是星河。

莎，即莎草，多年生草本植物。青春，春天或青春年华。翎，指蝴蝶的翅膀。欺，压倒、胜过。方寸，指心。星河，银河。

春光明媚时节，诗人骑马往郊外，此时莎草如茵，粉蝶翻飞，可是面临着离别，诗人不快乐，别情依依，无处诉说。温诗贵薄，于此可见一斑。

"温李"绮艳，但绮艳也有不同，前人总结为：温庭筠"俗艳"，李商隐"雅艳"。温庭筠的艳情诗多为乐府歌曲，前人指出他学习六朝民歌写法，色彩浓丽，辞藻艳丽，语言风格与他的词非常接近。温庭筠初步完成了晚唐艳情诗词的一体化，如他用《南歌子》曲调，既写有两首七绝体，又写有七首长短句体。而李商隐的艳情诗全为近体，绮丽而精工，情深而意晦，可能有不少艳情诗别有寄托。和厚薄是同样道理，并非俗就不好雅就好，俗与雅也是各有妙处。

"温李"绮艳诗用典有共同点：或者用历史上、文学作品中的美丽女子，来指自己所描写的女性形象，或者以有才华的女子，来指自己所爱慕和欣赏的女性。但也有不同点：温诗中女性典故出现次数较少，而且温诗用典取意单纯，少有寄寓之意；而李诗中大量使用女性典故，这已成为李诗的重要标志。关于这一点，吾丘衍《闲居录》说："世儒有言，谓李商隐作诗为'獭祭鱼'，以其多检书册也。然商隐用事善于点化，皆无牵强矫揉处，当是博览所致，非浅学所可议也。"獭祭鱼，也省作"獭祭"，獭常捕鱼陈列水边，如同陈列供品祭祀，用来比喻罗列典故，堆砌成文。用典过多就有这样的毛病。但李商隐信手拈来，诗中虽用典繁复，却并不牵强矫揉。

"温李"诗用典方面的差异，造成接受上的不同效果。胡震亨《唐音癸签》卷八说："温飞卿与义山齐名，诗体密丽概同，笔径较独酣捷。"酣捷，酣畅快捷。温诗要比李诗，更为通俗流畅。明代顾璘《批点〈唐音〉》批评温庭筠："大抵清高难及，粗俗易流，差便于流俗浅学耳。"

评论虽然是负面的，但可以帮助我们把握温诗，温诗通俗易懂，便于接受，也便于学习。

"温李"的绮艳诗，绮丽外表之下，隐藏了无尽感伤。《惜春词》：

> 百舌问花花不语，低回似恨横塘雨。
>
> 蜂争粉蕊蝶分香，不似垂杨惜金缕。
>
> 愿君留得长妖韶，莫逐东风还荡摇。
>
> 秦女含颦向烟月，愁红带露空迢迢。

百舌，鸟名。低回，徘徊、流连。君，指花。妖韶，妖娆美好。秦女，泛指秦地女子。迢迢，一作"寥寥"。

残红带露，横塘过雨，凤蝶飞舞，秦女含颦，无可奈何春去也。全诗由内而外地透着绮艳，但绮艳背后是浓重的感伤。感伤是"温李"的共同底色。王夫之曾说："以乐景写哀，以哀景写乐，一倍增其哀乐。""温李"以绮艳写感伤，更使感伤翻倍。

范文澜《中国通史》说："在晚唐，李商隐是旧传统的结束者，温庭筠是新趋势的发扬者，晚唐诗人温李称首，其余诗人都不能和他们比高下，因为此后诗人（包括词人）都是温李的追随者。""温李"虽然并称，但在文学史上价值各异：李商隐博采众长，成为传统的集大成者；而温庭筠精通音律，成为一代词风的开创者。温庭筠的诗是诗向词过渡的先声，温庭筠开启了一个全新的词时代。

第十八章　广陵辱

1

咸通三年（862）冬或四年（863）春，温庭筠自江陵返长安，途经扬州时，遭到令狐绹羞辱。

《旧唐书·温庭筠传》记载："咸通中，失意归江东，路由广陵，心怨令狐绹在位时不为成名。既至，与新进少年狂游狭邪，久不刺谒。又乞索于扬子院，醉而犯夜，为虞候所击，败面折齿，方还扬州诉之。令狐绹捕虞候治之，极言庭筠狭邪丑迹，乃两释之。自是污行闻于京师。庭筠自至长安，致书公卿间雪冤。属徐商知政事，颇为言之。"

江东，古代指长江下游芜湖、南京以下的南岸地区，也泛指长江下游地区。广陵，广陵郡，即扬州，据《新唐书·地理志五》，武德九年（626），始称扬州，天宝元年（742），更名广陵郡。成名，科举及第。新进，指初入仕途、新得科第或新被任用。少年，古称青年男子，与老年相对。

以上的记载说，咸通年间温庭筠不得志，取道江东返回长安，路经扬州时，被虞候打伤，毁了容，断了齿，斯文扫地；向令狐绹告状，却被当众羞辱，从此恶名传播京师。温庭筠回到长安，写信给达官贵人，为自己洗雪冤屈，当时徐商主持政府，为温庭筠出头讲话。

温庭筠途经扬州时，令狐绹在那里等他，不是冤家不聚头。令狐绹何时到的扬州呢？令狐绹宰相任后的履历，据《资治通鉴》卷二百四十九《唐纪六十五》，大中十三年（859）十二月，宰相令狐绹罢为河中节度使；又据《旧唐书·令狐绹传》，咸通二年（861），令狐绹调任汴州刺史、宣武军节度使，咸通三年（862）冬，令狐绹又调任扬州大都督府长史、淮南节度副大使、知节度事。令狐绹到扬州的时间，大约就在咸通三年冬。

来倒叙温庭筠襄阳幕后的行踪。

据《唐方镇年表》，徐商自山南东道调离，在大中十四年（860）十一月。徐商调离襄阳后，温庭筠的襄阳幕僚生涯，随即也告终结。顾肇仓《温飞卿传订补》推断，温庭筠自襄阳解职，即暂居江陵（今湖北省荆州市荆州区）[①]。而刘学锴《温庭筠全集校注》则认为，大中十三年至咸通三年（859—862），萧邺任荆南节度使，咸通二年（861）初，温庭筠抵江陵，入萧邺幕为从事，具体职位未详，同幕有段成式、卢知猷等人。大中十四年（860）十一月，温庭筠离开襄阳幕府，咸通三年冬或以后，温庭筠出现在扬州，中间的两年多时间，可能有段时间仍待在襄阳，然后就去了江陵，入荆南节度使萧邺幕，为从事。

在江陵，温庭筠答谢段成式，《答段柯古赠葫芦管笔状》：

> 庭筠累日来洛水寒疝，荆州夜嗽，筋骸莫摄，邪虫相攻。蜗睆伤明，对兰钉而不寝；牛肠治嗽，嗟药录而难求。

洛水，今河南省洛河。寒疝，中医病名，腹中拘挛，绕脐疼痛，恶寒肢冷，冷汗不断，《东观汉记·邓训传》记载："太医皮巡从猎上林还，暮宿殿门下，寒疝病发。"荆州，治所在江陵。蜗睆，一种眼病。药录，

---

① 西南联大师院《国文月刊》，第 57、62 期。

录存药方的典籍。

温庭筠与段成式的交往，超越了贫富差距，段成式一如既往地赠物，这次又是葫芦管笔，毛笔的笔管是葫芦做的。段成式必定精力旺盛，常搞些稀奇古怪的东西，搞出来就赠给温庭筠。温庭筠依然如故，答谢他。

《东观汉记》专记东汉历史，东汉都城在洛阳，洛阳有水名洛水。温庭筠说"洛水寒疝"，可能为表明自己的病与东汉太医皮巡相同，免得段成式生出误会。因为"寒疝"在中医里，同时还指一种疝气，症状阴囊肿硬而冷，睾丸痛。

从这封信来看，江陵时期的温庭筠，有段时间疾病缠身：得了寒疝病，腹中绞痛，四肢冰凉，汗出不止，晚上还咳个不停；又有眼病，看东西不清不楚；没什么管用的药，到了晚上，屋外漆黑，屋里豁亮，温庭筠圆睁双眼，根本睡不着。

温庭筠的病或许是担心所致：旧的幕僚生涯结束，新的不知从何开始，经济来源断绝，钱袋越来越轻，发愁使人得病。温庭筠夜里无法入睡，柔卿该是无怨无悔陪伴，灯下，她娇艳如水仙，是打蔫的水仙，连日的照料让她疲惫不堪，不由自主地昏睡，刚昏睡又被咳嗽惊醒，她精神恍惚，走路像踩着棉花，两只黑眼圈，像是国宝大熊猫。

咸通三年（862），段成式任太常少卿。少卿是太常寺副长官，品级正四品上。当年秋，段成式的洛阳旧宅有嘉莲盛开，温庭筠作诗相和，《和太常段少卿东都修行里有嘉莲》：

> 《春秋》罢注直铜龙，旧宅嘉莲照水红。
> 两处龟巢清露里，一时鱼跃翠茎东。
> 同心表瑞荀池上，半面分妆乐镜中。
> 应为临川多丽句，故持重艳向西风。

嘉莲，一茎多花的莲花，古代认为是祥瑞。铜龙，即铜龙门，汉太子宫门名，门楼上饰有铜龙，也借指帝王宫阙。龟巢，莲叶的代称。临川，即南朝诗人谢灵运。

诗中赞嘉莲是祥瑞，预祝老友前途无量，又赞老友诗写得漂亮，植物受了好诗的鼓励，才开出这样的嘉莲来。老友段成式任职太常少卿，温庭筠祝他前程似锦，当然是诚挚的发自内心的祝福，但他心中必定隐隐作痛，自己的前程又在哪里呢？

江陵晚春时节，温庭筠写下对长安的思念，《渚宫晚春寄秦地友人》：

> 风华已眇然，独立思江天。
> 凫雁野塘水，牛羊春草烟。
> 秦原晓重叠，灞浪夜潺湲。
> 今日思归客，愁容在镜悬。

渚宫，春秋时楚国宫殿名，旧址在唐代荆州江陵，此处代指江陵。灞，灞水。

诗中凭借回忆与想象，复原了长安景物及山川形势。身在异乡为异客，温庭筠归心似箭。因为思归不得，温庭筠愁容满面。显然，因为长期生活京师，温庭筠已经把长安当作了第二故乡。人穷则返本，温庭筠思念长安，渴望回到故乡，说明他在江陵不如意。温庭筠愁容满面，大概在为前程担忧。此时的温庭筠可能正病着，病容加愁容，他憔悴不堪。

在江陵，有人要东游，温庭筠送他，《送人东游》："荒戍落黄叶，浩然离故关。高风汉阳渡，初日郢门山。江上几人在，天涯孤棹还。何当重相见，尊酒慰离颜？"

郢门即郢都，春秋战国时楚国国都，旧址在唐代江陵东北。

郢门山是出发地，温庭筠身在江陵。诗写深秋气象，却无衰飒之气，抒写离情别意，却无凄恻之音，此时的温庭筠大概病已痊愈，心情不错。诗名只说送人，而不说送友人，此人大概无关紧要，温庭筠赶去送他，仅仅因为他要东游，东游是要前往江南，江南有他的故乡。温庭筠在江南长大，江南让他魂牵梦萦。《梦江南》：

千万恨，恨极在天涯。山月不知心里事，水风空落眼前花。摇曳碧云斜。

明代沈际飞《草堂诗余别集》卷二评点："（山月二句）惨境何可言！"

清代陈廷焯《云韶集》卷二十四评点："低徊深婉，情韵无穷。"

唐圭璋《唐宋词简释》解读："此首叙漂泊之苦，开口即说出作意。'山月'以下三句，即从'天涯'两字上，写出天涯景色，在在堪恨，在在堪伤。而远韵悠然，令人诵读不厌。"

词写漂泊之苦：主人公家在江南，却漂泊在外，乡愁折磨他。温庭筠同样离家在外，客居襄阳、江陵好多年，对乡愁体会深切。词中所描写乡愁，该是温庭筠乡愁的翻版，他将自己的浓厚乡愁，填进词中，填进永恒。

温庭筠在荆南节度使幕府时，大唐与南诏正在打仗。据《资治通鉴》卷二百五十《唐纪六十六》，咸通三年（862）二月，南诏入侵安南，经略使王宽多次告急，朝廷命前湖南观察使蔡袭代王宽，并调许、徐、汴、荆、襄、潭、鄂等道兵共三万人，交给蔡袭指挥，南诏退去；十一月，南诏又率群蛮五万再次入侵安南，敕调荆南等道兵五千赴邕州（治今广西壮族自治区南宁市南）。咸通四年（863）正月，南诏攻陷交趾（指交州，治今越南河内），荆南等将士四百余人，退至城东水边，荆南虞候元惟德对众人说，我等无船，下水即死，不如拼了，杀两个赚一个，于是返回城中，敌兵无备，元惟德等杀敌两千余。朝廷调发荆南兵奔赴前线，车辚辚，马萧萧，行人弓箭各在腰，温庭筠必然亲眼目睹，而死难的荆南虞候元惟德，温庭筠或许有所耳闻，人们传说他的事迹，温庭筠感慨唏嘘。

咸通三年，荆南节度使萧邺调离。不久，温庭筠启程向江东。

## 2

温庭筠从江陵出发，前往江东的扬州。他是奔苏州去的，他在那里长大，将那里当作故乡，扬州只是路过。温庭筠奔走在路上，奔向他的奇耻大辱。

温庭筠出发前，似乎曾有机会就任别的职位。如果那样的话，他就可以避免广陵辱，他的人生走向，也会是另一种情形。这种机会或可能，蕴藏在一封信里，《谢纥干相公启》：

> 某材谢梗楠，文非绮组。间关千里，仅为蛮国参军；荏苒百龄，甘作荆州从事。宁思羽翼，可励风云？岂知持彼庸疏，栖于宥密？回顾而渐离缁垢，冥升而欲近烟霄。荣非始图，事过初愿。此皆扬芳甄藻，发迹门墙。……

纥干，复姓。相公，对宰相的敬称。梗楠，黄梗木与楠木，借指栋梁之材。

纥干相公，其人未详。顾学颉《温庭筠交游考》认为指纥干臮，而刘学锴《温庭筠全集校注》认为不是，理由是各种史料中，均未提及纥干臮曾拜相，而顾认为这可能是唐末动乱，记载多有散失所致。不管是不是纥干臮，此人都是温庭筠的贵人，他曾经帮助温庭筠，温庭筠对他感恩戴德。

信中先是自谦，说自己既非栋梁之才，文章也不够华美。温庭筠这样说，大概是纥干相公曾经举荐温庭筠，说他是国之栋梁，文章华美非常。

接下来讲现状。"参军"与"从事"差不多，都是指幕僚。荆州，古"九州"之一，东晋定治江陵。"荆州从事"是实指。从"仅"和"甘"来看，温庭筠此时是在江陵做幕僚，温庭筠此信主要感谢的，必定不是因为这个，按照常理来推断，如果仅仅因为这个，温庭筠不会那样说。

"宁思"以下是两个反问句，表达的意思是否定的，其中所说"栖于宥密"，或许正是纥干相公所举荐，他举荐温庭筠"栖于宥密"，但是没有成功。这对温庭筠是个机会，但这个机会倏忽即逝。

信中又说"此皆扬芳甄藻，发迹门墙"，这句显然是客气话，说自己所以有今天的景况，全靠老师的奖掖和提拔，其中透露出的信息是，纥干相公赏识温庭筠，对温庭筠屡有眷顾。

温庭筠曾有别的机会，但那个机会倏忽即逝。"广陵辱"已经无可避免。

我们前文说过，广陵辱与令狐绹关系极大。江陵时期的温庭筠，曾有信寄令狐绹。《上令狐相公启》：

> 某闻丘明作传，必受宣尼；王隐著书，先依庾亮。或情忧国士，或义重门人。咸托光阴，方成志业，抑又闻弃茵微物，尚轸晋君；坏刷小姿，每干齐相。岂系效珍之饰，盖牵求旧之情。某邴第持囊，婴车执辔。旁征义故，最历星霜。三千子之声尘，预闻《诗》《礼》；十七年之铅椠，尚委泥沙。敢言蛮国参军，才得荆州从事。自顷藩床抚镜，校府招弓。《戴经》称女子十年，留于外族；嵇氏则男儿八岁，保在故人。藐是流离，自然飘荡。叫非独鹤，欲近商陵；啸类断猿，况邻巴峡。光阴讵几，天道如何！岂知蓑陋之姿，独隔休明之运。今者野氏辞任，宣武求才。倘令孙盛缇油，无惭素尚。蔡邕编录，偶获贞期。微回馨欬之荣，便在陶钧之列。……

丘明，即左丘明，《左传》的编纂者。宣尼，即孔子。王隐，晋代人，著有《晋史》。齐相，指曹参。邴，指汉代人邴吉。婴，指春秋时齐国人晏婴。嵇氏，指三国时魏国人嵇康。宣武，指东晋人桓温，谥宣武。蔡邕，东汉文学家、书法家。

信中提及人物众多，基本是句句都用典。

"某闻"句典出《史记·十二诸侯年表》:《左传》又名《春秋左氏传》,是为阐释孔子《春秋》而作,左丘明担心孔子的弟子,对《春秋》有不同的理解,著《左传》以阐明孔子本意。"王隐"句典出《晋书·王隐传》:王隐受命编修《晋史》,却遭毁谤被免职回家,家贫不能著书,于是投奔征西将军庾亮,庾亮供给纸笔,王隐得以继续,并最终完成著述。

信中说"情忧国士",孔子无疑是国士,但孔子对应的是谁呢?正面的理解,令狐绹是国士,温庭筠是左丘明,负面的理解就要倒过来。正面的理解还好说,要是令狐绹作负面理解,那可就惨了。温庭筠比喻的目的,是要说有成就的人,都必须有所依托,所以他要依托令狐绹。

前文说过,令狐绹对用典不擅长,温庭筠对这个也了解。如果温庭筠故意用这么多典故,是要把令狐绹绕晕,那么他是犯了才子病,只顾着炫耀自己的博学,完全不顾收信人的感受;如果只是无意为之,那么他就是不谙人情世故。上天大体是公平的,给你的才华多了,其他方面就要少些,才子不谙人情世故,这个不必责全求备,处事圆滑八面玲珑,不是才子而是俗吏。

不管是哪种情况,这样用典繁复的信,不会有什么好效果。何况还曾得罪过令狐绹。信中用典繁复,令狐绹不能全懂,但"微回"句他能懂,是温庭筠有求于他,求他举荐职位。令狐绹收到信,或者根本拆都没拆,就丢到一边去了,或者拆开读过,冷笑一声,置之不顾。温庭筠满怀期望,却最终彻底失望,他必定心怀怨恨,衔恨奔向江东。

求人的滋味不好受,求人又遭人拒绝,滋味就更不好受,温庭筠英雄气短。温庭筠奔走在路上,心情复杂五味杂陈,对令狐绹必定有恨,但又心存一线希望,希望面见令狐绹时,事情会有意外的转机。

离乡越来越近,心情越来越急迫,脚步越来越轻快,乡音随处可闻,民歌此起彼伏。《南歌子》:

　　脸上金霞细,眉间翠钿深。敧枕覆鸳衾。隔帘莺百啭,感君心。

金霞，指额黄。翠钿，翠玉制成的头饰。

李冰若《栩庄漫记》评点："婉娈缠绵。"婉娈，缠绵、缱绻。

华钟彦《花间集注》解读："（末二句）闻莺百啭，感春光将尽，思君之心，益惝怅而难平也。"

词的开头两句，写女子的妆饰，她精心化过妆，晨起，倚枕拥衾，思念他；隔帘闻莺，春将尽，思更切。

词仍写思念，"她"对"他"的思念。词里的思念是现实思绪的变形：温庭筠要回长安，却绕道去苏州，他走的不是直线，而是大大的曲线。他的乡愁浓厚，浓得化不开，他思乡心切，脚步踉踉跄跄。思念好似病，填词可缓解。温庭筠举重若轻，将浓厚的思念，寄予二十字，字字千钧重。

# 3

《旧唐书·温庭筠传》记载，咸通年间，温庭筠不得志，取道江东回长安，路经扬州时，被虞候打伤，毁了容，断了齿，斯文扫地。我们还说过，咸通三年（862）冬，令狐绹调任扬州大都督府长史、淮南节度副大使、知节度事。《南楚新闻》卷二又载："太常卿段成式，……咸通四年六月卒，庭筠闲居辇下。"段成式卒于咸通四年（863）六月，当时温庭筠闲居在长安。咸通三年冬以后、咸通四年六月以前，就发生了"广陵辱"。

关于"广陵辱"，《新唐书·温廷筠传》记载："不得志，去归江东。令狐绹方镇淮南，廷筠怨居中时不为助力，过府不肯谒。丐钱扬子院，夜醉，为逻卒击折其齿，诉于绹。绹为劾吏，吏具道其污行，绹两置之。事闻京师，廷筠遍见公卿，言为吏诬染。俄而徐商执政，颇右之，欲白用。"

居中，居官朝中或任职军中。诬染，诬陷。右，古同"佑"，帮助、偏袒。

《新唐书》和《旧唐书》，都说温庭筠失意，此时的温庭筠落魄，他前往江东，是要归故乡。《旧唐书》说温庭筠要回江东，路经扬州。温庭筠生长苏州，他把那里当故乡。当时的苏州属江南东道，而扬州则属淮南道，苏州在扬州的南边。从山南东道的江陵，前往东北方向的苏州，不需要经过扬州；温庭筠实际是要返回长安，去完苏州后才去的扬州。《旧唐书》的说法不合理，所以《新唐书》作了模糊处理，删掉了那句话。

温庭筠衔恨而来，他对令狐绹有气。居中既指在朝中做官，也指在军中任职。令狐绹做宰相时，使温庭筠累举不第，令狐绹到扬州后，温庭筠求他举荐，又置之不理，温庭筠心里的恨，来自两方面。

发泄怨气的方式，《新唐书》说得简单，只说温庭筠经过扬州，不去拜谒令狐绹；《旧唐书》则比较丰富，说温庭筠同一帮年轻人，大概都是他的粉丝，大逛烟花柳巷。温庭筠像是今天的明星，哪里都有粉丝一大堆，他们仰慕他，看他像是看神仙，他们追随他，前呼后拥，众星拱月。温庭筠不去见令狐绹，却领着粉丝出现在烟花柳巷，温庭筠通过这种方式，来发泄心中的怨恨。

发泄指向令狐绹，杀伤面积却大，受伤的还有柔卿，她大概暗自垂泪。

《旧唐书》《新唐书》都说到，温庭筠又在扬子院乞讨。扬子院当然不是烟花柳巷，温庭筠在那里用不着乞讨，随便写首词就可以得钱，而且恐怕还是追着给，歌妓想得温庭筠的词，要排队预约。扬子院是驻扬州的中央机构，唐代设有盐铁转运使，掌管东南的盐务和漕运，在扬州和温庭筠刚离开的江陵，盐铁转运使都有留后院。温庭筠在扬子院乞讨，是为了表达什么呢？可能为表示自己的落魄，曲折地向令狐绹发泄。此事想来让人心酸，温庭筠发泄怨气，竟然以这样的方式。

温庭筠率领大堆粉丝，大逛烟花柳巷，歌妓如云，环绕在侧，温庭筠随手填词，歌妓奉为至宝。《南歌子》：

手里金鹦鹉，胸前绣凤皇。偷眼暗形相，不如从嫁与，作

鸳鸯。

形相，端详、细看。鸳鸯，喻夫妻。

明代汤显祖《汤评〈花间集〉》卷一评点："短调中能尖新而转换，自觉隽永。可思腐句腐字，一毫用不着。"《南歌子》有单调、双调两种，单调短，双调长，这首属于单调。虽是短调，但新颖富于变化，感觉隽永。

"手里"两句，俞平伯《唐宋词选释》认为指绣品，"金鹦鹉"是小的，拿在手里，"绣凤皇"是大的，绷在架子上，齐胸高，两句是描述女子；华钟彦则认为指鸟，"金鹦鹉"拿在手里，是真的鸟，"绣凤皇"在衣服上，是假的鸟，两句是描述男子。指男子或女子都讲得通。时代已经久远，对个别词句的理解，有点像是猜谜语。

女子遇见公子，暗自打量，心想不如嫁给他，做夫妻。女子大胆又泼辣，感情大胆又率真，没那么多枝枝蔓蔓，喜欢他就要嫁给他，和他做快乐鸳鸯，该词民歌味道浓厚。

温庭筠生长在苏州，在那里度过早年时光，他生活中的江南女子，该是这样的淳朴直率。她或许是隔壁邻家女，与温庭筠青梅竹马两小无猜，等到两人年龄渐长，邻家女变得羞涩，倚门回首，却把青梅嗅。词中女子端详的，可能是温庭筠，他将甜蜜的感情经历，填进词中。

继续来说"广陵辱"。刚才说到，温庭筠率领粉丝大逛烟花柳巷，又在"扬子院"乞讨，就是不去拜谒令狐绹，他以这种方式，发泄着怨气。令狐绹对此事什么态度呢？可能在窃笑，他暗中让人时刻紧盯温庭筠，对他的举动了如指掌，并暗中观察，等待着时机，试图找到把柄，要给温庭筠一个教训。

把柄很快就有了，温庭筠自己制造了把柄：酗夜醉酒，违禁夜行。这在当时属于违法。令狐绹狠狠出击：温庭筠被打，毁容，断齿。《新唐书》说是被巡逻的士兵打了，《旧唐书》说是被都虞候打了，实际上，该是巡逻的士兵，都虞候是军中执法长官，打人这种粗活，他用不着亲

自动手，但是巡逻的士兵肯定是得到都虞候的授意：都虞候一个手势，士兵一哄而上，拳打加脚踢，可怜的温庭筠倒地，拳脚如雨点般落下，他咬牙忍着，牙齿咬进嘴唇，殷红的鲜血渗出，他不作声，绝不求饶，硬撑到底。柔卿将他接回旅店，为他擦拭血迹，手在抖心在痛，无声地哭泣，既怨士兵们太狠毒，又怨温庭筠不求饶。

温庭筠太弱势了，他心中怨恨令狐绹，而在被打以后，又不得不求助于令狐绹。令狐绹令召来都虞候，似乎要为温庭筠出头。此时的令狐绹，大概又在窃笑，他要给温庭筠演出戏，要温庭筠好看。都虞候口沫横飞，极力丑化温庭筠，而令狐绹听后，竟然不置可否。令狐绹要的大概就是这个：大庭广众之下，丑化温庭筠，人人都听到。消息很快传出去，传到了唐都长安。极有可能是令狐绹派人，去长安散布了消息：派去的人快马加鞭，事情发生前就上路。

温庭筠回到长安，为自己申辩。《旧唐书》说是通过写信，而《新唐书》说是通过拜访。实际上可能两种方式都有。不久徐商居要职，很为温庭筠讲话。温庭筠曾是徐商幕僚，徐商回护温庭筠，幕主回护幕僚。

这事听起来憋气，花间词祖温庭筠被打得面目全非，这样对待才子，实在太过分。温庭筠弱势，令狐绹强势，作家在政客面前，尊严扫地，体无完肤。但是在时间面前，强势弱势倒过来：大江东去浪淘尽，千古风流人物，只有好词留下来。《酒泉子》：

> 罗带惹香，犹系别时红豆。泪痕新，金缕旧，断离肠。
> 一双娇燕语雕梁，还是去年时节。绿阴浓，芳草歇，柳
> 花狂。

金缕指金缕衣。

李冰若《栩庄漫记》评点："离情别恨，触绪纷来。"

女子睹物思人，离情别恨纷至沓来。泪痕新，说明别情之深，金缕旧，说明别日之久，断离肠，说明相思之切。末三句，是说春残花谢。

暮春时节柳絮狂舞，正如"她"对"他"的思念，"她"想"他"想得发狂。

温庭筠离别故乡，却又屡屡返回故乡，他放不下什么呢？或许是感情：两小无猜的东邻女，嫁作了谁人妇？给他初恋的西邻女，又与谁人厮守？红豆生南国，此物最相思，当年馈赠的红豆，勾起思绪万千。东邻女与西邻女，已是几个孩子的母亲，幼儿抱怀中，稍长在膝下，后边还有好几个，少年情人重相见，红云飞脸颊，欲语还休，还休又欲语。这种情境刺痛温庭筠的神经，勾起他苦涩又甜蜜的回忆。这种感受激发了他的创作欲望，好词出焉。

温词对女性心理的描摹，惟妙惟肖，入木三分，令人叹为观止。这说明温庭筠对女子的心理，可以体察得细致入微。可是他却不能洞察令狐绹的心理，被令狐绹玩弄于股掌之间。这看起来非常矛盾。实则是因为温庭筠把精力都放在了词上，把所有的心思，都用来揣摩女性的心理，他目不斜视心无旁骛；至于令狐绹的心理，他根本没兴趣，也不屑于揣摩。所以，我们在千年以后，对温词击节赞赏，而温庭筠在当时，却遭遇了"广陵辱"。

第十九章

与鱼玄机

## 1

温词《菩萨蛮》云：

> 夜来皓月才当午，重帘悄悄无人语。深处麝烟长，卧时留薄妆。
>
> 当年还自惜，往事那堪忆。花露月明残，锦衾知晓寒。

当午指午夜。深处指卧室。

清代陈廷焯《词则·大雅集》卷一评点："'知'字凄警，与'愁人知夜长'同妙。"凄警，凄哀警策。

唐圭璋《温韦词之比较》评点："《菩萨蛮》云'夜来皓月才当午，重帘悄悄无人语'……皆写景如画，韵味隽永。"

叶嘉莹《温庭筠词概说》评点："……而此'深处麝烟长'之'长'字实极妙，大可与王摩诘诗'墟里上孤烟'（《辋川闲居赠裴秀才迪》）之'上'字及'大漠孤烟直'（《使至塞上》）之'直'字相比美……"

关于该词所描绘的内容，清代张惠言《词选》卷一解读："此自卧时至晓，所谓'相忆梦难成'也。"她自睡下至拂晓，辗转反侧彻夜无眠，即该词所写情境。

词中说"往事那堪忆"，主人公有太多往事不堪回首。如果词借以传达作者心事，那么，温庭筠该有太多往事不堪回首。究竟有哪些往事不堪回首呢？必定包括他与鱼玄机的感情。

鱼玄机是晚唐女诗人，《全唐诗》卷八〇四，收录她的诗约五十首。鱼玄机其人正史无载，生平资料散见于晚唐皇甫枚《三水小牍》、五代孙光宪《北梦琐言》、元代辛文房《唐才子传》等书。

鱼玄机有诗《冬夜寄温飞卿》：

> 苦思搜诗灯下吟，不眠长夜怕寒衾。
> 满庭木叶愁风起，透幌纱窗惜月沈。
> 疏散未闲终遂愿，盛衰空见本来心。
> 幽栖莫定梧桐处，暮雀啾啾空绕林。

苦思，一作"苦忆"。搜诗，一作"搜思"。空绕林，一作"绕竹林"。

飞卿是温庭筠的字，不呼名而称字，表明关系亲近。寒衾不是随便说的，只该讲给情人或丈夫。诗中提到寒衾，又说自己如暮雀，绕树三匝，无枝可依。这是鱼玄机向温庭筠主动表示她的爱慕。想来两人感情颇深，起码在鱼玄机看来是这样，鱼玄机可能单恋温庭筠。

晚唐皇甫枚所著《三水小牍》，记载有鱼玄机的生平资料。皇甫枚何许人呢？皇甫枚字遵美，安定三水（今陕西省彬县）人，咸通末任鲁山（今河南省鲁山县）主簿。皇甫枚与鱼玄机是同时代人，对鱼玄机的事情应当熟悉，他的记载应当可信。

《三水小牍》卷下《鱼玄机答毕绿翘致戮》记载："西京咸宜观女道士鱼玄机，字幼微，长安倡家女也。色既倾国，思乃入神，喜读书属文，尤致意于一吟一咏。破瓜之岁，志慕清虚，咸通初，遂从冠帔于咸宜，而风月赏玩之佳句，往往播于士林。"倡家，指从事音乐歌舞的乐人。属文，写文章。破瓜，旧称女子十六岁为"破瓜"，"瓜"字拆开为两个八字，即二八之年，故称。冠帔，指道士。

鱼玄机字幼微。《礼记·曲礼上》说："女子许嫁，笄而字。"古代女子十五岁许嫁才命字，后因称女子待嫁为待字。幼微，该是鱼玄机成年后取的字，之前叫什么尚未知道。

鱼玄机有倾城倾国貌，温庭筠别号"温钟馗"，两人的长相天上地下。看似绝不可能的事情，就在两人之间发生了，鱼玄机恋着温庭筠。吸引鱼玄机的亮点，该不是容貌，而是才华。

咸通初鱼玄机十六岁，在长安咸宜观做了道士，咸通元年是八六○年，古人的年龄通常虚一至两岁，十六岁实际就是十五或者十四岁，那么鱼玄机该生于八四五年或者八四六年，即会昌五年或者六年。温庭筠生于八一二年，即元和七年，比鱼玄机大三十三四岁。

倡家即前文所说的乐籍，专事歌舞，世代相传。如果身属乐籍，鱼玄机的歌舞本事应当了得，但各处记载均未提到。她喜欢写文章作诗词，这个不是与生俱来，而是后天所习得，养成这样的爱好与志趣，该有合适的氛围，该有人去启蒙她。如果身属乐籍，家里世代以歌舞为业，谁是她的文学启蒙老师呢？而且，乐籍制度很严格的，身属乐籍不可能随随便便去做道士。如果鱼玄机出身倡家，这些都得不到合理解释。

五代孙光宪《北梦琐言》卷九记载："唐女道鱼玄机字蕙兰，甚有才思。咸通中，为李亿补阙执箕帚，后爱衰，下山隶咸宜观为女道士。有怨李公诗曰：'易求无价宝，难得有心郎。'又云：'蕙兰销歇归春浦，杨柳东西伴客舟。'自是纵怀，乃娼妇也，竟以杀侍婢为京兆尹温璋杀之。有集行于世。"补阙，官名，唐武后垂拱元年（685）始置，有左右之分，左补阙属门下省，右补阙属中书省，掌供奉讽谏。执箕帚，持簸箕扫帚洒扫庭除，多指做妻妾。下山，古诗《上山采蘼芜》云："上山采蘼芜，下山逢故夫。"后以"下山"借指妇女被丈夫遗弃。

此处的记载说，鱼玄机字蕙兰。确切地说，还是应从皇甫枚说，字幼微而非蕙兰。这里又多出来个李亿，咸通中鱼玄机嫁给李亿，被李亿抛弃后，入咸宜观做了道士。关于这个李亿，后文再说。鱼玄机因为误杀侍女，最后被京兆尹温璋处死了。这个情节也放在后文说。鱼玄机有诗集行世，这个很了不得，古代妇女识字的都不多，有诗集绝对是凤毛麟角。可惜鱼玄机的诗集，今已亡佚，见不到了。

## 2

鱼玄机《寄飞卿》诗云：

> 阶砌乱蛩鸣，庭柯烟露清。
> 月中邻乐响，楼上远山明。
> 珍簟凉风著，瑶琴寄恨生。
> 嵇君懒书札，底物慰秋情？

嵇君即嵇康，三国时魏国人，文学家、思想家、音乐家，此处借指温庭筠。

这是个千年前的秋夜，庭院中台阶下，蟋蟀此起彼伏，叫成了一片；院中有树，月光下亭亭玉立；邻院有音乐传来；登楼远眺，远山分明；秋风阵阵，竹席冰凉，无可排解，唯有瑶琴；温庭筠总不来信，落寞的心绪，拿什么慰藉？

前首诗称"温飞卿"，此首直接称"飞卿"，省掉了一个"温"字，感情更近了一步，亲昵程度在加剧，起码在鱼玄机，该是这样的感觉。

诗名《寄飞卿》，诗中又提到书札，温庭筠与鱼玄机，显然不在一地；以鱼玄机的性格，在一地就直接找去了，哪还用着写什么信。鱼玄机应该在长安，温庭筠肯定在外地。前文说过，鱼玄机约生于会昌五年（845）或六年（846），此年后温庭筠基本都在长安，大中九年（855）去了徐商幕府，咸通四年（863）才返回长安。鱼玄机的这些诗，该写于大中九年至咸通四年之间。温庭筠与鱼玄机的相识，该在大中九年以前。当时温庭筠是长安的名人，鱼玄机也是长安的名人，名人结识名人理所应当。他们的交往时间可能很长，因为不可能刚见面就表字相称；那需要相当长时间的熟悉与酝酿，特别是在古代男女授受不亲，彼此交往不那么顺畅的情况下。

温庭筠与鱼玄机，年龄相差三十三四岁，古人寿命比今人短，大三十多岁已经够得上爷爷辈了。两人起初可能以师生的身份交往，鱼玄机的父亲或许英年早逝。可能在鱼玄机的心目中，温庭筠还扮演着父亲的角色。交往当中鱼玄机对温庭筠，可能由倾慕逐渐发展到爱慕，鱼玄机很可能有恋父情结。

诗中说"嵇君懒书札"，应该不仅仅是懒得，而是表明一种态度，面对鱼玄机的表白，温庭筠无法接受，所以他干脆不回信，对感情做了冷处理。至于其中的原因，可能因为年龄悬殊，这个应该并非主要；更重要的原因，可能是师生、父女关系，温庭筠大概已经习惯了父亲与师长的角色，无法完成向情人与丈夫角色的转换。温庭筠不是登徒子，不会见一个爱一个，他有操守也有底线，感情上可能还有洁癖。

鱼玄机对温庭筠表达感情很大胆，她思想太开放太超前，与时代有些格格不入。鱼玄机悲剧的部分根源，或许正是在这里。鱼玄机的思想开放，可以再举个例子。鱼玄机有诗《游崇真观南楼睹新及第题名处》：

云峰满目放春晴，历历银钩指下生。

自恨罗衣掩诗句，举头空羡榜中名。

元代辛文房《唐才子传》卷八专门提到这首诗："（鱼玄机）尝登崇真观南楼，睹新进士题名，赋诗曰：'……'观其志意激切，使为一男子，必有用之才，作者颇赏怜之。"作者，指在艺业上卓有成就的人，接近今天所说的作家。崇真观是进士放榜的地方，鱼玄机登崇真观南楼，见到公布的新科进士名单，她痛恨自己生为女子，看着新科进士名单，只有羡慕的份儿。言外之意似乎是说，如果她生为男子，定然会榜上有名，她对自己的才能，是很有自信的。只有男性才可以参加科举，鱼玄机不去专注女红，却想要进士及第，她的思想超前于时代。

《唐才子传》卷八记载:"玄机,长安人,女道士也。性聪慧,好读书,尤工韵调,情致繁缛。咸通中及笄,为李亿补阙侍宠。夫人妒,不能容,亿遣隶咸宜观披戴。有怨李诗云:'易求无价宝,难得有心郎。'与李郢端公同巷,居止接近,诗筒往反。复与温庭筠交游,有相寄篇什。"又载:"时京师诸宫宇女郎,皆清俊济楚,簪星曳月,惟以吟咏自遣,玄机杰出,多见酬酢云。有诗集一卷,今传。"及笄,女子年满十五岁。披戴,做道士。济楚,出众。

鱼玄机天性聪颖,喜欢读书,诗词华丽,如果在今天,该算作美女作家。

咸通中,应理解为咸通年间。咸通中及笄,以最早的咸通元年计,鱼玄机该生于会昌六年(846)或七年(847),与前边的推算差不多。

李郢,《唐才子传》有传,大中十年(856)进士及第,官至侍御史。鱼玄机后期与李郢有交往。

此处的记载似乎是说,温庭筠与鱼玄机的交往,比鱼玄机与李郢的交往要晚。其实不然。温庭筠与鱼玄机的交往,可能要早得多,在鱼玄机做道士以前,可能就已经开始了,那时候的鱼玄机,还是个小姑娘。

唐代道教十分兴盛,当时长安的女道士,飘然若仙,吟诗作赋,成为长安的一道风景,鱼玄机是其中的佼佼者,她有诗集一卷,至元代尚存。

温庭筠对鱼玄机的感情做了冷处理,但温庭筠不是铁板一块,他不会没有感觉,相反他感情细腻,比一般人更敏感,有感觉他就会表达出来,《更漏子》:

玉炉香,红蜡泪,偏照画堂秋思。眉翠薄,鬓云残,夜长衾枕寒。

梧桐树,三更雨,不道离情正苦。一叶叶,一声声,空阶滴到明。

玉炉,熏炉。不道,不堪。

俞平伯《唐宋词选释》评点："后半首写得很直，而一夜无眠却终未说破，依然含蓄。"直白且含蓄，温词善于在两者之间，找到平衡点。

唐圭璋《唐宋词简释》解读："此首写离情，浓淡相间。上片浓丽，下片疏淡。通篇自昼至夜，自夜至晓，其境弥幽，其情弥苦。上片，起三句写境，次三句写人。画堂之内，惟有炉香、蜡泪相对，何等凄寂。迫至夜长衾寒之时，更愁损矣。眉薄鬓残，可见辗转反侧、思极无眠之况。下片，承夜长来，单写梧桐夜雨，一气直下，语浅情深。"词属于俗文艺，是唱给大众的，所以语言要浅白，浅白中做到情深，这是温庭筠的本事。

画堂之内，熏炉袅袅，蜡泪长流，女子孤寂，一夜无眠，夜长衾寒，离情正苦，雨打梧桐，淅淅沥沥，自夜至明。

该词描绘的意境，是鱼玄机诗《寄飞卿》的翻版。该词中的女主角，可能就是鱼玄机。温庭筠不是在体验生活，他本身就在生活当中，生活滋养出他的好词。


# 3


咸通中鱼玄机嫁给李亿，后来又被李亿抛弃了。关于李亿，资料极少，明代徐应秋《玉芝堂谈荟》卷二记载："（大中）十二年，进士三十人，状元李亿。"清代徐松《登科记考》也载："李亿，大中十二年进士，状元。"两处的记载相差不多，都说李亿是大中十二年（858）进士，而且是状元。

此外，温庭筠有诗《送李亿东归（六言）》：

黄山远隔秦树，紫禁斜通渭城。

别路青青柳弱，前溪漠漠苔生。

和风澹荡归客，落月殷勤早莺。

灞上金樽未饮，谯歌已有余声。

　　黄山，一说是汉宫名，汉惠帝所建，遗址在今陕西省兴平市西南；一说是今安徽黄山，古名黟山，唐改今名。前溪，一说是前面的溪流；一说是古代吴地村名，在今浙江省德清县，南朝、隋、唐时江南舞乐，多出此地。灞上，地名，在今陕西省西安市以东、灞水以西的高原上。

　　温庭筠灞上饯别李亿，李亿要东归故里。温庭筠送别的李亿，与鱼玄机的丈夫李亿，该是同一个人。

　　理论上讲，家在长安以东，都可以叫作东归，李亿的家究竟在哪里呢？如果黄山是指汉代宫殿，关于李亿的家乡，就不提供任何信息；如果是指安徽黄山，李亿或者是归去黄山，或者是要路经黄山，如果是归去黄山，李亿就是安徽人。前溪如果是指前面溪流，关于李亿的家乡，也不提供任何信息；但如果是指古代吴地村名，李亿就可能是浙江人。总之，李亿的家在长安以东，有可能是安徽人，也有可能是浙江人。

　　前文说过，李亿是大中十二年（858）的进士。温庭筠诗名中直称李亿，诗应作于李亿中进士以前，换句话说，温庭筠饯别李亿，应在大中十二年之前。多处的记载都说到，咸通中鱼玄机嫁给李亿。那么温庭筠与李亿的相识，就早于鱼玄机嫁给李亿。鱼玄机与李亿，是如何相识的呢？可以知道，温庭筠认识鱼玄机，在大中九年（855）以前。温庭筠与两人都认识，鱼玄机与李亿的相识，会不会有温庭筠的牵线呢？应该有，温庭筠无法接受鱼玄机的感情，觉得自己不配做她的丈夫，而新科状元李亿正相配，因此可能从中撮合，使他们相识，双双坠入爱河。

　　鱼玄机嫁给李亿以后，可能跟随李亿去过浙江，她有诗《浣纱庙》，是游览该庙后所作，浣纱庙是纪念西施的庙宇，遗址在今浙江省诸暨市。据此诗推断，可能是鱼玄机嫁给李亿后，跟随李亿去他的家乡，顺便游览了浣纱庙。因为在唐代通常情况下，单身女子活动范围不大，当时还不时兴旅游，更没有那么多女驴友，东西南北到处跑。唐代的单身女子，生活在很小的地域内，鱼玄机不可能单独地从陕西跑去浙江，去游览浣纱庙。那么，李亿就该是浙江诸暨人。鱼玄机此去浙江诸暨，结果如何呢？估计不会多愉快，因为各处的记载都说，李亿的妻子悍妒，是个大号醋坛子。鱼玄机可能极尽温顺，可是李亿的妻子，目光始终阴冷，夜里霸住李亿，骂个狗血淋头。

鱼玄机还可能同李亿到过当时的太原府（治今山西省太原市），《寄刘尚书》：

> 八座镇雄军，歌谣满路新。
> 汾川三月雨，晋水百花春。
> 囹圄长空锁，干戈久覆尘。
> 儒僧观子夜，羁客醉红茵。
> 笔砚行随手，诗书坐绕身。
> 小材多顾盼，得作食鱼人。

八座，古代中央政府的八种高级官员，历朝制度不一，所指也不同。汾川，即汾河，流经今山西省太原市。晋水，今山西省太原市晋祠内，有难老泉，即晋水源头。

由鱼玄机诗中的描述判断，刘尚书该是河东节度使。据吴廷燮《唐方镇年表》，大中十二年（858）以后，姓刘的河东节度使，只有刘潼一个。所以刘尚书该是指刘潼。诗中恭维刘尚书，赞他治理得法，监狱关门，干戈覆尘，又赞他儒雅，笔砚随身，诗书绕身，最后感谢刘尚书关照李亿，让他做了节度使的幕僚。显然，鱼玄机扮演着贤内助，她在认真履行妻子的责任，尽管她的身份只是妾。

此后，又有鄂州之行。鱼玄机有诗《送别》，应是长安送别李亿，李亿独自去往楚地，时间是在春天。大概不久以后，鱼玄机也启程去了鄂州，《春情寄子安》：

> 山路敧斜石磴危，不愁行苦苦相思。
> 冰销远涧怜清韵，雪远寒峰想玉姿。
> 莫听凡歌春病酒，休招闲客夜贪棋。
> 如松匪石盟长在，比翼连襟会肯迟？

虽恨独行冬尽日，终期相见月圆时。

别君何物堪持赠？泪落晴光一首诗。

 

鱼玄机独自上路，很可能女扮男装，或许扮作客商，投宿小心翼翼，一进门就锁门，心脏咚咚跳。那时的小女子很少单独出行，不像现在，到处都是女驴友。山路崎岖难走，她不觉得辛苦，却被相思煎熬着。李亿或许貌比潘安玉树临风，也可能是情人眼里出西施。鱼玄机的性格，爱就爱得深刻，她要与李亿，山盟海誓，比翼连襟。冬尽春来时节，爱驱使她上路，满腹心事，又无比坚定。独自出行的鱼玄机，大概是要前往鄂州，去寻丈夫李亿。

到了鄂州，却不同李亿住在一起，而是隔条汉江住着，鱼玄机有诗《隔汉江寄子安》，大概李亿跟妻子在一起。李亿妻子是个大号醋坛子，容量很大肚量却很小，根本容不下鱼玄机，见面也不行。但鱼玄机与李亿，幽会肯定是有的。鱼玄机有诗《江行》，从诗中的描述来看，是乘船渡江至武昌，与李亿去幽会。

鄂州之后，鱼玄机又独自去了江陵（今湖北省荆州市荆州区），时令在秋天，《重阳阻雨》：

满庭黄菊篱边拆，两朵芙蓉镜里开。

落帽台前风雨阻，不知何处醉金杯。

 

篱边拆，一作"篱边折"。落帽台，《清一统志》记载："落帽台，在江陵县西北龙山。"

当年的重阳节，满庭黄菊开遍，玄机面似芙蓉，在镜子里盛放。她在江陵落帽台，为秋风秋雨所阻，无法继续前行。鱼玄机深爱李亿，却不得不离开李亿，脸上两朵芙蓉，心里一团业火，她是个落败者。失魂落魄又遭风雨，她或许该喝两杯，浇灭心中业火。

鱼玄机在江陵又有诗《江陵愁望寄子安》，诗中说"忆君心似西江水，日夜东流无歇时"。李亿还在鄂州，江陵在鄂州上游，鱼玄机对李亿的思念，犹如东流的江水，日日夜夜无止无休。鱼玄机离开李亿却放不下李亿，心里挂念他，思念如滔滔江水。

鱼玄机从鄂州去到江陵，她为什么要去江陵呢？该是去找她的温爸爸，向他倾诉心中委屈，请他出主意，定要夺回李亿。见到鱼玄机的温庭筠，大概神情黯然，谁能想到，当初的状元李亿，在家里却是个窝囊废，自己努力促成的姻缘，竟然是这样的结果，他能出什么主意呢？

## 4

《全唐诗》所附鱼玄机小传说："鱼玄机，字幼微（一字蕙兰），长安里家女。喜读书，有才思，补阙李亿纳为妾。爱衰，遂从冠帔于咸宜观。后以笞杀女童绿翘事，为京兆温璋所戮。"里，街坊，古代五家为邻，五邻为里。

至于鱼玄机的出身，这里说她出身长安里家，就是长安的平民家庭。这种说法比较合理，鱼玄机的身世与经历，都可以得到合理解释。

鱼玄机嫁给李亿为妾，后来逐渐地就不爱了，鱼玄机只好入咸宜观，做了女道士。上节说过，李亿的妻子悍妒，李亿大概不是不爱了，而是不敢爱了，他妻子的醋坛子，威力实在是太大。

李亿对鱼玄机，呼之即来挥之即去，态度很是随意，这是为什么呢？因为唐代的妾地位卑下。

《朝野佥载》卷二记载，李某有一妾，娶妻以后，将妾嫁卖，名义上是嫁，实际上是卖。该妾几易其主。后来李某妻子得病，怀疑是该妾作祟，是用巫蛊之术害她。于是将其抓回毒打，该妾不堪忍受，投井而死。这段记载说明：男子可以买卖妾，妾基本等同于物品。在这种现实面前，李亿对鱼玄机的态度，就容易理解了；妻子对妾为所欲为，李亿妻子对鱼玄机的折磨，想来不会少。

《新唐书·严武传》也载，严武的父亲是严挺之，母亲是裴氏。严挺之不待见裴氏，他有爱妾名"英"。严武才八岁，趁"英"熟睡，打爆她的头。严挺之大惊，然后说："真严挺之子！"严挺之的态度说明：他将妾当外人，简直是当物品，即便是爱妾。唐代的妾地位低下，男子视妾如仆人，甚至当物品，所以鱼玄机就被轻而易举地抛弃了。

鱼玄机做道士的咸宜观，《唐两京城坊考》卷三说："亲仁坊。西南隅，咸宜女冠观。"长安亲仁坊，紧靠着"东市"，地段很热闹。这样的环境不利于清修，鱼玄机做道士也不为清修，只为找个栖身之所。

唐代女道士又称"女冠子"，是个特殊的社会群体。她们基本都是社会上层的妻女媵妾，或者因丈夫去世被扫地出门，或者因争宠落败惨遭驱逐。她们无疑是不幸的，但借由道观重获新生：没有了三纲五常的束缚，感情生活也可以独立自主。她们不再是被选择，而是完全自主地选择，选择自己中意的男子。她们是妇女解放运动的先驱。现代妇女梦寐以求的自由，唐代女道士轻而易举就得到了。《题隐雾亭》：

> 春花秋月入诗篇，白日清宵是散仙。
> 空卷珠帘不曾下，长移一榻对山眠。

全诗浅白如话，读来毫不费解。鱼玄机被李亿抛弃了，却接近了自然，自然有疗伤作用：李亿不要她，自然接纳她，让她的烦乱心绪，重归于宁静；时间都是自己的，可以自由支配，鱼玄机吟诗作赋，独据卧榻对山而眠，她很享受这种状态。鱼玄机爱温庭筠，温庭筠却拒绝她，她又爱李亿，李亿却抛弃她，她的感情世界，杂草丛生，无路可通。无处寄托的感情，只好交付文学。钟嵘《诗品》曰："使穷贱易安，幽居靡闷，莫尚于诗矣。"诗不会拒绝她，也不会抛弃她，诗还可以解忧，可以去烦，她的喜怒哀乐，文学照单全收。

夏天，鱼玄机住进山里去，《夏日山居》：

> 移得仙居此地来，花丛自遍不曾栽。
> 庭前亚树张衣桁，坐上新泉泛酒杯。
> 轩槛暗传深竹径，绮罗长拥乱书堆。

闲乘画舫吟明月，信任轻风吹却回。

衣桁，衣架。信任，听凭。

鱼玄机夏天住在山里，躲避长安的酷暑，四野是天然的花园，树枝是天然的衣架，有泉有酒有竹子，闲来可以随便翻书，或者乘船四处游览，兴之所至随意行止。鱼玄机过着神仙般的生活。长安远在山外，温庭筠和李亿，也远在山外。但也许到了夜间，他们又进入梦境，抓不着放不下，剪不断理还乱，让她心乱如麻。

女道士又称女冠子。温庭筠有两首《女冠子》词。今存《女冠子》词中，小令始于温庭筠。我们都知道，唐代文人在酒宴上即席填词，当作酒令，后遂称较短小的词为小令。温庭筠是小令《女冠子》的鼻祖。《女冠子》：

含娇含笑，宿翠残红窈窕。鬓如蝉。寒玉簪秋水，轻纱卷碧烟。

雪胸鸾镜里，琪树凤楼前。寄语青娥伴，早求仙。

秋水，喻清朗的气质。琪树，仙境中的玉树。

沈际飞《草堂诗余别集》卷一评点："宿翠残红尚窈窕，新妆又当何如？'寒玉'二句，仙乎？幽闲之情，浪子风流，即于风流艳词发之。"女道士柔顺闲静，浪子风流偶俇，这是首描写情爱的词，男子在词外。唐代的女道士，不是远离红尘的苦修者，而是风流浪子欣赏的对象。

风流浪子或许是温庭筠，他站在词外，用柔软的目光打量女道士，无限倾慕，无限爱怜。但词中的女道士，肯定不是鱼玄机。温庭筠牵线搭桥，使鱼玄机与李亿相识，李亿却让她去做道士，温庭筠打量女道士鱼玄机，必定不是这样的眼光，他必是愧悔不已，心痛如绞。这首词或许是温庭筠的早年作品，鱼玄机做了女道士后，这些词让他不忍卒读。

女道士的生活不全是自在。在古代社会中，女子总是弱者，即便开放如唐朝，情况也是如此。

皇甫枚《三水小牍·鱼玄机笞毙绿翘致戮》说："然蕙兰弱质，不能自持，复为豪侠所调，乃从游处焉。于是风流之士争修饰以求狎，或载酒诣之者，必鸣琴赋诗，间以谑浪，……"女道士鱼玄机弱小，她无法洁身自好，大概也没想洁身自好，豪强无赖挑逗她，浮浪子弟趋之若鹜，鱼玄机可能半推半就。

年轻而鲜活的身体，如何能够拒绝异性。鱼玄机爱李亿爱得死去活来，突然就被李亿抛弃了，犹如从炭火中突然掉进冰窟窿，炽烈的感情总要找个寄托，积蓄在心里会要人命的。

鱼玄机的诗作，传达出她的态度，对男女感情的态度，《赠邻女》（一作《寄李亿员外》）：

> 羞日遮罗袖，愁春懒起妆。
> 易求无价宝，难得有情郎。
> 枕上潜垂泪，花间暗断肠。
> 自能窥宋玉，何必恨王昌？

宋玉，战国时楚国人，词赋家，才高貌美，是美男子的代称。王昌，魏晋时的美男子。

诗中可见鱼玄机的心路历程，她由萎靡不振，逐渐豁然开朗：何必怨恨抛弃你的人呢，称心如意的人正等你呢。鱼玄机性格自信而倔强，她的情感经历与自觉反抗，可以看作妇女解放运动的滥觞。

写此诗的鱼玄机，大概放浪形骸，脸上是浪笑，心里在流血：你李亿不要我，此处不留爷，自有留爷处，天涯何处无芳草，如意郎君排着队。

鱼玄机做了女道士，温庭筠为女道士填词，《女冠子》：

> 霞帔云发，钿镜仙容似雪。画愁眉，遮语回轻扇，含羞下绣帷。
> 玉楼相望久，花洞恨来迟。早晚乘鸾去，莫相遗。

愁眉，一种细而曲折的眉妆。乘鸾，喻成仙。

上半阕写女道士的姿容，以及画眉等情态，下半阕写她的期盼，期盼的该是情郎，说要双双成仙去。

道教与佛教不同，对男女间交往，没那么多禁忌。温庭筠词中的女道士，含情脉脉风情万种，她必定不是鱼玄机。温庭筠与鱼玄机情同父女，鱼玄机做了女道士，成天门庭若市，浪笑到天明，大概在温庭筠看来，她这不是要成仙，是要成魔，温庭筠不可能为她填这样的词。鱼玄机做了女道士后，温庭筠大概常被噩梦惊醒，暗夜中猛然坐起，一脸惊恐，满头大汗，面对无边的暗夜，长吁又短叹。

鱼玄机终因笞杀婢女，被京兆尹温璋处死。据皇甫枚《三水小牍·鱼玄机笞毙绿翘致戮》的记载，大致的情节是这样：鱼玄机有侍婢绿翘，聪慧有姿色，鱼玄机怀疑她与自己的情人有染。夜里关了门，审问绿翘，可绿翘始终不承认，鱼玄机怒不可遏，"裸而笞百数"，一口气抽下一百多鞭，将个绿翘活活抽死了。鱼玄机当时大概是失去了理智，这说明她非常害怕失去那个情人。李亿对她的伤害实在太深了，让她变得疑神疑鬼风声鹤唳。绿翘死前发下毒誓："炼师欲求三清长生之道，而未能忘解佩荐枕之欢，反以沉猜，厚诬贞正，翘今必死于毒手矣。无天则无所诉，若有，谁能抑我强魂？誓不蠢蠢于冥莫之中，纵尔淫佚！"炼师是对道士的尊称。绿翘足够顽强，毒誓很见才气。从绿翘话中可以得知，鱼玄机不放弃床第之欢。事发，鱼玄机被下狱，当年秋被处死。

鱼玄机之死是在咸通九年（868），当时温庭筠已经过世。

如果温庭筠地下有知，他大概会认为，自己与鱼玄机的缘分，无疑是段孽缘：如果自己没有教给她诗词，她的感情可能不那样丰富，嫁作常人妇生儿育女，人生简单却也平静；如果选择的不是李亿，他的妻子可能不那样悍妒，鱼玄机就不用去做道士，也就不会死于非命。造物主给了温庭筠一段感情，似乎要抚平他内心的创伤，最终却增加了他的创伤。温庭筠创制了小令《女冠子》，却终身只填过两首《女冠子》词，大概鱼玄机做了女道士后，温庭筠就不再作《女冠子》词，他将鱼玄机与《女冠子》词，一同雪藏在心底。

# 第二十章 国子助教

## 1

自扬州回到长安以后，温庭筠有段闲居时光。然后，因为徐商的举荐，任国子助教。

前文说过，温庭筠与段成式交好，彼此欣赏，诗文唱和，由文友发展到儿女亲家，温庭筠的女儿，嫁给段成式的儿子，成为文学史上佳话。《和段少常柯古》：

> 称觞惭座客，怀刺即门人。
> 素向宁知贵，清谈不厌贫。
> 野梅江上晚，堤柳雨中春。
> 未报淮南诏，何劳问白蘋？

温庭筠是段成式的座上客，而且可能还是常客，隔三差五地登门，一待就是一整天。

"门人"该是开玩笑，属于自谦的说法。

段成式出身好，父亲是前宰相段文昌。温庭筠的远祖温彦博，虽然也曾做过宰相，但毕竟是远祖，已经过去好多代，跟段成式没法比。段家的经济条件，温家大概也比不了，诗里说"不厌贫"，温庭筠的经济状况，应该不是十分乐观，起码相对段家来说是这样。尽管家庭出身和经济状况悬殊，却并不影响两人交往，他们清谈终日，相得甚欢。

"野梅"句写江上春色，是温庭筠眼前所见，此诗写于春天，地点是在江边。我们已经知道，段成式任太常少卿，是在咸通三年（862），去世是在咸通四年（863）六月；而萧邺任荆南节度使的时间，是大中十三年（859）冬至咸通三年（862）。所以，此诗应作于咸通三年春，地点是在江陵。

唐代尉迟枢《南楚新闻》卷二记载，咸通四年六月段成式去世，温庭筠闲居在长安，十一月十三日冬至，大雪，凌晨有人敲门，仆人去应，隔门递进一竹筒，说："段少常送书来。"温庭筠以为搞错了，打开竹筒取出信，信皮上却没有字，拆开，是段成式手札。温庭筠大吃一惊，急忙跑出去追，人早没了，于是，焚香再拜展读，却读不明白。信上说："恸发幽门，哀归短数，平生已矣，后世何云。况复男紫悲黄，女青惧绿，杜陵分绝，武子成'翾'。自是井障流鹦，庭钟舞鸽，交昆之故，永断私情，慨慷所深，力占难尽。不具，荆州牧段成式顿首。"后来，再没了消息。信上的"翾"，字典上没有，据意思推断，应是"群"字。这封信确实难懂，但大致的意思，还是可以明白，是向温庭筠告别的。记载的最后说，那封信温家和段家都有保存，至于这个故事，则是段成式之子段安节亲口讲的。

此事听来很是古怪。也许那封信是段成式生前写好的。无论如何古怪，以上记载至少说明，温庭筠与段成式，交情不一般，彼此相知订交，有如伯牙与钟子期。段成式的突然去世，必定带给温庭筠极大的痛苦：伯牙善鼓琴，钟子期善听，钟子期已逝，弦断有谁听？温庭筠可能应女婿段安节的请求，为亲家兼老友段成式主持丧事。经幡飘浮眼前，哀乐充斥双耳，他精神恍惚，像是在做梦，段成式的形象犹在眼前，可是已经阴阳两隔。他不能接受这样的事实，也不愿意接受这样的事实。

失去知音段成式，世界该有多寂寞：做什么都无情无绪，观花花失色，赏月月无光，吃什么都没滋没味，饮酒酒是苦的，品菜菜是酸的，这种感受如同失恋，让人内心发虚，感情无处安放。

我们还记得，大中九年（855），温庭筠参加进士考试时，考官名叫沈询，对温庭筠格外刻薄。咸通四年（863），沈询被杀。《资治通鉴》卷二百五十《唐纪六十六》记载，咸通四年十二月，昭义节度使沈询为家奴所杀。沈询有个家奴叫归秦，与沈询的侍婢私通。沈询杀归秦未果，归秦勾结牙将作乱，杀沈询。温庭筠待在长安，或许有朋友跑来告诉他这个消息，眉飞色舞，拍手叫好；温庭筠却一笑置之，时已过境已迁，都是昨日黄花，他根本不在乎了。

《南楚新闻》的记载中，我们注意到，咸通四年，温庭筠闲居在长安。温庭筠自扬州回到长安后，闲居时光可能相当长，从咸通四年持续到咸通六年（865）。唐代官员任满，通常都要"守选"，等待新的任命。杜牧《为堂兄惬求醴州启》中说："（堂兄）今在郢州汨口草市，绝俸已是累年。……""守选"期间是不发薪水的，温庭筠的闲居时光可能相当艰难：靠着积蓄过活，日子紧巴巴，计算柴米油盐，讨价还价，锱铢必较，生活像是枷锁，简直烦得要命。

据《新唐书·懿宗纪》，咸通六年六月，徐商入相。大约此后不久，因为徐商的倾力举荐，温庭筠任国子助教。

咸通七年（866）春，温庭筠去中书省拜谒了徐商，《休澣日西掖谒所知》：

赤墀高阁自从容，玉女窗扉报曙钟。

日丽九门青琐闼，雨晴双阙翠微峰。

毫端蕙露滋仙草，琴上薰风入禁松。

荀令凤池春婉娩，好将余润变鱼龙。

休澣指官吏按例休假。西掖指中书省。九门，皇宫中的九种门，古宫室制度，天子设九门。青琐，装饰皇宫门窗的青色连环花纹。

温庭筠任职朝中，是国子助教，"休澣日"，他前往中书省，拜谒"所知"，即徐商。诗中描绘了宫廷的华贵，以及徐商的游刃有余，他在柔美的春风中，乐于广施德泽，使温庭筠化鱼为龙。

此番必定是专程去感谢，感谢徐商为自己出头，感谢徐商的倾力举荐。每个人的生命中都有贵人，山重水复疑无路，柳暗花明又一村。徐商就是温庭筠的贵人。此诗可以看作感谢信，但信中没有丝毫做作，因为感激发自内心，徐商对温庭筠帮助多多，温庭筠对他感激涕零。

## 2

温庭筠已任国子助教，这个职位属于国子监。

唐代国子监不止一个，而是有东、西两个。《唐摭言》卷一《两监》记载，西监在长安，隋代旧有；东监在洛阳，龙朔元年（661）设立。温庭筠任职西国子监，即长安的国子监。

国子监相当于国立大学。《新唐书·百官三》记载："（国子监）祭酒一人，从三品；司业二人，从四品下。掌儒学训导之政，总国子、太学、广文、四门、律、书、算凡七学。……""祭酒"相当于校长，"司业"相当于副校长，"七学"相当于七个系。此外有"丞一人，从六品下，掌判监事。每岁，七学生业成，与司业、祭酒莅试，登第者上于礼部"。丞相当于教务处主任。又有"主簿一人，从七品下。掌印，句督监事。七学生不率教者，举而免之"。主簿相当于学生处主任，掌管图章及学校纪律。另有"录事一人，从九品下"。录事相当于秘书长。

国子监下辖的"七学"都有博士和助教，相当于教授和副教授。那么，温庭筠的助教属于其中哪个呢？经考证，应为"四门学"的助教。下文将会说到，温庭筠的学生当中，包括了平民子弟。国子监所辖"七学"当中，仅有"四门学""律学""书学"和"算学"，直接招收平民子弟。"四门学"有助教六人，从八品上；"律学"有助教一人，从九品下；"书学"有助教一人，无品级；"算学"有助教一人，无品级。温庭筠此前任隋县县尉，品级为从九品上，数年来该有晋升，晋升为从八品上较合理。"律学""书学""算学"的助教，品级都比隋县县尉低，温庭筠做县尉没有过错，品级不该有所降低，所以不是以上三学的助教。

唐代科举的考生有两个来源：一个是"生徒"，来自各级官学，一个是"乡贡"，来自官学以外；温庭筠参加科举考试，是以"乡贡"的身份，而且累举不第，考了许多年，也没考中进士。温庭筠做着国子监"四门学"的助教，虽然只是副教授，毕竟在国家最高教育机构，他必定摩拳擦掌，准备大干一场，夜里备课到很晚，刚躺下就做梦，梦里全是备课的内容。他要报答徐商的倾力举荐，不能给举荐自己的人丢脸；也渴望能有一番作为，他要让自己的学生人人进士及第。

关于国子监所辖"四门学"，《新唐书·选举志上》记载："四门学，生千三百人，其五百人以勋官三品以上无封、四品有封及文武七品以上子为之，八百人以庶人之俊异者为之；……""四门学"有学生一千三百人，其中五百人是官员子弟，剩下八百人是平民子弟。温庭筠的学生当中，以平民子弟居多。温庭筠有学生一千三百人，可谓桃李满天下。身为国子监的副教授，就该有副教授的样子，饮酒赌博不行，烟花柳巷不行，温庭筠必定严格约束自己，按时赶去上课，下课就回家备课，与学生一起的时候，必定有问必答诲人不倦，像古往今来的好老师那样。

温庭筠的学生当中，有李涛、卫丹及张郜。《唐诗纪事》卷六十七记载："温庭筠任太学博士，主秋试，（李）涛与卫丹、张郜等诗赋，皆榜于都堂。"秋试，唐代州府或官学为选拔举人而进行的考试，秋季举行。都堂指尚书省官署。"太学博士"应为误记，温庭皓有《唐国子助教温庭筠墓志》，按照惯例，墓志上该写最高官职，做过博士肯定不写助教，温庭筠任过的官职，弟弟也绝不可能搞错。

温庭筠的学生当中，又有邵谒。胡宾王《邵谒诗序》说："（谒）寻抵京师隶国子，时温庭筠主试，乃榜三十余篇以振公道。"公道，公平、公正。邵谒进国子监"四门学"就读，是温庭筠的学生，受到温庭筠赏识。

温庭筠的学生当中，以平民子弟居多，邵谒就是平民子弟。《唐才子传》卷八记载，邵谒，韶州翁源县人，唐代的翁源县治所，在今广东省翁源县西北。早年做过基层小吏，有客来得仓促，未及时迎接，县令大怒，将他撵走；于是剪掉发髻，像个未冠小儿，穿着则像个乡野村夫，书房距县十余里，在水中的小岛上，隐居起来，发愤读书；作诗反复吟咏，苦苦推敲，擅长古体。咸通七年（866）抵京师，隶国子监，当时温庭筠做考官，"悯擢寒苦"，怜悯并提拔出身寒微的人，公示邵谒作品，不久"释褐"，进入仕途。"悯擢寒苦"，温庭筠选拔人才向平民子弟倾斜，这样做可能跟他的经历有关：虽然远祖温彦博做过宰相，但温庭筠实际是出身平民，他累举不第科场失意，大概向平民子弟倾斜，某种程度上是为弥补自己的缺憾。

两处的记载都说温庭筠曾做考官，并张榜公布合格考生的名单。史载唐代州府或官学为选拔举人，每年秋季组织考试。又《新唐书·百官三》记载："（国子监）丞一人，从六品下，掌判监事。每岁，七学生业成，与司业、祭酒苤试，登第者上于礼部。""七学"每年的选拔考试，国子监的"司业""祭酒"和"丞"，都要亲临考场，合格学生的名单，由国子监统一提交尚书省礼部。

名单提交礼部之前，先要在国子监公示，《榜国子监》：

> 右前件进士所纳诗篇等，识略精微，堪裨教化；声词激切，曲备风谣。标题命篇，时所难著。灯烛之下，雄词卓然。诚宜榜示众人，不敢独专华藻。并仰榜出，以明无私。仍请申堂，并榜礼部。咸通七年十月六日，试官温庭筠榜。

榜，张贴出来的文告或名单，作动词用。识略，识见和谋略。精微，精深微妙。声词，声音言词。激切，激烈直率。申堂，申报尚书省。

由这篇榜文来看，名单先在国子监公示，然后在礼部公示。

温庭筠做考官，他评价好作品的标准有二：一是有见解，二是有锋芒。"时所难著""雄词卓然"，都是很高的评价，这样的评价对学生，无疑是极大的鼓励。

公布名单目的有二：一是奇文共欣赏，二是表示考官公正。

榜文中说"灯烛之下，雄词卓然"。温庭筠秉烛夜读，读学生的作品，温助教很是敬业，夜里加班加点。大概灯烛之下，温庭筠两眼放光，他为学生作品振奋。好作品让人赏心悦目，好作品让人精神亢奋。读好作品好比谈心：素心人相对而坐，不需要山珍海味，不需要美味佳肴，清风一缕，明月五钱，心扉敞开，思想碰撞，撞出火花无数。温庭筠大概越读越兴奋，越读越没睡意，夜读到天明。

国子监的学生当中，官员子弟应强势，平民子弟应弱势，大概多数的教师，只看官品不看作品，官员子弟的差作品也是好作品，平民子弟的好作品也是差作品，评判结果依官品决定，完全没有公正可言。温庭筠主持考试，力求公正，不看官品只看作品：好作品就是好作品，差作品就是差作品，跟官员平民没关系。温庭筠这样做，可能引得很多教师侧目。写烂作品的官员子弟，必定会翻他的老底，抖出他不光彩的过去；而写好作品的平民子弟，必定会拍手称快，环绕温助教，力挺温助教。


# 3

十月，国子助教温庭筠，被贬为方城（今河南省方城县）尉。

《旧唐书·温庭筠传》记载："无何，商罢相出镇，杨收怒之，贬为方城尉。"不久徐商罢相，杨收将温庭筠贬为方城县尉。《新唐书·温廷筠传》也记载："会商罢，杨收疾之，遂废卒。"恰好徐商罢相，杨收恨温庭筠，于是将他贬官。

新旧唐书都说，徐商罢相在先，杨收罢相在后，但是这个有误。据《新唐书·懿宗纪》，杨收入相在咸通四年（863）五月，罢相在咸通七年（866）十月；而徐商入相在咸通六年（865）六月，罢相在咸通十年（869）六月。也就是说，杨收罢相比徐商早，杨收罢相在先，徐商罢相在后。如果温庭筠确为杨收所贬，那么温庭筠被贬方城县尉，就该在咸通七年十月。大概温庭筠的《榜国子监》，触怒了宰相杨收，杨收在罢相之前，将温庭筠贬为县尉。

宰相徐商举荐的温庭筠，宰相杨收何以将他贬官？先来看两人的头衔，两人虽同为宰相，但头衔还是有区别：杨收是翰林学士承旨、兵部侍郎、同中书门下平章事，徐商是兵部侍郎、同中书门下平章事。唐代中央最高机关，分为尚书、中书、门下三省，中书掌定旨出命，负责下命令，门下给事中掌封驳，负责纠正命令，尚书省受而行之，负责执行命令；门下省长官侍中、中书省长官中书令，联合组成"政事堂"，两省先议定再上奏；玄宗后，政事堂改称"中书门下"；尚书省长官加"同中书门下三品"，后称"同平章事"及"参知机务"等名，可以出席"中书门下"；其他官员加"同中书门下三品""同中书门下平章事""平章事""知政事""参知机务""参与政事""平章军国重事"等，也可出席"中书门下"。中书令等都可称宰相，但又有首相、次相之分。宋代宋敏求《春明退朝录》记载："唐制宰相四人，首相为太清宫使，次三相皆带馆职：弘文馆大学士、监修国史、集贤殿大学士。以此为序。"杨收和徐商都是次相，但排名也有先后，杨收排名靠前，徐商排名靠后。排名标志权力，杨收权力大，徐商权力小。杨收贬温庭筠的官，徐商必定极力反对，但可惜没能起作用。

那么，温庭筠如何会触怒杨收呢？可以先来看杨收的成长经历。

《新唐书·杨收传》记载，杨收字藏之，自称隋朝越国公杨素后裔，世居冯翊，即今陕西省大荔县。唐代兴这个，温庭筠自称唐初名相温彦博后裔，杨收自称隋朝越国公杨素后裔，祖上有名人，激励自己成名人。幼年失怙，七岁上没了父亲，处理丧事，有如成人。这说明他少年老成，或者此前懵懂，经此变故，一下就成熟了，变故使人成熟。母亲手把手授课，十三岁通晓经籍要义。擅长文章，转瞬即就，人称神童。这说明他资质好，而且读书很用功。成人后，高六尺二寸，额头宽广，面颊深陷，眉目舒朗，少言寡语，不苟言笑，博学强记，多才多艺。家里很穷，母亲信佛，自幼不吃肉。母亲与他相约："尔得进士第，乃可食。"中了进士，才能吃肉。由此可见，杨收这样的长相，大概是因为营养不良，人那么高大，又不吃肉，营养跟不上；身体匮乏，但意志超强，心思全放在读书上，强烈地想要改变，改变家庭的窘况。杨收早年家里穷，可能有自卑心理，人自卑了会敏感，听不得任何批评。

兄友弟恭，杨收堪称典范。因兄长杨假未做官，不肯参加进士考试。等到兄长杨假做了官，才前往京师长安，次年即中进士。后来，宰相马植奏为渭南尉、集贤校理，打算补为监察御史，杨收又以兄长任职外地，自己不可先为京官坚辞，与兄弟杨严同在杜悰幕府。不久，与兄长杨假又同在御史台。杨收自我克制能力强，利益面前毫不动心；兄友弟恭是美德，美德都由意志成就。成大事者意志必强，这是自古的通例。

唐懿宗时，以中书侍郎同中书门下平章事，杨收入相。"既益贵，稍自盛满，为夸侈，门吏童客倚为奸。"杨收官越做越大，开始骄傲自满，奢侈浮华，地位低的时候谦虚谨慎，地位高的时候骄傲自满。前文说过，温庭筠公布的诗篇，"声词激切，曲备风谣"，有些可能直指宰相杨收，直言不讳，批评他的骄傲与奢侈。人自卑了会敏感，听不得任何批评，骄傲时更不会大度。杨收可能因为此事，不顾次相徐商的反对，执意将温庭筠贬官。

这对温庭筠来说，无疑是晴天霹雳。

京官有京官的麻烦，稍不留神就触怒权贵，权贵权力大，动动手指头，京官变地方官。不难看出，温庭筠处世不够圆滑，圆滑了也不是温庭筠。作家往往容易理想化，按自己的思维行事，不大理会他人的感受。温庭筠写过很多讽刺诗，讽刺古代当代皇帝，提笔就写毫不犹豫，他主张学生的作品，也该有锋芒。可是，皇帝大度不计较，权贵心眼小很在意。

国子助教的收入有限，温庭筠可能无力将妻女接来长安，他也许将柔卿安置在鄠县居住。南北方风物迥异，柔卿对什么都新鲜，她两眼放光，应接不暇，总也看不够。温妻想必敦厚，看待柔卿，像是小妹妹，极尽怜爱，无微不至，两位女性相处很是融洽。可是好景不长，温庭筠被贬官，刚团聚就分离，温妻必定愁眉紧锁，连日长吁短叹，柔卿则除了惊讶，只恨时间太短，许多新鲜事物她还没看够。

温庭筠往方城赴任，诗人张祜有赠诗，《送温飞卿赴方城》：

> 方城新尉晓衙参，却是傍人意未甘。
> 昨夜与君思贾谊，长沙犹在洞庭南。

衙参，官吏去上司衙门，排班参见，禀报公事。

贾谊是西汉政论家、文学家，曾被贬为长沙王的太傅，后又被召回长安，做了梁怀王的太傅。诗中以温庭筠的被贬方城，类比西汉贾谊的被贬长沙，大概是说温庭筠与贾谊一样，将来必有机会重返长安，以此宽慰被贬的温庭筠。

诗人纪唐夫也有赠诗，《送温庭筠尉方城》：

> 何事明时泣玉频，长安不见杏园春。
> 凤皇诏下虽沾命，鹦鹉才高却累身。
> 且尽绿醑销积恨，莫辞黄绶拂行尘。
> 方城若比长沙路，犹隔千山与万津。

泣玉，因怀才不遇而悲泣。凤皇即凤凰。鹦鹉喻有才之士。

诗中感叹温庭筠的怀才不遇，感叹温庭筠的为才所累，同样将温庭筠比作贾谊，希望他早日重返长安。

"且尽"句说明这首诗，是饯别时的作品。温庭筠往方城赴任，很多朋友赶来饯别。朋友可能身份各异，既有文学界人士，如诗人、散文家、传奇作家；也有艺术界人士，如《北里志》记载的官妓；还有教育界人士，国子助教温庭筠有同事数十人，有学生千余人，前来送行的必定少不了；又有宗教界人士，她道号鱼玄机，做道士之前，是温庭筠的学生。赶来的朋友众多，人头攒动，美女如云，好看得紧。徐商也必定派人前来，并代为转告，自己会从中转圜，让他早日回长安。诗人争相劝酒赋诗，酒千杯诗千首，温庭筠醉了。诗人劝罢官妓登场，转轴拨弦三两声，歌声随之而起，曼妙入云霄，温词一首接一首，俨然就是专场演唱会，听得众人也醉了。最后，温庭筠即席填词，《清平乐》：

> 洛阳愁绝，杨柳花飘雪。终日行人恣攀折，桥下流水鸣咽。
> 上马争劝离觞，南浦莺声断肠。愁杀平原年少，回首挥泪千行。

南浦，南面的水边，常用来称送别地。平原，一说指三国时的曹植，一说指战国时赵国公子平原君，一说指晋代的陆机。

俞陛云《唐五代两宋词选释》解读："通首写离人情事，结句尤佳。临歧忍泪，恐益其悲，至别后回头，料无人见，始痛洒千行之泪，洵情至语也。"分别时强忍着泪水，分别后任泪水恣肆。温词善抓细节，用细节打动人。

丁寿田、丁亦飞《唐五代四大名家词》甲篇评点："此词悲壮而有风骨，不类儿女惜别之作，其作于被贬之时乎？"

官妓们唱罢，温庭筠揖别。他策马疾驰而去，有如离弦之箭。跑出去很远，他勒住缰绳，人群消失在天际，放眼望去，荒草离离，前不见古人，后不见来者。他放声痛哭，哭声苍老而悲凉，像失去儿子的塞翁，咸通七年（866），温庭筠五十五岁，他是个老翁了。

当年，温庭筠卒。

《北梦琐言》卷四记载："谪为方城县尉，其制词曰：'孔门以德行为先，文章为末。尔既德行无取，文章何以补焉？徒负不羁之才，罕有适时之用。'云云。竟流落而死也。"

制书的攻击指向德行，杨收将温庭筠贬官，明明是温庭筠得罪了他，却说温庭筠德行有问题。

攻击中暗藏着褒奖：温庭筠身负不羁之才，他的文章独步当时。只是他的不羁之才，对杨收没用处，杨收需要的是传声筒、听话的奴仆、驯服的工具，而不是桀骜不驯的作家。杨收的逻辑是这样：不能为我所用，那么就毁掉他。

温庭筠流落而死，那么，他或者卒于赴任的路上，或者卒于方城。

温庭筠被贬往方城，心情必定郁闷非常，胸口像是压着块大石头。他的情绪感染着马，那匹马步子沉重，四条腿像是坠着四块铅。夕阳西下时，温庭筠和他的马疲惫地挪进野店。旅店中，温庭筠喝闷酒，灯烛下，温庭筠长吁短叹。可能还没到方城，温庭筠就倒毙路旁。夏历十月的北方，疾风吹白草，雪片纷纷下，像是花瓣，将花间词祖掩盖，这是个华丽的结局。也可能温庭筠长途奔波，跋山涉水，历尽艰辛，到达了方城。他的上司是县令，县令才华不及温庭筠，官位却比温庭筠高。燕雀见不得鸿鹄，县令可能会折磨温庭筠，让他去收税催租，去抓欠租的农民。温庭筠拒绝他，县令暴跳如雷，给温庭筠穿小鞋，当众羞辱他，温庭筠极度郁闷积郁成疾，走向生命的终点。

温庭筠走向生命的终点，大唐与南诏的战事持续了将近十年，至此也趋向结束。《资治通鉴》卷二百五十《唐纪六十六》记载，咸通七年（866）十月，安南都护、本管经略招讨使高骈，攻克安南城，杀南诏安南节度使段酋迁，及做南诏向导的土蛮朱道古，南诏逃走，高骈又攻破依附南诏的土蛮二洞，诛杀酋长，土蛮万七千人归附；十一月，诏安南、邕州、西川诸军各保疆域，不再进攻南诏，并让西川节度使刘潼告知南诏，如能重修旧好，既往不咎，又在安南置静海军，高骈任节度使。前文说过，大唐与南诏爆发战争是因为安南都护李涿，而李涿得任安南都护，是通过贿赂令狐滈。宰相令狐绹的后遗症，至此才告痊愈。但这些对温庭筠来说，已经毫无意义，人已死万事空。

温庭筠猝然辞世，儿子温宪尚年幼，赶去的该是弟弟和女婿，他们将温庭筠的尸骨，千里迢迢运回鄠县。

温庭筠的葬礼必定盛大：送葬的队伍当中，有妻子、女儿和女婿，有柔卿和温宪，《唐才子传》说温宪是庶子，他该是柔卿所生；又有温庭筠的姐姐，她对温庭筠呵护有加，该是哭得昏天黑地，哭得昏死过去，醒来又是痛哭；还有弟弟温庭皓，他涕泪横流以泪洗面，《唐国子助教温庭筠墓志》出自他的手笔，杜牧是哥哥给弟弟写墓志铭，温庭筠是弟弟给哥哥写墓志铭，那些文字已经刻进石头，给温庭筠盖棺论定；赶来的友好，可能有鱼玄机，她是女道士，但不是来做法事，她是温庭筠的学生，曾狂热迷恋温庭筠，想要嫁给他；还有国子监的同僚和学生，温庭筠公布的那些学生必定赶来送别温助教；可能还有大批的官妓，他为她们依曲填词，描摹她们的一颦一笑，感受她们的情感与情绪，他是她们的蓝颜知己……

葬礼结束后，众人四散去。

那个新坟像个句号，终结了花间词祖温庭筠的一生。

# 尾声

　　钱穆《中国历史研究法》中有个了不起的发现，他说：在中国历史上，凡逢盛世治世，如汉、唐、明、清，所出人物却比较少，而衰世乱世，如战国、汉末、三国、宋、明末，所出人物反而比较多，就唐代而言，开元以前又不如天宝以后；有时失败不得志的人物，反而比得志成功的人物更伟大。

　　温庭筠生当晚唐，是在天宝以后：世运衰颓了，人物却雨后春笋般涌现。大概人在治世盛世，功成志得，有所作为，事业即是他的全部，别人对他的为人，不易有更深的感受；而在衰世乱世，人不得志，失败了，或者无所作为，这样的人，反而使人深切看出他的内心意志来。他们没有事业可以作为，作为的是他们的心志，由他们的心志，可以想见他们的时代。盛世治世凸显的是人的事业，而衰世乱世凸显的是人的心志，心志影响深远，使人成为人物。

　　温庭筠渴望进入仕途，渴望有所作为，续写先祖的荣耀；可是他怀才不遇，始终没能考中进士，又只做到国子助教，品级从八品上，比县官还要小，他无疑是个不得志的人物。中国历史上最受尊崇的三位大文学家，也都是这样不得志的人物：屈原是一位在政治上失败的人物，陶渊明是一位在政治上不想作为的人物，杜甫则是想要在政治上有所作为，却最终没有机会作为的人物。政治上的无所作为，成就了文学上的有所作为，文学家有所不为才终有所为。

　　温庭筠的人生是失败的，是灰色的，像阴云密布的天空，让他喘不过气来。人的才华就像男人的毛发，不表现为头发，就要表现为胡须。温庭筠才高八斗，他的才华不能表现在政治上，最终表现在了文学上：事业上他失败了，但他还有文学，他以赤忱的热情，写下数量惊人的诗歌，表达他的心志，让后世看得分明；他为了排遣苦闷，转身向花间，为歌妓依曲填词，成为花间词祖。

温庭筠是失败不得志的人物，但他比得志而成功的人物更伟大：本书中众多的帝王将相，他们本已湮没无闻，因为传主温庭筠，才又被重新提及。温庭筠在事业上失败了，文学上却获得极大成功，他影响中国文学千余年。

五代人编写《旧唐书》，温庭筠列入《文苑传》。

温庭筠逝世七十四年后的五代后蜀广政三年（940），后蜀赵崇祚编选《花间集》，收入唐、五代间十八位词人的词作五百首，分为十卷，开卷便是温庭筠词六十六首。《花间集》标志着"花间词派"的诞生，这是中国词史上第一个流派，是后来婉约词派的直接源头。温庭筠被花间词人尊为鼻祖，晚唐与五代遥相呼应，呼应出中国词史上第一个重要流派。

无独有偶，五代后蜀韦縠编选《才调集》，十卷，一千首，署名诗人一百八十余位，收入温诗六十一首，温诗备受推崇。这是最早的唐诗选本，作者自唐初沈佺期至唐末五代罗隐。温庭筠与蜀地有着不解之缘，编词集的是后蜀，编诗集的还是后蜀。温庭筠在五代后蜀欣逢知音无数，他成为后蜀读书人的典范：唱温词，诵温诗，眼前笔下都是温庭筠。

宋代欧阳修等编写《新唐书》，温庭筠有传；《艺文志》收录他的作品：《握兰集》三卷、《金荃集》十卷、《诗集》五卷、《汉南真稿》十卷，又《汉上题襟集》十卷，与段成式、余知古等人合著，又有《乾𢷎子》三卷，另有《采茶录》一卷。

温庭筠使词由俗趋雅，他不仅是花间词祖，更是宋代词人推尊的典范：宋人模仿他，化用他，词句与意境不经意间脱口而出，写进他们的词作，温词犹如基因，进入宋词的血脉：

温词《更漏子》（柳丝长）云："花外漏声迢递"，缩略而为柳永《少年游》（帘垂深院冷萧萧）："花外漏声遥"；温词《菩萨蛮》（水精帘里颇黎枕）云："玉钗头上风"，缩略而为晏几道《临江仙》（斗草阶前初见）："罗裙香露玉钗风"；温词《梦江南》（梳洗罢）云："独倚望江楼，过尽千帆皆不是，斜晖脉脉水悠悠。"缩略而为周邦彦《菩萨蛮》（银河宛转三千曲）："何处是归舟。夕阳江上楼。"温词《更漏子》（玉炉香）云："梧桐树，三更雨，不道离情正苦。一叶叶，一声声，空阶滴到明。"缩略而为晏殊《撼庭秋》（别来音信千里）："梧桐夜雨，几回无寐。"又为欧阳修《生查子》（含羞整翠鬟）："深院锁黄昏，阵阵芭蕉雨。"又为苏轼《木兰花令》（梧桐叶上三更雨）："梧桐叶上三更雨。"又为李清照《声声慢》："梧桐更兼细雨，到黄昏、点点滴滴。这次第，怎一个、愁字了得。"温词《菩萨蛮》（南园满地堆轻絮）云："雨后却斜阳，杏花零落香。"扩展而为秦观《画堂春》（东风吹柳日初长）："雨余芳草斜阳。杏花零落燕泥香。"温词《菩萨蛮》（南园满地堆轻絮）云："愁闻一霎清明雨"化入晏殊《蝶恋花》（六曲阑干偎碧树）："红杏开时，一霎清明雨。"又为秦观《河传》（乱花飞絮）："那更夜来，一霎薄情风雨。"温词《梦江南》（梳洗罢）："过尽千帆皆不是，斜晖脉脉水悠悠。"化入柳永《八声甘州》（对潇潇、暮雨洒江天）："想佳人、妆楼颙望，误几回、天际识归舟。"温词《菩萨蛮》（水精帘里颇黎枕）云："江上柳如烟，雁飞残月天。"化入柳永《雨霖铃》"今宵酒醒何处，杨柳岸、晓风残月。"……

陆游《渭南文集》卷二十六有《跋温庭筠诗集》："先君旧藏此集，以《华清宫》诗冠篇首，其中有《早行》诗，所谓'鸡声茅店月，人迹板桥霜'者，久已坠失。得此集于蜀中，则不复见《早行》诗矣。感叹不能自已。淳熙丙申重阳日，某识。"淳熙是南宋孝宗年号，淳熙丙申是一一七六年。此时温庭筠已经逝世三百一十年。温诗承载了陆氏父子之情，读温诗使陆游想到父亲。陆氏父子两代读温诗，温诗成为他们的文学营养。

元代人编写《宋史》，《艺文志》收录温庭筠作品:《汉南真稿》十卷，又集《十四卷》，《握兰集》三卷，《记室备要》三卷，《诗集》五卷，又《温庭筠集》七卷。

到了明代，汤显祖评点《花间集》，对温词格外推崇;经由他的评点，明代掀起温词热，人人读花间，少长诵温词。

明代曾益评注温诗，成《温八又集注》，四卷，刊行海内。

清初广陵词坛领袖王士禛著《花草蒙拾》，评点温词多多，并首次称温庭筠为花间词祖。

清康熙年间，浙西词派代表人物朱彝尊编选《词综》，选词宗尚醇雅，收入唐宋金元词三十六卷，六百五十余家，二千二百余首，收录温词三十三首，格外推崇。

清乾隆末嘉庆初，常州词派兴起，一统词坛百余年，温词被常州词派视为经典：清嘉庆二年（1797），张惠言、张琦兄弟合编《词选》，收入唐、五代及两宋词人四十四家一百一十六首，选录温词十八首，高居榜首，《词选序》中说："温庭筠最高，其言深美闳约"，评点中又多次发掘温词微言大义；其后，常州词派代表人物周济编选《词辨》，收录温词十首，陈廷焯编选《云韶集》，收入温词三十八首，又编选《词则》，收入温词三十六首，辅之以词话及评点，推崇温词不遗余力。

清代顾予咸、顾嗣立父子重新笺注温诗，父死子继，情形至为感人，终成《温飞卿诗集笺注》，分为《诗集》一卷、《别集》一卷、《集外诗》一卷。

近代刘毓盘编选《唐五代宋辽金元名家词集六十种辑》，其中有《金荃词》一集，又著《词史》，说："言词者必奉以为宗。"王国维编选《唐五代二十一家词辑》，其中也有《金荃词》，又著《人间词话》，说："'画屏金鹧鸪'，飞卿语也，其词品似之。"

上世纪三十年代，夏承焘著《温飞卿系年》，系统考订温庭筠生平；八十年代以后，学者就温庭筠生年展开激烈辩论；张红、张华编著《温庭筠词新释辑评》，为温庭筠词单行释评本之首部；刘学锴撰《温庭筠全集校注》，集历代注评之大成，又著《温庭筠传论》，为温庭筠当代传记之第一部。

关于温庭筠的作品，当代词学大家唐圭璋、袁行霈、叶嘉莹、俞平伯、浦江清等无不解读评点温词，曲尽其妙；作家施蛰存读温词，作《读温飞卿词札记》，作家扬之水读温词，著《无计花间住》；相关硕士博士论文浩如烟海，收录温诗温词选本不可计数……

# 附录一

## 温庭筠年表

### 元和七年（812） 一岁

生于苏州，苏州属淮南节度使管辖。

温庭筠，又作廷筠、庭云，字飞卿，本名岐，太原府祁县人，唐初名相温彦博裔孙。

三月，沈亚之应进士试，不第，李贺作《送沈亚之歌（并序）》。

六月，杜牧的祖父，司徒、同平章事杜佑，以太保致仕；十一月卒，七十八岁，赠太傅，谥安简。

魏博割据四十九年后归顺，知制诰裴度奉旨宣慰。

韩愈四十五岁，白居易四十一岁，刘禹锡四十一岁，柳宗元四十岁，元稹三十四岁，李德裕二十六岁，李贺二十二岁，杜牧十岁，李商隐一岁。

### 元和九年（814） 三岁

在苏州。

闰六月，彰义（即淮西，与淮南毗邻）节度使吴少阳薨，其子吴元济秘不发丧，只称得病，自领军务。

七月，杜牧堂兄杜悰任殿中少监、驸马都尉，尚岐阳公主。

八月，杜悰与公主成婚。

九月，朝廷遣使吊祭，吴元济派兵四处袭扰，使者不得入而还。

十月，李德裕之父中书侍郎、同平章事赵公李吉甫薨。

李商隐随父辗转浙江东西，父亲李嗣在浙东、浙西幕府。

孟郊卒。

## 元和十年（815） 四岁

在苏州。

正月，吴元济纵兵侵犯掠夺，至东都洛阳京畿；朝廷削夺吴元济官爵，命宣武等十六道进兵征讨。

三月，沈亚之进士及第。

六月，宰相武元衡上朝途中被刺杀，中丞裴度上朝途中也遇刺，头部受伤，摔进沟里，多亏帽子厚，幸得不死，刺客是淄青节度使李师道所派，此前吴元济曾向李师道求救；裴度入相。

柳宗元、刘禹锡奉诏回京，很快又出为远州刺史。

白居易贬江州司马，元稹任通州司马，元稹、白居易通信唱和，时称“元和体”。

## 元和十一年（816） 五岁

在苏州。

正月，朝廷削夺成德节度使王承宗官爵，命河东等六道出兵征讨。

十二月，王涯入相；李愬任唐、随、邓节度使；朝廷设淮、颍水运使，扬子院的粮食经新路线运抵郾城，供应征讨淮西诸军。

李贺卒，二十七岁。

诗僧灵澈卒，七十一岁。

## 元和十二年（817） 六岁

在苏州。

正月，朝廷遣使前往江、淮，督运财赋。

五月，征讨王承宗诸军，兵力十余万，两年无功，有朝臣建议：先合力讨淮西，淮西平再讨成德，宪宗犹豫，后接受。

闰五月，使者自江、淮返，得供军钱一百八十五万缗。

七月，朝廷任命裴度为门下侍郎、同平章事，兼彰义节度使，并充淮西宣慰招讨处置使，裴度上奏说已有都统，请只称宣慰处置使，又请以右庶子韩愈，为彰义行军司马，做自己的助手。

八月，裴度虽辞招讨之名，实际仍行元帅之事，到达治所郾城。

十月，李愬雪夜袭蔡州，擒吴元济，淮西平。

十一月，朝廷任命李愬为山南东道节度使，赐爵凉国公。

十二月，朝廷赐裴度晋国公，仍入知政事，继续做宰相。

韩愈作《平淮西碑》。

## 元和十三年（818） 七岁

在苏州。

四月，魏博遣使送王承宗之子知感、知信及德、棣二州图印至京师；朝廷还王承宗官爵。

七月，朝廷命宣武等五道出兵征讨淄青节度使李师道；宰相李夷简出为淮南节度使。

八月，宰相王涯罢为兵部侍郎。

白居易迁忠州刺史。

## 元和十四年（819） 八岁

在苏州，随父拜谒李仆射，李仆射应为李夷简。

正月，韩愈作《谏迎佛骨表》，被贬潮州刺史。

二月，淄青李师道被部将刘悟所杀，淄青平。

三月，宰相裴度出为河东节度使。

七月，令狐绚之父令狐楚入相。

元稹任膳部员外郎。

柳宗元卒，四十七岁。

## 元和十五年（820） 九岁

在苏州。

正月，宪宗暴崩，当时都说：内常侍陈弘志弑逆，是宦官杀死了宪宗。

闰正月，穆宗即位；段成式之父段文昌入相。

二月，书法家柳公权任右拾遗、翰林侍书学士。

五月，元稹任祠部郎中、知制诰；葬宪宗于景陵，门下侍郎、同平章事令狐楚任山陵使。

七月，宰相令狐楚罢为宣、歙、池观察使。

八月，令狐楚再贬衡州刺史。

十月，成德节度使王承宗薨；承宗弟承元任义成节度使。

白居易任司门员外郎。

## 长庆元年（821） 十岁

在苏州，父卒。

正月，宰相段文昌出为西川节度使。

四月，新科进士苏巢等十人被黜退，主考官钱徽贬江州刺史，主考官杨汝士贬开江县令，李宗闵贬剑州刺史，此为"牛李党争"之滥觞："自是德裕、宗闵各分朋党，更相倾轧，垂四十年。"

七月，卢龙监军奏军乱；成德都知兵马使王庭凑，杀节度使田弘正，自称留后；朝廷诏魏博等五道兵临成德；温庭筠族叔伯温造任起居舍人，充镇州四面诸军宣慰使，统一指挥五道兵马；裴度任幽、镇两道招抚使。

十月，裴度任镇州四面行营都招讨使；牛元翼任成德节度使；翰林学士元稹结交知枢密魏弘简，求为宰相，裴度所奏谋划，多与弘简从中破坏，裴度愤然上表，极陈其结党营私；魏弘简贬弓箭库使，元稹改工部侍郎。

李商隐之父卒于浙江，李商隐奉母亲携弟妹，回到家乡郑州荥阳，与堂弟羲叟等随处士从叔读书。

刘禹锡改任夔州刺史。

## 长庆二年（822） 十一岁

在苏州。

二月，王庭凑围牛元翼于深州，朝廷不得已，任王庭凑为成德节度使；兵部侍郎韩愈任宣慰使；朝廷由此再失河朔三镇，迄于唐亡；元稹入相；裴度任司空、东都留守，依旧平章事。

三月，韩愈宣慰成德，不久，牛元翼突围而出；裴度任淮南节度使，其他官职依旧；言官都说裴度不宜外任，穆宗也看重裴度，于是留裴度辅政。

六月，裴度、元稹皆罢相，裴度罢为右仆射，元稹罢为同州刺史；谏官认为裴度无罪，不该罢相，元稹行邪计，处罚太轻，穆宗不得已，削元稹长春宫使，长春宫在同州，元稹的同州刺史兼长春宫使，此时削去。

## 长庆三年（823） 十二岁

在苏州。

三月，牛僧孺入相；李德裕任浙西观察使，此后八年不迁官，牛、李结怨更深。

六月，吏部侍郎韩愈任京兆尹。

八月，左仆射裴度任司空、山南西道节度使，不再兼平章事。

十月，韩愈任兵部侍郎，李绅任江西观察使；韩愈又改任吏部侍郎，李绅改任户部侍郎。

## 长庆四年（824） 十三岁

在苏州。

正月，穆宗崩；敬宗即位。

二月，李绅贬端州司马。

六月，裴度加同平章事。

七月，夏绥节度使李祐任左金吾大将军，进献马百五十匹，侍御史温造弹劾他违敕进献。

刘禹锡转任和州刺史。

韩愈卒，五十七岁。

## 宝历元年（825） 十四岁

在苏州。

正月，牛僧孺同平章事、充武昌节度使。

二月，浙西观察使李德裕献《丹扆六箴》，劝谏敬宗勤政。

四月，李绅移任江州刺史。

## 宝历二年（826） 十五岁

在苏州。

二月，裴度再次入相。

三月，横海节度使李全略薨，其子副大使同捷自称留后。

十二月，击毬军将苏佐明等弑敬宗；文宗即位。

白居易胞弟、传奇作家白行简卒。

李商隐修道济源玉阳山。

## 太和元年（827） 十六岁

在苏州。

六月，淮南节度使王播入相，王播自淮南入朝，献银器数以千计，绫绢以十万计。

八月，朝廷削夺李同捷官爵，下令征讨，此前，任前横海节度副使李同捷为兖海节度使，李同捷不受诏。

刘禹锡任主客郎中，分司东都。

## 太和二年（828） 十七岁

在苏州。

闰三月，贤良方正制科考试，裴休、杜牧等人中第，中第二十二人皆授官，杜牧任弘文馆校书郎，当年杜牧进士及第。

十月，杜牧入江西观察使沈传师幕，为巡官。

十一月，征讨李同捷久不成功，"江、淮为之耗弊"。

## 太和三年（829） 十八岁

初至长安。本年前，客游江淮间，遭扬子留后鞭笞。

四月，李同捷被斩，横海平。

八月，浙西观察使李德裕任兵部侍郎；吏部侍郎李宗闵入相，又出李德裕为义成节度使。

十一月，西川节度使杜元颖奏南诏入寇。

十二月，东川节度使郭钊任西川节度使，兼权东川节度事；南诏兵直抵成都，攻陷外郭；南诏又寇东川；南诏与郭钊修好退兵。

李商隐入天平节度使令狐楚幕府，为巡官。

刘禹锡任礼部郎中、集贤殿学士。

边塞诗人、大历十才子之一李益卒。

## 太和四年（830） 十九岁

应进士试，不第；春，从长安出发，入蜀去漫游：旅途有诗《马嵬驿》《过五丈原》《过分水岭》《利州南渡》等；在剑州，结识某蜀将，十年后与此蜀将重逢，作《赠蜀将（蛮入成都，颇著功劳）》；在成都府，有诗《锦城曲》，李德裕任西川节度使后，拜谒李德裕，可能提出入幕请求，但无果。

正月，皇子李永立为鲁王；牛僧孺入相。

二月，山南西道兵乱；尚书右丞温造任山南西道节度使。

三月，温造平定山南西道兵乱，诛杀作乱兵士八百余人；淮南节度使段文昌加同平章事，任荆南节度使；令狐绹进士及第。

六月，裴度任司徒、平章军国重事。

九月，裴度兼侍中，充山南东道节度使；杜牧随沈传师移镇宣歙。

十月，义成节度使李德裕任西川节度使。

张籍卒。

## 太和五年（831） 二十岁

春，离开成都，顺岷江南下；至新津，作《旅泊新津却寄一二知己》；在巫山，作《巫山神女庙》，与崔某告别，二十年后有诗《送崔郎中赴幕》；当年，返回长安。

五月，西川节度使李德裕奏，遣使往南诏追索被掠百姓，得四千人返回。

七月，元稹卒，五十三岁。

九月，吐蕃维州副使悉怛谋请降，率众投奔成都，李德裕派兵占领维州城，并打算直捣吐蕃腹心，但因牛僧孺反对，归还维州城及悉怛谋等，李德裕更加怨恨牛僧孺。

十月，李德裕奏南诏入寇巂州，攻陷三县；刘禹锡任苏州刺史。

王建卒。

## 太和六年（832） 二十一岁

在长安，与裴度侄子裴诚交往；又与渤海王子交往，有诗《送渤海王子归本国》。

十月，鲁王李永立为太子。

十一月，荆南节度使段文昌任西川节度使。

十二月，牛僧孺同平章事，充淮南节度使；李德裕任兵部尚书。

李商隐在太原尹令狐楚幕。

苏州水灾，刺史刘禹锡请得朝廷赈济。

沈亚之卒。

薛涛卒。


## 太和七年（833） 二十二岁

李德裕入相后，出入德裕门下，有诗《霓裳歌（李相妓人吹）》；
与诗人李商隐往还。

二月，李德裕入相。

六月，李宗闵同平章事，充山南西道节度使。

七月，王涯入相。

八月，进士停试诗赋。

十二月，文宗始得风疾，不能说话，昭义行军司马郑注医治有
效，有宠。

罗隐生。

李商隐应进士试，不第。

杜牧入淮南节度使牛僧孺幕，为推官，后迁掌书记。

苏州刺史刘禹锡因政绩卓著，获赐紫金鱼袋。


## 太和八年（834） 二十三岁

出入宰相李德裕门下。

七月，刘禹锡任汝州刺史。

八月，李仲言任四门助教，李仲言后改名李训。

九月，朝廷征昭义节度副使郑注至京师。

十月，李宗闵再次入相；李德裕同平章事，充山南西道节度使；
进士恢复考试诗赋；李德裕又改任兵部尚书。

十一月，李德裕再改任镇海节度使，不再兼平章事，当时李德
裕、李宗闵各有朋党，互相倾轧，文宗忧虑，感叹："去河北贼
易，去朝廷朋党难！"

李商隐入充海观察使崔戎幕府，掌章奏；崔戎卒，回长安。

## 太和九年（835） 二十四岁

在长安，"甘露之变"后，有诗《题丰安里王相林亭二首》，对王涯表示怀念，为他的死鸣不平。

四月，李德裕贬太子宾客、分司东都，又贬袁州长史。

六月，宰相李宗闵贬明州刺史；温造卒，七十岁。

七月，李宗闵再贬处州长史。

八月，李宗闵又贬潮州司户。

九月，郑注任凤翔节度使；御史中丞兼刑部尚书舒元舆任刑部侍郎，兵部郎中知制诰、充翰林侍讲学士李训任礼部侍郎，二人并入相；刘禹锡任同州刺史。

十一月，发生"甘露之变"，宰相王涯等被腰斩，枭首、亲属无论亲疏皆死，妻女不死的没为官婢："自是天下事皆决于北司，宰相行文书而已。宦官气益盛，迫胁天子，下视宰相，陵暴朝士如草芥。"

杜牧回京师任监察御史，后称病分司东都避祸。

## 开成元年（836） 二十五岁

从太子李永游，《雍台歌》《太子池》约作于本年。

二月，昭义节度使刘从谏上表，请问王涯等人罪名，并说如奸臣难制，誓以死清君侧；朝廷加刘从谏检校司徒。

三月，袁州长史李德裕任滁州刺史；刘从谏遣牙将上表让官，并揭露仇士良等人罪恶。

四月，潮州司户李宗闵任衡州司马。

韦庄生。

刘禹锡任太子宾客，分司东都。

## 开成二年（837） 二十六岁

从太子李永游。

四月，柳公权任谏议大夫，依旧任中书舍人、翰林学士兼侍书。

七月，给事中韦温罢守本官：韦温任太子侍读，早晨去东宫，中午见太子，劝谏说太子应鸡鸣即起，向父母请安，奉父母进膳，不应贪图安逸，太子不听，韦温辞侍读。

八月，敬宗之子成美立为陈王。

十一月，令狐楚卒，七十二岁。

司空图生。

李商隐进士及第。

杜牧入宣歙观察使崔郸幕府，任宣州团练判官。

## 开成三年（838） 二十七岁

从太子李永游，《四皓》《洞户二十二韵》约作于本年；开延英殿前，离开太子府；秋，出塞，作《西游书怀》《退水谣》《过西堡塞北》《塞寒行》《敕勒歌塞北》《弹筝人》《边笳曲》等；太子李永暴薨后，作《唐庄恪太子挽歌词二首》，后又作《生祺屏风歌》《题望苑驿（东马嵬，西端正树）》《题端正树》等。

正月，衡州司马李宗闵任杭州刺史。

九月，文宗特开延英殿，召宰相等议废太子。

十月，太子李永暴薨，谥庄恪；左金吾大将军郭旼任邠宁节度使。

十二月，河东节度使、司徒、中书令裴度入知政事。

吐蕃彝泰赞普卒，其弟达磨即位，彝泰多病，达磨荒淫，吐蕃衰弱。

李商隐入泾原节度使王茂元幕，王茂元爱其才，将季女嫁给他。

杜牧任左补阙、史馆修撰。

## 开成四年（839） 二十八岁

裴度薨后，作《中书令裴公挽歌词二首》；约本年秋，结束边塞之行，返回长安；"等第罢举"：京兆府考试名列第二，却未参加次年礼部考试。

三月，裴度薨，谥文忠，"以身系国家轻重如郭子仪者，二十余年"。

五月，温庭筠表亲、盐铁推官、检校礼部员外郎姚勖加检校礼部郎中，依旧任盐铁推官。

十月，文宗另立陈王成美立为太子，此前杨贤妃请立皇弟安王溶为嗣，不果；文宗会宁殿设宴，对左右道："朕贵为天子，不能全一子！"处死教坊乐官刘楚材等四人、宫人张十十等十人。

十一月，文宗病情稍有好转，坐在思政殿上，召见翰林学士周墀，说："赧、献受制于强诸侯，今朕受制于家奴，以此言之，朕殆不如！"从此不再上朝。

回鹘内乱。

李商隐释褐任秘书省校书郎，不久，又任弘农县尉。

## 开成五年（840）　二十九岁

夏，有诗《自有扈至京师已后朱樱之期》；秋，又未参加京兆府的考试，有诗《书怀百韵》。

正月，宦官仇士良、鱼弘志矫诏立颍王瀍为皇太弟，太子成美复封陈王；文宗崩；仇士良说太弟赐杨贤妃、安王溶、陈王成美死；武宗即位。

九月，李德裕再次入相。

十月，天德军使温德彝奏："回鹘溃兵侵逼西城，亘六十里，不见其后。边人以回鹘猥至，恐惧不安。"

李商隐辞弘农县尉，回长安求调他职。

杜牧任膳部、比部员外郎，皆兼史职。

刘禹锡任秘书监，分司东都。

## 会昌元年（841）　三十岁

三月，有诗《春日将欲东归寄新及第苗绅先辈》；季春，从长安出发，游吴越：途中有诗《过陈琳墓》《旅次盱眙县》；春末，至扬州，作《感旧陈情五十韵献淮南李仆射》，拜谒李仆射，提出入幕请求，无果，又有诗《过孔北海墓二十韵》《送淮阴孙令之官》《法云双桧》《经故秘书崔监扬州南塘旧居》等；秋，离开扬州南下，途中作《和友人盘石寺逢旧友》《盘石寺留别成公》《开圣寺》《题竹谷神祠》《溪上行》等；不久，回到苏州，作《东归有怀》。本年宗密禅师圆寂，本年前与宗密往还，有诗《宿云际寺》；宗密圆寂后，作《重游圭峰宗密禅师精庐》。本年前，母卒。

九月，前山南东道节度使、同平章事牛僧孺任太子少师。

李商隐在华州刺史周墀幕、忠武军节度使王茂元幕。

刘禹锡任检校礼部尚书。

## 会昌二年（842） 三十一岁

春，离开苏州南下，经嘉兴，作《苏小小歌》，过西陵，填词《河渎神》，抵越州，作《南湖》《题贺知章故居叠韵作》，求入幕无果后，又游天台山，作《宿一公精舍》；刘禹锡卒后，作《秘书刘尚书挽歌词二首》；秋，经杭州，作《江上别友人》，返回苏州，有诗《寄湘阴阎少府乞钓轮子》《寄裴生乞钓钩》等。

二月，淮南节度使李绅入相；柳公权与李德裕关系好，崔珙奏柳公权为集贤学士、判院事，李德裕觉得恩非己出，又将柳公权降为太子詹事。

七月，刘禹锡卒，七十一岁。

九月，白居易堂弟、左司员外郎白敏中任翰林学士。

李商隐通过吏部书判拔萃科目选，入秘书省为正字，不久，母病故，守母丧。

杜牧任黄州刺史。

## 会昌三年（843） 三十二岁

春，自苏州出发，过常州，作《蔡中郎坟》，经润州，填词《更漏子》，返回长安；闲居京郊。

正月，回鹘乌介可汗率众侵逼振武，唐朝在杀胡山大破回鹘，迎回太和公主，太和公主是宪宗第十女，长庆元年（821）嫁回鹘。

二月，太和公主至京师，改封安定大长公主，宰相率百官于章敬寺前迎谒，公主至光顺门，"去盛服，脱簪珥，谢回鹘负恩、和蕃无状之罪"，武宗遣中使慰谕，然后入宫。

四月，昭义节度使刘从谏薨，其侄牙内都知兵马使刘稹秘不发丧，逼监军奏称刘从谏得病，请命"其子"刘稹为"留后"；武宗与宰相商议，李德裕力主征讨。

五月，朝廷削夺刘从谏及其子刘稹官爵，下令诸道合力征讨。

李商隐守母丧，将散在各地的亲人遗骨，迁葬祖茔；作《为濮阳公与刘稹书》，为岳父、河阳节度使王茂元致信刘稹，意欲不战而屈人之兵。

杜牧作《上李司徒相公论用兵书》，为征讨出谋划策。

贾岛卒，五十六岁。

## 会昌四年（844） 三十三岁

武宗至鄠县狩猎，作《车驾西游因而有作》。

正月，河东都将杨弁作乱。

七月，杜悰入相，兼度支、盐铁转运使。

闰七月，宰相李绅同平章事，充淮南节度使。

八月，刘稹被部将郭谊杀死，昭义平。

九月，杜牧改任池州刺史。

十月，武宗至鄠县狩猎；牛僧孺贬太子少保，分司东都，李宗闵漳州刺史；牛僧孺再贬汀州刺史，李宗闵漳州长史。

十一月，牛僧孺又贬循州长史，李宗闵长流封州。

李商隐迁葬毕，移家永乐，即今山西省芮城县。

## 会昌五年（845） 三十四岁

闲居京郊，有诗《汉皇迎春词》；昭义平，作《湖阴词（并序）》。

正月，群臣上尊号：仁圣文武章天成功神德明道大孝皇帝。

五月，宰相杜悰罢为右仆射。

七月，朝廷诏毁天下佛寺，所谓"会昌法难"。

十月，李商隐守母丧期满，回秘书省为正字。

## 会昌六年（846） 三十五岁

闲居京郊，春，有诗《会昌丙寅丰岁歌》。

三月，武宗崩；宣宗即位；李德裕同平章事，充荆南节度使。

五月，翰林学士、兵部侍郎白敏中入相。

七月，淮南节度使李绅薨。

八月，循州司马牛僧孺任衡州刺史，封州流人李宗闵任郴州司马，李宗闵未离封州而卒；白居易卒，七十五岁。

九月，李德裕贬东都留守，除去平章事；杜牧改任睦州刺史。
杜荀鹤生。

李商隐入桂州刺史、桂管观察使幕府，为支使兼掌书记。

## 大中元年（847） 三十六岁

李德裕远贬，作《题李相公敕赐锦屏风》，替他鸣不平；闲居京郊期间，又有诗《鄠杜郊居》《寒食前有怀》《题薛昌之所居》《郊居秋日有怀一二知己》《春日访李十四处士》《李羽处士寄新酝走笔戏酬》《二月十五日樱桃盛开自所居蹑履吟玩竟召王泽章洋才》《鄠郊别墅寄所知》等。

二月，李德裕贬太子少保，分司东都。

六月，令狐绹任考功郎中、知制诰。

十二月，李德裕贬潮州司马。

## 大中二年（848） 三十七岁

应进士试，不第，试前，有《上封尚书启》。

正月，桂管观察使郑亚贬循州刺史，幕僚李商隐回长安守选。

二月，知制诰令狐绹任翰林学士。

八月，杜牧任吏部司勋员外郎、史馆修撰。

十月，牛僧孺卒，六十九岁。

## 大中三年（849） 三十八岁

在长安。

正月，史馆修撰杜牧受诏撰《丹遗爱碑》。

二月，吐蕃秦、原、安乐三州及石门等七关来降。

六月，泾原节度使康季荣控制原州及石门等六关。

七月，灵武节度使朱叔明控制长乐州；邠宁节度使张君绪控制萧关；凤翔节度使李玭控制秦州。

八月，河、陇老幼千余人至长安，宣宗御延喜门楼接见，欢呼雀跃，解胡服，袭冠带，观者山呼万岁。

十月，西川节度使杜悰奏控制维州。

闰十一月，崖州司户李德裕卒，六十四岁；山南西道节度使郑涯奏控制扶州。

李商隐被选为周至县尉，京兆尹留为掌书记；向杜牧赠诗；冬，入武宁军节度使卢弘止幕，为判官。

## 大中四年（850） 三十九岁

应进士试，不第，试前有《上盐铁侍郎启》；季春，作《春暮宴罢寄宋寿先辈》。

十月，翰林学士承旨、兵部侍郎令狐绹入相。

杜牧任吏部员外郎，不久，改任湖州刺史。

## 大中五年（851） 四十岁

在长安，与令狐绹之子令狐滈交往。

正月，天德军奏摄沙州刺史张义潮遣使来降；兵部侍郎裴休任盐铁转运使。

三月，白敏中以司空、同平章事，充招讨党项行营都统、制置等使，南北两路供军使兼邠宁节度使；白敏中奏党项平。

八月，白敏中奏南山党项也请降。

十月，白敏中以司空、平章事，充邠宁节度使

十一月，在沙州置归义军，由此河、湟尽归大唐。

李商隐补太学博士，后入柳公权之兄、东川节度使柳仲郢幕府，为掌书记。

杜牧迁吏部考功郎中、知制诰。

## 大中六年（852） 四十一岁

在长安，杜悰任淮南节度使后，作《题城南杜邠公林亭（时公镇淮南自西蜀移节）》；频频行卷：杜牧任中书舍人，有《上杜舍人启》，又有《上盐铁侍郎启》《上裴相公启》《上封尚书启》《上蒋侍郎启二首》《上学士舍人启二首》等。

四月，邠宁节度使白敏中任西川节度使；西川节度使杜悰任淮南节度使。

八月，礼部尚书裴休入相。

杜牧卒，五十岁。

## 大中七年（853） 四十二岁

应进士试，不第，其后，有《上吏部韩郎中启》。

## 大中九年（855） 四十四岁

应进士试，不第；三月，可能受柳翰案牵连，贬尉隋县；春末，从长安出发，往隋县赴任：经商山，作《商山早行》；经襄阳，山南东道节度使徐商留为巡官。本年前结识女诗人鱼玄机，介绍鱼玄机与李亿相识。十四首《菩萨蛮》，应作于本年前。

三月，吏部博学宏词科目选，京兆尹柳喜之子柳翰，提前搞到考试题目，请温庭筠代为作赋，被录取。考官因此受到御史弹劾，侍郎裴谂改任国子祭酒，郎中周敬复罚俸两月，考试官刑

部郎中唐枝贬为处州刺史，监察御史冯颛罚俸一月，被录取的十人也全部作废。

七月，浙东军乱；淮南节度使杜悰贬太子太傅，分司东都。

### 大中十年（856） 四十五岁

在山南东道节度使徐商幕。

六月，裴休同平章事，充宣武节度使。

柳仲郢改兵部侍郎，充盐铁转运使，奏李商隐为盐铁推官。

### 大中十一年（857） 四十六岁

在山南东道节度使徐商幕。

七月，兵部侍郎、判度支萧邺入相。

### 大中十二年（858） 四十七岁

在山南东道节度使徐商幕。据戴伟华《唐方镇文职幕僚考》，徐商任山南东道节度使期间，其幕府文职僚属有：温庭筠（巡官）、韦蟾（掌书记）、温庭皓（庭筠弟，幕职不详）、王传（观察判官）、李鹭（副使）、卢郜（幕职不详）、元繇（带御史中丞衔，幕职不详）。自大中十二年（858）起，段成式游襄阳幕。进士余知古也从诸人游。后来段成式将幕府宾主唱和之作，辑成《汉上题襟集》十卷。与李商隐齐名，时号"温李"，本年前，二人唱和：温庭筠有《秋日旅舍寄义山李侍御》，李商隐有《闻著明凶问哭寄飞卿》《有怀在蒙飞卿》。李亿进士及第前，结识李亿，有诗《送李亿东归（六言）》。

三月，李亿进士及第，状元。

五月，湖南军乱。

六月，江西军乱；安南都护李涿贪暴，蛮寇安南。

七月，宣州都将康全泰作乱；淮南节度使崔铉出兵宣州。

八月，崔铉兼宣歙观察使；宋州刺史温璋任宣州团练使，温璋是温造之子，与温庭筠为堂兄弟。

十月，山南东道节度使徐商，因辖区大而险要，向多盗贼，于是选精兵数百，另置营训练，称作捕盗将，及湖南军乱，诏徐商征讨，徐商派捕盗将二百人讨平；崔铉克复宣州；韦宙任江西观察使。

十一月，温璋任宣歙观察使。

十二月，韦宙克复洪州，韦宙过襄州，徐商派都将韩季友率捕盗将随行，即日讨平。

李商隐卒，四十七岁。

## 大中十三年（859） 四十八岁

在山南东道节度使徐商幕；作《上萧舍人启》，有学者认为，本篇名有误，是上给白敏中的。

八月，宣宗崩；懿宗即位。

十一月，门下侍郎、同平章事萧邺同平章事，充荆南节度使。

十二月，宰相令狐绹罢为河中节度使；前荆南节度使、同平章事白敏中入相。

## 咸通元年（大中十四年）（860） 四十九岁

在山南东道节度使徐商幕；徐商奉调回京后，温庭筠失去依托，此前作《烧歌》。本年前娶柔卿为妾。本年前，鱼玄机有诗《冬夜寄温飞卿》《寄飞卿》。

九月，白敏中任司徒、中书令；朝廷恢复李德裕官职：太子少保、卫国公，赠左仆射。

十一月，改元。

徐商奉调回京，任刑部尚书、诸道盐铁转运使。

本年或稍晚，鱼玄机嫁给李亿为妾。

## 咸通二年（861） 五十岁

咸通元年（860）末或本年初，离襄阳，赴江陵，入荆南节度使萧邺幕，作《答段柯古赠葫芦管笔状》。

二月，白敏中兼中书令，充凤翔节度使；左仆射、判度支杜悰入相。

## 咸通三年（862） 五十一岁

在荆南节度使萧邺幕。段成式任太常少卿后，作《和太常段少卿东都修行里有嘉莲》。江陵期间另有诗《渚宫晚春寄秦地友人》《送人东游》等，又有《上令狐相公启》，向令狐绹求助。咸通元年（860）至本年的某个重阳节，鱼玄机至江陵，寻访温庭筠。

二月，南诏入寇安南。

七月，武宁军乱，逐节度使温璋；温璋任邠宁节度使；浙东观察使王式任武宁节度使。

八月，武宁节度使王式到任，命所部包围骄兵，银刀都将邵泽等数千人皆死。

十一月，南诏率群蛮五万入寇安南。

荆南节度使萧邺调离江陵。

令狐绹任扬州大都督府长史、淮南节度副大使、知节度事。

段成式任太常少卿。

本年或稍晚，鱼玄机入咸宜观为道士；咸通九年（868），鱼玄机因笞杀侍婢绿翘，被京兆尹温璋处死。

## 咸通四年（863） 五十二岁

咸通三年（862）冬或本年初，离江陵，取道江东归长安：出发前，有《谢纥干相公启》；路经扬州，受辱；六月前，回到长安。

正月，南诏攻陷交趾。

三月，南蛮入寇，逼近邕州。

四月，义武节度使康承训任岭南西道节度使。

五月，翰林学士承旨、兵部侍郎杨收入相。

六月，废安南都护府，在海门镇设行交州；段成式卒。

七月，又在行交州设安南都护府。

十月，长安尉、集贤校理令狐滈任左拾遗，遭左拾遗刘蜕、起居郎张云弹劾。

十一月，令狐滈改任詹事府司直。

十二月，南诏入寇西川；昭义节度使沈询被家奴归秦杀死。


## 咸通五年（864） 五十三岁

闲居长安。

正月，京兆尹李玭任昭义节度使，取归秦心肝祭沈询；淮南节度使令狐绹为儿子令狐滈诉冤，张云、刘蜕无辜被贬。

七月，骁卫将军高骈任安南都护、本管经略招讨使。


## 咸通六年（865） 五十四岁

闲居长安；六月，御史大夫徐商入相，不久，因徐商举荐，任国子助教。

九月，高骈率官军五千，大败峰州蛮。


## 咸通七年（866） 五十五岁

春，至中书省拜谒徐商，作《休浣日西掖谒所知》；主秋试，有《榜国子监》；十月，贬方城尉，张祜赠诗《送温飞卿赴方城》，纪唐夫赠诗《送温庭筠尉方城》；同年，卒。

六月，高骈进击南诏，大捷，围交趾城。

十月，宰相杨收罢为宣歙观察使；高骈攻克安南城。

十一月，在安南置静海军，高骈任节度使。自李涿侵扰安南，将近十年，至此始平。

# 附录二 参考书目

1.《旧唐书》,（后晋）刘昫等撰,中华书局。

2.《新唐书》,（宋）欧阳修、宋祁撰,中华书局。

3.《唐会要》,（宋）王溥撰,中华书局。

4.《资治通鉴》,（宋）司马光撰,中华书局。

5.《通典》,（唐）杜佑撰,中华书局。

6.《唐大诏令集》,（宋）宋敏求编,中华书局。

7.《唐大诏令集补编》,李希泌主编,上海古籍出版社。

8.《唐律疏议》,（唐）长孙无忌等撰,中华书局。

9.《唐尚书省郎官石柱题名考》,（清）劳格、赵钺著,中华书局。

10.《宝刻丛编》,（南宋）陈思编,中华书局。

11.《唐代墓志汇编》,周绍良主编,上海古籍出版社。

12.《隋唐五代墓志汇编》,吴钢等主编,天津古籍出版社。

13.《东观奏记》,（唐）裴庭裕撰,中华书局。

14.《云溪友议》,（唐）范摅撰,上海古籍出版社。

15.《玉泉子》,（唐）佚名撰,上海古籍出版社。

16.《唐摭言》,（五代）王定保撰,上海古籍出版社。

17.《北梦琐言》,（五代）孙光宪撰,中华书局。

18.《唐诗纪事》,（宋）计有功撰,中华书局。

19.《唐才子传》,（元）辛文房撰,辽宁教育出版社。

20.《唐才子传校笺》,傅璇琮主编,中华书局。

21.《唐人轶事汇编》,周勋初主编,上海古籍出版社。

22.《登科记考》,（清）徐松撰,中华书局。

23.《全唐诗》,（清）彭定求等编,中华书局。

24.《全唐诗补编》,陈尚君辑校,中华书局。

25.《全唐文》,（清）董诰等编,中华书局。

26.《全唐文补编》,陈尚君辑校,中华书局。

27.《太平广记》,（宋）李昉等编,上海古籍出版社。

28.《温飞卿诗集笺注》,（唐）温庭筠著,（清）曾益等笺注,上海古籍出版社。

29.《花间集注评》,（后蜀）赵崇祚选编,高峰注评,凤凰出版社。

30.《温庭筠全集校注》,刘学锴撰,中华书局。

31.《温庭筠词新释辑评》,张红、张华编著,中国书店。

32.《词品》,（明）杨慎撰,上海古籍出版社。

33.《艺概》,（清）刘熙载撰,上海古籍出版社。

34.《白雨斋词话》,（清）陈廷焯著,中华书局。

35.《人间词话》,王国维著,中华书局。

36.《词史》,刘毓盘著,上海古籍出版社。

37.《清诗话续编》,郭绍虞编选,上海古籍出版社。

38.《词话丛编》,唐圭璋编,中华书局。

39.《谈艺录》,钱锺书著,商务印书馆。

40.《中国文学讲义》,梁启超著,湖南人民出版社。

41.《中国文学史》，郑振铎著，陕西师范大学出版社。

42.《中国文学史》，游国恩等主编，人民文学出版社。

43.《中国文学史新著》，章培恒、骆玉明主编，复旦大学出版社、上海文艺出版总社。

44.《中国佛教发展史略》，南怀瑾著，复旦大学出版社。

45.《增订本中国禅思想史：从六世纪到十世纪》，葛兆光著，上海古籍出版社。

46.《美学三书》，李泽厚著，安徽文艺出版社。

47.《夏承焘集》，夏承焘著，浙江教育出版社、浙江古籍出版社。

48.《顾学颉文学论集》，顾学颉著，中国社会科学出版社。

49.《温庭筠研究》，成松柳著，湖南人民出版社。

50.《温庭筠论略》，梁克隆著，北京出版社。

51.《温庭筠传论》，刘学锴著，安徽大学出版社。

52.《元和郡县图志》，（唐）李吉甫撰，中华书局。

53.《中国历史地图集》，谭其骧主编，中国地图出版社。

54.《中国地图册》，朱大仁主编，中国地图出版社。

# 后记

温词《菩萨蛮》云：

> 小山重叠金明灭，鬓云欲度香腮雪。懒起画蛾眉，弄妆梳洗迟。
>
> 照花前后镜，花面交相映。新帖绣罗襦，双双金鹧鸪。

香腮、蛾眉、花面、绣罗襦、金鹧鸪，女主角雍容华贵，犹如出水芙蓉、盛放牡丹；但她郁郁寡欢，做什么都没心思，没滋没味的。雍容而落寞，这是晚唐女子的经典形象。

本书写作过程中，这首词不时从电视里传来：二〇一一年初出品的电视剧《甄嬛传》，自当年十一月首播以来，持续热播好几年；电视剧的主题歌，用了温庭筠的词。词是唐代的俗文学，电视剧是我们这个时代的俗文学，两种俗文学远隔千年，奇妙地结合在一起。女歌手姚贝娜，嗓音略显沙哑，准确传达出词中意绪；二〇一五年一月，这位才华横溢的女歌手，因病在深圳去世；她像极了温词里的女子，永远美在我们的记忆中。晚唐时代也是这样，到处传唱温庭筠，温词回荡在晚唐宴会上，成为佳肴外的另一享受。

温庭筠是纯粹的作家，尽管他做过低级官吏。文学或者说写作，在唐代只是块敲门砖，读书人参加科举，科举考试考写作，通过科举进入仕途以后，文学或者说写作，基本就没什么用了。而温庭筠把敲门砖，当作了全部，投入他全部的精力，以此自豪陶醉其中，他太优秀所以执著。温庭筠是那个时代的异数，他累举不第却成了专业作家，晚唐时代的代表性作家。

众所周知，陈寅恪主张"诗史互证"，将诗歌当作史料使用，大大扩展了史料的范围。就他的具体实践而言，在中古史研究方面，多取"以诗证史"，推明制度与文化；而在近代史研究方面，则多取"史以证诗"，探究人事与心史。温庭筠生当晚唐时代，本书的所作所为，可以归类为中古史研究；但传记这种文体，关注人事与心史。因此本书中对"诗史互证"的运用，既有"以诗证史"，也有"史以证诗"，但还是"以诗证史"居多：将温庭筠的诗歌作为史料，去探究温庭筠的心史，以及与传主有关的人事。

三年多以来，我所思所想，无非温庭筠：我奔走在路上，开口闭口都是温庭筠；我埋首故纸堆，翻检史料，寻找他的蛛丝马迹；我读遍他的诗词文赋，一套全新的《温庭筠全集校注》，书脊被我翻秃……

《中国历史文化名人传》丛书，山西有十余位作家参与，著名作家赵瑜风趣地称之为"山西小组"。赵瑜老师不仅作品好，而且领导能力卓越，他无疑是这个群体的核心。他几次召集大家座谈，座谈中大家各抒己见，畅所欲言，互相启发，互相促进，座谈后由我整理成纪要，刊发在《中国历史文化名人传》通讯上。座谈使我受益匪浅。

感谢文史组专家陶文鹏老师，以及文学组专家黄宾堂老师，本书以今天的面目出现，其中多有他们的贡献，他们为本书的完善，提出许多有益的建议。感谢做具体工作的原文竹，我拜托的一些事情，可能在她的职责以外。感谢责任编辑田小爽老师，她的敬业精神，给我留下了深刻印象。

按照现代传播学的理论，作品写作完成并出版，不是传播环节的结束，而仅仅是开始，读者不是被动的接受者，而是能动的参与者，读者的阅读过程，同样属于传播的环节。渴望听到读者的反馈，我的电子邮箱：739636144@qq.com。

2016 年 3 月 20 日

写于太原东山听风山房

## 图书在版编目（CIP）数据

花间词祖：温庭筠传 / 李金山 著. -- 北京：作家出版社，
2016.10

（中国历史文化名人传丛书）

ISBN 978-7-5063-9161-0

Ⅰ.①花… Ⅱ.①李… Ⅲ.①温庭筠（812～约870）－传记
Ⅳ.①K825.6

中国版本图书馆CIP数据核字（2016）第221025号

### 花间词祖——温庭筠传

作　　者：李金山

传主画像：高　莽

责任编辑：田小爽

书籍设计：刘晓翔＋韩湛宁

责任印制：李卫东　李大庆

出版发行：作家出版社

社　　址：北京农展馆南里10号　　　　邮　　编：100125

电话传真：86-10-65930756（出版发行部）

　　　　　86-10-65004079（总编室）

　　　　　86-10-65015116（邮购部）

**E-mail:zuojia@zuojia.net.cn**

**http://www.haozuojia.com**（作家在线）

印　　刷：北京汇林印务有限公司

成品尺寸：152×230

字　　数：280千

印　　张：19.25

版　　次：2016年10月第1版

印　　次：2016年10月第1次印刷

ISBN 978-7-5063-9161-0

定　　价：60.00元（精）